KB115181

어릿
광대의
동화

어릿광대의 동화 1

초판 1쇄 펴낸 날 | 2018년 5월 23일

지은이 | 네르비
펴낸이 | 서경석

편집책임 | 조윤희 편집 | 이은주, 이예진 디자인 | 신현아
마케팅 | 서기원 경영지원 | 서지혜, 이문영

임프린트 | (MUSE)
주소 | 경기도 부천시 부일로 483번길 40 서경B/D 3F (우) 14640
전화 | 032-656-4452 팩스 | 032-656-4453
이메일 | roramce@naver.com 블로그 | bolg.naver.com/roramce
홈페이지 | http://www.chungeoram.com

발 행 처 | 도서출판 청어람
출판등록 | 1999년 5월 31일 제387-1999-000006호
어람번호 | 제11-0083호

ⓒ 네르비, 2018

ISBN 979-11-04-91718-9 04810
ISBN 979-11-04-91717-2 (SET)

뮤즈는 도서출판 청어람 단행본사업본부의 임프린트입니다.

도서출판 청어람은 언제나 여러분의 소중한 작품 투고와 도서 출간 기획 등 다양한 제안을 기다리고 있습니다. chungeorambook@daum.net

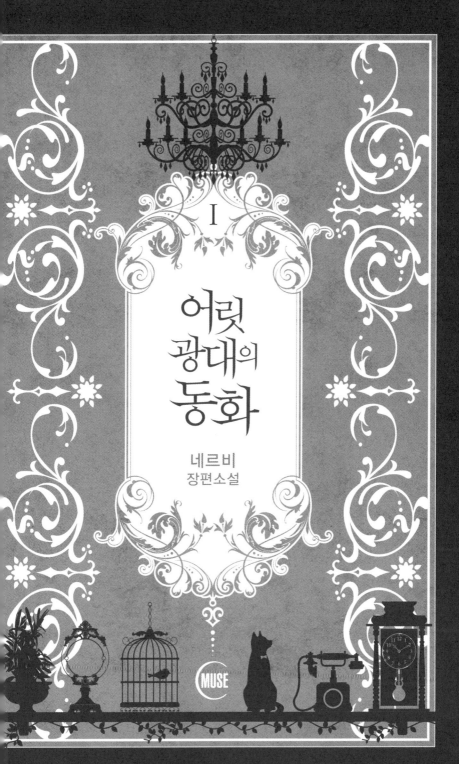

I

어릿
광대의
동화

네르비
장편소설

MUSE

목차

Prologue

어두운 밤, 강가에 자리 잡은 도시는 짙은 밤안개에 물들었다. 석탄 연기가 뒤섞인 밤안개는 너무나 짙어 하늘에 뜬 달마저 가려 버렸다. 그러나 지상에서는 흐릿한 가스등이 반짝이며 달빛 대신 도시를 밝혔다.

마녀 니니스는 그 도시의 뒷골목을 걷고 있었다. 화려한 헤드 드레스 아래로 잘 손질한 검은 머리카락을 늘어뜨리고, 가스등 불빛일망정 우아한 광택을 자랑하는 보랏빛 드레스를 입고, 레이스 장갑을 낀 손에는 커다란 가방을 들었다. 어두침침한 주변 거리와는 전혀 맞지 않는 차림이건만, 거리를 채운 사람 중 누구도 그녀에게 시선을 주지 않았다. 마치 그녀가 전혀 보이지 않는 것처럼 말이다.

"하여간 마음에 안 든다니까……."

니니스는 혀를 차며 미간을 찌푸렸다. 그녀는 이 도시가 싫었다. 앞으로, 정말 앞인지도 의심스러운 앞으로 나아가는 데 바빠 정작 자신들이 뭘 잃고 있는지는 전혀 모르는 도시. 하필이면 이 곳에서 만나자고 한 약속 상대가 미울 뿐이었다.

약속 상대는 곧 나타났다. 니니스와 마찬가지로 주변인들의 시선을 전혀 끌지 않고 나타난 광대가 문제의 약속 상대였다.

광대는 그 꼴이 아주 가관이었는데, 빨갛고 까맣고 파랗게 칠한 얼굴은 우습다기보다는 꾀죄죄했고 빨간 땡땡이 무늬가 있는 노란 옷은 여기저기에 오물이 묻어 끔찍한 악취를 풍겼다. 온통 엉망진창인 와중에 구불구불한 빨간 가발만이 반짝이는 윤기를 유지하고 있다. 광대가 손을 들어 아는 체를 했다.

"니니스. 오랜만입니다."

"너……. 가까이 오지 마."

니니스는 곁에 가기도 싫다는 듯 멀찍이 떨어진 채로 손에 든 상자를 빼꼼 내밀었다.

"더러워 죽겠어, 진짜! 예전엔 지랄 맞을 정도로 깔끔을 떨더니 지금 이 꼴은 대체 뭐야?"

"남이야 더럽건 깨끗하건 니니스가 무슨 상관이에요? 혹시 침대 한쪽이라도 내줄 생각이었다면 또 모를까……."

"삼 일 굶은 거지 입맛 떨어지는 소리 하지 말고 이거나 챙겨. 네가 부탁했던 꼭두각시 인형이야. 주문받은 것보다 더 넉넉하게 만들었으니까 고맙다고 절이나 해."

"절? 그건 또 뭔데……. 아하. 고맙습니다."

광대는 니니스가 시키는 대로 꾸벅 허리를 굽혀 인사했다. 그 순순함이 니니스의 마음 언저리를 건드렸다. 그녀는 한숨을 쉬면서도 가까이 다가가 그의 머리를 쓰다듬었다. 생각지도 못한 접촉에 놀란 광대는 몸을 단단히 굳힌 채 피하지도 못하고 가만히 손길을 받아들였다.

"웬만하면 다른 방법을 찾아."

"그건 또 무슨 소리……."

"그 꼭두각시 인형들, 동네 꼬맹이들 앞에서 공연하려고 주문한 거지? 근데, 이거 장사는 잘 되니?"

"니니스에게 의뢰금 줄 정도는 됩니다."

"정말?"

광대가 시선을 피했다. 고집스러울 만큼 똑바로 마주쳐 오던 시선이 갈 곳을 잃고 미끄러졌다. 니니스는 절로 나오려는 한숨을 억지로 씹어 삼키고 광대가 내미는 돈주머니를 거절했다.

"꼴은 엉망이면서 돈은 용케도 마련했네. 됐다. 끼니나 제대로 챙기는지 의심스러운 몰골을 한 녀석에겐 돈 안 받아."

"마녀에게 공짜로 물건을 받으면 안 되죠. 분명히 나중에 그 배로 갚을 일이 생길 텐데."

"나중을 걱정하다가 지금 죽는 수가 있다, 너. 그렇잖니. 요즘 세상에 네 인형극 보면서 좋다고 돈을 던져 줄 꼬맹이가 몇이나 되겠니? 걸음마 떼고 똥오줌만 가리면 바로 공장에 들어가 방직기 앞에서 한시도 쉬지 못하고 일을 하잖니. 방직기 일을 못할 만큼 큰 아이들은 광산에서 석탄을 캐다가 웃음 한 점 남기지 못한 채 말라비틀어진 그대로 어두운 땅 속에서 어른이 되지. 세상이 이런데 누가 네게 웃음소리를 들려주고 애정을 주고 온기를 나눠 주겠어?"

"니니스! 나는……!"

"그래, 그래. 아직은 힘들겠지. 그래도 이건 아니야. 그 애를 생각해서라도 네가 이 꼴로 있으면 안 되는 거라고. 자, 받아. 다음 번에 만날 땐 지금 이 꼴보다는 나은 모습을 보여주면 돼. 알겠지?"

광대는 홀린 것처럼 인형 상자를 받아들었다. 반질반질 윤이 나는 검은 상자는 꽤나 묵직했다. 어린 아이들이 그에게 나눠준 웃음과 애정, 그리고 온기가 이제껏 그를 살게 했었는데─ 오래도록 알고 지낸 마녀는 이대로는 안 된다며, 다른 방법을 찾으라 한다. 하지만 도대체, 어떻게?

니니스는 고민하는 광대의 모습이 퍽 마음에 들었다. 다음에 만날 때는 분명히 지금보다는 좋은 모습을 볼 수 있겠지. 설마 이렇게까지 말했는데 계속 혼자이겠어? 그렇게 생각했지만……. 세상사가 어디 마음대로 되던가. 석탄 냄새 매캐하던 공기에 피 냄새와 화약 냄새가 섞이고 바다마저 핏빛으로 물드는 전쟁이 지나고 난 뒤 니니스를 찾아온 광대는, 그녀가 생각했던 것과는 전혀 다른 모습을 하고 있었다.

"……우와. 몰골이 아주 굉장하네."

"그래요? 오랜만에 니니스를 만나는 거니까, 나름대로 신경 쓴다고 쓴 건데. 괜찮지 않아요?"

응, 전혀 괜찮지 않아. 니니스는 방긋방긋 웃는 광대를 앞에 두고 질린 표정을 감추지 못했다. 얼굴 전체에 칠해놓은 분장은 이목구비를 전혀 알아볼 수 없을 정도로 얼굴의 형태를 왜곡하며 기괴한 분위기를 풍겼고, 적당히 마른 몸에 아무렇게나 걸친 광대 옷은 시체를 담는 마대자루 같았다. 심지어 소맷자락에 조금 남은 갈색 자국은 아무리 봐도 핏자국이다. 꾀죄죄하지도 않고 코를 찌르는 악취도 없지만 빈말로라도 이전보다 나아졌다고 말할 수는 없는 상태라고나 할까.

　아니, 땡볕에 내팽개쳐진 피라미처럼 다 죽어가던 녀석이 막 낚아 올린 생선처럼 팔팔해졌으니 생명력, 이라는 부분에 한해서는 좋아졌다고 볼 수도 있겠다. 하지만 니니스는 발랄하게 미소 짓는 광대에게서 느껴지는 생기가 어딘지 소름이 끼쳐 연신 팔을 문질러 댈 수밖에 없었다. 어둡고 음습한 생기를 오히려 좋아하는 마녀도 있다고는 하지만, 니니스는 어디까지나 인형 제작과 손뜨개가 취미인 우아하고 고상한 마녀였다.

　'그때 열심히 고민하던 건 다 어디로 간 거야? 아니, 여태 이 꼴로 장사를 해왔다고? 그게 말이 돼? 대체 무슨 장사를 뭘 어떻게 해왔기에 애가 이 꼴이 되냐고! 이 녀석의 인연은 대체 어디에 있는 건데!'

　니니스의 소리 없는 비명을 아는지 모르는지─ 아마도 알고도 모른 척하는 것이 틀림없을 광대는 그저 어깨를 으쓱이며 미소를 지을 뿐이었다. 그러다 갑자기 등에 지고 온 짐 보따리를 뒤적뒤적하더니 불쑥 검은 상자를 꺼내 내밀지 뭔가. 그건 오래 전에 니니스가 그에게 선물했던 꼭두각시 인형이 들어 있는 상자였다.

　"새 의뢰예요, 니니스. 이걸 좀 개조해 줄 수 있겠어요? 이왕이면 크기도 좀 키워줬으면 좋겠고요. 사람 크기 정도로 말이에요. 사람들이 깜빡 속아 넘어갈 정도로 정교했으면 좋겠는데!"

　"……요즘 사람들은 옛날과 달라. 바비인형이란 것도 있고, TV도 있고…… 워낙에 눈들이 높아서 말이야……."

　"하지만 니니스는 할 수 있잖아요."

　"어휴, 눈 깜빡거리지 마라. 그따위 분장하고 귀여운 척 해봐야 소름만 끼쳐. 아무튼…… 할 수야 있긴 한데……. 뭐에 쓰려고?"

광대가 큼지막한 미소를 지었다. 이목구비를 무시하고 마구 칠해놓은 분장이 기괴하게 일그러지며 웃는 얼굴을 마치 우는 얼굴처럼 뒤바꿔 놓았다.

"이제 정착하려고요."

"정착, 정착이라……. 그거 좋은 생각이네. 걱정 말렴, 내 평생의 역작을 만들어줄 테니."

인형 상자를 쥔 손에 불끈, 힘줄이 솟았다. 정말 그 말 그대로였다. 니니스는 자신이 가진 모든 재주를 총동원해서 정말로 근사한 등신대 인형을 만들어줄 마음을 먹었다. 광대는 원하지 않을 옵션이 잔뜩 달린 인형을 말이다.

'내가 분명히 더 좋은 모습으로 오라고 했는데 이런 꼴로 왔다 이거지. 어디, 호되게 당해봐라. 네가 이기나 내가 이기나 보자고.'

이쯤에서 미리 말해두는데, 마녀가 앙심을 품으면 오뉴월에 서리가 내리는 것도 모자라 한겨울 동짓날에 열대야를 경험하게 되는 수가 있다. 뭐, 그렇단 얘기다.

❋

조명 아래에서 반짝이는 머리카락, 솜털이 보송한 뺨, 금방이라도 입을 열 것 같은 붉은 입술. 인형이라는 게 더 믿기지 않는 인형들이 가득 찬 인형의 집.

연두는 천천히 인형들 사이를 걷고 있었다. 아무래도 기자를 업으로 삼고 있다 보니 손가락이 근질근질했다. 워낙에 실감나는 인형들이다 보니 딱 한 장만 찍어도 그림이 될 거 같은데, 매표소의 광대가 사진 촬영은 안 된다고 신신당부한 것 때문에라도 망설여진다.

드림랜드.

이름도 촌스러운 이 놀이공원의 매표소를 지키던 광대는 어딘지 좀 괴상하고 수상쩍은 사람이었다. 몸매를 알 수 없을 정도로 펑퍼짐한 광대 옷은 그렇다 쳐도 이목구비를 무시하고 마구 칠해 놓은 분장은 끔찍한 수준을 넘어 기괴했다. 괴담에 나오는 광대 코스프레라도 하는 모양인데, 방문객을 겁주려던 의도였다면 완벽 그 자체인 분장이었다.

하지만 남의 초대장을 가져온 연두를 들여보내 주고 이 인형의 집 요금도 마수걸이랍시고 머리끈 하나로 퉁 쳐 준 걸 생각하면 나쁘게 생각할 것만은 아니었다. 그러니 그녀도 성의를 보여야지 않겠나. 연두는 아쉬워하며 카메라가 든 가방을 어루만졌다.

'강연두, 정신 차려라. 넌 취재가 아니라 휴가 온 거야. 휴가. 휴가. 휴가!'

연두는 머리를 흔들며 잡생각을 털어냈다. 하지만 그게 쉽게 잊힐 잡생각은 아니라서, 다른 생각을 하다가도 불쑥불쑥 솟아나지 뭐냐. 쓰레기통에 처박힌 기사가 자꾸만 눈앞에 어른거렸다. 자그마치 몇 달 동안 건강과 시간과 기타 등등을 모조리 갈아 넣어 쓴 기사는 편집장의 강경한 반대로 자그마한 지면조차 얻지 못했다.

'빌어먹을 편집장 새끼. 사주 눈 닿는 곳이라면 혓바닥으로 바닥에 광도 낼 새끼. 그 기사가 대체 뭐라고…… 에이씨. 휴간데 또 그 망할 얼굴 생각만 하고 있네.'

편집장은 연두에게 정 기사를 내고 싶거든 퇴사를 하고 다른

곳을 찾아봐야 할 거라며, 손바닥만 한 지면도 내줄 수 없다고
버텼다. 사주의 심기를 거스를 수도 있어 실어줄 수 없다니, 그
무슨 개 같은 이유인지. 결국 연두는 치솟는 성질을 이기지 못해
휴가계를 내던지고 사무실을 뛰쳐나왔다. 사직서가 아닌 건 다음
달 월세가 간당간당한 지갑 사정 때문이었다.

경위야 어찌 되었든 정말 오랜만에 얻은 휴가이니 무조건 쉴
생각으로 왔는데, 이런 멋진 광경을 보자마자 기사 생각이 나니
어이가 없다. 직업병이라는 말이 괜히 있는 게 아니란 생각이 들
지 뭐냐. 그만큼 멋진 인형들이었고 독특한 배치였다. 관람객과
인형들 사이에 딱히 울타리도 없고 유리창도 없어서, 마음만 먹
는다면 인형을 끌어안아 볼 수도 있을 것 같았다.

'사진 찍지 말랬지 만지지 말란 말은 없었으니까…….'

스스로 생각하기에도 되도 않는 변명을 주워섬기며 조심스레
손을 뻗어 인형들의 옷자락을 만져 보았다. 매끄럽고 차가우면서
촉촉하게 손에 달라붙는 느낌. 진짜 비단 드레스였다. 어디 드레
스뿐일까? 테이블 위의 찻잔도, 인형들의 목과 머리카락을 장식
하고 있는 장신구도 전부 하나같이 섬세하고 아름다운 것들뿐이
다. 잘못 만졌다간 인생을 저당 잡힐 것만 같은 기분에 주춤 뒤로
물러섰다.

'얼굴도 다 다른 거 봐선 인형들 전부 수제품일 텐데, 옷도 소
품도 다 진짜야? 이거 진짜 억대 인형이네……. 때라도 타면 큰일
이겠어.'

주변을 휘 둘러보았다. 인형도 인형이지만 가구며 장식품 전부
가 눈이 휘둥그레질 정도의 고가품이었다. 하긴, 이 정도의 소품
과 가구가 아니면 인형과 수준이 맞지 않아 우스워 보였을 테다.

드높은 천장에 매달린 샹들리에가 화려하게 반짝거리며 전시품에 광채를 더했다.

'소수에게만 초대장을 보내서 입장을 받는 이유가 이해가 가. 정말 초대장의 주인이 맞는지 확인하는 것도 그럴 만해서 그런 거였네. 자유이용권 없이 후불로 요금 받는 이유도 알겠어. 근데 왜 밤에만 문을 열지? 뭣보다 오병수 그놈은 사기꾼 새끼가 어디서 초대장을 구한 거고?'

초대장이 없으면 들어올 수 없는 드림랜드지만, 연두는 알고 지내는 사기꾼에게서 초대장을 받았다. 손님이 많이 와야 이익을 내는 놀이공원 주제에 손님을 가려 받는 데다 밤에만 연다는 말에 호기심이 들어 와봤는데 이런 전시물을 보게 될 줄이야.

연두는 인형을 좋아했고, 취재 핑계를 대며 여기저기 인형 전시회에도 자주 갔다. 하지만 이렇게 완벽한 전시장은 본 일이 없었다. 인형도, 의복도, 소품도, 가구마저 완벽하다니 그저 감탄스러울 따름이었다.

"딱 하나만 갖고 싶다."

간절한 소망이 말이 되어 나왔다가 곧 산산이 흩어졌다. 스토커에 시달리며 이사를 거듭하다 이젠 달동네 옥탑방에까지 밀려난 연두의 재정으로는 꿈꾸는 것조차 사치였다. 가난뱅이의 설움이란.

"빌어먹을 스토커 새끼. 주변 사람들 죄다 떨어져 가게 만들더니 이젠 꿈도 못 꾸게 만드네. 염병할······."

몇 년 전부터 따라다니는 스토커 때문에 연두는 주변인들을 죄다 잃었다. 같이 술 한잔하고 나면 불법 촬영된 사진이 배달되어 오는데 누가 버티나. 남은 건 직장 동료들과 기지 노릇하며 만나는 취재원들뿐이었다.

준규 선배라고, 오히려 스토커를 비웃으며 연두의 곁에 남아 있는 이가 있긴 하지만 그 사람이 특이한 것이다. 불법 촬영 사진뿐만 아니라 죽은 쥐의 시체를 배달 받고도 코웃음을 칠 정도의 신경은 가히 존경할 만한 수준이었다.

그나저나 한참 돌았더니 슬슬 피곤해진다. 연두는 출구를 찾아 인형의 집 내부를 샅샅이 살폈지만 출구는커녕 들어왔던 입구도 보이지 않았다.

"나 길치 아닌데. ……진짠데."

밖에서 짐작했던 넓이보다 족히 세 배는 더 걸은 것 같은데 출구가 보이지 않으니, 거 참 이상한 일이었다. 인형과 소품, 가구들로 둘러싸여 방향감각을 잃기라도 한 모양이었다. 양심이 콕콕 찔리는 걸 무시하고 투박한 나무 그루터기에 엉덩이를 걸쳤다. 그 나무 그루터기도 소품이었다.

"아, 죽겠다……. 내가 웬만해서는 안 헤매는 사람인데 말이야. 이상하게 못 찾겠단 말이지."

악착같이 메고 있던 크로스백을 내려놓고 피곤한 다리를 콩콩 두드렸다. 이왕 앉은 김에 구두도 벗어놓고 본격적으로 종아리를 주무르는데, 이상한 소리가 들렸다.

굳이 표현하자면 빽빽한 나무구멍 안에 억지로 끼워 넣은 유리구슬이 구르는 소리랄까? 밖과는 달리 이상하리만치 조용한 인형의 집 안에서 그 소리는 오싹할 정도로 크게 들렸다. 연두는 손을 멈추고 가만히 귀를 기울였다.

도르륵.

또 들렸다. 손끝이 차갑게 얼어붙었다. 신이고 악마고 귀신이고 아무것도 믿지 않는데, 그런데도 이렇게나 무서운 건 대체 왜일까. 연두는 잘 움직이지 않는 목을 돌려 주변을 살폈지만, 인형 말고는 아무것도 없었다. 벌떡 일어나 사방을 훑었지만 결과는 같았다. 살아 움직이는 건 그녀 혼자였다.

"기분…… 기분 탓일 거야."

이렇게나 실감나는 인형들 사이에 있으니 괜히 무서운 거야. 왜, 불쾌한 골짜기라고 하잖아. 너무 정교하게 만들어져 사람과 똑 닮은 창조물을 만나면 오히려 기분이 나쁘던 연구 결과가 있으니까. 그래서 그래.

"괜찮아. 별거 아닐 거야."

입 밖으로 괜찮다 말도 꺼내보았지만, 연두의 기분은 전혀 나아지지 않았다. 이젠 소리뿐만이 아니라 시선까지 느껴지기 시작했다. 처음엔 목덜미에서만 느껴지던 시선은 곧 드러난 팔, 다리로 옮겨가 맨 살갗을 샅샅이 핥아댔다. 마치 유리 상자 안에 갇혀 전시된 동물이라도 된 것처럼 사방에서 느껴지는 시선은 주인을 찾을 수 없다는 점에서 더욱 끔찍했다.

「킥.」

웃음소리가 들렸다. 참고 참던 웃음이 결국 새어 나온 것 같은, 그런 소리. 연두는 제 눈앞에 앉아 있던 소년 인형이 데구루루 눈을 굴리는 걸 보았다. 사랑스럽게 발그레한 뺨이 더욱 붉게 물들고, 장난기로 가득한 검은 눈이 가늘어졌다. 연두는 급히 눈을 비볐다가 다시 떴다. 소년 인형이 그런 그녀를 보며 까르륵 웃음을 터뜨렸다.

「뭐가 그렇게 무서워요?」

"뭐야…… 이거……. 설마, 나 아직도 취해 있는 건가?"

「에이. 무서워할 것 없는데.」

무시하자. 어제 마신 술이 덜 깬 거야. 연두는 좀처럼 돌아가지 않는 목을 돌려 유리 창문 너머를 바라보았다. 어두운 밤에만 여는 놀이공원답게 훤히 불이 켜진 가로등 아래에 장식된 꽃이 지나는 바람에 살랑살랑 꽃잎을 흔들었다.

'저 유리창이라도 깨면 나갈 수 있겠지? 그치만 비쌀 텐데…….'

공포 앞에서도 현실적인 고민을 먼저 하게 되는 건 가난뱅이의 어쩔 수 없는 숙명일 터다. 하지만 연두가 망설인 다음 순간, 인형의 집을 밝히고 있던 조명이 훅 꺼져 버렸다. 조금 어둠에 익숙해지자, 창백한 가로등 빛을 받은 인형들의 면면이 고스란히 드러났다.

소년 인형뿐만이 아니었다. 주변을 가득 채운 인형들, 산 것 아닌 인형들이 연두를 바라보고 있었다. 분명 책에, 찻잔에, 꽃에 고정되어 있던 눈들이 데구루루 굴러 그녀를 바라보고 저들끼리 눈짓을 했다. 어느 학교에나 있는 움직이는 동상 괴담이 사실이 되어 제 앞에 나타난 것만 같았다.

"이, 이런 거…… 별거 아냐. 세상에서 가장 무서운 건 귀신이 아니라 사람이란 말이야. 암, 그렇고말고."

그래, 어딜 가나 산 사람이 가장 무섭다. 입 밖으로 말을 뱉으니 조금 용기가 나는 것도 같다. 연두는 후들거리는 다리를 추슬러 걷기 시작했지만, 몇 발자국 가지도 못하고 소년 인형에게 손목을 붙잡혔다.

쿵쿵쿵쿵!

불안해진 심장이 미친 듯이 혈액을 돌렸다. 머리가 어지러웠다.

「어딜 가려고요?」

"……놔!"

「동화 속의 주인공들과 함께 멋진 모험을 하는 거, 그게 당신의 꿈이었잖아요.」

"놓으라고!"

「모처럼 꿈을 이룰 수 있게 됐는데 기회를 놓치면 안 되죠. 우리 재미있게 놀아요!」

"이 미친 새끼야, 그게 언제 적 꿈인데 그 따위 소릴 해! 그런 말도 안 되는 꿈을 꾼 건 유치원에 들어가기도 전의 일이었어!"

울컥 화를 내던 연두가 눈을 커다랗게 떴다. 제자리에 앉아 목만 움직여 연두를 보고 있던 인형들이 하나둘 자리를 털고 일어서고 있었기 때문이었다. 꿈에 나올까 무서운 광경이었지만, 소년 인형에게 손목을 잡힌 연두가 할 수 있는 일이라곤 고래고래 소리를 지르는 것뿐이었다.

"뭐 이런 놀이기구가 다 있어! 빌어먹을 광대 새끼야, 이래서 요금이 머리끈이었던 거냐! 야! 듣고 있지! 야아아-! 당장 나와, 나오라고 이 사기꾼아!"

하지만 이를 어쩔까. 연두의 괴성은 광대에게 닿지 않았고 대신 차가운 손들이 그녀를 붙들고 늘어졌다. 눈을 가리고, 입을 막고, 발버둥 치며 저항하는 팔다리를 결박했다. 결국 연두는 옴쭉달싹 못 하게 된 채로 벽까지 끌려갔다. 쿵, 소리가 나도록 부딪혔지만 아픈 걸 의식할 정신은 손톱만큼도 남아 있지 않았다.

"읍! 으읍!"

어떻게든 벗어나려 애쓰는 그녀의 바로 등 뒤에 문이 생겨났다. 소리도, 기척도 없이 갑자기 일어난 일이었다.

「야호-! 신난다!」

"으으읍-! 읍! 읍!"

연두가 저항을 하건 말건 소년 인형은 좋아 죽겠다는 얼굴을 하고 문손잡이를 돌렸다. 벌컥 열린 문 너머에서 습하고 더운 공기가 확 밀려들었다. 차가운 손들이 그녀를 문 너머로 밀어버렸다.

chapter 1.

죽일 놈의
호기심

아침나절부터 하늘이 우울하더니 점심때가 채 되기도 전부터 비가 내렸다. 포장 따위는 꿈도 꿀 수 없는 좁은 골목길은 순식간에 흙탕물이 고인 진창으로 변해갔다. 길을 걷는 사람들의 발걸음이 바빠졌다.

그런 와중에 어느 음식점 문이 거칠게 열리고, 웬 여자가 밀려 나자빠졌다. 대충 묶은 긴 갈색 머리카락이 온통 진흙으로 더럽혀지고 낡아빠진 옷이 축축하게 젖어들었다. 그 위로 걸쭉한 욕설이 쏟아졌다.

"너 같은 이민족은 안 받는다니까!"

"시켜주시면, 열심히,"

"내가 널 뭘 믿고! 꺼져! 아, 아침부터 재수가 없으려니까 별 이상한 게 다 꼬여들어. 에이, 캬-악!"

앞치마와 국자를 휘두르며 여자를 쫓아낸 가게 주인이 길바닥에 가래침을 거하게 뱉고 돌아섰다. 흙바닥에 처량하게 앉아 있던 여자는 곧 치마를 툭툭 털고 일어나 천천히 걷기 시작했다. 내리는 비로 얼굴도 씻고 머리카락도 정리하는 게, 놀라울 정도로 신경이 두껍다.

"에이씨. 이렇게 쫓겨나는 게 어디 하루 이틀도 아니고. 괜찮아, 강연두. 오늘은 비도 오고 기분도 더럽고 아주 좋네."

밀려 넘어진 여자는 바로 연두였다. 드림랜드에서 인형들에게 떠밀려 이 괴상한 세상에 떨어진 지 벌써 두 달. 인형이 움직인 것도 안 믿기는데, 눈 감았다 뜨니 현대 유럽에서 시계를 사백 년쯤은 뒤로 돌린 것 같은 세상이었다.

아기자기한 높이의 건물들, 포장되지 않은 좁은 골목길, 대로를 달리는 마차, 더러운 무명옷을 입고 총총히 걷는 사람들…… 낯선 풍경들로 가득 찬 세상. 귀족과 평민이 있는 걸 보면 언뜻 봐도 전근대 사회인데, 그 와중에 설탕이나 차 같은 고급 기호품이 평민들 사이에서도 유통되니 도대체 어떻게 되어먹은 세상인지 알 길이 없다. 그 와중에도 소금은 값비싸니 참 우스운 일이었다.

믿기 힘든 현실에도 배는 고팠다. 지금 연두는 먹고살 일자리를 찾아 헤매는 중이었다. 이제껏 그녀가 배워 익힌 모든 것들이 이곳에선 하등 쓸모가 없었다. 말이라도 통하는 게 천만다행이었다.

"어디 나 써줄 곳 없나……."

엉망인 채로 비를 맞으며 휘적휘적 돌아다니는 모양새에 기겁한 주민들이 슬슬 연두를 피했다. 이 작은 마을에서 그녀는 나름 유명 인사였다. 어느 날 갑자기 나타나 일자리를 찾는 이민족 여

자. 불행과 불운은 언제나 외부에서부터 오는 것이라고 믿는 사람들에게 이민족이면서 이방인인 연두는 그런 어두침침한 것들의 결정체로 여겨졌다. 해코지를 하지 않는 건 혹여 돌아올지 모를 저주가 무서워 그러는 것이었다.

그런 사정을 알 리 없는, 또 알아도 무시할 수밖에 없는 연두는 그제 두드린 문을 어제도 두드리고, 오늘도 두드리며 제발 일을 달라고 애걸했다. 그러나 이 가게, 저 가게 머리를 들이미는 족족 쫓겨났다. 뿌리는 구정물을 피해 달아나고, 어설픈 빗자루질에 발길을 돌렸다.

그래도 오늘은 운이 좋았다. 어제는 연두에게 쓰레기통을 내던졌던 여관의 주인이, 오늘은 그녀를 불쌍하게 여겨 빵 한 조각을 주었으니까. 오늘의 첫 끼였다. 여관 주인은 덥수룩한 수염을 쓰다듬으며 연신 혀를 찼다.

"아, 안 쓴다니까 왜 자꾸 와?"

"오늘은 마음이 바뀌었을지도 모르잖아요."

"하여간 이민족 종업원을 누가 쓴다고."

연두는 여관 주인의 투덜거림을 못 들은 척했다. 마을 주민들이 이민족에 대해 갖는 반감 따위 알 게 뭐냐. 자신감만 떨어질 뿐이었다. 그녀는 바짝 말라 돌덩이 같고 이가 부러질 것 같이 딱딱한 빵조각을 후딱 먹어치우고 다시 길을 걷기 시작했다.

'쿼터라서 다행이야. 순수 동양인이었으면 벌써 끌려가 죽었겠네.'

정말 그랬다. 한국에 있을 때는 혼혈도 아닌 쿼터인데도 너무나 도드라지는 이목구비 때문에 몰려드는 시선이 짜증나 돌아버릴 것 같더니, 여기선 ㄱ 두드라진 외할머니의 핏줄에 엎드려 감사의 절이라도 해야 할 판이었다. 이민족에 대한 경계심이 이렇게 심할 줄이야.

"이놈의 핏줄에 고마워하는 날이 다 오네. 외가라고는 들은 것밖에 없는데……."

희미한 기억조차 남아 있지 않은 외가에 대해 생각하는 사이, 비가 그쳤다. 가게 문만 보며 걷던 연두는 자신이 마을의 대로에 나와 있다는 사실을 뒤늦게 깨달았다. 쏟아지는 시선의 양이 엄청났다. 잘하면 얼굴에 구멍이라도 날 것 같다.

하지만 시선이 무섭다고 도망쳐 봐야 뭐 나오는 것도 없는 노릇이라, 연두는 짐짓 뒷짐까지 지고 천천히 걷기 시작했다. 그때였다. 저 멀리서부터 달려오던 마차가 바닥에 고인 흙탕물을 사방으로 흩뿌렸다. 어어, 하는 순간 연두는 흙탕물을 홀딱 뒤집어쓰고 말았다.

"뭐 이런……. 염병, 목욕해도 갈아입을 옷도 없는데."

씻기야 마을 바깥의 강에서 씻는다지만, 옷은 어쩐담. 연두가 우울하게 한숨을 내쉬는데, 조금 전에 그녀를 지나쳐 갔던 마차가 되돌아왔다. 그러더니 연두의 앞에서 딱 멈춰 서는 게 아닌가. 흔한 짐마차도 아니고 고급스러운 문장이 새겨진 귀족의 마차다. 어안이 벙벙해진 그녀의 눈앞에서 벌컥, 문이 열렸다. 젖은 거리의 눅눅한 냄새를 모두 날려 버릴 듯한 향기가 쏟아졌다.

"미안하구나. 괜찮니?"

비단드레스를 몸에 두르고 색색의 보석으로 금발 머리를 장식한 귀족 영양이 연두를 향해 상냥하게 물었다. 깊은 호수처럼 푸른 눈동자가 인상적인 미인이었다. 보통의 마을 주민이 이런 상황에 처했다면 당장 마차 앞에 엎드려 빌었을 테지만, 연두는 아직 신분제가 몸에 배지 않았다. 그녀는 빳빳하게 선 채 입을 삐죽 내밀었다.

"그다지 괜찮지는 않네요. 갈아입을 옷이 없거든요."

연두를 빤히 바라보던 귀족 영양이 빙긋 웃었다. 안 그래도 예쁜 얼굴에 웃음이 걸리자 주변이 다 환해졌다.

"재미있는 아이네. 유모, 저 아이를 태워."

"아가씨. 불쌍해 보여도 이민족인데요."

"괜찮아. 봐, 키만 껑충하지 말랐잖아. 게다가 기껏해야 나와 비슷한 나이로 보이는데 뭐가 위험하겠어. 자, 이리 타렴. 갈아입을 옷도 주고 먹을 것도 나눠주마."

정말 타도 되는 걸까. 달콤한 사탕을 주는 사람을 따라가면 안 된다는 건 고금에 통하는 상식이었다. 하지만 지금 연두는 유괴범이 내미는 사탕조차 아쉬운 처지였다. 그녀는 찔러죽일 것만 같은 유모의 시선을 무시하고 마차에 올라탔다.

마차 안은 따뜻하고 안락했다. 치마에서 떨어지는 빗물이 마차 바닥을 더럽히는 게 무척이나 신경 쓰일 정도였다. 연두는 슬그머니 치맛자락을 한쪽으로 모아 쥐었다. 귀족 영양은 그녀가 하는 양을 퍽 재미있게 보고 있었다.

"이름이 뭐니?"

"강연두입니다."

먹을 것도 주고 옷도 준다는데 조금 전처럼 빈정댈 수야 없는 노릇이다. 연두는 제법 깍듯한 태도로 대답했다. 그게 또 흥미로웠던 모양인지, 귀족 영양의 눈이 가느다랗게 접혔다.

"강…… 연, 두. 역시 이민족의 이름은 발음하기가 어려워. 뜻이 있는 이름이니?"

"색 이름이에요. 막 돋은 새싹의 색이죠."

"출신지는?"

"한국이요."

"처음 듣는 지명이야. 뭐, 내가 이민족의 지명 전부를 아는 건 아니니……. 나이는?"

연두의 나이는 올해 스물아홉. 한국 나이로 스물아홉이니, 만으로 치면 스물여덟이다. 연두는 나이를 말하기 전에 잠깐 고민했다. 이걸 사실을 말해야 하나, 말해야 하나. 흘끗 바라본 귀족 영양은 아무리 잘 봐줘도 십대 후반. 연두는 입술에 살짝 침을 발랐다. 어릴수록 경계심이 옅어진다는 건 만고불변의 법칙이었다.

"올해 열여덟 살이요."

"더 어릴 줄 알았는데 나보다 한 살이나 더 많구나. 흠……. 강영…… 아니, 강연두. 나는 이 마을의 주인이신 파르만 백작님을 아버지로 둔 아셰라드 블루벨 파르만이란다. 이제부터 내가 널 그린이라고 부를 테니, 내 아래에서 하녀로 일하도록 하렴."

"아가씨!"

아셰라드의 맞은편에 앉아 있던 유모가 새된 비명을 질렀지만 그녀는 그저 즐거워 보였다. 연두의 기쁨은 말할 것도 없었다. 그토록 바라던 일자리였다. 그린이든 하녀든 그게 무슨 대수란 말인가. 고용주님이신데!

"잘 부탁드립니다, 아가씨."

"나야말로 그렇단다."

그날, 파르만 백작가에는 보기 드문 이민족 하녀가 한 명 추가되었다. 그리고 연두가 하녀 생활에 익숙해지기 위해 노력하는 동안, 시간은 쏜살같이 흘렀고 주변 환경은 급격하게 변해갔다.

　오랫동안 사람이 쓴 적 없는 저택 꼭대기의 작은 방은 해가 잘 들지 않아 어두웠다. 연두는 벌써 세 개째인 걸레로 벽과 바닥에 피어오른 곰팡이를 닦아냈다. 한층 더 진해진 물 얼룩이 까맣게 썩어가는 나무 바닥에 불길한 자국을 남겼다. 하루만 지나도 다시 곰팡이가 필 것 같았다.

　곰팡이 전용 세제…… 아니, 락스 한 통만 있으면 좋을 텐데. 이런저런 세제들을 떠올리던 연두의 입에서 땅이 꺼졌나 싶은 한숨이 흘러나왔다.

　"내 인생……. 참 거지같다."

　팔자에도 없던 하녀가 되긴 했지만 그래도 의식주가 다 해결되니 어떻게든 살겠구나, 하고 살았는데 요새 사정은 또 그게 아니다. 연두가 일하는 저택의 주인인 파르만 백작은 현재 실종 상태였다. 그것도 거의 일 년째.

　"그러게 재혼은 상대를 봐가며 해야지."

　파르만 백작은 아셰라드의 가정교사와 재혼을 한 로맨티스트였는데, 그녀의 두 딸 역시 입양을 결정할 정도의 호인이었다. 문제라면, 새 백작부인은 절대 호인이 아니라는 것이겠지. 파르만 백작이 실종되고 돌아오지 않는 시간이 길어지면서 저택 내의 권력 구도는 기묘하게 흘러갔다.

　"남은 친자식 구박할 만한 여자랑 결혼하면 어떡해? 하여간 눈이 땅바닥에 붙어 있지. 이건 뭐, 신데렐라가 따로 없어."

　덜렁 혼자 남은 친자식인 아셰라드는 어, 하는 사이에 손발을 다 잃고 그나마 가지고 있던 것들두 죄다 빼앗겼다. 그녀를 위해

주던 고용인들은 갖가지 핑계에 치여 다 잘려 나갔고 남은 고용인들은 백작부인 눈치를 보느라 숨도 제대로 못 쉬고 살았다.

그러니 아셰라드가 직접 데려온 이민족 하녀인 연두의 일자리도 바람 앞의 촛불 신세. 언제 잘릴지 모를 슬픈 인생이었다. 주인의 처지에 따라 인생이 뒤바뀔 위기에 처하다니, 연두로서는 생각해 본 일도 없는 사태였다.

걸레질 한 번에 망할 백작나리, 걸레질 두 번에 망할 백작부인, 걸레질 세 번에 망할 아가씨들. 욕을 왁스처럼 발라 문지르는 손이 제법 야무졌다. 비를 맞으며 일자리를 찾아 헤매다가 아셰라드에게 주워져 하녀가 된 지 어느새 일 년. 백작의 실종을 이민족인 연두 탓으로 돌리던 사람들 사이에서 부대끼며 견딘 시간이 벌써 그만큼이다. 그동안 연두는 프로 하녀가 되어 있었다.

"그린! 새 물 떠왔어."

"고마워, 마고. 다들 뭐래? 조용히 해주겠대?"

"그럼. 아가씨께 죄송한 게 너뿐인 건 아니잖아."

"……그건 그래."

양동이에 깨끗한 물을 가득 담아온 마고가 끙차, 소리를 내며 문턱을 넘었다. 마고는 나이는 어려도 하녀로 잔뼈가 굵은 소녀였다. 연두는 이곳에서 열아홉 살 행세를 하고 있으니, 일단은 동갑이다. 연두와는 같은 방을 쓰는데, 이상할 정도로 연두를 챙기며 함께하길 원하는 경향이 있었다.

연두가 양동이에 냅다 걸레를 처박았다. 얼음처럼 차가운 물 때문에 등줄기까지 아찔해졌다. 손이 자꾸만 곱아드는 통에 설렁설렁 빠는데도 물이 순식간에 검게 변해갔다. 금세 새 물을 떠와야 할 상황이 되자 마고가 울적한 표정을 지었다. 연두는 그녀의 표정을 모른 척하며 다른 소리를 했다.

"마님은 모르시겠지?"

"알아도 모른 척하시겠지. 본래 고용인들 사이의 일에는 주인이 참견 안 하는 거라고."

"그럼 다행이고."

백작부인이 차근차근 아셰라드를 괴롭히기 시작한 시간이 거의 반년. 이제 아셰라드는 살아 있는 유령이었다. 생기 하나 없는 얼굴로 인형 같은 낯을 하고 있는 아셰라드를 떠올릴 때마다, 연두는 까닭 모를 불편함과 화가 부글부글 끓어오르곤 했다.

그건 이제 갓 열여덟 살 어린 나이에 안쓰러운 일을 겪은 아셰라드에 대한 연민이기도 했고, 그녀를 연민하면서도 혹여 밥그릇이 깨질까 두려워 외면하고 있는 자기 자신에 대한 분노이기도 했다. 이런 감정을 가진 건 연두만이 아니었다. 아셰라드가 유리구슬 같은 푸른 눈동자로 무심히 시선을 줄 때마다 남은 고용인들은 천하의 몹쓸 죄인이 된 기분에 휩싸이곤 했다.

하긴, 그러니 아셰라드가 제 방을 새언니들에게 빼앗기자마자 기다렸다는 듯 이 방을 내어준 것일 테다. 이 더럽고 어두운 골방마저 없다면 아셰라드는 정말 벽난로 앞에서 자야 할 판이었으니까. 혹여 백작부인에게 들키는 날에는 아셰라드가 알아서 방을 찾아 들어갔다고, 우린 아무것도 몰랐다고 거짓말을 하기로 다 같이 약속까지 하고서 말이다.

그러나 그런 호의에는 당연히 한계가 있었다. 아셰라드가 머물 골방을 청소해 주거나, 가구를 마련해 줄 생각 같은 건 꿈도 꾸지 않았다는 소리다. 결국 지금 연두와 마고가 골방 청소를 하고 있는 건 지극히 개인적인 호의의 발로였다.

"아아—! 끝이 없어!"

끝없는 곰팡이 행렬에 질려 버린 마고가 걸레를 내던지고 벌렁 드러누웠다. 연두는 그녀가 드러누운 바닥에도 곰팡이가 있다는 걸 지적하려다가 그만두었다. 어차피 곰팡이 없는 곳을 찾기 힘든 방이었다. 미처 손대지 못한 천장 구석에는 허옇게 거미줄까지 끼어 있었다.

"그린, 있잖아."

"왜 불러?"

"도대체 아가씨를 왜 돕는 거야?"

어느 아가씨? 하고 되물어볼 수도 있었다. 백작부인이 데려온 두 딸 역시 이 집의 아가씨들이긴 했으니까. 하지만 그렇게 회피해 버리기엔 마고의 눈이 너무 진지했다. 연두는 결국 한숨과 함께 걸레를 내던지고 마고의 옆에 드러눕고 말았다. 물먹은 나무 바닥은 축축하니 불쾌했다.

"굳이 이유를 붙이자면……. 불쌍하니까?"

"퍽이나 불쌍하겠다. 좋은 집에서, 귀한 신분을 타고나서, 먹을 것, 입을 것, 아쉬운 것 없이 자랐잖아. 아, 어린 나이에 부모님을 모두 잃은 건 좀 불쌍하긴 하지. 하지만 그게 뭐 어때서. 이 저택 바깥으로 나가면 아셰라드 아가씨보다 더 어린 나이에 고아가 된 애들은 널리고 널렸다고. 지금 쫓겨난 거? 흥, 아가씨는 혼기가 찼어. 보는 눈이 무서워서라도 마님은 나름 괜찮은 혼처를 골라 주실 거야. 그럼 다시 예전의 생활로 돌아갈 텐데, 뭐. 잠깐의 고생이야 할 수도 있지."

영리하고 냉정한 분석이었다. 연두는 마고라는 인물에 대해 조금 놀라고 말았다. 마고는 하녀들 사이에서 대장 노릇을 하면서도 하녀장에게는 예쁨을 받았다. 중간관리자와 하급 고용인들 모두에게 인정을 받을 정도로 처세술이 대단한 소녀긴 했지만 이런 생각을 하고 있는 줄은 몰랐다. 대단한 연기력이었다. 분명 현대를 살았다면 아카데미에서 여우주연상쯤은 껌으로 탔을 테다. 연두는 솔직하게 물었다.

"그럼 뭐 하러 날 따라와서 이런 고생을 사서 하는 거야?"

마고가 진지하게 손가락 하나를 폈다.

"첫째. 우리 집은 파르만 백작님께 도움 받은 게 많아. 유일하게 그분의 피를 이어받은 아가씨이니, 걸레질 몇 번이야 못할 것도 없지."

"다른 아가씨들도 계시잖아."

"우리 그 잡것들에게 안 들리는 곳에서까지 아가씨 소리 붙이지 말자. 운이 좋아 아가씨 소릴 듣는 것들이잖아. 마님이야 귀족 출신이 확실하다지만 그 딸들도 그런지 어떻게 알겠어?"

마고가 키득키득 웃었다. 그녀를 비롯한 저택의 고용인들은 새로운 아가씨들을 좋아하지 않았다. 새 백작부인은 사별한 전 남편이 귀족이었다고 했지만, 고용인들은 그 말을 좀체 믿으려 들지 않고 출신을 알 수 없는 잡것들이라며 우습게 여겼다. 나름 합당한 이유도 제시했다. 새 아가씨들의 평소 행실이 아셰라드와 너무나 다르다는 것이다. 식탐이 많고, 품위에 맞지 않는 어휘를 쓰고, 몸짓이 아름답지 않다고.

그러나 출신이 모든 걸 설명하지 않는 곳에서 온 연두는 그들이 아마 진짜 귀족일 것이라고 생각했다. 가끔 머리통을 쥐어박고 싶어질 정도로 얄밉게 굴긴 해도, 어렵게 자라 제대로 된 교육을 받지 못했다 해도, 귀족일 것이다. 그렇지 않고서야 백작이 굳이 딸로 받아들인 이유를 납득할 수 없으니까.

연두가 아무런 대답을 하지 않자 마고는 김이 샜다는 듯 입을 삐죽거렸다. 이민족 하녀라 경원시되던 연두가 하녀들 사이에 무사히 스며든 건, 마고의 도움도 있었지만 상대가 누구든 험담에는 끼어들지 않는 이런 태도 덕분도 있었다. 어쨌거나 그녀는 명랑하게 두 번째 손가락을 폈다.

"그럼 둘째. 마님이 아무리 위세를 휘두르며 당당하게 구셔도, 어차피 가문의 인장은 아셰라드 아가씨가 갖고 계셔. 다른 계집들 혼인이라도 시키려면 반드시 아셰라드 아가씨의 도움이 필요할 거야. 그러니 이런 기회에 아가씨에게 눈도장을 쾅 찍어놔야 나도 괜찮은 남자에게 시집을 갈 수 있지 않겠어? 혹시 시집가실 때 데려가주시기라도 하면 더 좋고."

연두는 어이가 없어 입을 벌렸다. 말이야 바른 말이지, 가문의 인장 생각을 한 게 어디 마고뿐이었겠는가? 하지만 법은 멀고 주먹은 가깝다. 당장 백작부인에게 걸려 호된 꼴을 당하고 쫓겨나면 눈도장이고 나발이고 없어 다들 모른 척하고 있는 걸 다 알고 있으면서 무슨 소리인지. 아셰라드가 인장을 빼앗기기라도 하면 어쩌려고 이러느냐는 말이다. 연두 본인이야 어차피 눈엣가시 같은 이민족 하녀라 언제 내쫓겨도 이상하지 않다지만.

하나 연두가 무슨 표정을 짓든 마고에게는 별 상관없는 얘기였다. 마고는 배를 깔고 엎드리는 걸로 자세를 고치고 연두의 눈을 빤히 바라보며 다시 입을 열었다.

"마지막으로 셋째. 사실은 이게 가장 큰 이유인데 말야. 그건 바로 너야. 그린, 네가 아가씨를 지지하고 있으니까."

"……그건 또 무슨 귀신 씻나락 까먹는 소리야? 나야 아가씨께서 주워주셨으니까 당연히 따를 수밖에 없는 거지."

"네 고향의 속담은 쓰지 말아줄래? 못 알아듣겠단 말이야. 아무튼 난 너한테 걸었어. 네 뒤만 따라가면 손해 볼 일은 없을 것 같거든."

"말이 되는 소리를 해. 너 미쳤어?"

"흥, 본래 인생은 도박이야. 난 이날 이때까지 도박에서 진 적 없어."

마고는 황당함에 말을 잃은 연두를 내버려 둔 채 다시 벌렁 드러누웠다. 말도 안 되게 영리하다가도 어느 때엔 영 허술한 이민족 신참 하녀의 뒤를 따라가기로 마음먹은 건 그리 오래된 일이 아니었다. 도대체 왜 그러냐고 누군가 묻는다면 자신도 잘 대답하기가 힘들 테지만, 그래도 분명히 이 길이 맞을 거라는 예감이 강하게 드는 걸 어찌하겠나. 마고는 자신의 감을 믿었다.

"그린이 그렇게 대단하니?"

"흭!"

"아가씨!"

넋을 빼놓고 있던 연두와 마고가 기겁을 하고 튀어 올랐다. 허겁지겁 옷자락을 다듬는 둘을 물끄러미 바라보는 아셰라드의 시선은 그저 건조하고 퍽퍽했다. 그녀는 초라한 드레스의 치맛자락을 여미며 남은 계단을 마저 올라 방 안으로 들어섰다.

초라하고 더러운 다락방은 연두와 마고가 그토록 애를 썼음에도 그리 나아지지는 못했다. 벽과 바닥은 곰팡이 자국으로 온통 시커멨고 천장 구석엔 미처 떼지 못한 거미줄이 허옇게 매달려 있었다. 나무 바닥은 걸을 때마다 불안하게 삐걱거렸고 아귀가 맞지 않는 창문은 작은 바람에도 나 죽네 비명을 지르듯 덜그럭거렸다.

방이 그 꼴인데 가구 역시 성할 리 없다. 지푸라기를 넣어 속을 채운 침대는 하녀들이 쓰는 것만도 못했고 작은 서랍장은 다리 하나를 잃어 금방이라도 넘어질 듯 위태했다. 하나 그 방에 가구라고 할 만한 건 그것뿐이었다.

태어날 때부터 호화로운 가구에 둘러싸여 자랐던 아셰라드다. 이 방이 마음에 차지 않을 게 분명한데, 그녀는 의외로 별 불평을 하지 않았다. 그저 당연하다는 것처럼 침대를 의자 삼아 앉고는 안절부절못하는 두 하녀를 손짓으로 바닥에 꿇어 앉혔다.

"하녀장이 그러더구나. 난로 앞에서 쭈그려 자고 싶지 않다면 이 다락방이라도 쓰라고. 단, 청소를 하고 가구를 들이는 건 내가 알아서 할 몫이니 그건 각오하라고. 도대체 어느 정도일까 싶어 와봤는데…….."

아셰라드가 천천히 방을 훑었다. 두 하녀는 그 서늘한 시선이 닿는 곳마다 미처 닦지 못한 곰팡이 얼룩과 거미줄과 쥐똥을 발견하며 가시방석에 앉은 기분을 만끽했다. 분명 몇 번이나 치웠는데 왜 저리 더러운지 도무지 알 수가 없었다.

"고생했구나."

혼나지 않아서 기쁘긴 한데 뭔가 불안하다. 담박한 치하의 말은 두 하녀를 더 움츠러들게 하고 말았다.

아셰라드는 아예 바닥을 파고 싶어 하는 둘을 보며 피식 웃었다. 백작부인의 통제가 꽤나 삼엄했던 걸로 아는데, 미움 살 짓이라는 걸 알면서도 자신을 도운 하녀들이다 보니 부족함을 탓할 마음이 나질 않았다. 그러함에도.

"아직 대답을 못 들었단다. 자, 마고. 대답해 보렴. 그린이 그렇게 대단하니? 네가 해고당할 위험을 감수하고 날 도울 만큼?"

"아, 아가씨……."

"네 얄팍한 속내는 내가 이미 다 들었으니 이제 와서 회피하지 말려무나. 나는 그냥 궁금한 거란다. 네가 도박을 하는 이유가 내가 아니라는 게 말이다."

마고의 낯빛은 이제 불쌍할 정도로 창백해졌다. 차마 제대로 된 단어를 만들어내지 못하고 벙긋대는 입에선 색색대는 숨소리만 새어나왔다. 치맛자락을 움켜쥔 손이 부들부들 떨리고 있었다.

보다 못한 연두가 나서려던 찰나. 아셰라드가 마고를 손수 일으켜 세우고는 다정하게 끌어안았다. 귀한 아가씨의 갑작스러운 포옹에 놀란 마고가 딸꾹질을 시작했다.

"이왕 돕기로 하였으니, 네 진심을 얻고 싶구나. 다음엔 그린을 따라서 날 돕는 게 아니라 진정 내가 좋아서 날 따랐으면 좋겠어."

"네……! 네, 아가씨!"

"이만 내려가 보렴. 어머니와 언니들에게 들키지 않도록 조심하고."

다정한 염려의 말에 마고의 뺨이 붉게 달아올랐다. 마고는 그녀가 할 수 있는 최대한의 예의를 갖춘 인사를 하고 후다닥 다락방에서 사라졌다. 연두는 그 뒷모습이 하도 어이가 없어 얼른 따라 내려가는 것도 잊어버렸다. 금방 생각해 내긴 했지만, 그땐 이미 늦은 뒤였다. 아셰라드가 연두와 눈을 마주치고 방긋 웃은 것이다.

"그린, 글자를 배우고 싶지 않니?"

뜻밖의 말에 연두의 눈이 동그래졌다. 그게 뭐가 그리 우습다고 아셰라드가 깔깔 소리 내어 웃었다. 연두는 처음으로 그녀가 열여덟 소녀 같다고 생각했다. 비록 그 소녀다움은 빠르게 사라졌지만 말이다. 아셰라드는 이내 얼굴 표정을 갈무리하고 우아한 미소를 지었다. 저택의 고용인들이 아가씨란 저래야 한다고 찬사를 바쳐 마지않는 그런 미소였다.

"서재 청소를 시키면 평소보다 두 배는 더 오래 붙어 있었지 않니. 글자에 관심이 있는 것 아니니? 네가 이 저택에서 쫓겨날 위험을 감수하고 날 돕는데 이런 거라도 해주고 싶어 그런단다. 어떠니? 번거롭고 복잡해서 싫으니?"

"그게 제 몫의 대가인가요? 아가씨께서 주시는?"

이상한 세상에서 하녀 생활 좀 했다고 배 밖에 나온 강연두 간덩이가 어디로 간 건 아니었다. 연두는 마고처럼 충성을 맹세하는 대신 자신에게 돌아올 이득을 먼저 따졌다. 아셰라드가 계속 이 꼴이면 자신이 쫓겨날 확률은 점점 더 높아진다. 그때 또 이민족 계집이라 차별을 당하며 굶고 다니지 않으려면 글이라도 알아야 했다. 그렇다고 아셰라드가 흔드는 미끼를 덥석 물기엔 어딘지 꺼림칙했다.

아셰라드는 연두가 바로 고개를 끄덕일 거라고는 기대도 하지 않았다. 거리를 떠돌던 것을 거둬 먹이고 돌보았지만 쉬이 길들여지지 않는 걸 이미 경험한 바 있었다. 하물며 지금은 어떤 앞날도 약속할 수 없는 상황이 아닌가. 그녀는 장담할 수 없는 약속 대신 선의를 의심받아 상처받은 소녀의 표정을 지었다. 어깨가 처지고 눈꼬리가 조금 내려간 것만으로도 한없이 가련한 분위기가 났다.

"대가라니……. 그렇게만 생각한다면 서운할 거야."

연두는 제 입가가 단단하게 굳는 걸 느꼈다. 선량하고 가련한 표정을 짓는 아름다운 얼굴가죽 너머의 의도가 지독하게 뚜렷해서 미소 짓기가 어려웠다.

'퍽이나 그렇겠다. 글자를 배우기 시작하면 내가 아예 못 벗어날 걸 알고 이러는 거겠지. 염병, 알면서도 거절할 수가 없네. 기분 졸라 엿 같고 더러운 게 아주 좋은데.'

쌍욕이 목구멍까지 올라왔다가 내려갔다. 아셰라드의 의도는 짐작하지 못할 바가 아니었으나, 연두는 그녀의 제안을 받아들일 수밖에 없었다. 속으로야 어쨌거나 겉으로는 자비심 넘치는 아가씨께서 천한 하녀에게 분에 넘치는 은혜를 베푸시는 것이었으니.

하위 신분에게 자비롭지 못한 이 세계에서 지식은 위로 올라갈 수 있는 가능성을 열어주는 강력한 도구였다.

"……아가씨께서 가르쳐 주신다는데, 제가 어떻게 거절할 수 있겠어요. 평생의 은혜로 알고 배울게요. 언제부터 가르쳐 주시는 건가요? 제가 준비할 것은 뭐가 있죠?"

"의욕이 아주 만만하구나. 믿음직한걸. 그럼, 네 동료들에게 부탁해서 서재에서 책을 꺼내오렴. 뭘 가져올지는 모르겠지만 그것도 네 운인 게지. 시간은 매일 새벽과 늦은 밤으로 하자. 너도 그게 좋겠지?"

"그때 말고는 시간이 안 나기야 하지요……."

연두는 잠을 얼마나 줄여야 하나 무심결에 헤아렸다가 한숨을 쉬었다. 수험생 시절로 돌아간 것도 아닌데 잠을 아껴가며 공부를 하게 생겼다.

"그럼 아가씨, 저는 이만 가볼게요. 좁고 더러운 방이지만 편히 쉬세요."

무례한 태도였지만, 아셰라드는 그저 웃었다. 그녀는 연두와 단둘이 있을 때면 마치 또래의 친구를 만난 것처럼 마음이 풀어지곤 했다. 이상한 일이지만 지금도 그랬다. 다른 하녀라면 엄히 꾸짖었을 말을 듣고도 화가 나지 않으니.

"다정한 염려의 말인지 빈정대는 말인지 구분이 어렵구나."

"그야 당연히 염려해서 하는 말이죠."

"퍽이나 그렇겠구나. 되었다, 어서 가보렴. 찾고 있을 텐데."

아세라드가 손짓을 한다. 연두는 그 축객령이 더할 나위 없이 반가웠다. 그녀는 빈말로도 청소를 더 하겠다는 말은 하지 않고 돌아섰다. 그러나 그 자그마한 방의 문을 열고 새카만 구덩이 같은 계단을 앞에 두자 어쩐지 발이 떨어지질 않았다.

'저 어린애를 이런 방에 이대로 혼자 둬도 될까 몰라.'

제 코가 석자고 제 입에 넣을 밥이 더 급한 상황이긴 해도, 모든 사람이 그렇게만 살아서야 어떻게 인간을 두고 사회적 동물이라고 할 수 있을까. 망설이던 연두는 문득 생각난 게 있기라도 한 것처럼 가장하여 뒤를 돌아보았다.

그 순간 아세라드는 연두를 보고 있지 않았다. 그녀는 초라한 침대에 앉아 작은 창문을 열고 그 너머를 바라보고 있었다. 높은 다락방, 싸구려 유리도 아닌 나무 창문 너머 바깥에는 들판이 펼쳐져 있었다. 이제 막 초록빛 새순이 돋아나고 긴 겨울에서 깨어난 생명들이 꿈틀대는 봄의 들판.

"괜찮으세요?"

아차. 말을 뱉어놓고도 제가 놀라서, 연두는 그만 미간을 찌푸렸다. 생각만 하고 말아야 할 걸 괜히 입 밖으로 내고 말았다. 겨우 열여덟 살, 아버지를 잃고도 마음껏 슬퍼하지조차 못하는 소녀가 그저 가여워서, 그 비슷한 나이에 부모님을 잃었던 자신을 투영해 버렸다.

사고는 한순간이었다. 단란했던 가족은 하룻밤 만에 사라졌고 연두는 채 고등학교도 졸업하기 전에 '어른'의 민낯을 보았다. 정 승 댁 개가 죽으면 문상을 가지만 정승이 죽으면 가는 사람 없다 더니, 그 속담이 왜 나왔는지를 온전히 이해하게 됐다고나 할까. 가깝다고 여겼던 친척들은 순식간에 배고픈 승냥이가 되어 아직 순진한 구석이 있던 연두에게서 재산을 훑어갔다. 연두가 스토커 를 피해 이사를 할 수 있을 정도의 돈이라도 남긴 게 그들의 마지 막 양심이었을 것이다.

의지하던 아버지의 실종에 답지 않게 허둥대다가 계모에게 치 이는 아셰라드가 낯설지 않았다. 갑작스레 세상이 조각난 기분일 것이고 머리 위에 있던 지붕의 부재가 뼛속까지 실감 날 것이다. 부모님이 드리우던 그늘이 얼마나 컸는지를 새삼 느꼈을 터다.

위로 한 자락 건네고 싶지만 하녀 주제에 귀한 아가씨에게 그 럴 수도 없어 그동안 쭉 참고 있던 입이 기어이 사고를 쳤다. 이렇 게 대놓고 말할 생각은 아니었는데, 창밖을 바라보는 아셰라드의 어깨가 너무 가냘팠다. 작은 다락방의 벽에 짓눌려 금방이라도 납작해질 것처럼 연약해 마음이 쓰였다.

"괜찮단다."

아셰라드는 이번에도 화내지 않았다. 그녀는 그냥 꼼짝도 않고 밖을 바라보며 난 괜찮다, 고개를 끄덕였을 뿐이었다.

연두는 어쩌면 자신이 괜한 참견을 했을지도 모른다는 생각을 했다. 열여덟이면 성인이 되는 사회에서 어린아이는 얼마나 빨리 어른이 될까. 그녀는 요망한 입을 찰싹찰싹 때리며 자신을 자책했 지만, 미 읍 밑바다에 깔려 있던 동정심을 끝내 버리지 못해 결국 다시 물었다.

"곧 요 아래 마을에서 봄맞이 축제가 있을 거래요. 이 부근을 지나는 집시들까지 죄다 불러서 크게 놀 거라는데, 아가씨도 가시겠어요? 기분전환이 되실 거예요."

"재미있게 놀다오렴."

"음, 뭐, 그러실 줄 알았어요. 그럼 편히 쉬세요."

냉큼 따라올 거라고는 기대도 안 했다. 그래도 말은 전했으니 됐겠지. 연두는 애써 마음의 무게를 털어버리고 좁은 계단을 뛰어 내려갔다. 탁탁탁, 투박한 나무 신발이 돌바닥에 부딪치는 소리가 요란하게 울렸다.

아셰라드는 연두의 발자국 소리가 완전히 사라질 때까지도 고개를 돌리지 않았다. 그녀는 창밖의 평화로운 풍경에 온전히 집중하고 있었다. 봄의 향기를 실은 바람이 창문을 넘어 들어와 금빛 머리칼을 희롱했다. 그러나 아직 서늘한 바람을 맞느라 점차 식어가는 뺨은 창백했고 꽉 다물린 입술은 고집스러웠다.

"……괜찮을 리가…… 있나."

아주 작은 속삭임은 바람을 타고 포르르 날아가 사라졌다. 아셰라드는 분명히 알고 있었다. 이 드넓은 저택에 있는 어느 누구도 자신을 이해할 수 없다는 걸. 귀족으로 태어나 귀족으로 살아온 사람이 차마 놓지 못하고 붙들고 있는 이 미련한 자존심을, 신분도 처지도 다른 이들이 어떻게 알겠는가. 그러니 그저 숨을 죽이고 기회를 기다릴 밖에.

그녀의 빠알간 입술이 우아한 호선을 그렸다. 그건 마고도, 연두도 한 번도 본 일 없는 미소였다.

시간은 순식간에 흘렀다. 연두가 천천히 이 세계의 철자와 문법에 익숙해지는 동안에도 아세라드의 사정은 그리 좋아질 기미가 보이지 않았다. 아니, 오히려 나빠지기만 하고 있었다.

아세라드가 하녀 방 위의 다락방을 쓴다는 걸 알고도 어째 가만히 있다 싶던 백작부인은 어느 순간부터 그녀를 진짜로 하녀 취급하기 시작했다. 초라할망정 격식은 갖추고 있던 드레스는 죄다 불태워졌고 대신 낡은 옷가지 몇 벌과 구색만 갖춘 하녀복이 주어졌다.

"일을 하지 않으면 식사를 주지 않겠다."

이왕 하녀 취급을 할 거면 월급이라도 주면 좋았을 것을, 솜씨가 형편없다며 그마저도 없었다.

바느질, 요리, 청소…… 점점 힘든 곳으로 밀려 나던 아세라드가 마지막으로 보내진 곳은 바로 빨래터였다. 빨래는 고된 일이었다. 하녀들 대부분이 첫손으로 꼽으며 싫어하는 일이 바로 빨래였으니 말해 무얼까.

아세라드가 두꺼운 침대 시트를 한 아름 안고 빨래터에 나타나자 먼저 와 있던 하녀들의 낯빛이 순식간에 나빠졌다. 안 그래도 봄이라 빨래거리가 넘쳐나는데 아세라드가 빨래 담당이 되자마자 일거리가 두 배나 늘었다.

후다닥 달려간 하녀 한 명이 아세라드에게서 시트를 빼앗아 들었다. 일전에 힘이 부족한 아세라드가 넘어지면서 빨래를 더럽혔던 일이 떠오른 모양이었다. 비록 그렇다하더라도 지극히 무례한 태도였는데 아무도 지적을 않는다.

"이리 주세요, 떨어뜨리지 마시고."

"미안하구나."

"미안하시면 저기 가서서 빨래 좀 밟아주세요."

역시 하녀가 할 만한 말은 아니었다. 나무라려면 얼마든지 그럴 수 있을 텐데도, 아셰라드는 군말 없이 시키는 대로 했다. 긴 치마를 무릎 위까지 걷어 올리고 맨발로 빨래를 밟으며 때를 뺐다. 남들 눈앞에 맨발을 드러내지 않는 게 상류계급 여성의 덕목 중 하나라는 걸 생각하면 놀라운 참을성이었다.

"아가씨! 나오세요!"

뒤늦게 상황을 알고 달려온 마고가 아셰라드를 빨래통에서 끌어냈다. 직접 챙겨온 수건으로 그녀의 발을 손수 닦아내고 다른 하녀들에게 악을 쓴다.

"왜 아가씨께 이런 일을 시켜? 본래 너희들이 해야 할 일이잖아!"

"마님께서 시키신 일인데 우리더러 뭐 어쩌라고."

"맞아. 우리라고 이러고 싶어서 이러나?"

저마다 마님 탓을 하며 숨는 꼴이 마고의 화를 돋웠다. 마고는 당장에라도 주먹을 휘두를 것처럼 옷소매를 걷어붙였다.

"웃기는 소리 말구! 너희가 할 때도 서넛은 같이 했던 빨래 밟기를 아가씨 혼자 시켜놓고 그런 식으로 변명하지 마! 아가씨가 착하셔서 암말 안 하신다고 막 떠넘기지 말란 말야! 신입이 들어와도 이따위로 하진 않았던 거 내가 모를 줄 알아?"

"마고, 난 괜찮아."

"제가 안 괜찮아요! 야! 내 눈 피하지 말고 똑바로 대답해 보라고!"

마고가 본격적으로 따지기 시작하자 빨래터의 하녀들은 저마다 눈을 피하며 딴짓하기에 바빴다. 결국 그날 아셰라드는 빨래 밟기에서 벗어나 빨래 나르는 일만을 할 수 있었다.

하지만 마고가 아셰라드를 감싸는 것에도 한계는 있었다. 아셰라드에게 힘든 일을 시킬 때마다 마고가 나타나 훼방을 놓으니 나중엔 마고에게 중간에 빠질 수 없는 일들을 맡겨 아예 오지 못하게 만든 것이다. 연두가 나서보았지만 그녀는 하녀들 사이에서 입지가 약해 무슨 말을 해도 먹히지가 않았다.

힘겨운 날들이 이어지는 동안 아셰라드의 색 고운 금발은 헝클어졌고 흰 손은 온통 빨갛게 부르텄다. 익숙하지 않은 일을 하느라 여기저기 검댕이 묻은 얼굴과 옷을 보자면 누가 귀족가의 귀한 아가씨라고 생각할 수 있을까 싶을 정도였다.

겉모습이 초라해지자 주변의 대우도 바뀌었다. 저속한 농지거리와 비아냥거림이 마치 그림자처럼 아셰라드의 뒤를 따라다녔다. 젊은 남자 하인들은 서넛만 모이면 시시덕대며 아셰라드에 대한 말들을 나눴다.

"역시 귀족 출신은 걸음걸이부터 달라. 소리가 없잖아, 소리가."

"침대에서도 소리 없는 거 아냐? 아, 그럼 할 맛 떨어지는데."

"이 새끼, 예리한데?"

"설마, 응? 암만 출신이 좋아봐야 계집인데 그럴 리 있겠어? 내 허리 놀림 좀 봐봐! 아주 죽는다고 자지러질걸!"

"미친놈. 어디 아홉 살 애새끼만 한 걸 들이대? 남자라면 나 정도 크기는 되어야…… 야. 다들 입 다물어. 보고 있다."

"보면 뭐 어쩔 건데. 자르기라도 한대? 무슨 재주로? 자를 수 있대도 어딜 자르려나? 머리? 아랫도리? 킥, 설마 아랫도린 아니겠지? 야아, 저 봐, 저 봐. 그냥 가네. 치마라도 한 번 뒤집어주지. 싱겁게."

이전에는 감히 상상도 할 수 없던 대화들이었다. 곱게 자란 아가씨로서는 견디기 힘든 날들이었을 테다. 익숙하지 않은 육체적 노동과 과중한 스트레스가 아세라드를 점점 예민하게 만들고 있었다. 연두는 아세라드와의 수업시간이 다가올 때마다 다 포기하고 그냥 문맹으로 사는 건 어떨까 진지하게 고민했다.

그러나 아세라드는 훌륭하면서도 교활한 선생님이었다. 그녀는 연두가 기본 철자와 문법을 모두 떼고 어느 정도 책을 읽을 만한 수준이 되자 또 다른 미끼를 내놓았다. 파르만 백작령이 속해 있는 이 나라, 반시 왕국의 역사, 외교, 문화, 정치, 종교…….

반시 왕국은 연두가 알고 있는 어떤 나라와도 달랐다. 어떤 세계도, 시대도, 이곳과는 맞지 않았다. 일례로 설탕과 소금이 있었다. 소금 귀한 거야 이런 원시적인 유통구조에서야 당연한 일일 테지만 설탕은 어쩜 그렇게 흔한지. 종교는 또 어떻고? 사람들은 유일신의 신자로서 교회에 다니면서도 마녀와 요정, 마법에 대해 두려움과 경외감을 동시에 가졌다. 이곳의 사람들이 치러내는 명절과 스며 있는 풍습 역시 그 유래가 낯설었다.

'제엔자앙…….'

이 정도까지 오니, 연두는 아세라드의 수업을 포기할 수가 없었다. 죽일 놈의 호기심이 그녀의 등을 쿡쿡 찔러 다락방으로 통하는 계단을 오르게 만들었다. 강의로 시작해 토론으로 끝나는 수업은 마치 마약처럼 연두를 끌어당겼다.

하지만 한계가 없는 호기심에도 우선순위는 있었다. 여느 때보다 유독 화려한 봄맞이 축제 때문에 저택과 바깥이 온통 떠들썩한 밤, 몰래 들고 나온 책으로 수업을 받던 연두는 기어이 분통을 터뜨렸다.

"아가씨! 책으로만 백날 수업하지 말고요! 제발 좀 나가게 해주세요, 네? 현장학습 하자고요, 현장학습! 봄맞이 축제의 유래니, 풍습이니, 백날 책 붙들고 늘어져 봐야 한 번 보는 것만 못할 게 빤하잖아요."

"가고 싶으면 가려무나. 내가 언제 못 나가게 막은 일 있었니?"

"한 번이라도 빼먹으면 수업 다신 안 해준다면서요!"

"그때 말했던 철자 수업은 이미 끝났잖니. 난 네가 축제에는 흥미가 없는 줄 알았지."

책장을 넘기는 아셰라드의 태도는 얄미울 정도로 여유로워서, 연두는 순간적으로 울컥 튀어나오려는 욕설을 삼키느라 무진 애를 써야만 했다. 참자, 쟤는 나보다 열 살은 더 어린아이다. 참자!

붉으락푸르락 변하는 연두의 낯빛을 어떻게 해석했는지, 책을 덮어버린 아셰라드가 어깨를 으쓱했다.

"하긴, 그런 네 나이가 올해 열아홉이니 딱 결혼적령기였구나. 부모님이 안 계시니 천생 연애결혼밖에 남는 게 없겠어. 미안하다, 네가 절박한 걸 내가 알아주지 못해서. 오늘은 마침 밤새 모닥불 앞에서 남녀가 어울려 춤을 추는 날인데, 이때 혼인해서 부부가 되는 커플이 많단다. 때를 놓치면 괜찮은 놈들은 다 다른 계집아이들이 채가고 없을 테니 서두르렴."

열아홉은 무슨. 아셰라드를 처음 만났을 때가 스물아홉이었고 열여덟이라고 사기를 쳤으니, 이제 연두의 나이는 올해 서른이었다. 동양과 서양의 피가 함께 섞인 얼굴이 이 세계에서는 대단히 어린 나이로 보인다는 걸 알고는 있었지만 그렇게까지 속이지는 말걸 그랬다. 그녀는 버릇대로 입술 껍질을 잡아 뜯었다.

'조금 덜 속일걸. 너무 갔어.'

물론, 이 세계에 익숙하지 못해 뭐든 실수투성이였던 걸 무난히 넘기려면 한 살이라도 어리게 취급받는 게 나았다. 하지만 처음부터 나이 스물아홉의 노처녀라고-이 세계에서는 스물다섯을 지나면 구제불능의 노처녀였다- 솔직히 말했으면 구박이야 좀 당했을망정 남자 사냥을 나가고 싶어 안달하는 철없는 계집애 취급은 안 당했을 테다. 분명히 말하건대, 연두는 독신주의자였다.

"아가씨, 실은 제 나이가요……."

"그래, 안단다. 한두 살 정도 더 부풀려 말한 거였지? 어린 아이들은 일찍 나이 먹고 싶어 하는 경향이 있으니까 이해 못할 것도 아니지. 어쨌거나 이제 와서 실은 더 어렸다고 해봐야 소용없어. 어차피 결혼할 남자를 물색해야 할 때가 되긴 했잖니. 얼른 나가보래도?"

"아니, 그게 아니라요……."

"그런 너는 영리하니까 그런 실수를 하진 않겠지 싶긴 하지만, 혹시 모르니까 당부를 좀 하마. 마을에는 네가 의지할 곳 없는 아가씨라는 걸 이용해서 어떻게 손만 대고 책임은 안 지려는 못된 놈들이 있을 수 있으니까 남자를 고를 땐 조심하도록 하렴. 얼굴만 멀끔하고 속은 빈껍데기인 놈은 세상에 아주 많단다. 그리고……."

"괜찮아요, 아가씨. 충분히 들었어요. 다녀올게요."

결국 연두는 해명을 위한 노력을 포기하고 빠르게 나오는 편을 택하고 말았다. 열 살도 더 어린 아이에게 남자 보는 눈 운운하는 설교를 듣는 건 정말로 괴로웠다. 조금만 더 듣고 있다간 나이 어린 상사를 상대하는 중이라는 자기 최면도 때려치우고 벌컥 화를 낼지도 모를 일이었다.

나온 경위야 어찌되었든 봄맞이 축제는 제법 성대했다. 마을의 광장 곳곳에선 모닥불이 타올랐고, 축제날이라 특별히 마을 안쪽에 들어오길 허락받은 집시 무리가 흥겨운 음악을 연주했다. 사람들은 불콰하게 취한 얼굴을 하고는 엉망진창인 스텝을 밟아가며 춤을 췄다.

연두는 광장 여기저기에 쌓인 음식들을 보고는 눈을 휘둥그렇게 떴다. 겨울을 앞두고 벌어지는 카니발도 아닌데 이만큼이나 음식을 풀다니, 성대한 축제를 열겠다던 백작부인의 말이 빈 말은 아니었던 게다.

"엄청 풀었네. 무리 좀 했겠는데."

백작님은 실종되고 후계자인 아가씨는 거동도 못할 정도로 아프다는 소문 때문에 흉흉해진 분위기를 달래기 위한 고육책이 분명했다. 하지만 그런 사실이야 어찌되었든 겉으로는 모든 게 풍족하고 정상적이며 아무것도 걱정할 필요 없다는 메시지를 전달하기에 충분했다.

보라, 평생을 땅을 일구며 살아온 어리석은 농민들이 술 창고를 열어준 마님을 위해 감사 기도를 올리고 있는 모습을. 이런 나날이 몇 년만 더 이어진다면, 이들은 가여운 아셰라드를 까맣게 잊고 말리라.

연두는 어쩐지 씁쓸해지는 입맛을 다시며 바닥에 나뒹구는 술병을 주워 올렸다. 가볍게 흔들어보자 병 아래에 조금 남아 있던 와인이 찰랑찰랑 소리를 냈다. 목이 말랐다.

연두가 병나발이라도 불 것처럼 병을 거꾸로 들자, 멀찍이서 그녀를 주시하고 있던 청년들 중 한 명이 다가와 은근슬쩍 들러붙었다. 그는 아직 따지 않은 병을 쥐고 짐짓 다정한 미소를 지으며 연두의 옆을 차지하려 눈치를 봤다.

"그린, 술 마시게?"

"왜? 안 돼?"

"안 되긴. 그나저나 그거 너무 적어서 부족할걸. 자, 이거 받아."

청년이 불쑥 술병을 내밀었다. 새어나오는 향을 맡는 것만으로 취할 것 같은 독주였다. 연두는 저도 모르게 미간을 찌푸렸다. 술을 좋아하는 미녀인 그녀가 이런 술 권유를 얼마나 많이 받아 보았겠나. 세기의 미남이 권해도 수락을 고민할 상황인데 심지어 눈앞의 남자는 입 냄새가 고약한 못난이였다.

"그런 독주는 너 혼자 실컷 처먹어."

연두는 근거도 없이 자신감이 넘치는 청년의 정강이를 시원하게 걷어차고 돌아섰다. 흥미진진한 눈으로 둘을 흘끔대던 사람들이 아픈 정강이를 붙들고 펄쩍대는 청년을 향해 와하하 웃어댔다.

"그린이 얼마나 철벽인데 그런 술 한 병으로 꼬시려들어?"

"이 술이 뭐 어때서! 우리 아버지는 없어서 못 마시는 술인데! 비싼 거야!"

"저 새끼 차일 만한 소릴 하고 있네. 야, 그린이 너네 아버지냐?"

"아냐, 저놈은 술이 문제가 아니라 얼굴이 문제야. 그 얼굴로 그린을 꼬시려면 그 비싼 술보다 세 배는 더 값나가는 선물을 들고 가야지!"

연두를 바라보는 사람들의 시선이 이렇게나 변했다. 소름 끼친

다던 이민족의 얼굴은 매력적인 개성이 됐고, 신원을 보증할 친척이 없어 불안하다던 사람들은 어쨌든 약혼자도, 연인도 없으니 그거면 됐지 않냐고 했다. 연두가 백작저에서 일한다는 사실만으로도 사람들은 그녀를 받아들였다.

연두에게서 시선을 떼지 못하는 건 마을 청년들뿐만 아니라 마을의 여자들 역시 마찬가지였다. 연두를 향한 그녀들의 눈빛에는 여러 가지 감정이 담겨 있었다. 마을 청년들의 인기를 한 몸에 받는 것에 대한 질투, 백작저에서 일한다는 것에 대한 동경, 그동안 틈틈이 쌓인 친분, 등등.

그중에서도 수아나의 시선은 유독 집요했다. 그녀는 연두가 오기 전까지 남자들에게 둘러싸여 여왕님 노릇을 하고 있었는데, 연두가 오자마자 주변의 남자들을 죄 뿌리치고 연두에게 다가와 곁을 차지했다.

"못 올 줄 알았더니?"

"꼭 오라던 게 누군데? 그나저나 넌 내가 안 와도 재밌었겠다. 하도 잘 놀고 있어서 날 까먹은 줄 알았지."

연두의 투덜거림에 수아나가 콧잔등에 주름까지 잡으며 웃었다. 수아나는 마을 제일의 인기인이었다. 마을 내에서는 제일가는 미인인 데다 유복한 방앗간 주인 하슨의 하나뿐인 딸이니, 인기가 없다면 그게 더 이상한 일이었다. 다만 안타까운 건 그 미모와 인기에 비례할 정도로 가벼운 입 덕분에 여기저기에 적이 많다는 것 정도랄까.

어쨌건 수아나는 연두를 꽤 좋아했다. 그녀의 이국적인 미모도, 욕을 달고 사는 입버릇도, 모두 마음에 든다고 했다. 단 하나, 연두가 남자들이 시선을 죄다 빼앗아갈 때만 빼고.

수아나가 연두의 손에서 술병을 빼앗았다. 한 방울도 입에 대지 못한 연두가 잔뜩 골이 난 표정을 지었지만, 수아나는 꿋꿋했다. 연두를 한심해하는 표정을 감추지도 않았다.

"뭐 하는 짓이야? 컵도 없이 천박하게."

"컵에 따라 먹을 만큼이 안 되는 걸 어떡해. 그나저나, 수아나는 오늘도 예쁘네?"

"예쁘면 뭐 해. 네가 나타나자마자 사내새끼들 눈길이 죄다 너한테로 가는데."

"하하, 난 그런 눈길 하나도 안 반가운데. 알잖아."

연두가 어깨를 으쓱였다. 그게 또 못마땅해, 수아나는 와락 미간을 찌푸렸다.

"알지만 짜증나는 걸 어쩌란 말이야? 그리고 넌 곧 결혼해야할 애가 사내놈이 싫다고 그렇게 빼서 어떡할래? 그러다 혼기를 놓치고 순식간에 꼬부랑 할멈이 될걸."

"웃어, 수아나. 짜증낸다고 그렇게 찌푸리다간 예쁜 얼굴에 주름 생겨."

무슨 말을 하든, 연두는 수아나가 그저 귀여웠다. 그래, 문제는 나이 차이였다. 일단 연하의 남자에게는 전혀 관심이 가지 않는 연두는 자신을 경계하며 빽빽대는 한참 어린 마을 처녀들이 그저 우습기만 했다. 반말을 듣는 거야 나이를 속인 죗값이려니 하면 그만이었다. 태평한 대답을 들은 수아나가 어이가 없다는 듯 혀를 찼다.

"벌써 한 병 먹고 나왔니? 너는 오늘도 제정신이 아니구나?"

"네 기준에서 내가 제정신인 날이 있긴 했고? 앉아, 여기 자리 있어."

수아나는 연두가 권한 자리에 앉는 대신 어느 한쪽을 향해 손가락질을 했다. 젊은 남자들 몇이 모여서 낄낄대고 있었다.

"혼자 술 처마실 정신이 있으면 저기 가서 남자나 골라. 하루하루 나이만 먹으면서 남자 하나 못 낚아서 등신같이 굴지 말고 아직 젊고 예쁠 때 얼른 결혼해서 썩 꺼져 버려."

예쁜 입술에서 생각도 해본 적 없는 말이 나왔다. 뭔가 되게 난폭한 말을 들었는데 이게 좋은 말인지 나쁜 말인지 구분이 안 간다. 연두가 멍청하게 입을 벌리고 있는 동안 수아나는 갑갑한 가슴을 치며 말을 이었다.

"네가 여기 온 지 얼마 안 돼서 모르나 본데, 여기서 연애결혼을 할 수 있는 방법은 딱 하나밖에 없어. 사고 쳐서 임신하는 거. 넌 부모님도 안 계시고, 그렇다고 부모님 역할을 해줄 오라버니가 있는 것도 아니니 결혼하려면 그 길밖에 더 있어? 저기 서 있는 놈들, 내가 나름 솎아낸 놈들이니 대충 하나 골라. 장소가 없으면 우리 방앗간 빌려줄게. 거기 시끄럽고 좋아."

"……결혼 전에 임신 같은 거 했다간 맞아 죽는 거 아니었어?"

"임신하고 결혼해서 낳나, 결혼하고 임신해서 낳나 뭐가 달라? 임신하고도 결혼을 못하는 게 문제인 거지."

연두는 문득 생각했다. 혹시 얘도 나처럼 드림랜드에서 넘어온 애는 아닐까. 여자의 발을 두고 지나치게 에로틱한 부위라며 바닥까지 끌리는 치마를 입기를 강요하는 세상에서 뭐 이런 개방적인 계집애가 다 있나. 이런 말을 이렇게 개방된 곳에서 입에 담아도 되는 걸까.

연두의 침묵을 어떻게 생각했는지, 수아나가 눈을 모로 떴다.

"너, 설마 임신까지 해놓고도 결혼 약속을 못 받을 만큼 병신인 건 아니지?”

　“……생각이 어떻게 그리로 튀니…….”

　“그래, 설마 그렇게까지 병신은 아니겠지. 그러니까 얼른 남자를 고르란 말이야. 너 좋다는 남자 많잖아.”

　“하, 그러는 넌? 너야말로 젊고 예뻐서 인기 많을 때 얼른 결혼해야 하는 거 아니야?”

　연두의 반격은 수아나에게는 전혀 먹히지 않았다. 그녀는 살짝 끝이 갈라진 턱을 치켜들며 오만하게 눈을 내리깔았다. 약간 푸석한 갈색 머리카락이 긴 목을 따라 출렁거렸다. 햇살 아래에서 금실처럼 반짝이는 갈색 머리카락은 그녀의 자랑거리 중 하나였다.

　“쟤들은 나한테 대기엔 급이 좀 떨어지지. 내 아버지는 방앗간을 가진 유복한 자유민이고, 낳은 자식은 많았어도 살아남은 자식은 나 하나라고. 난 결혼할 때 방앗간과 기름진 땅을 가지고 갈 수 있어. 그러니, 나와 결혼할 남자는 금으로 망토를 짜줄 수 있는 정도가 아니면 안 돼.”

　“너 그러다 독신으로 늙는다. 꿈도 적당히 꿔야지.”

　“악담하지 마. 축제에 놀러온 요정이 듣고 진짜라고 오해하면 어쩌려고 그래?”

　“요정을 믿어?”

　“아유, 귀엽고 사랑스러운 그린, 너 몇 살? 세 살?”

　“닥쳐.”

　수아나가 깔깔 웃기 시작했다. 연두는 그런 수아나의 손에서 아까 빼앗긴 술병을 되찾았다. 이번엔 수아나도 간섭하지 않았기에 겨우 병나발을 불었는데 몇 방울 남은 게 없었다. 분명 처음

집었을 땐 반 이상 차 있는 것처럼 묵직했었는데 아쉬운 일이었다. 하여간, 이 세계의 유리는 쓸데없이 무겁고 질이 나빴다.

그녀들이 앉아 있는 곳을 향해 여러 청년들이 시선을 주었지만 서로 견제하느라 바빠 누구도 접근하지 못하고 있었기 때문에, 연두는 꽤 여유롭게 주변을 둘러볼 수 있었다.

그러다 눈이 마주쳤다.

술과 불에 익어 붉은 얼굴들과 펄럭거리는 치맛자락들, 흥겨운 음악들 너머에서 연두를 바라보는 남자. 어둔 밤에 뜬 보름달처럼 노란 눈을 가진 잘생긴 집시 청년. 네 개의 공을 현란하게 던지며 재주를 부리던 집시 청년이 빙긋, 미소를 지었다. 남자다우면서 유연한 이목구비가 우아한 곡선을 그렸다.

'왜지? 낯익어.'

연두는 홀린 것처럼 시선을 떼지 못하고 그를 바라보았다. 분명 한 번도 본 일 없을 얼굴인데도 이상하리만치 낯익었다. 하지만 아몬드형의 아름다운 눈도, 곧게 뻗은 예쁜 코도, 틴트라도 바른 것처럼 붉은 입술도…… 아무리 바라보아도 누구의 얼굴도 떠오르지 않았다. 그런데도 전체적인 인상을 보는 순간에는 낯익다는 느낌만 나는 게다.

얼굴을 뚫어버릴 듯 쳐다보는 연두의 시선이 부담스러울 법도 하건만, 집시 청년은 더더욱 입꼬리를 올릴 뿐 시선을 피하려 하질 않았다.

둘이 나누는 시선을 알아챈 수아나가 연두의 옆구리를 쿡 찔렀다.

"저 남자가 마음에 들어?"

"아니, 난 그냥…… 낯이 익어서. 어디서 만났었나?"

"핑계 대기는. 그냥 마음에 들면 든다고 하면 되지 뭘 그렇게 엉덩이를 빼니? 그나저나 꽤 미남이네. 너, 생각보다 얼굴을 밝히는구나? 그래도 집시는 안 돼. 저놈들은 여자들을 홀려서 골수까지 쪽쪽 빨아먹고는 책임지는 것 하나 없이 훌쩍 떠나 버린다고. 뭐, 정력은 좋다고들 하더라. 하룻밤 즐기기만 하겠다면 괜찮은 선택이지만."

"너한테 그런 말 듣는 거 정말 충격적이다……."

"어차피 다들 술에 잡아먹힌 지 오래인걸. 시끄럽기도 하고. 그리고 그런 너는 나 같은 수다쟁이가 아니잖아? 아무튼 마음에 들었으면 가봐. 방앗간 빌려줄 수 있다는 거 진짜야."

수다쟁이의 제안 따위는 단박에 거절했어야 했지만, 연두는 그러지 못했다. 그때까지도 시선을 놓치지 않고 공을 던지고 있던 집시 청년의 손목에서 낯익은 물건을 발견했기 때문이었다.

땡땡이 무늬의 고무줄 머리끈. 이 세상에는 있을 수 없는 물건이었다. 연두가 인형의 집에 들어갈 때 광대에게 마수걸이 요금으로 지불했던 그 머리끈이 틀림없었다.

"그래. 그 시끄럽고 좋다는 방앗간, 좀 빌리자."

"풉! 그린? 야, 진짜로 가게? 야, 야! 집시라고! 집시!"

저가 부추겨 놓고는 더 놀란 수아나가 기겁을 했지만, 지금 연두는 보이는 것도 없고 들리는 것도 없었다. 그녀는 사람들 사이로 뛰어들어 집시 청년을 향해 헤엄쳤다.

집시 청년은 난데없이 나타난 연두에게 손목을 잡혀 끌려가는 와중에도 크게 반항하지 않았고, 그건 연두에게 몹시 다행한 일이었다. 그녀는 지금 목까지 차오른 흥분 때문에 숨 쉬기도 힘든 지경이었으니까.

하슨 씨의 방앗간은 마을 외곽에 있었다. 몸뚱이가 희고 키가 큰 나무들을 등에 지고 선 작은 방앗간은 쥐죽은 듯 고요한 침묵에 잠겨 있었다. 방앗간 앞을 흐르는 개울이 졸졸 흘러가는 소리가 들릴 정도였다. 시끄럽고 좋다더니, 수아나의 말은 다 개뻥이었다.

쾅! 연두는 잠겨 있지 않은 방앗간 문을 열어젖히고 집시 청년을 밀어 넣었다. 연두보다 머리 하나는 더 큰 청년이 맥없이 나동그라졌다. 그나마 바닥에 지푸라기가 두툼하게 깔려 있어 큰 소리는 안 났다. 연두는 청년이 정신을 차리기 전에 냅다 달려들어 그의 멱살을 움켜쥐었다.

"너 그때 그 광대 새끼 맞지?"

"아아……."

"이 개만도 못한 새끼야! 내가 언제 이런 데…… 이런 데 보내 달라고 했어? 난 그냥 인형 구경이나 좀 하겠다는 거였는데. 왜 이런 곳에 와서 이런 고생을 해야 하는 건데! 이게 무슨 놀이공원이야? 이런 게 드림랜드야?"

낯선 세계에서 적응하며 쌓여 있던 설움이 일시에 폭발했다. 애써 눌러두었던 외로움과 억울함이 새삼 사무쳤다. 멱살을 잡은 손등에 파르스름한 핏줄이 돋았다.

"드림랜드라는 거, 대체 뭐냐고!"

하지만 연두가 아무리 기를 쓰고 올라타 눌러대도 결국엔 여자 힘이었다. 집시 청년은 가벼운 손짓만으로 연두의 손을 털어버리고 옷자락에 생긴 주름을 두드려 폈다. 그리곤 손목에 끼고 있던 머리끈을 빼서 길게 늘어진 머리칼을 올려 묶었다.

"나는 뭐 땅 파서 장사하나요? 그걸 가르쳐 주게?"

"이 새끼가 뚫린 입이라고 말을 막 하네?"

광대가 얄미운 어조로 삐죽대며 연두의 성질을 돋웠다. 울컥화가 난 연두의 표정이 점점 험악해지는데도 그는 그저 마냥 여유롭기만 했다.

"입이 뚫렸으니까 말을 하지, 막혔으면 어떻게 말을 하나요. 연두 씨, 드림랜드가 뭐 하는 곳인지 알아내는 게 중요해요, 돌아가는 게 중요해요?"

다시 멱살을 잡으려고 허공에 헛손질을 하던 연두의 손이 그대로 멈췄다. 그렇다. 이제 와서 드림랜드가 대체 뭐 하는 곳인지 알아내는 게 뭐가 중요하겠는가. 거의 포기하고 있던 시점에 내려온 동아줄이니 일단 움켜쥐고 봐야 하지 않겠나. 설령 그게 썩은 동아줄이라고 해도 연두에게 주어진 선택지는 그것뿐이었다. 이 세계는 정말 지긋지긋했다. 연두가 까드득, 이 가는 소리를 냈다.

"나라고 이렇게 될 줄은 몰랐죠. 머리끈 하나로는 어림도 없는 서비스인데 이런 고생을 하게 만들다니, 연두 씨도 어지간해요."

"내 이름은 어떻게 알고, 아니, 됐다. 가방도 떨어뜨리고 왔는데 뻔하지. 이 빌어먹을 새끼야, 어차피 뚫린 입이라 말을 할 거면 똑바로 해. 이게 서비스야? 이게 서비스냐고! 이게 서비스면 세상에 서비스가 다 얼어 죽었게?"

"쓸데없이 흥분하지 말고 내 말이나 마저 들어요. 돌아가고 싶지 않아요?"

"당연히 돌아가고 싶지! ……설마, 나 데리러 온 거 아니었어?"

"뭐어……. 데리러 온 게 맞긴 한데, 문제가 조금 생겨서 말이죠. 얘기가 기니까, 앉아서 듣는 게 좋을걸요."

광대가 히죽 웃었다. 광장에서 재주를 부리고 있을 때는 그나마 좀 사람 같더니, 이렇게 연두와 단둘이 남자 드림랜드에서 만났던 그 섬뜩한 광대 그대로다. 보통 사람들이라면 진즉에 뒷걸음질로 도망쳤을 것이지만, 그때도 그렇고 지금도 그렇고 연두는 겁이 없었다.

☾

악몽의 전조는 아무것도 없었다. 불길한 새 울음소리도, 재수 없을 정도로 내리는 비도, 알쏭달쏭한 예언도 없었다. 미세먼지로 가득한 서울 하늘은 언제나 그랬듯 뿌옇어서 새벽빛조차 흐릿했고, 주취자의 술주정이 골목을 메웠다. 평범한 새벽이었다.

전화왔숑~ 전화왔숑~

시도 때도 없는 휴대폰이 몸을 떨어대며 벨소리를 울리는 것까지도 너무나 평소와 같다. 연두는 이불 속에서 꾸물거리며 벨소리를 무시하려 애쓰다 기어이 일어나고 말았다.

"이 꼭두새벽에 어떤 새끼가 전화질이야⋯⋯. 별일 아니기만 해봐라⋯⋯."

출시된 지 오래된 스마트폰 화면에는 '발신자 표시 없음' 아이콘이 둥둥 떠 있었다. 꺼림칙하지만 기자라는 직업 특성상 안 받을 수가 없다. 꾸역꾸역 목소리를 가다듬었다.

"크흠, 큼. 전화 받았습니다. 호진일보 강연두 기자입니다."

[⋯⋯.]

"염병⋯⋯. 또 너냐?"

괜히 받았다. 새벽부터 똥 밟았다. 모기에 물려 근지러운 다리를 긁적거리며 신경질을 내보지만 전화기 너머에서는 조용한 숨소리만 들려올 뿐이었다. 잊을 만하면 꼬박꼬박 걸려오는 말 없는 전화는 그녀에게 있어 몹시 익숙했다. 몇 년 동안이나 지속된 스토커의 전화임에 틀림없었으니까.

어느 날부터인가 느껴진 뒤를 밟는 사람의 기척, 오랫동안 집을 비웠다가 돌아올 때면 미묘하게 흐트러져 있던 집안 살림들, 좀 괜찮은 사람이라도 만나볼까 싶을 때면 어김없이 배달되는 불법 촬영 사진 무더기. 그중에서도 가장 짜증나는 건, 이렇게 새벽잠을 깨우는 말 없는 전화였다.

"야, 넌 이게 재밌냐?"

[……]

"난 하나도 재미없는데. 이 육젓을 담가 먹어도 모자란 새끼야, 남의 수면 방해하지 말고 곱게 목매달고 뒤져. 너 이러다 내 손에 걸리면 진짜 토막 나서 죽는다. 엉? 한국에 엽기살인사건 하나 추가하지 말고 자살로 끝내라, 알겠냐?"

[……풋……]

전화기 너머로 들려온 웃음소리는 오싹할 정도로 달았다. 묵직하고 매끄러운 바리톤의 음성을 듣는 순간, 연두는 자기도 모르게 벌떡 일어서고 말았다. 몇 년 동안이나 이 말 없는 전화를 받고 있건만, 목소리를 들은 건 처음이었다. 어떻게든 부여잡고 있던 가느다란 이성의 줄이 뚝, 끊겨 버렸다.

"너, 너…… 벙어리가 아니었잖아! 이 새끼야! 대답을 해! 너 누구야! 누구냐고!"

[……]

"이 개만도 못한 새끼가! 야! 지난번에 우리 집에 와서 부엌 쓰고 간 거 너지, 이 새끼야! 이사한 지 한 달도 안 됐는데 어떻게 알고 쫓아온 거야! 대답해!"

[딸깍. 뚜– 뚜– 뚜–]

"이런 염병할!"

몇 년을 해묵은 증오를 전부 표출하기도 전에 전화가 끊겼다. 연두는 아아악–! 하고 괴성을 지르는 것으로 간신히 스스로를 달래고 휴대폰을 던지지 않는 것에 성공했다. 안 그래도 홧김에 내던져 망가뜨린 휴대폰이 대체 몇 개란 말인가. 갈수록 얄팍해지는 지갑 사정을 생각하면 도저히 던질 수가 없다. 장하다, 강연두. 잘 참았어.

연두는 굽슬굽슬하게 흘러내리는 긴 갈색 머리칼을 쓸어 올리며 생각에 잠겼다. 스토커에게 시달리다 못해 이 집 저 집 전전하며 이사를 계속한 지가 벌써 몇 년이었다. 그러다 달동네 옥탑방까지 왔는데 또 들키고 말았다.

퇴근하고 돌아오니 웬 잔칫상 같은 저녁상이 차려져 있던 게 바로 며칠 전이었다. 지갑 사정이 너무 궁벽해 애써 무시하고 있었는데 이렇게 전화까지 받고 나니 정말 미칠 것만 같았다.

'경찰…… 은 소용없고. 또 이사해야 하나? 돈도 없는데……. 준규 선배한테 연락하기도 좀…… 그렇고…….'

이리저리 돈 나올 구멍을 생각하던 연두는 그저 한숨을 내쉬고 얼굴을 문질렀다. 부잣집 도련님인 데다 본인 연봉도 높고 거기에 후배 사랑까지 지극한 준규 선배는 쫓아가 징징대기에 딱 좋은 상대였지만, 안 그래도 신세를 진 게 워낙 많아 또 매달리기엔 좀 양심이 찔렸다.

'기자질을 그만둬야 전화가 안 오려나……. 이거야 원, 나돌아다니는 명함이 워낙 많아서 번호도 못 바꾸겠고. ……젠장, 뭔 첫

생각이야. 먹고살 걱정이나 해야 할 판에. 출근이나 하자.'

연두는 출근 준비를 시작했다. 밥은 굶어도 화장은 해야 했다. 기자라면 치를 떨며 싫어하는 형사들도 늘씬한 미인이 사근사근하게 건네는 커피 한 잔에는 약했다. 대한민국은 미인으로 살아야 이득을 보는 나라였다. 순수 한국인은 아니라 쿼터라지만 예쁜 얼굴을 물려주신 부모님께 감사할지어다.

그렇게 꼭두새벽에 출근한 연두를 향해 동료 기자들이 눈을 동그랗게 떴다. 하나같이 의아해하는 얼굴이었다.

"강 기자, 출근 왜 했어? 어제 엄청 박력 있게 휴가계 냈었잖아. 아주 다신 안 올 포스 팍팍 풍기며 나가놓고는?"

"그러게요. 저는 강 기자님이 그대로 다른 데로 이직하실 줄 알았어요. 무지 살벌했었잖아요."

선, 후배 가릴 것 없는 가시 돋친 핀잔이 연두의 얼굴에 콕 박혔다. 그제야 연두는 자신이 어제 휴가계를 냈다는 걸 생각해냈다. 몇 달을 투자해서 써낸 르포기사가 반려되자 성질을 이기지 못하고 깽판을 치다가 휴가계를 내고 퇴근했었다.

목구멍이 포도청인데 내가 왜 그랬을까, 뒤늦은 후회를 해보지만 이미 엎어진 물이다. 몇몇 사람들이 어깨를 늘어뜨린 연두의 등을 두드리며 그녀를 위로했다.

"뭘 그렇게까지 말해. 어이, 강 기자. 어제 편집장이 좀 빡쳐서 나가긴 했는데 그래도 금방 진정했으니까 너무 걱정은 하지 마."

"지면에 싣기가 좀 곤란해서 그렇지, 그 기사도 좋긴 좋았어요."

"그거 위로 맞아요?"

"이만하면 위로 맞죠, 뭐. 아, 맞다. 편집장님이 휴가계 수리해

주실 모양이던데 빨리 나가보셔야 되는 거 아니에요? 출근한 거 보면 그런 거 다 없어질지도 모르는데."

받아낸 과정이야 어떻든 휴가는 휴가다. 연두는 팽개쳐 뒀던 가방을 다급히 챙겼다.

"지금 당장에라도 여행 계획을 세워야겠네요. 아예 해외로 튈까요?"

"요새 테러 심하니까 조심하세요."

"잘 다녀오고, 오는 길에 기념품 잊지 마."

"아, 그럼요. 걱정 마세요."

사실은 휴가라는 것도 새카맣게 잊고 출근했던 주제에, 걱정하는 말에 괜히 머쓱해져서 선물에 깔려 죽게 해주겠노라 허세만 잔뜩 부리고 돌아섰다. 연두는 자꾸 붉어지려는 뺨을 애써 식히며 서둘러 건물을 나왔다.

하지만 사방으로 뻗은 대로에 망연히 서서 어디로 갈까, 생각해 보아도 떠오르는 곳은 아무데도 없었다. 말이야 번지르르하게 하고 나왔지만 한 푼이 아쉬운 참에 여행은 무슨 여행이냐. 누굴 만나볼까 고민해 보아도 주변인도 가리지 않고 괴롭히는 스토커 때문에 얼마 되지 않던 친구들마저 죄다 떨어져 나간 지 오래였다. 그렇다고 바로 오늘 새벽에 전화를 받은 마당에 집에 들어가는 건 더 싫었다.

"어디 보자……."

일부러 소리까지 내가며 휴대폰 주소록을 뒤졌지만 냅다 전화를 걸 만한 사람이 없다. 친구와 지인을 죄다 잃고 나니 남은 건 일 관계로 만나는 사람들뿐인 탓이었다. 휴대폰 속 주소록은 끝없이 길건만 일이 아닐 때 만날 수 있는 사람이 이렇게나 없다니,

인생 참 헛살았다.

신경질적으로 주소록을 내리던 손이 한 사람의 이름 앞에서 홀린 듯 멈춰 섰다.

준규 선배.

스토커를 길가의 시궁쥐쯤으로 취급하며 오히려 연두를 위로해 주는 강한 사람. 여름이면 유독 바쁜 건설사에서 일하고 있긴 하지만, 연두가 전화를 걸면 틀림없이 받아줄 것이다. 기꺼이 만날 약속을 잡고, 함께 밥도 먹고 차도 마시며 지친 마음을 위로해 주겠지.

문제는 지금 연두의 마음이 매우 약해진 상태란 거였다. 준규 선배와 만나는 건 좋다. 밥 먹는 것도 좋고 그 잘생긴 얼굴 감상하면서 차 한잔하는 것도 좋은데, 어쩌다 술이라도 마시고 유도심문이라도 당하면 줄줄이 신세한탄을 하지 않을 자신이 없었다.

아무리 오래 본 사이라지만 흑역사를 또 갱신할 수는 없지. 결국 연두는 다시 주소록을 뒤져 그나마 불러낼 만한 사람에게 전화를 걸었다. 상대는 놀라울 정도로 빠르게 전화를 받았다. 반가워서는 아닐 것이고, 아마도 휴대폰으로 뭔가를 하던 중이었을 테다. 그걸 짐작하면서도, 전화를 받아줬다는 것만으로도 그저 반가웠다. 연두의 목소리가 사근사근해졌다.

"병수야, 나야."

[어, 강 기자님이 웬일로 전화를 다 하셨대요? 나 요새 진짜 착하고 성실하게 잘 살고 있는데. 나 아무리 찔러봐도 나오는 거 없는데.]

"야, 날도 더운데 나랑 술이나 한잔할래?"

[올해 여름이 덥긴 덥네. 헛소리가 다 들리고. 이봐요, 강 기자

님. 더워서 죽을 거 같으면 애먼 사람 잡지 말고 세숫대야에 찬물 받아서 발이나 담그세요. 나 진짜로 착하게 살고 있다니까!]

"나 휴가 받았어. 그냥 술이나 먹자고, 이 사기꾼 새끼야. 찔리는 것도 없다며 왜 그리 호들갑이야?"

[전직이라니까 거 말 안 들으시네. 그나저나 미친, 휴가아? 누가? 당신이? 인생에 일 말고 남은 게 없는 강 기자님이?]

"너 그따위로 나오면 내가 갖고 있는 자료들 경찰에 다 찌르는 수가 있어. 큰집 한 번 더 갈래?"

[흥, 내가 큰집 가면 강 기자님은 정보를 어디서 얻으려고 그러시나? 통하지도 않는 협박은 그만하고 그냥 부를 사람 없어서 전화했다고 솔직하게 말해요. 전에 만났던 삼겹살집, 콜?]

"콜!"

사람의 인연은 알 수 없는 것이다. 연두를 벗겨먹으려다 도리어 홀랑 벗겨졌던 덜렁이 사기꾼 오병수와 이렇게 가끔 술잔을 기울이는 사이가 되다니 말이다. 지인도 정보원도 아닌 애매한 사이라지만 그는 은근히 연두와 죽이 잘 맞았다.

오늘도 마찬가지였다. 두 사람은 남들이 출근 준비를 할 시간에 만나 흰 달이 머리 꼭대기에 올라올 때까지 술을 마셨다. 오가는 대화는 별 것 없었다. 서로 사는 얘기, 정치 얘기, 연예인 얘기도 좀 하다가……. 하염없이 소주병을 쌓아가는 두 사람을 질린 눈으로 바라보던 식당 이모가 서비스라며 계란찜을 내주었다.

노랗게 부풀어 김이 올라오는 계란찜을 보자마자 연두가 반색을 하고 좋아했다. 병수가 그런 그녀에게 뚝배기를 밀어주며 피식 웃었다. 요즘 중고차 시세가 영 별로라더니, 미소 짓고 있음에도 그의 눈 밑은 아주 시커멨다.

"누님 먹어요. 계란찜 하나 못해서 냄비를 다섯 개나 해먹었으니 이런 기회에 챙겨 먹어야지."

"야……. 꼭 그걸 말로 해야겠냐. 나는 그냥, 남이 해주는 게 더 맛있어서 이러는 것뿐이야!"

"헹, 말이나 못하면. 그나저나 그 스토커 새끼는 여전한가 봐요? 몰래 들어와서 한상 차려놓고 튀었다니, 웃기지도 않네. 지가 뭐 우렁각시라도 되는 줄 아나 봐."

"그러니까 말이야. 혹시 내가 나 모르는 사이에 우렁이라도 한 마리 기르고 있었던 건 아닐까 싶어서 집 안 대청소도 한 번 했다, 야. 근데 아무것도 없더라. 달동네 옥탑방인데 방충망에 구멍 하나 없었어."

조금 전까지 열심히 퍼먹던 계란찜을 깨작거리기 시작한 연두를 뻔히 보면서 그거 잘 먹었느냐, 맛은 있었느냐 묻기에는 병수의 신경줄이 너무나 섬세했다. 결국 그가 선택한 건 말 같지도 않은 시시한 소문 보따리나 풀어내는 거였다.

"마침 휴가인데 놀이공원이나 한번 가보는 건 어때요? 밤에만 문 여는 놀이공원이 있다는데, 아주 끝내준대요."

갑자기 웬 놀이공원 타령이람. 괜히 말을 돌리려는 수작이란 걸 모르는 바는 아니었으나, 땀을 뻘뻘대며 애쓰는 꼴이 귀여워 연두는 장단을 맞춰주기로 했다. 밤에만 여는 놀이공원이라니, 흥미가 동하기도 했다.

"이런, 세상에. 야간 수당이 얼마나 비싼데 밤에만 문을 열어? 이익은 어찌 내고? 내가 못 들은 거 보면 손님도 얼마 없는 모양인데, 사장이 돌았대? 혹시 멋모르는 어린 것들 속여서 최저임금도 안 주고 부려먹나? 아님, 뭐 숨겨야 할 거라도 있어서 밤에만 여나? 구린내가 나는데. 쿵쿵."

"누가 기자 아니랄까 봐 진짜……. 나도 잘은 몰라요, 그냥 들은 거라서."

병수의 이야기는 꿈인지 현실인지 구분이 안 가도록 모호했다. 초대장을 받은 소수의 인원만이 들어갈 수 있는 놀이공원, 밤에만 문을 여는 놀이공원, 방문자가 원하는 욕망 모두를 충족할 수 있는 놀이공원. 잘 모른다더니 병수는 끝없이 나불대며 거창한 소개를 이어갔다. 듣다 못한 연두가 손을 내저어 말을 끊었다.

"그래서, 거기 이름이 뭐라고?"

"드림랜드요."

"이름 구린 거 봐라……."

"진짜 재밌다는데."

"그렇게 재밌으면 너나 가라, 드림랜드."

"아, 되도 않는 드립 치지 마요. 소름 끼쳐. 언제 적 유행어야, 그거."

팔뚝을 마구 문지르던 병수가 가방을 뒤지더니 웬 고급스러운 봉투를 꺼내 내밀었다. 연두는 샐쭉한 눈을 하고 봉투를 노려보았다. 그러나 고민은 짧았다. 자신은 이성적인 인간이라는 자존심보다는 헐떡대는 호기심이 훨씬 힘이 셌으니까. 봉투를 곱게 챙겨 넣는 연두를 향해 병수가 얄미운 눈웃음을 쳤다.

"거 봐, 결국 가볼 거면서 빼기는."

"시끄러. 이거 사기라서 헛걸음이라도 하면……. 넌 그날로 내 손에 죽는다, 진짜."

"아, 그땐 이 초대장 준 사람에게 연결시켜 드릴게요."

"얄미운 새끼. 야, 자이나 받아."

주거니 받거니, 두 사람의 술자리는 몇 시간이나 더 이어져 새벽녘이 되고서야 끝났다. 병수는 긴 갈색 머리카락 굽이굽이 술냄새를 풍기는 연두를 챙겨 택시에 태워 보냈다. 그리고 아아, 목소리를 풀더니 휴대폰을 꺼내 누군가에게 전화를 걸었다.

"······예. 택시 태워서 집에 보냈습니다. 술독에 빠지다시피 해서 갔으니까 몇 시간은 꼼짝도 하지 않고 자겠죠. 휴가라던데요. 얼마나 쉰다더라······. 일주일이었나, 열흘이었나. 꽤 깁니다. ······예. 그 계좌 맞습니다. 예. 들어가 보십시오."

통화는 길지 않았다. 병수는 휴대폰을 챙겨 넣고 대신 담배를 꼬나물었다. 지나치게 마신 술 때문에 머리는 꽝꽝 울리고 속은 뒤집어지는데, 그 뒤집어지는 속이 파업 직전의 위장인지 아니면 습자지처럼 얄팍한 제 양심인지는 도무지 구분이 되질 않았다.

"카악- 퉤! 나야 돈만 주면 장땡이지. 의리는 개뿔······."

가로등에 비친 그림자가 길게 늘어져 흐느적거렸다. 병수는 괜히 그림자를 향해 화풀이를 하다가 허우적허우적 집으로 돌아갔다.

그렇게 병수와 헤어진 그날 오후. 오전 내내 실컷 자고 일어나긴 했지만 술기운이 아직 남은 데다 호기심에 휩싸이기까지 한 연두의 행동력은 그야말로 MAX수치를 찍고 있는 상태였다. 그녀는 취재에 필요한 최소한의 물품만 챙긴 채 호기롭게 운전대를 잡았다.

"드림랜드? 이름도 구린 그 놀이공원, 내가 한번 놀아주지! 재미없기만 해봐라."

하지만 연두의 호기는 오래가지 못했다. 내비게이션이 알려주는 길은 점점 꼬불꼬불해졌고, 어두워졌으며, 인적마저 드물어 음산한 분위기로 연두의 간덩이를 자꾸만 작아지게 만들었다. 게다가 해가 진 뒤에 진입한 도로는 가로등도 없는 주제에 비포장도로이기까지 했다. 끊임없이 덜덜거리는 차 때문에 이제 연두는 없던멀미가 올라올 지경이었다.

'아이고 죽겠네⋯⋯. 그냥 돌아갈⋯⋯ 아니, 여기까지 온 게 아까워서라도 못 가지.'

신경질적으로 입술을 짓씹으면서도 계속 엑셀을 밟는 건, 죽일놈의 호기심 때문이었다. 그놈의 호기심 때문에 험한 꼴 겪은 게대체 몇 번인지 이제는 두 손으로 셀 수도 없건만, 연두는 고집스럽게 앞을 향해 내달렸다.

그렇게 얼마를 더 갔을까, 이런 길 끝에 정말로 놀이공원이 있는 걸까 의심스러울 정도로 험한 길을 군소리 없이 달리던 차가,갑자기 발을 멈췄다.

"악!"

몸이 앞으로 확 쏠렸다. 다행히 핸들에 머리를 박지는 않았지만 안전벨트에 눌린 어깨가 쓰라렸다. 아픔도 참고 계기판을 보았는데, 이럴 수가. 계기판의 불이 죄다 꺼져 있지 뭔가. 연두는 어쩐지 울고 싶은 기분이 되었다.

몇 달을 투자해 쓴 르포기사는 사주의 심기를 거스를지도 모른다는 말도 안 되는 이유로 반려되었고, 꼭두새벽부터 지랄 맞은 스토커의 전화를 받았다. 거기에 더해 휴가인지도 모르고 멍청하게 출근을 했고, 허겁지겁 나오고 나니 맨정신으로 집에 들어갈 자신이 없어 죽도록 술을 펐다. 그리고 잠에서 깨자마자 정말 있는지도 의심스러운 이상한 놀이공원에나 가보려고 핸들을 잡았다. 해장국도 뒤로하고 삼각김밥이나 사먹으며 꾸역꾸역 왔는데 가던 와중에 차가 퍼져 버리다니, 인생 참 우울하다.

연두는 핸들에 머리를 처박고 잠시 자신에게 찾아온 불운과 불행을 곱씹었다. 하지만 그런다고 기분이 나아질 리 없지. 그녀는 취재용품이 든 가방을 둘러메고 차에서 내렸다. 이왕 이렇게 된 거, 끝까지 가볼 심산이었다.

"뭐어……. 헤매다 실종이라도 되면 병수가 경찰에 신고 정도는 해주겠지. 그 정도 의리는 있을 거야. 화장대에 주소도 남겼고……."

연두는 스스로도 믿지 못할 말을 되뇌며 입술을 깨물고 걷기 시작했다. 짐승 부스럭거리는 소리도 들리지 않는 적막한 숲길은 어쩐지 심장이 죄어들도록 무서웠으나, 손전등 불빛에 의지해 꿋꿋이 걸었다. 그녀는 이미 반쯤은 오기로 점철된 상태였다.

하지만 그 오기도 결국 한계가 찾아와 슬슬 돌아갈 것을 심각하게 고려하려던 찰나, 희미한 음악이 들려왔다. 이상할 정도로 조용하던 숲을 뚫고 들려오는 음악을 듣자마자 심장이 쿵쿵 소리를 내며 뛰었다.

연두는 달리기 시작했다. 구불구불한 숲길을 달려, 돌을 쌓아 만든 어설픈 과속방지턱을 지나, 나뭇잎 무성한 모퉁이를 돌자 생각지도 못했던 광경이 그녀의 눈앞에 펼쳐졌다.

"……맙소사."

어두운 하늘을 환하게 밝히는 색색의 조명, 귓전을 때리는 음악, 코끝을 스치는 맛있는 음식 냄새. 보기만 해도 마음이 설레는 화려한 놀이공원이 눈앞에 있었다. 이렇게나 밝고 시끄러운데 왜 알아채지 못했을까 이상했지만, 그런 의문보다도 더한 흥분이 그녀의 이성을 마비시켰다. 종종 직업병이라 탄식하던 의심조차 지금은 눈곱만큼도 남아 있지 않았다.

찰칵찰칵찰칵.

본능처럼 카메라부터 꺼내 멀리서부터 사진을 찍으며 다가갔다. 가까이 갈수록 놀이공원의 규모와 휘황함에 점점 압도되는 느낌이 들었다. 이 정도 규모의 놀이공원이 외부에 알려지지 않았다는 게 믿어지지 않았다. 분명 뭔가 이유가 있을 테다. 연두는 카메라를 가방에 쑤셔 넣고 간판을 확인했다.

『꿈과 희망의 나라 드림랜드』

낡아빠진 간판에 쓰인 촌스러운 이름조차 솜사탕처럼 달콤했다. 연두는 홀린 듯 매표소를 찾았다. 색색의 전구가 요란하게 반짝이는 작은 매표소 안에선 광대 복장을 한 사람이 매표소 벽면에 작은 인형들을 진열하고 있었다.

광대는 자꾸 선반에서 떨어지는 인형을 주워 올리다 한숨을 내쉬었다. 요즘 들어 안 좋은 일이 자꾸만 일어나고 있었다.

"액이 꼈나? 삼재인가?"

그는 긴 손가락을 하나씩 꼽으며 최근 자신의 심기를 거스르는 일들이 뭐가 있었나 되짚어 보았다.

첫째. 분명 나름대로 엄선해서 소수에게만 초대장을 돌렸는데 어째 오는 손님들마다 죄다 허접하거나 귀찮거나 규칙을 어겨대며 성질을 돋웠다.

둘째. 정착하고 산 지 얼마나 되었다고 이놈의 기계들이 자꾸만 말썽이었다.

셋째. 첫째와 둘째 때문에 자꾸 뒤처리 할 일이 늘어나 수면 시간이 부족해지고 있었다.

다른 건 몰라도 세 번째는 너무나 치명적이었다. 아니, 하루를 마감하는 꿀잠이 얼마나 소중한데. 그는 새빨갛게 칠해놓은 입술을 삐죽거리며 연신 투덜댔다.

"굿이라도 한판 해야 하는 건가……. 아니, 그보다 내가 무당집 대문을 넘을 수 있긴 한가? 빗자루로 얻어맞고 쫓겨나는 거 아냐? 이것 참, 그렇다고 선무당에게 돈을 싸다 바칠 수도 없는 노릇이고. 곤란하네……."

한숨 쉬는 광대의 뒤 벽면에는 자그마한 인형들로 가득 차 있었다. 정교하고 섬세한 인형들은 전부 다 수제품인지 모두가 달랐다. 피부색도, 이목구비도, 체형도, 입고 있는 옷마저도 각자 개성이 살아 있다. 그 인형들이 광대의 움직임을 따라 이리저리 눈알을 굴렸다.

그런 그의 등 뒤에서, 연두가 유리 창문을 두드렸다.

"저기요?"

"흡!"

"……뭘 그렇게까지 놀라요. 사람 무안하…… 힉!"

광대는 기척도 느끼지 못했는데 갑자기 자신을 부른 연두 때문에 놀랐고, 연두는 돌아본 광대의 분장이 너무 기괴해서 놀랐다. 그렇게 서로를 마주 본 채 딱딱하게 굳어 있던 두 사람 중에서 광대가 먼저 입을 뗐다. 초대장도 없이 온 귀찮은 손님은 사절이었다.

"영업 끝났습니다."

꽤나 단호한 어투였다. 하나 연두는 흥, 하고 코웃음을 치고는 반짝반짝 요란하게 빛을 밝히고 있는 정문을 가리켰다. 굳게 닫혀 있긴 했지만 거기에 걸린 팻말의 글씨만은 지나치게 선명했다.

『해가 뜨는 순간까지 드림랜드를 즐기세요!』

유구무언이라는 옛말은 이럴 때 쓰라고 있는 것일 테다. 눈치 빠른 연두는 광대가 잠시 말을 잃은 사이 품에 넣어온 봉투를 꺼내 내밀었다. 병수에게서 받은 초대장이었다.

광대는 정말로 싫은 얼굴로 초대장을 확인하더니, 반으로 쪽 찢어버렸다. 연두의 당황은 이루 말 할 수가 없었다. 그녀는 떨어지는 종잇조각들을 허겁지겁 주워 모았다.

"뭐, 뭐예요! 왜 찢어요!"

"본인이 받은 거 아니잖아요. 아가씨, 드림랜드 초대장은 양도가 안 돼요."

"아니, 내가 양도를 받았는지, 아님 초대를 받았는지를 당신이 어떻게 알아요? 일일이 면대면으로 전달하는 것도 아닐 거 아냐! 양도든 뭐든 내 손에 들어온 이상 이건 내 거라고요!"

"남의 초대장 가지고 온 사람은 안 받는다니까요. 버리면 버렸지 남 주지 말라고 그렇게 신신당부를 하는데 꼭 이렇게 일을 키우는 놈들이 있어. 돌아가세요."

광대는 마치 직접 초대장을 주고 온 사람처럼 말을 했다. 이목구비를 무시하고 마구 발라놓은 화장은 우습다기보다는 기괴했고, 하얗게 칠한 뺨에 검게 드리워진 속눈썹 그림자는 그저 음울했다. 수많은 괴담 속에 등장하는 무서운 피에로가 현실에 나타난다면 딱 이런 모습이지 않을까. 겁이 많은 사람이라면 저도 모르게 뒷걸음질을 치기에 충분한 분위기였다.

그러나 연두는 조금도 신경 쓰지 않았다. 만약 이런 식의 협박에 굴하는 여자였다면 편집장에게서 그렇게 까일 만한 기사를 쓰지도 않았을 테다. 그녀는 메고 온 가방을 끌어안은 채 매표소 앞에 자리를 잡고 주저앉았다. 들여보내 줄 때까지 버티겠다는 기색이 역력했다.

이제껏 이렇게 음산한 분위기를 조성해서 쫓아 보내지 못한 사람이 없었던 광대로서는 황당하기만 한 사태였다. 그는 성미에 맞지도 않는 위협은 그만두고 연두를 향해 삿대질을 했다.

"밤 샐 거예요? 거기서? 그 가방 끌어안고? 미쳤어요? 장사 방해하지 말고 좀 가요!"

"초대장이 있어야 들여보내 주는 곳이라며 뭔 장사 방해예요? 손님 오면 알아서 비킬게요."

광대는 지끈대는 이마를 짚었다. 좀 무서워하라고 부러 분위기를 잡았는데 이게 뭔 반응인지. 강적이었다. 밤새 이러고 실랑이를 하느니 차라리 좀 놀게 해주고 돌려보내는 게 덜 귀찮지 않을까, 하는 유혹이 슬금슬금 올라왔다. 포기하면 편해. 누가 한 말인지 참 명언이었다.

"이 사람이 진짜······. 어휴, 앓느니 죽지. 초대장은 그냥 입장권이고요, 이용 요금은 후불입니다. 싫으면 가세요."

"어, 어, 누가 싫대요? 들어갈 거예요!"

"잠시만 기다리세요."

광대는 그때까지도 소중하게 손에 쥐고 있던 인형을 매표소 테이블에 아무렇게나 내려놓았다. 인형이 길쭉길쭉한 팔다리를 힘없이 늘어뜨린 채 나뒹굴었다.

연두는 광대가 비켜선 뒤에야 매표소 벽면을 빼곡히 메운 인형들을 볼 수 있었다. 인형이라는 게 오히려 이상할 만큼 생기 있는 인형들이 색색의 눈동자를 데구루루 굴려 연두를 바라보았다.

'……술이 덜 깼나?'

연두는 제 눈이 이상한가 싶어 눈을 뻑뻑 비비곤 조심스럽게 실눈을 떴다. 과연 조금 전까지만 해도 그녀를 향해 따가운 시선을 보내던 인형들은 그냥 인형답게 얌전히 앉아 있을 뿐이었다. 어쩐지 등이 축축해지는 기분이었다.

"뭐 하세요? 그렇게 멍하니 서서."

"아니, 아무것도 아니에요. 가요."

광대는 굳게 닫혀 있던 정문을 열며 끊임없이 주의사항을 읊어 댔다. 절대 자신과 떨어져서 다니면 안 되며, 아무거나 주워 먹어서도 안 되고, 사진 촬영은 무조건 금지이고, 기타 등등. 연두는 연신 고개를 끄덕거렸다.

드림랜드는 근사했다. 일단 공기부터가 달랐다. 끈적하고 더운 도시의 밤바람과는 비교도 할 수 없는 청량한 바람이 팔다리를 휘감고 지나갔다. 별이 보이지 않을 정도로 밝은 조명 아래 반짝 반짝 빛나지 않는 것이 없고 황홀하게 아름답지 않은 것이 없었다. 거리 곳곳에는 계절에 맞지 않는 꽃들이 흐드러지게 피었고 꽃과 조명으로 채워진 분수는 저절로 탄성이 나오도록 멋있었다. 알록달록한 보도블록이 깔린 바닥은 그 자체로 거대한 모자이크 예술 작품이었다.

광대는 주변을 살피며 감탄사를 연발하는 연두를 데리고 드림랜드 곳곳을 누볐다. 그 걸음이 어찌나 거침없는지, 흡사 넓은 부지 전부를 죄다 걷게 만들어 힘을 쏙 빼놓을 심산처럼 보일 정도였다.

하지만 이를 어쩌랴, 연두의 체력은 꽤 좋은 편이었고 그녀는 움직이지 않는 놀이기구일망정 구경하는 것만으로도 벌써부터 기분이 고양되어 피로 따위 싹 가셨다는 얼굴을 하고 있었다.

진짜 말이라도 박아놓았나 싶게 실감나는 회전목마는 저절로 움츠러들 정도로 박력이 있었고, 허공을 향해하는 바이킹 배 부근에서는 정말 짭짜름한 바다 냄새가 났으며, 롤러코스터의 궤도는 보기만 해도 아찔할 정도로 무시무시했다. 연두는 약한 고소공포증이 있어 평소엔 바이킹이며 롤러코스터는 쳐다보지도 않았지만, 어째 지금은 그런 생각이 전혀 들지 않았다. 그저 모든 게 멋있고 흥미로워 설렘과 흥분으로 양 볼을 빨갛게 물들였다.

"정말 멋있어요! 최고야! 그런데 이렇게 커다란 놀이공원을 왜 밤에만 열어요? 그것도 손님을 가려가면서? 운영비가 뽑히긴 해요? 내 생각엔 만년 적자일 것만 같은데!"

"뭐어……. 그럭저럭 운영은 되는데 어떡하죠."

"이런, 세상에."

광대의 말을 어떻게 해석한 것인지, 연두는 하얗게 질린 얼굴로 놀이기구 사용료의 견적을 내기 시작했다. 연두는 세상 진지했지만 드림랜드의 사용료로 돈을 받은 적 없던 광대의 입장에서는 그저 우스울 뿐이었다.

'그나저나 여기가 정말로 놀이공원인 건 오랜만인데.'

광대는 며칠 전에 다녀갔던 남자 손님을 생각했다. 시원시원한 이목구비에도 묘하게 비열하다는 인상을 주던 그는 정문을 열자마자 드림랜드의 넓은 부지를 주지육림의 현장으로 바꿔놓았었다. 술과 여자, 그리고 약물로 가득 찬 향락의 공간으로 말이다. 그 남자 손님은 자신이 꿈꾸었던 것보다도 더한 쾌락에 빠져 허우적대느라 자신이 광대에게 지불한 게 무언지도 모르는 채 만족하여 돌아갔다. 광대 역시 새로운 수집품을 하나 추가하는 것으로 만족했으니, 서로에게 좋은 거래였다.

그처럼 손님의 내면에 가둬져 있던 은밀한 욕망이 구체화되는 공간, 그게 바로 드림랜드였다. 그런데 지금 연두는 드림랜드의 맨얼굴을 들여다보는 중이었다. 광대로서는 정착을 결심하고 드림랜드를 만들어낸 이후로 처음 겪는 일이었고, 그건 그에게 묘한 감흥을 주었다. 주인인 그조차 거의 잊고 있던 맨얼굴을 이렇게 보게 되다니.

광대는 연두에게서 받아낼 수 있는 게 거의 없으리라는 걸 직감했다. 아마 귀찮은 건 물론이요 뒤처리거리까지 잔뜩 남기는 손님이 될 게 틀림없었다. 그럼에도 불구하고 기분이 나쁘지 않으니, 이상한 일이었다.

"당신, 의외로 괜찮은 사람이군요."

"뭐라고요?"

"아뇨, 그냥 혼잣말이에요."

연두는 뜬금없는 말에 고개를 갸웃거리면서도 얌전히 광대의 뒤를 따랐다. 어차피 혼자서는 놀이기구를 작동시킬 수도 없었고, 전부 타보겠다 우기기에는 후불이라는 요금이 너무 무서웠다. 그런데, 도저히 그냥 스쳐 지나갈 수 없는 건물이 연두의 눈에 들어왔다. 그녀는 홀린 것처럼 방향을 틀었다. 뒤늦게 그녀의 이탈을 알아챈 광대가 허둥지둥 뒤를 쫓아왔다.

"세상에……. 너무 예뻐. 광대 씨, 여기 대단하네요. 이 인형들,

설마 전부 수제품인 건가요?"

"여기 인형들이라면, 당연히 수제품이죠. 공산품으로는 이런 분위기를 낼 수 없죠. 아니, 그게 그렇게 좋아요? 저기서부터 여기까지 뛰어올 만큼?"

"왜요, 다 큰 어른이 인형 좋아하는 게 이상해요? 그렇지만 좋은 걸 어떡해요, 좋은 걸."

연두는 커다란 전면 유리창에 착 달라붙은 채 뜨거운 시선으로 안을 바라보았다. 할 수만 있다면 유리창을 뚫고라도 들어갈 기세였다. 온갖 놀이기구를 보며 연신 감탄사를 뱉으면서도 타고 싶다, 말한 적은 없었는데, 그녀는 인형을 바라보며 이번 달 생활비, 다음 달 생활비, 빠듯하게 셈을 하기 시작했다. 후불은 무섭지만 꼭 한 번은 들어가 보고 싶었다.

"그렇게 좋아요?"

"네에……."

지금 연두가 이토록 매달리고 있는 건물의 이름은 바로 '인형의 집'. 마녀 니니스가 정착을 결심한 광대에게 선물한 인형들이 전시된 곳이었다.

"다이어트 하는 셈 치고 식비를 줄이면……. 으음……."

광대는 연두가 조금 안쓰러워졌다. 오랜만에 드림랜드의 맨얼굴도 보게 해줬는데 인형의 집 구경 정도 시켜주는 것쯤이야 어떻겠나 싶었다. 그는 다분히 충동적으로 말을 꺼냈다.

"이 인형의 집에 들어가 보고 싶다고 하신 건 손님이 처음이세요. 마수걸이하는 셈치고 조금 싸게 받도록 하죠. 흠……. 뭘 받을까……. 그래요, 손님께서 지금 머리에 하고 있는 머리끈이 꽤 마음에 드네요. 그걸로 하죠."

생각지도 못했던 말에 연두의 눈이 동그랗게 커졌다. 광대는 꾹 다문 입술을 비집고 나가려는 웃음을 힘겹게 단속하며 연두의 머리끈을 잡아당겨 풀었다. 그리곤 땡땡이 무늬의 고무줄 머리끈을 태연히 손목에 끼웠다.

"돈을 받을 거라고 생각했어요?"

"그야 당연히…… 여기 운영비가…… 어림짐작만 해도……."

"마수걸이니까요. 하지만 다음 놀이기구는 제대로 요금을 받을 거예요. 인형 좋아하시죠? 실컷 보세요."

"광대 씨……! 좋은 사람이었군요!"

연두의 뺨이 발갛게 달아올랐다. 옅은 개암색, 맑은 눈동자가 별이라도 품은 듯 반짝반짝 빛을 내기 시작했다. 광대는 결국 웃음을 참는 것에 실패했다. 엉망으로 칠해놓은 화장이 일그러지며 더욱 괴상한 꼴이 되었지만 연두는 이제 그 얼굴이 무섭지 않았다.

"고마워요!"

연두는 흰 장갑 낀 손을 답삭 끌어안고 감사의 인사를 외치곤 입구를 향해 내달렸다. 어둡고 구불구불한 통로를 무섬증도 없이 가로지르는 발소리가 경쾌했다.

광대는 너무 오랜만에 웃어 아픈 뺨을 주무르며 천천히 뒤따라 걸었다. 내가 인형의 집 문을 열어두었던가, 하는 의문이 잠시 떠올랐지만 아무래도 상관없었다. 문이 열려 있다면 알아서 들어갈 것이고, 닫혀 있다면 문 앞에서 안달복달하는 모습을 구경할 수 있을 터였다.

다행인지 불행인지 인형의 집 문은 활짝 열려 있었고, 열린 문 너머에서는 새하얀 조명이 쏟아지고 있었다. 광대는 자기도 모르게 눈을 찌푸렸다. 어둠에 익숙해져 있던 눈에는 지나치게 강하고 밝은 조명이었다. 그는 문득 연두 걱정을 했다. 꽤나 급하게 뛰어 들어갔는데, 눈은 괜찮으려나.

"손님~?"

조용했다.

"손님! 눈은 괜찮으세요? 여기 조명이 너무 강한 것 같은데……
손님? 손님!"

거듭된 부름에도 대답은 없었다. 눈부신 빛이 가득한 실내는 소름끼치도록 완벽한 정적이 지배하고 있었다. 광대의 심장이 덜컥 내려앉았다. 그는 날카로운 시선으로 인형의 집 내부를 살폈다. 그러나 수십 개의 인형들과 조형물들 사이 그 어디에서도 연두의 흔적은 찾아볼 수가 없었다.

아니, 여길 들어온 게 분명한데 왜 없지. 광대는 몹시 당황했다. 그의 짧지 않은 생 가운데에서도 이렇게 당황해 본 일은 몇 번 되지 않을 정도였다. 그는 일단 인형의 집을 나가보기로 마음먹었다. 혹시 아는가? 연두가 아직 밖에 있는데 그가 못 알아보고 엉뚱한 곳을 헤매고 있는지.

"……하. 이게 뭐야?"

그러나 광대가 뒤돌아섰을 때, 거기엔 아무것도 없었다. 조금 전에 들어왔던 문은 물론이고 인형도 그림도 조형물도 없이 그저 흰 벽만 있었다. 생각지도 못한 사태에 얼이 빠진 광대에게로 시선이 쏟아졌다. 인형의 집을 가득 메운 등신대 인형들 모두가 광대를 향해 눈길을 주고 있었다. 광대는 가까스로 뒷걸음질을 하지 않고 버텼지만 등줄기에 소름이 돋는 것만은 어쩔 수 없었다.

"빌어먹을 니니스! 제기랄, 마녀의 선물 따위는 받는 게 아니었는데……!"

뒤늦게 치민 화에 애꿎은 벽을 걷어차며 성질을 부렸지만, 벽은 그냥 벽이었다. 사방이 이렇게나 환한데 앞날이 왜 이렇게 까맣게만 느껴지는지. 그는 견디지 못하고 눈을 감았다가 그만 욕을 하고 말았다. 젠장, 감으나 뜨나 똑같았다.

광대는 사라져 버린 문을 찾기 시작했다. 이곳에 있던 문이 없어졌다면 어딘가 새로운 곳에 문이 생겼을 게 분명했다. 하지만 도대체 무슨 조화인지, 그 큰 인형의 집을 몇 바퀴나 돌았는데도 문이 보이질 않았다. 문도, 손님도, 없다.

"미치겠네, 진짜……. 여기서 나가면, 내가 꼭 굿 한다. 빗자루로 얻어맞더라도 굿 하고야 만다. 아, 그전에 니니스에게 따지기부터 하고……. 어?"

막 2구역을 확인하고 1구역으로 돌아온 광대는 제 눈을 의심했다. 분명 아까는 아무것도 없었던 자리였는데, 지금은 연두가 벽에 기댄 채 쓰러져 있었다. 그는 반가운 마음에 한달음에 달려가 연두를 일으켜 앉혔다.

"이봐요, 손님. 괜찮아요? 정신 좀 차려 봐요. 손님! 손…… 뭐야, 이거."

걱정 어린 말을 쏟아내던 광대의 표정이 싸늘하게 굳었다. 그가 흔들어대는 건 연두가 아니었다. 그녀의 형상을 띤 '인형'이었다. 풀어헤쳐져 얼굴을 가린 머리카락을 넘기자 드러난 얼굴엔 작위적인 미소가 걸려 있었고, 손에 잡힌 어깨에서 느껴지는 체온은 그저 차갑기만 했다.

"말도 안 돼……. 이번에는 아무것도 하지 않았는데……!"

광대는 놀라 뒷걸음질을 쳤다. 드림랜드를 방문하는 손님들의 넘치는 욕망을 끌어 모아 인형 형태로 만들어 수집하는 건 그의 오래된 취미였다. 하지만 하늘에 맹세코, 이번 손님에게는 아무 짓도 하지 않았다. 애초에 인형을 만들 수 있을 만큼의 욕망이 있을 것 같지도 않던 손님이었는데 이렇게 커다란 인형이라니 말도 안 됐다.

"그, 그래. 일단 어떻게든 나가자. 나가서 니니스에게 연락을 넣어봐야겠어."

「나 불렀어?」

얌전히 늘어져 있던 인형이 자세를 바로 잡았다. 초점 없던 눈동자가 넘치는 생기로 반짝반짝 빛을 냈고 발그레한 입술이 방긋 미소를 지었다. 인형은 봉두난발이 된 머리카락을 한쪽으로 모아 땋으며 귀엽게 인사했다.

「오랜만이야, 깜장 고양아.」

"……니니스! 당신, 내 손님에게 무슨 짓을 한 겁니까!"

「거 참, 부르기 전에 미리 와주는 서비스 정신을 발휘했는데 대우가 박하네. 그나저나 이 아가씨 제법 미인인데? 얼굴도 예쁘고, 몸매도 이만하면 괜찮고. 어디보자, 이름이…… 강연두? 귀여운 이름이네. 직업은 기자……. 흐응.」

분통이 터진 광대가 와와 대든 말든 인형의 껍데기를 뒤집어쓴 니니스는 그저 태연하기만 했다. 다른 인형이 들고 있던 거울을 빼앗아 얼굴을 비춰보며 품평을 하고는 연두가 떨어뜨린 가방에서 지갑을 꺼내 신분증을 확인했다. 기자증을 본 니니스의 입가에 심술궂은 미소가 떠올랐다.

「이것 참, 제대로 걸렸다고 해야 할지, 아니면 사실은 영 아닌데 조건이 겹쳤다고 해야 할지……. 뭐, 우연이 겹치면 필연이라고들

하니까.」

　광대는 니니스가 중얼대는 말을 하나도 알아들을 수가 없었다. 우연은 또 뭐고, 필연은 또 뭔가. 대체 이 인형의 집에 무슨 짓을 해놓았기에 조건이라는 말이 나오는 건가. 마음 같아서는 니니스를 거꾸로 매달아서라도 속사정을 듣고 싶었지만, 자칫하다가 손님에게 무슨 탈이 날까 두려워 손을 댈 수가 없다. 하지만 그것도 슬슬 한계가 오고 있었다. 그의 표정이 험악해졌다.

　"니니스…… 이게 무슨 사태인지 제대로 대답해 주지 않으면, 당신이 그렇게 소중히 여기는 공방에 불을 질러 버릴 겁니다. 예, 물론 잘 숨겨뒀겠죠. 하지만 내가 못 찾을 거라곤 생각되지 않는데요. 술래잡기 한번 해보시겠어요? 지금 당장 시작하죠."

　「나가는 문도 못 찾던 녀석이 협박은……. 얘, 얘, 깨지 마! 깨지 마! 말해줄게!」

　입을 삐죽대던 니니스는 광대가 정말로 유리를 깨서라도 나갈 조짐을 보이자마자 잽싸게 태도를 바꿨다. 어차피 말해주려고 했었다. 그냥, 저 담담한 놈이 당황하는 꼴을 좀 즐기고 싶었을 뿐이었다.

　「네 손님이 사라진 건 내 짓이 맞아. ……얘, 손에 힘 좀 빼. 무섭다. 인형의 집을 처음 만들 때 심어둔 마법이었는데 그게 이제야 발동을 했네. 너도 참 어지간한 놈이야. 이 손님, 그러니까 강연두 씨? 아무튼 이 사람이 마법에 걸린 건, 내 나름의 기준을 통과한 사람이기 때문이야.」

　"그 기준이 대체 뭡니까? 뭘 위한 기준이죠?"

　「이 빌어먹을 놀이공원을 통째로 삼킬 수도 있을 법한 욕망을 가진 사람이 조건이었지.」

"지금 나랑 장난해요?"

광대의 이마에 핏대가 섰다. 꽤 열이 오른 모습이었지만, 니니스는 그저 여유로웠다. 하긴, 니니스는 광대가 생각하는 것보다 훨씬 대단한 마녀였다. 현대까지 살아남은 것 자체로도 이미 대단했다.

「어머, 얘. 내가 이 마당에 장난할 것 같니? 성질내지 말고 계속 들어. 난 네가 이따위 놀이공원을 운영하는 게 마음에 안 들어. 아니, 네가 하는 장사 자체가 마음에 안 들어. 예전에도 그랬지. 그래서 이 인형의 집을 만든 거야. 너에게서 드림랜드를 뺏어갈 수도 있는 사람을 골라내도록. 이 건물이야말로 드림랜드의 핵심이니까, 이걸 가진다면 너에게서 드림랜드도 가져갈 수 있겠지.」

니니스가 자신의 장사를 싫어한다는 거야 이미 알고 있는 사실이었기에, 광대는 그녀가 비추는 혐오를 무심히 넘겼다. 인형의 집이 드림랜드의 핵심이라는 말도 그냥 넘겼다. 제일 처음 만들어진 놀이기구가 인형의 집이었으니, 그럴 수도 있겠다 싶었다. 다만 그가 납득하지 못한 건 욕망에 대한 부분이었다.

"무슨 개소리예요, 그게. 니니스의 말대로라면 들어오자마자 인형의 집을 만났어야죠. 그 손님은 드림랜드에 들어와서 아무것도 바꿔놓은 게 없어요. 당신이 틀렸다고요."

「잘 생각해 봐, 고양아. 이 아가씨의 직업은 기자야. '진실을 알고 싶은 욕망'이 지나치게 큰 나머지 드림랜드의 맨얼굴을 보게 됐다고 치면 하나도 틀린 게 없어.」

니니스의 말은 정말로 그럴듯했다. 그녀가 내미는 연두의 기자증은 니니스의 주장을 뒷받침하는 훌륭한 근거 같았다. 하지만 니니스가 광대를 알아온 세월만큼이나 광대도 니니스를 알았다. 물끄러미 기자증을 바라보던 광대가 피식 웃었다.

"하지만 정말로 그렇다면 당신이 꼬리에 불붙은 고양이처럼 급하게 여길 찾아와 이러쿵저러쿵 조잘댈 리가 없죠. 안 그래요? 가만히 숨죽이고 기다리고 있으면 목적이 이뤄질 텐데 말입니다. 분명 어딘가에서 문제가 생겼을 테죠. 사람을 잘못 골랐든, 아니면 뒤늦게 마법에 구멍이 있다는 걸 깨달았든."

「……쓸데없이 예리한 녀석 같으니.」

"이만큼 들켰으면 이제 그만 버티고 내 손님이나 내놔요."

「후……. 그래, 솔직히 말하마. 사실은 문제가 생겼어. 본랜 내가 그 손님을 설득해서 드림랜드를 꿀꺽하는 동안 이 더미가 계속 손님 행세를 하면서 널 속였어야 하는데…….」

쉽게 말을 잇지 못하고 안절부절못하는 꼬라지가 왠지 불길했다. 광대는 요즘 자신이 영 재수가 없었던 것을 새삼 떠올렸다. 설마.

「미안! 마법이 발동되기까지 시간이 너무 오래 걸렸어! 시간이 지나는 동안 여기 인형들에게 자아가 생겼더라고!」

"……그게 무슨 뜻인데요?"

「인형들이 이 아가씨를 납치해 갔어. 아무래도 아가씨를 제멋대로 휘둘러서 자기들이 드림랜드를 꿀꺽할 셈인가 본데, 무슨 짓을 어떻게 해놨는지 몰라도 난 도저히 접근이 안 돼. 얘, 깜장 고양아, 이대로 두면 이 아가씨 인형들한테 잡혀서 나오지도 못하고 거기 있다가 생기만 쪽쪽 빨리고 죽어. 어차피 너도 드림랜드 뺏기면 곤란하잖아. 나 대신 가서 좀 꺼내줘. 응? 내가 딴 건 못 해줘도 들어가게 해줄 수는 있을 거 같거든!」

광대는 TV드라마 속 등장인물들이 화를 낼 때면 뒷목을 잡는 이유를 이해하게 되었다. 정말로 화가 나면 뒷목이 당기고 눈앞이 캄캄해서 그랬구나. 응.

어쨌거나 니니스의 말 그대로였다. 광대에게 이 드림랜드는 매우 중요했다. 손님의 안위도 걱정되지만, 드림랜드를 빼앗길지도 모른다는 생각을 하면 눈앞이 새하얘졌다. 광대는 손가락을 신경질적으로 탁탁 튕기며 짜증을 내다가 결국 고개를 끄덕였다. 니니스의 손아귀에 놀아나는 기분이 들긴 하지만, 급한 쪽은 그녀가 아닌 자신이었다.

"그래요⋯⋯. 내가 가죠. 이 일의 대가는 정말 톡톡히 받아낼 거니까 각오하고 있는 게 좋을 겁니다."

「아유, 아무렴. 네가 싫다고 할 정도까지 퍼줄게. 그 부분은 걱정 마. 아무튼 동의한 거다? 들어가는 거지?」

"갑니다. 문이나 열어요."

니니스는 뺨을 발갛게 물들이며 좋아했다. 대체 언제부터 인간 한 명을 그렇게 신경 썼다고 저리 좋아하는지 의아할 정도였다. 의심을 품은 광대가 니니스를 추궁하려는 순간, 푸른 드레스를 입은 인형이 니니스에게 다가와 구두를 내밀었다. 멋진 유리구두였다. 니니스는 유리구두를 받아 광대에게 내밀었다.

「자, 받아.」

"이건 왜요?"

「이 아가씨는 아마 신데렐라를 제일 먼저 만났을 거야. 하지만 개미 눈물만 한 네 마법 실력으로 유리구두를 만들어줄 순 없을 거 아냐. 그때 써. 이것만 있으면 웬만한 마법은 다 쓸 수 있으니까, 깨지지 않게 조심하고.」

"개미 눈물보단 나을 겁니다. 나는 뭐 나이를 공으로 먹었나요? 근데…… 그냥 가서 꺼내오면 되는 거 아니었어요?"

니니스는 이런 한심한 놈을 봤나, 하는 얼굴로 한숨을 내쉬었고 광대는 몹시 억울해졌다. 사고를 친 건 니니스인데 왜 자신이 죄인이 된 기분이 드느냐 말이다.

「난 동화를 기반으로 이 인형의 집을 만들었어. 이곳의 인형들은 전부 동화 속의 주인공이야. 이 인형들은 각자 자신의 동화를 가지고 있고, 이야기를 끝내고 싶은 욕구도 가지고 있지. 하지만 그 세계에선 자신이 그런 욕구를 갖고 있다는 것도 모를 거야. 자기가 인형이란 것도 모를걸?」

광대가 미간을 찌푸렸다.

「서로의 동화가 뒤섞여 있어 더 그럴 수도 있어. 어쨌건 인형들의 동화를 완성시켜 주면 그만큼 아가씨의 생명력을 갈취하는 인형이 줄어들면서 내가 개입할 수 있는 틈도 커져. 다 하라곤 안해. 적당히 내가 손을 댈 수 있을 정도로만 해주면, 그 뒤엔 내가 꺼내줄게. 아마 너 혼자선 못 나올 거야.」

"맙소사……."

광대가 탄식하건 말건, 니니스는 바닥에 마법진을 그리느라 바빴다. 텅 비어 있던 바닥은 동그라미, 네모, 세모, 마름모, 그리고 알 수 없는 글자들로 빼곡해졌다.

「인형의 집은 드림랜드의 심장이나 마찬가지야. 지금쯤은 네가 드림랜드를 제어하는 것에도 이상이 생겼겠지. 그렇지? 그러니까 너 없는 동안 내가 문 닫아놓을게. 너무 오래 있다간 아가씨의 생명이 위태로워지니까, 빨리 데리고 나와야 해.」

"제기랄……. 가지가지 하네요, 니니스. 사고를 아주 끝내주게

쳤어요.”

니니스는 광대를 손짓해 불러 마법진의 가운데에 세웠다. 그녀가 발을 구르자마자 마법진이 푸르게 빛나기 시작했다. 그녀는 빛 속에서 점점 흐릿해져 가는 광대를 향해 마지막 경고를 했다.

「아, 맞다. 아가씨 죽으면 드림랜드 그냥 날아간다! 알았지? 안 죽게 잘 지켜!」

“망할! 니니스! 돌아오면 가만 안 둘……!”

악을 쓰던 광대는 곧 사라졌고 마법진도 자취를 감췄다. 니니스는 뿌듯하게 기지개를 켜며 웃었다. 오래전부터 바라왔던 일이 이제야 겨우 시작되었다.

그때 작은 소년 인형이 니니스의 곁에 다가와 말을 걸었다. 처음 연두에게 말을 걸었던 그 인형으로, 그녀를 문 너머로 밀어 넣은 일등 공신이었다. 반질반질 예쁜 얼굴에 꽃보다 환한 미소가 걸려 있었다.

「니니스, 나 잘했죠?」

「반트! 아주 잘 했어. 아유, 장하기도 하지.」

니니스는 소년 인형, 반트의 머리를 쓰다듬으며 아낌없는 칭찬을 퍼부었다. 안에서도 잘해야 한다. 걱정 마세요. 내가 언제 니니스의 기대에 부족한 적이 있었나요? 아무렴, 기대하고 있으마.

chapter 2.

재투성이
아가씨

마녀니, 마법이니, 인형이니……. 이런 이상한 세계에 떨어진 시점에 이미 현실감각 따위는 저 멀리 어디론가 사라진 거나 마찬가지이긴 했지만 이건 너무하지 않은가. 너무 황당해서 화낼 힘도 다 빠져 버렸다. 믿고 싶지 않지만 안 믿으면 또 어쩔 건가. 연두는 체념한 채 고개를 끄덕이면서도 한 가닥 희망을 버리지 못하고 물었다.

"……너 진짜 나 못 빼내? 그 마녀도 안 돼?"

"그게 가능하면 내가 여기 있겠어요? 밖에서 훌쩍 빼내고 말지. 어휴, 내가 이 집시 무리에 들어와서 적응하느라 무슨 개고생을 했는데, 연두 씨는 마을에 내려오지도 않고. 이번 축제 때에도 못 만나면 진짜 저택에 숨어들어 가야 할 판이었어요."

"뭐 이런 염병할 일이 다 있어?"

"성질머리 하고는……. 나는 연두 씨에게 상황 설명도 해줄 겸

도울 수 있는 건 도와주러 왔으니까 너무 그렇게 박하게 굴지 말아요. 어차피 우리 둘 다 피해자라니까요?"

"지랄, 피해자 좋아하고 자빠졌네."

연두가 욕을 하거나 말거나 광대는 관심이 없었다. 그녀가 현실로 돌아가길 원하는 만큼 그도 드림랜드를 원했다. 연두를 만나려고 버린 시간이 아깝고 아까웠다.

"니니스가 말하길, 첫 번째 인형은 아마 신데렐라일 거라고 그러던데 뭐 짐작 가는 거 없어요?"

짐작 가는 게 왜 없겠나. 산더미처럼 많다. 하지만 그 얘기를 미주알고주알 떠들어대기엔 지나치게 화가 난다. 연두는 당장에라도 저 밉살맞은 광대를 거꾸로 매달아놓고 작신작신 두드리고 싶었다. 쓸데없이 미끈한 얼굴에 퍼렇고 빨간 멍 자국을 잔뜩 달아서 처음 만났을 때처럼 분장을 시켜주면 좋겠다. 어차피 그때도 별로 사람 같지 않은 꼴을 하고 있었는데 말이다.

"너, 왜 얼굴에 화장 안 하고 왔어?"

이를 득득 갈며 묻는 말에 호의라고는 눈곱만큼도 없건만, 광대는 뭔가 대단한 말이라도 들은 것처럼 호들갑을 떨며 뺨을 쓸었다.

"역시나 그쪽이 좀 더 낫죠? 이것 참, 분장 조금만 하겠다니까 다들 어찌나 말리던지……. 맨얼굴은 어쩐지 홀딱 벗은 것 같아서 불안한데 말이죠."

"말을 말자……."

연두의 어깨가 축 처졌다. 연두는 광대에게 더 신경질을 부리는 대신 아직 서늘한 나무 벽에 등을 기대고 아세라드를 생각했다. 어쩐지 이상하다고 생각했던 것들이, 광대의 말을 듣자마자 납득이 됐다. 아셰라드의 비참한 처지도, 그녀가 순식간에 실권을 잃고 나락으로 떨어진 것도, 정당한 후계자의 칩거가 이토록이나 길어지는데 발언권이 있는 친족 누구도 나서지 않는 이상한 상황도. 아셰라드가 신데렐라인 것이다.

"근데…… 여기가 신데렐라 세상이면, 내가 요정대모 노릇이라도 해야 하는 거야? 유리구두도 만들고 호박마차도 만들고? 이런 제기랄, 내가 마녀도 아니고."

"그러게요. 큰일이네."

"너 말에 영혼이 없다?"

"설마 유리구두가 정말 유리구두겠어요?"

"하긴 그렇겠지? 설마 쥐가 마부가 되고 가지가 말이 되는 그런 상황은 안 생기겠지?"

"정말 마법이 꼭 필요한 일이 생기면 밖에 있는 마녀가 알아서 해줄 겁니다. 그러니까 우린 여기서 할 수 있는 것에만 손을 대자고요."

어깨를 으쓱이는 모양새가 너무 가벼워 신뢰라고는 눈곱만큼도 생기지를 않는다. 게다가 정말 마법이 꼭 필요한 일이 생기면, 이라니. 그런 일이 생길 수도 있다는 걸 가정하고 하는 말이 아닌가. 연두는 좌절감에 머리를 싸매고 말았다. 그때였다.

뚝!

나뭇가지 부러지는 소리가 났다. 정적 속에 앉아 있던 연두와 광대 모두 놀란 고양이처럼 펄쩍 뛰어올랐다. 연두는 급히 밖으로 뛰어나와 사방을 둘러보았지만, 방앗간 밖에는 아무도 없었다. 스쳐 지나가는 바람에 나뭇가지들이 서로 몸을 비비는 소리만 가득할 뿐이었다. 삐리리리릭— 놀란 새가 울었다. 연두는 다시

문을 닫았다.

"그쪽은 아무도 없어?"

"없어요. 우리가 잘못 들었나 보죠. 아, 저기 토끼 뛰어간다. 토끼였나 보네요."

방앗간 문 반대편에서 창문 밖을 내다보고 있던 광대가 어깨를 으쓱였다. 연두의 눈이 가늘어졌다. 겁 많은 초식동물인 토끼가 사람의 출입이 잦은 방앗간 부근까지 와서 나뭇가지를 부러뜨리고 갈 일이 있을까? 믿지 못할 말이었지만 광대의 태도가 너무나 태연했기에, 연두는 의심을 접었다.

"돌아가면 피해보상을 청구할 거야. 젠장, 보나마나 신문사에선 잘렸겠고 월세 보증금도 날렸을 테지? 실종신고나 안 되어 있음 다행이겠네. 이거 다 물어주려면 각오해야 될걸."

"나 말고 니니스에게 청구하세요. 누가 그따위 마법을 걸어놓으랬나. 나도 피해자니까 같이 청구하죠. 니니스는 마녀치고는 꽤 양심적인 편이니까 모른 척하지는 않을 겁니다."

"웃기시네. 관리 못한 죄도 만만치 않거든? 피해가려고 하지 마. 그나저나 그 마녀, 부자야? 믿을 수는 있어?"

"당연하죠. 마녀의 약속만큼 미더운 것도 드물어요. 게다가 마녀는 공짜로 일하지 않아요. 그녀들에게 뭔가를 받을 땐 반드시 대가를 주는 편이 좋죠. 나중을 위해서라도. ……젠장, 그때 그걸 받는 게 아니었는데."

마지막 말은 너무 작아서 연두에게는 들리지 않았다. 그녀는 마녀가 부자일 거라는 장담을 듣고는 안심하고 대체 얼마를 청구해야 하는지 계산하기 시작했다.

진지하게 손가락을 꼽기 시작한 그녀를 내버려 둔 채, 광대는 창문 바로 아래를 향해 슬쩍 시선을 주었다. 거기엔 두 손으로 입을 막은 수아나가 숨죽인 채 사시나무처럼 떨고 있었다. 두 사람의 눈이 마주쳤다. 광대의 보기 좋은 입술이 양옆으로 길게 늘어났다.

'가.'

수아나는 벙긋거리는 입모양을 용케 알아보고는 기다시피 걸어 그 자리에서 도망쳤다. 작은 수풀을 지나 마차가 다니는 도로를 건너고 아직도 시끄러운 광장을 가로질러 간신히 집에 도착해 제 방에 침대에 누운 그 순간까지도, 그녀는 뒤를 돌아보지 못했다.

✺

도시의 밤은 밝다. 문명이 발전하면서 인간들은 땅에서 키운 빛으로 도시를 치장하며 신화와 전설, 폭력과 피로 채워져 있던 어둠을 아주 작은 공간에 밀어 넣었다. 그것들은 아무리 애써도 결코 사라지지 않는다는 걸 외면하고 싶어 하면서.

도시의 외곽지역, 한밤이 되면 무서울 정도로 인적이 뜸해지는 거리에 시멘트 콘크리트 건물이 속을 죄다 드러낸 채 흉물스럽게 서 있었다. 모텔을 지으려고 했다는데, 공사 중에 주인이 파산을 하는 바람에 그대로 멈춰 버렸다던가. 몇 년째 공사가 재개될 기미가 보이지 않는 데다 흉흉한 소문이 끊이질 않는 통에 주변 지역의 주민들은 한낮에도 공사장 부근에 가기를 극도로 꺼려했다.

병수는 그곳에 있었다. 열대야가 극심한 여름 밤, 차갑고 습한 시멘트 바닥에, 두 손은 뒤로 돌려진 채 결박되고 다리 역시 꽁꽁 묶인 채로. 힘겹게 숨을 들이켜는 그의 몸 이곳저곳엔 폭력의 흔적이 역력했다. 그를 둘러싸고 서 있는 거대한 덩치들의 소행이었다.

피비린내 나는 그곳, 달빛이 비추는 창가에 두 남자가 서 있었다. 이런 음침한 장소에 어울리지 않는 고급 정장을 차려입은 남자들이었다. 그들 중 한 명은 덩치들의 주인이었고, 나머지 한 명은 병수의 고용주였다. 바로 이틀 전까지만 해도 그랬다.

"이제 어쩌냐."

준열은 담배에 불을 붙이며 피식 웃었다. 귀염성 없는 막냇동생이 자신을 찾아와 부탁씩이나 하다니, 내일은 해가 서쪽에서 뜰지도 모르겠다. 하긴, 그 여자와 관련되어 있기만 하면 이성이란 걸 다 날려 버리는 녀석이긴 했다. 지금도 무표정한 얼굴로 침착함을 가장하고 있긴 하지만 보나마나 어딘가 꼭지가 나가 있을 게 틀림없었다.

저놈이 차지하고 앉은 자리엔 눈곱만큼의 미련도 없지만 이렇게 정신 나간 꼴을 보니 퍽 유쾌했다. 스읍- 숨을 빨아들이자 시원한 박하 향에 폐까지 시원해졌다. 금연자 앞에서 피우는 담배는 유독 맛있었다.

"야, 이준규. 어쩔 거냐고. 모른다잖아. 저렇게 쥐어 팼는데도 나오는 게 없어."

준규는 준열의 빈정거림을 못 들은 척했다. 대신 그는 병수 앞에 다가가 엉망이 된 얼굴을 툭툭 걷어차서 자신을 쳐다보도록 했다. 가까스로 고개를 든 병수의 눈동자는 공포에 질려 있었다.

"그러니까, 정말로 그게 전부라고? 밤새 술 마시고, 택시 태워 보내고, 나한테 전화한 게?"

대답할 기운도 없다. 병수는 최선을 다해 고개를 끄덕였지만,

그 움직임이란 벌레의 날갯짓처럼 가냘팠다. 그로서는 정말 억울해 미칠 노릇이었다. 안 그래도 장사가 안 돼서 돌아버리겠던 참에 연두에게서 연락을 받고 하룻밤 내내 술 상대를 해줬을 뿐이었다. 온갖 푸념을 다 들어주며 기분을 맞춰주고 아침엔 택시까지 태워 보냈다. 이후에 준규에게 보고도 착실히 하고 일터로 돌아갔는데 이게 무슨 꼴인가.

연두는 연기처럼 사라졌고 영문도 모르고 끌려온 자신은 제사상에 올라갈 북어처럼 두드려 맞았다. 자신은 연두를 납치할 이유도, 그녀의 행방을 숨길 이유도 없다고 그리 말했건만 돌아온 건 더욱 무자비해진 폭력뿐이었다.

'개만도 못한 새끼.'

입 밖으론 말 못해도 마음속으로는 얼마든지 욕할 수 있다. 병수는 자신을 내려다보는 차가운 검은 눈을 향해 내심 욕을 퍼부었다.

'그렇게 걱정되고 아까우면 옆에 껌딱지처럼 찰싹 붙어 있을 것이지, 왜 등신새끼처럼 떨어져 가지고 소식만 들어? 스토커에 시달리는 걸 뻔히 알면서도 손 놓고 구경만 하던 새끼가 새삼 왜 이따위 난장을 부리는 건데. 하여간 미친 새끼 아니랄까 봐 지랄도 딱 그 급으로 떨어요.'

다 맞는 말이긴 했지만 준규에게 연두의 족적을 팔고 돈을 받아먹던 병수가 퍼붓기엔 지나치게 양심 없는 욕설이었다. 그 욕설을 듣기라도 한 것처럼, 잘 관리된 구두가 병수의 뺨을 툭툭 두드렸다. 병수는 얼른 온순한 표정을 지었다.

"그래…… 믿는다 치자. 술 마시는 동안 연두가 앞으로의 일정에 대해 말한 적은 없었나? 여행 계획이라든가? 만나기로 한 사람이라든가?"

"……스토커…… 때문에…… 아무것도…….'

"아아, 그래. 그랬지. 스토커가 있었지."

준규가 미간을 찌푸렸다. 날카롭게 깎인 턱을 매만지는 준규의 얼굴은 점점 차가워졌고, 병수의 낯빛은 점점 허옇게 질려갔다. 병수가 보고 있는 건 준규가 아니었다. 준규 너머에서 담배를 피우며 웃고 있는 준열이었다.

준열이 목을 긋는 시늉을 했다.

준규가 돌아섰다.

멀어지는 다리를, 병수는 죽을힘을 다해 붙들었다. 팔뚝의 살 갗이 쭉 찢어져 피를 흘렸다.

"아니 저 미친 새끼가!"

"저거 어떤 새끼가 묶었냐!"

"형님, 죄송합니다!"

동상처럼 서 있던 덩치들이 기겁을 했다. 달려들려는 덩치들을 손짓으로 막은 준규가 다시 병수에게 시선을 주었다. 그의 분위기가 몹시 싸늘했다. 병수는 이게 마지막 기회라는 걸 직감했다.

"노, 놀이공원…… 놀이공원 초대장을…… 줬습니다…….'

"놀이공원?"

"형님이 버리셨던 거 있잖습니까……. 재미있어 보여서…….'

"주소는?"

"그, 그게…… 컥!"

준규에게 턱을 걷어차인 병수가 눈을 까뒤집고 기절했다. 입에서 피가 흘러나오는 걸 보면 혓바닥이라도 씹은 모양이었다. 준규는 바짓단에 묻은 피를 털어내기 무섭게 자리를 뜰 채비를 했다.

지포라이터를 딸각거리며 장난을 치던 준열이 뒤에서 그를 불렀다.

"이준규."

"……"

"정신 똑바로 차려. 여자에 너무 목매지 마라. 세상에 계집애는 얼마든지 있어."

준규로서는 들을 가치도 없는 충고였다. 곧 저벅거리는 구두 소리가 짓다 만 건물 아래로 사라져 갔다. 준열은 입에 문 담배 필터를 잘근잘근 씹다가 퉤, 뱉고 말았다. 계집년 뒤꽁무니를 몇 년째 따라다니는데도 아버지의 총애는 변함이 없으니, 지나치게 잘난 동생이란 여러모로 짜증스러운 존재였다. 그나마 계산은 확실한 놈이라 이 빚은 언젠가 제대로 갚아줄 거라는 것만이 작은 위안이 되었다.

"독사 같은 새끼."

"저, 형님. 저놈은 어쩔까요?"

"저 새끼 우리 사무실에 빚 있다고 그랬지? 얼마 정도 되냐?"

"그건 가서 확인해 봐야 하는데……. 생각보다 얼마 안 될 겁니다. 꽤 갚았습니다."

의외의 대답에 준열이 깜짝 놀란 얼굴을 했다. 그가 운영하는 사금융 사무실의 이자는 법정이자 따위는 껌으로 보일 정도로 이율이 높았다. 급한 마음에 돈을 빌렸던 사람들 대부분이 나날이 불어나는 이자에 치여 원금을 갚지 못하고 나락으로 빠져들기 일쑤인 곳이었다. 그런데 꽤 갚았다는 말이 나오다니. 준열은 병수를 다시 보았다. 짝짝짝, 과장된 태도로 치는 박수가 섬뜩한 분위기를 자아냈다.

"성실한 새끼네. 돈 잘 갚는 채무자한테는 돈을 더 빌려줘야지. 그게 신용사회 아니냐. 네가 생각해도 그렇지?"

"예, 형님."

"얘들아, 채무자님 자알 모셔라. 병원에도 데려다 드리고! 몸이 건강해야 돈을 갚지 않겠냐! 하하!"

꼼짝 않고 서 있던 덩치들이 부산하게 병수를 챙겼다. 준열은 수하들을 뒤에 버려둔 채 계단을 밟았다. 공사가 덜 되어 뻥 뚫린 계단 한편으로 뜨거운 밤바람이 불어와 그의 뺨을 핥고 지나갔다. 휘~ 휘휘휘~ 깊은 밤에 어울리지 않는 휘파람 소리가 그의 뒤꽁무니를 따랐다.

준규는 차 안을 뒤지고 있었다. 성질 더러운 둘째 형에게 남겨 두고 온 병수는 이미 그의 관심 밖이었다. 가엾은 병수.

그 괴상한 놀이공원의 초대장은 돈 좀 있는 집안의 자제들 사이에서는 꽤 유명한 물건이었다. 누가, 언제, 무슨 목적으로 보냈는지 알 수는 없어도 일단 가기만 하면 최고의 경험을 보장한다고 소문이 자자했다. 그러나 그 소문의 진원지를 파보면 다들 어딘가 맛이 간 녀석들뿐이니, 도저히 믿을 만한 소문은 못 되었다.

준규는 그런 애매모호한 것엔 도통 관심이 가지 않아 차 안 어딘가에 던져 두고 잊어버렸는데, 오병수 같은 쓰레기가 주워갔을 줄은 몰랐다. 애초에 그런 놈을 차에 태우는 게 아니었다며 뒤늦은 후회를 해보지만 이미 엎질러진 물이었다.

이제 어쩐다. 잠시 망설이던 준규는 휴대폰을 집어 들어 누군가에게 전화를 걸었다. 언제였더라, 최근 괴상한 놀이공원의 초대장을 진짜로 받았다며 낄낄대던 녀석이었다. 아직 초대장을 가지고 있기를.

[지금은 전화를 받을 수 없어 소리샘으로 연결합니다. 삐− 소리가 나면……]

"또 클럽이라도 간 건가. 일 년 내내 발정 난 새끼 같으니. 네놈 새끼는 분명 치정사건에 휩쓸려 죽을 거다."

평소엔 하지도 않는 험한 욕설이 줄줄이 흘러나왔다. 준규는 푹신한 시트에 몸을 묻고 연두의 행동 패턴에 대해 생각했다.

쓸데없이 무모하고 충동적인 기질을 가진 연두가 술을 실컷 마신 상태에서 괴상한 놀이공원 이야기를 들었다면, 술기운이 가시자마자 출발했을 게 틀림없다. 그리고 몸에 배인 습관대로 분명 집 안 어딘가에 행선지를 남겼겠지. 비록 그게 완전한 형태의 주소라는 장담은 할 수 없지만, 그거라도 확인하는 게 이대로 서울에 남아 안달을 하는 것보다는 나을 것이다. 이사한 집의 주소는 이미 알고 있었다. 준규는 망설이지 않고 출발했다.

서울 시내에 이런 곳이 있었을까, 싶을 정도로 가파른 길은 좁고 어두운 데다 혈관처럼 뻗은 골목 틈새마다 지린내가 진동했다. 차는 저 아래 대로에 대어놓고 걸어 올라가는 내내 열대야의 뜨거운 공기가 준규를 괴롭혔다. 그의 흰 와이셔츠가 땀에 젖어 등에 찰싹 달라붙었다. 그는 견디지 못하고 재킷을 벗어 손에 들었다. 얇은 천 너머로 회사원답지 않게 단련된 근육이 슬쩍슬쩍 비쳐졌다 모습을 감추기를 반복했다.

"앗, 죄송합니다."

시커먼 야구 모자를 눌러쓴 여자가 가파른 길을 내려오다 올라가는 준규와 어깨를 부딪치고 사과를 했다. 준규는 여자를 슬쩍 훑어보았다. 약간 낡은 헤진 청바지, 목이 조금 늘어난 프린팅 티셔츠, 유명 브랜드의 모조품인 게 틀림없는 손목시계.

모자 아래로 늘어뜨린 새카만 머리카락도 그렇고, 아직 솜털이 보송한 어린 피부도 그렇고, 여자는 이 부근에서 자취를 하는 대학생처럼 보였다. 늦은 밤에 야식이라도 사러 가는 건가.

"이런 밤엔 조심해서 다니셔야죠. 게다가 여자분이신데."

"……네."

어쩐지 조금 머뭇거리던 여자는 꾸벅 인사를 하자마자 날듯이 뛰어 금세 준규를 지나쳐갔다. 여자가 자신의 옆을 스쳐 간 순간, 낯익은 향기를 맡은 것만 같아 준규는 자기도 모르게 뒤를 돌아보았다. 하지만 돌아본 골목길에는 노랗게 빛나는 가로등 불빛만 흔들거리고 있을 뿐, 사람의 기척은 찾아볼 수가 없었다. 땀에 젖은 등줄기 아래에서부터 찬 소름이 달려 올라왔다.

"내가 더위를 먹었나……."

준규는 괜히 팔뚝을 문지르며 기분 나쁜 찜찜함을 털어내고 발을 재촉했다. 연두의 옥탑방이 있는 집은 낡아서 아랫부분이 바스러진 파란 대문이 있는 집이었다. 낡고 오래된 집들이 으레 그렇듯, 그 대문도 밖에서 줄 하나만 당기면 열 수 있었다.

녹슨 철제 난간을 박은 가파른 계단을 올라 마침내 다다른 옥탑방의 문은 흔해빠진 회색 철제문이었다. 사람의 방문을 환영이라도 하듯 문 앞 감지등이 반짝 빛을 내려다가 팟, 나가 버렸다. 새카맣게 어두워진 문 앞에서 준규가 땅이 꺼져라 한숨을 내쉬었다.

"하여간 강연두, 이 고집불통……. 어떻게 골라도 이따위 집을 골랐어."

옥탑방은 안 된다고 그렇게 반대를 했음에도 꿋꿋이 고집을 피우던 연두를 생각하면 한숨밖에 나오지 않았다. 그녀의 독립적인 성격을 좋아하는 편이지만 때로는 이렇게 갑갑하다 못해 속이 터질 때가 있었다. 적당히 굽히고 숙이며 도와달라 청하면 좋을 것을, 연두는 너무 빳빳했다.

"도와달라는 전화 한 통이면 얼마든지 도와줄 걸 뻔히 알면서 그러지. 쯧."

준규는 혹시나 이미 돌아왔을지도 모른다는 한 가닥 희망을 따라 문을 두드렸다. 쿵쿵!

"강연두. 집에 있냐."

주변 집들의 눈치를 보느라 세게 두드린 건 아니었지만, 만약 사람이 있었다면 충분히 깨어났을 정도였다. 하지만 집 안에서는 아무 소리도 나지 않았다. 준규는 좀 더 힘주어 문을 두드렸다. 하나 여전히 기척이 없었다. 안에 아무도 없는 게 확실했다.

준규는 재킷 안주머니에서 열쇠지갑을 꺼내들었다. 검은 가죽으로 된 고급스러운 열쇠지갑 안에는 언뜻 보아도 대여섯 개나 되는 열쇠가 주르륵 매달려 있었다. 그는 그중 하나를 골라 열쇠 구멍에 열쇠를 꽂았다.

덜컥. 회색 문은 손쉽게 입을 벌렸다. 낮 동안 눅진하게 데워진 공기가 열린 문을 따라 흘러나왔다. 텅 빈 집 안에서는 사람의 온기가 느껴지지 않았다. 연두가 그 방을 떠난 지 겨우 이틀이 지났을 뿐인데도 말이다. 정말 이상한 일이었다.

준규는 조심스럽게 집 안에 발을 들였다. 방바닥에 뽀얗게 쌓인 먼지가 그의 발을 더럽혔다. 어디 방바닥뿐이랴. 작은 침대와 화장대, 서랍장은 물론이고 부엌 싱크대에도 쌓인 먼지가 만만치 않았다. 마치 아무도 살지 않는 집처럼 말이다.

'이건 말이 안 되는데……'

준규는 화장대에 쌓인 먼지를 가볍게 쓸어보았다. 커다란 손이 순식간에 더러워졌다. 그는 두꺼운 먼지로 덮인 화장대 거울에서 노란 포스트잇을 발견했다. 낯선 주소 아래 낯익은 글씨가 적혀 있었다.

-드림랜드- ~~임금착취? 취재요망~~
졸라 엿 같으니 휴가나 가자

준규가 포스트잇을 떼자 그 자리에 네모난 자국이 생겼다. 집을 나가기 전에 붙여놓은 게 맞는 모양이었다.

어쨌거나 연두의 행선지도 알았겠다, 마음의 긴장이 조금은 풀어졌다. 노느라 전화도 안 받는 건 좀 괘씸하지만 그거야 얼굴을 보고 야단쳐 주면 되는 일이었다. 그나저나 이 집은 정말로 더러웠다. 아주 깔끔하진 않아도 그럭저럭 청소는 하고 살던 연두답지 않은 집이었다.

'누군가 먼지를 가져다 붓기라도 한 느낌인데.'

준규는 거침없이 욕실 문을 열었다. 세면대는 물기 없이 바싹 말라 있었다. 꼭지를 돌리자 벌건 녹물이 확 쏟아진 뒤에야 깨끗한 물이 나왔다. 양변기에 고인 물은 먼지가 고여 시커멓게 변해 있었고 물의 양도 아주 적었다. 마치 오랫동안 방치되어 저절로 물이 마르기라도 한 것처럼 말이다. 준규는 별 생각 없이 레버를 내렸다. 시커먼 물은 순식간에 아래로 빨려 들어갔다.

준규는 이왕 욕실에 들어온 김에 머리도 감고 세수도 하며 정신을 차린 뒤, 겸사겸사 청소까지 한 다음에야 집을 나왔다. 그리고 이전에 그랬듯 현관문을 다시 잠가놓고 가파른 골목길을 내려가며 휴대폰의 내비게이션을 켰다. 하지만 휴대폰 화면 속, 빨간 화살표가 생긴 곳 주변은 온통 초록색이었다. 준규는 앱에 오류라도 생긴 것은 아닐까 의심했다.

'이런 산골짜기에 놀이공원이 있다고?'

몇 번이나 새로고침을 해보았지만 빨간 화살표는 꿈쩍도 하지 않았다. 자신의 자리는 여기 한 곳뿐이라는 듯, 그렇게 고집스럽게 자리를 지킨다. 준규는 연두가 이 괴상한 주소를 알아내고 신이 나서 단번에 운전대를 잡는 것을 상상해 보았다. ……무섭도록 잘 어울려서 할 말이 없다.

먼 길을 갈 생각을 하니 갑자기 졸음이 밀려왔다. 준규는 바로 쫓아갈까, 아니면 잠시라도 눈을 붙일까를 잠시 고민하다 일단 잠을 좀 자기로 했다. 한나절은 꼬박 운전을 해야 할 것 같은 예감이 드는데 지금 그의 컨디션은 엉망, 그 자체였다.

✺

아셰라드는 천천히 주변을 둘러보았다. 향나무로 만들어진 우아하고 커다란 책상과 책장, 바닥에 깔린 아름다운 카펫, 벽에 걸린 선대 백작의 초상화, 휴식을 위해 햇살이 잘 드는 곳에 놓인 긴 의자. 그리워했던 집무실은 이전과 변한 것이 없는데 책상에 앉은 사람만 바뀌어 있다. 한때는 그녀의 가정교사였으나 지금은 새어머니가 된 여자가 콧잔등에 안경을 올린 채 서류를 살피고 있었다.

백작부인은 드문드문 흰 머리가 보이는 짙은 적갈색 머리카락을 깔끔하게 틀어 올리고 살갗이 보이지 않는 단정한 드레스를 입었다. 세월을 이기지 못한 얼굴엔 약간 주름이 있었지만 길게 뻗은 눈꼬리는 그마저도 우아하게 보이도록 하니, 젊었을 적에는 주변의 빛을 바래게 할 미인이었을 터다.

그러나 그 미모보다 더욱 인상적인 건 그 예쁜 머리 안에 들어 있는 영악함과 교활한 꾀였다. 백작부인은 남편이 분명 살아 있을 거라며 장례식을 거부하고 있었다. 그리고 그를 명분으로 아셰라드에게는 어떤 권리도 주지 않은 채 자신은 계속해서 백작부인으로서의 권리와 영향력을 행사했다. 아셰라드는 이제 부친의 실종이 백작부인의 소행은 아니었을까 의심하고 있었다. 드러내 놓고 캐물을 수 없다는 게 어찌나 분한지.

백작부인의 시선이 서류에서 떨어져 아셰라드를 향했다. 아셰라드는 등을 바르게 편 채 여유롭게 서 있었다. 누가 자신을 바라보든 전혀 개의치 않는다는 듯, 그렇게. 백작영양답게 꼿꼿한 자세를 본 백작부인이 눈을 가느다랗게 뜨며 웃었다.

"아셰라드, 여전히 자세가 아름답구나. 네 언니들이 너의 절반만이라도 따라갈 수 있다면 정말 좋을 텐데 말이다."

"부인께서 제게 정말 좋은 스승이셨듯이, 직접 가르치시면 자제분들께서도 분명 금세 배울 거예요."

"이런, 나는 네게 별로 가르친 것도 없는데 칭찬 고맙구나. 하지만 내 생각엔 나보다 네가 그 애들에게 더 좋은 스승이 될 수 있을 것 같은데, 네가 직접 해보는 건 어떠니?"

"주인 된 자로서 고용인의 일을 빼앗을 수야 없지 않겠어요?"

에둘러 모욕당한 백작부인이 입술을 깨물었다. 그녀가 아셰라드의 팔다리 같은 고용인들을 자르고 허름한 하녀복을 입히는 등 아무리 노력을 해도, 아셰라드는 자신이 파르만 백작의 고명딸임을 잊지 않았다는 듯 행동했다. 그건 몹시 감탄스러우면서도 분한 일이었다.

하지만 저 잘난 얼굴로 도도하게 내려다보는 것도 오늘로 끝이다. 그녀는 서랍에서 금박이 둘러진 초대장을 꺼냈다. 사자의 옆얼굴이 새겨진 문장을 알아본 아셰라드의 표정이 굳었다. 백작부인이 초대장을 팔락팔락 흔들었다.

"왕궁에서 초대장이 왔단다. 일정 작위 이상의 가문에서 결혼 적령기인 처녀를 모아 왕자비를 뽑는 무도회를 열겠다는데. 그래 봤자 그 얼음덩이 같은 둘째 왕자는 여자에겐 관심도 없을 텐데, 깜찍한 발상이지. 아무튼 너도 알다시피 파르만 백작가는 돈은 없어도 명예와 혈통만은 남부럽지 않은 집안이잖니? 아마 잘하면 왕자비 자리도 노려볼 수 있지 않을까 싶은데."

"부인, 헛된 꿈이에요."

"왕자비가 아니어도 상관없지. 분명 그 무도회에는 명망 있는 가문들의 영랑들도 대거 참석할 테니, 그중 누군가와 혼담이 진행되기만 해도 좋은 일일 테니까."

아셰라드는 대꾸하지 못했고, 백작부인의 얼굴에는 승리자의 미소가 어렸다. 그녀는 세 장의 초대장 중 한 장을 따로 빼내 아셰라드에게 억지로 쥐여주었다. 그녀의 따뜻한 숨결이 닿은 아셰라드의 목덜미에 오소소 소름이 돋았다. 백작부인이 자그맣게 속삭였다.

"이건 말이 무도회지, 사실은 공개적으로 진행되는 맞선이야. 아, 물론 너도 참석 자격이 있으니 원한다면 얼마든지 와도 된단다. 네가 그 드레스라고 하기도 뭣한 옷을 입고 와서 가문의 격을 떨어뜨리지 않을 수만 있다면 말이지. 네 언니들이 혼인증서에 사인을 하게 되는 그날이 오더라도 네가 인장을 내놓지 않고 버틸 수 있을지, 나는 몹시 기대가 되는구나."

"저 역시 몹시 기대가 된답니다."

뜻밖일 정도로 차분한 어조에 백작부인이 흠칫 놀랐다. 아세라드는 황급히 멀어지는 백작부인을 향해 우아한 비웃음을 날렸다.

"그저 서 있는 것조차 제대로 하지 못하는 부인의 자제분들께서, 무려 왕궁에서 열리는 무도회에서 얼마나 성공적인 데뷔를 할 수 있을지가 너무너무 궁금하거든요. 부인, 교육을 열심히 시키세요. 청혼은커녕 비웃음을 당하는 처지가 되지 않으려면 아주 많이 노력하셔야 할 거예요."

"너……!"

"있는 거라곤 명예와 혈통뿐인 집안인데 예의범절이라도 완벽해야 청혼을 받지 않겠어요?"

아세라드는 지나친 분노로 말도 잇지 못하고 헐떡대는 백작부인을 남겨두고 재빨리 방을 나왔다. 두꺼운 문을 닫고서도 악쓰는 소리가 새어 나왔다. 주변을 지나던 하녀 몇이 안쓰러워하는 시선을 던졌지만 그뿐이었다. 그들은 혹여 눈 먼 불똥이라도 튈까 잽싸게 사라졌고, 아세라드는 텅 빈 복도에 홀로 남았다. 그녀는 꾸깃꾸깃하게 접혀 손에 쥐고 있던 초대장을 빳빳하게 폈다.

'아버지는, 이제 정말 포기해야 하는 건가. 그래, 그렇다면……. 더 망설일 이유는 없는 거겠지.'

아세라드는 그 길로 마고를 찾아갔다. 마침 마고와 연두는 함께 있었고, 그들은 영문도 모른 채 아세라드에게 목덜미를 잡혀 저택 밖으로 끌려 나왔다. 아가씨들이 모처럼 남긴 과자를 탐닉하고 있던 차에 닥친 날벼락이었다.

"대체 무슨 일이세요? 사람이 못 먹는 게 제일 서럽…… 네. 그냥 닥치고 따라갈게요."

눈짓 한 번으로 연두의 입을 막은 아셰라드가 둘을 데리고 간 곳은 백작가의 가문묘지였다. 백작가의 일원만 이용할 수 있는 드높은 천장의 예배당을 지나 작은 정원을 가로질러 마주한 가문묘는 어쩐지 스산한 분위기를 풍겼다. 정원사 할아범이 손질을 잊지 않은 덕분에 죽은 나무 하나 없고, 이끼 낀 조각상 하나 없는데도 그랬다.

연두와 마고는 묘지 특유의 분위기가 무섭고 싫었지만, 그렇다고 도망가지는 못했다. 아셰라드는 둘을 이끌고 거침없이 묘지를 가로질러 웬 작은 노간주나무 앞에 서서야 걸음을 멈추었다. 그곳은 아셰라드의 친어머니인 전 백작부인이 잠든 곳이었다. 간덩이가 배 밖에 나와 있는 게 틀림없을 연두와 마고도 돌아가신 분의 묘 앞에서는 그만 움츠러들고 말았다. 주변을 힐끔대는 시선에 불안이 어렸다.

"이런 데는 왜 데리고 오셨어요?"

"사람이 없는 곳이니까."

딱 잘라 말한 아셰라드가 빙긋 미소 지었다. 어쩐지 등골이 서늘해지는 웃음이었다. 그녀는 자기도 모르게 주춤, 뒷걸음질을 친 두 하녀의 멱살을 잡아 쥐고 얼굴을 가까이 했다. 예쁜 입술에서 한껏 눌러 죽인 속삭임이 흘러나왔다.

"이왕 나한테 건 거, 목숨까지 다 걸도록 하렴."

"네?"

"뭐라고요……?"

"대박을 약속하마. 지랄 같은 밑바닥 하녀 생활, 지겹지 않니?"

마고가 연두의 옆구리를 팔꿈치로 후려쳤다. 강력한 한 방이었다. 연두는 욱신거리는 옆구리를 움켜쥔 채 자신의 언어생활을 깊이 반성했다. 지랄 같은 하녀 생활, 은 연두의 입버릇이었다. 물론 반성과 반격은 다른 얘기였기에, 마고는 옆구리를 거세게 꼬집었다. 아셰라드는 눈앞의 공방을 그냥 모른 척하고 말을 이었다.

"왕궁에서 열리는 무도회에 가야 해. 부인이 내게 초대장을 전해주었으니, 이런 기회를 놓칠 수는 없어."

왕궁무도회. 연두와 마고의 낯이 다른 의미로 해쓱해졌다. 연두는 아직 해결하지 못한 유리구두 생각에 그러했고, 마고는 눈앞의 아가씨에게 왕궁무도회에 참석할 수 있을 법한 드레스와 장신구와 기타 등등이 있었던가를 생각하고 그러했다.

아셰라드는 연두의 고민은 짐작도 못했지만 마고의 고민에 대해서는 해결책을 가지고 있었다. 투박한 나막신을 신은 발이 백작부인의 묘를 통통 두드렸다. 마고가 기겁을 했다.

"아가씨! 묘를 걷어차면 천벌 받아요!"

"괜찮다. 하나뿐인 딸이니, 이해해 주시겠지. 어차피 이 안에 든 건 시신이 아니라 돈이기도 하고."

"네……?"

"외숙부께서 유독 어머니를 아끼셨지. 도저히 안 되는 일이라는 걸 알지만 어머니 가문 쪽의 묘지에 묻고 싶다 내게 사정을 하시기에 몰래 허락해 드렸었단다. 대신 어머니의 시신 무게만큼의 금화를 받기로 했지."

백작부인의 묘는 어린아이의 가슴 높이에까지 이를 만큼 호화로운 것이었다. 정교한 조각이 새겨진 고급 대리석으로 사방을 둘렀고 역시 같은 재질로 만들어진 조각상들이 노간주나무와 함께 백작부인의 잠을 지켰다. 오래된 가문답게 빼곡하게 채워진 묘지 가운데에서도 유독 눈에 띄는 화려함이었다.

백작부인의 친정 쪽에서 장례 비용을 모두 댔다지만 이렇게 분에 맞지 않는 묘를 썼다고 말들이 많았는데 그게 그냥 금화 저장고였다니. 심지어 전 백작부인이 돌아가실 때 아셰라드의 나이는 고작 다섯 살이었다. 등골이 오싹해지는 영악함이었다.

"본래부터 다급할 때가 올 것을 대비해 넣어둔 돈이었다. 혹여 가문이 망하는 날이 오더라도 빚쟁이들이 설마 무덤까지 파헤칠까 싶어 택했던 방법이었고……. 나는 이번 왕궁 파티에 꼭 가야 해. 가서 파르만 백작가의 후계가 시퍼렇게 살아 있다 증명하고, 실종 상태인 아버지를 대신할 대리인 지위를 인정받아야 해. 그리고 모든 걸 정상으로 되돌려야만 해. 그때가 되면, 너희들에게도 충분한 포상을 해주마."

새파란 눈이 독기를 품고 빛났다. 어두운 밤하늘에서 가장 눈부시게 빛나는 별, 북극성을 가둬둔 것처럼 찬란한 빛이었다. 마고는 그 빛에 순식간에 매료당했다. 그녀는 남들 몰래 묘를 파헤치라는 명령을 듣고도 정신이 나간 것처럼 그저 고개를 끄덕이기만 했다.

연두는…… 글쎄. 기꺼이 돕겠노라 입으로는 말했지만, 마음까지 그러하지는 않다는 걸― 연두도, 아셰라드도 모두 알고 있었다.

✸

가운데가 불룩 솟은 비포장도로를 한참이나 달리면서, 준규는 그만 아까 먹은 샌드위치가 다시 올라올 것만 같은 토기를 느꼈다. 이 빌어먹을 길은 어째 꼬여도 이렇게 꼬였는지, 하염없이 빙글빙글 돌아가는 탓에 머리가 다 어지러웠다. 덕분에 방향감각을 상실한 데다 서서히 해가 지면서 가로등도 없는 길이 점점 음침해져 가며 그를 불안하게 하고 있었다. 이 음산한 길을, 오로지 놀겠다는 일념과 호기심만으로 운전해 갔을 연두를 생각하면 그저 기가 막힐 뿐이었다.

　"연두 그 녀석은 계집애가 무서운 걸 모른다니까……."

　신경질적으로 중얼거려 보지만 그렇다고 앞을 가린 수풀들이 사라지겠나. 준규는 오로지 내비게이션이 가리키는 대로 충실하게 핸들을 돌릴 뿐이었다. 그가 그렇게 속에서 올라오는 불안을 애써 다독이는 동안 산 속에는 이른 어둠이 찾아들었다. 밝을 때에도 시야를 방해하던 초록 잎들과 수풀은 날이 어두워지자 한층 더 준규의 발을 옭아매었고, 그는 결국 차를 멈출 수밖에 없었다.

　준규는 대충 가방을 챙겨 메고 뒤를 돌아보았다. 차 안을 밝힌 불에 비춰진 길은 그저 시커먼 구멍처럼 보일 정도로 어두워 도무지 돌아갈 엄두가 나지 않았다. 가로등이라도, 하다못해 전신주라도 있다면 보험사 직원이라도 불러볼 텐데―나중에 거하게 욕을 먹는 한이 있더라도 말이다― 이 길엔 아무것도 없었다.

　이쯤 되니 슬슬 포스트잇 속의 주소가 의심되기 시작했다. 이거 설마 아무거나 대충 적어놓은 주소가 아닌가, 하고 말이다. 하지만 텅 비어 이상하게 먼지가 쌓여 있던 연두의 방을 떠올리면 기이한 초조감이 문득문득 차오르고 심장이 불안하게 펄떡거렸다. 준규는 한참 동안 휴대폰 화면만을 노려보다 결국 긴 한숨을 내쉬고 말았다.

"너란 녀석은 대체…… 날 어디까지 휘두를 작정인 건지."

트렁크에서 꺼낸 랜턴은 다행히 잘 작동했다. 준규는 랜턴 불빛에 꼬여든 날벌레들을 애써 무시하고 걷기 시작했다. 휴대폰은 내내 조용하다가 가끔 '좌회전입니다', '우회전입니다' 따위의 말 외에는 하는 게 없었다. 이상하리만치 침묵에 잠긴 숲길에서 준규의 발소리만이 울려 퍼졌다.

"망할 녀석, 만나기만 해봐라."

버스럭버스럭. 그의 바짓단이 길게 자란 수풀을 스쳤다.

"이번에야말로 눈물이 쏙 빠지도록 야단을 쳐야지 원."

연두가 몇 번이나 사고를 칠 때마다 매번 자신에게 하는 다짐이었지만, 준규는 그 다짐을 지킬 수 있었던 적이 없었다. 연두가 예쁜 눈을 반으로 접고 미안하다며, 하지만 기댈 사람이 선배밖에 없어서 어쩔 수 없었다고 말할 때마다 불같이 피어올랐던 화는 어느새 식어 푸스스 연기만 피워대곤 했다.

아마 이번에도 그럴 게 뻔하지만, 그럴 거라고 생각하지만, 그래도 이건 좀 아니지. 준규는 새삼 군대에서 겪었던 야간 행군을 떠올리고 나직이 이를 갈았다. 다시는 떠올리고 싶지 않았던 기억을 떠올려 버리다니, 연두를 찾기도 전부터 재수 옴 붙었다.

[목적지에 도착했습니다. 안내를 종료합니다.]

"뭐?"

웃자란 수풀이 가득한 길 끄트머리에서, 내비게이션 앱이 침묵했다. 준규는 그 자리에 멈춰 서서 멍하니 앞을 바라보았다. 디 이상 길이 없다는 건 허리께까지 자란 수풀을 굳이 헤쳐 보지 않아도 알 수 있었다.

설마하니 이 막다른 길이 놀이공원이라는 소리는 아닐 테니, 내비게이션이 잘못됐을지도 모른다. 그렇다면 자신은 영 이상한 곳에서 헤매고 있다는 말이 아닌가. 그것도 이런 시간에. 거기까지 생각한 준규의 얼굴에 숨길 수 없는 짜증이 차올랐다. 짜증의 불똥은 연두에게 튀었다.

"만나기만 해봐라, 가만두나."

땀에 젖은 머리칼을 쓸어 올리며 짜증을 냈지만, 다행히 준규는 곧 새로운 길을 찾아냈다. 수풀 옆에 난 샛길이 과연 드림랜드로 향하는 길이 맞는가 의심스럽긴 해도 여기까지 온 이상에 못 갈 건 또 뭐란 말인가. 그는 망설임을 접고 거침없이 그 길을 걸어 나가기 시작했다. 허옇게 빛나는 랜턴 불빛이 그의 앞길을 비췄다.

자랄 대로 자라 날을 세운 잎사귀가 바짓단을 뜯어먹을 듯이 덤비고 모난 돌이 그의 신발코를 툭툭 건드렸지만 준규는 걸음을 멈추지 않았다. 그렇게 얼마나 걸었을까, 준규가 슬슬 다리가 아프다고 생각하기 시작했을 때쯤, 드림랜드의 간판의 그의 눈에 들어왔다.

『꿈과 희망의 나라 드림랜드』

준규는 흘끗 간판 너머를 살펴보았다. 밤하늘에 비친 그림자로 봐서는 대관람차와 롤러코스터는 확실히 있는 것 같은데, 그걸로 보면 그가 생각했던 것보다 꽤 본격적인 놀이공원인지도 몰랐다.

하지만 죄다 불이 꺼져 있어서 그 규모나 내용물을 짐작할 수가 없었다. 내비게이션의 배신에도 불구하고 어떻게든 잘 찾아온 것 같으니 다행이지만…….

"밤에만 문 여는 놀이공원 주제에 불이 꺼져 있다니……. 저거 영업은 하는 건가?"

초조함에 가슴이 뛴다. 그의 걸음이 빨라졌다. 성큼성큼 걷던 걸음은 점점 빨라져 종국에는 뜀박질이 되었지만, 기껏 다다른 놀이공원의 문은 굳게 닫혀 그의 방문을 거부하고 있었다. 새카만 철창을 옭아맨 자물쇠는 꽤나 오래된 물건으로, 요즘에는 전혀 생산되지 않는 형태였다.

하지만 준규에게는 그런 건 전혀 보이지 않았다. 그의 시선은 철문 안쪽, 불이 켜져 있는 작은 매대에 꽂혀 있었다. 언뜻 보이는 것만으로 짐작컨대 아마도 매표소가 아닐까 싶은 그 공간에서 마음까지 따뜻해지는 노란 불빛이 흘러나왔다.

"이보세요! 계십니까!"

매표소가 왜 정문 안쪽에 있는지에 대해서는 생각할 겨를이 없었다. 준규는 목청껏 소리 지르며 문을 흔들었지만, 매표소에서는 사람의 그림자가 보이지 않았다. 그저 소리를 지르기만 하는 그를 비웃는 것처럼 요요롭게 불빛을 흘리고 있을 뿐이었다.

준규는 망설이지도 않았다. 그는 주변에 사람의 그림자가 없다는 걸 확인하자마자 철창에 발을 올렸다. 잘 단련된 팔다리 근육이 불끈 솟아올랐고, 다음 순간 그는 훌쩍 철문을 넘어 놀이공원 안으로 뛰어내렸다.

거의 사람 키만 한 높이에서 뛰어내렸음에도 별다른 충격을 입지 않은 듯 산뜻하게 일어서는 모양새가 하 수상하다. 누가 보거든 빈집털이 전문 도둑인가 싶은 날렵함이었다. 어쨌건 담을 넘는 와중에도 꼼꼼하게 챙긴 랜턴을 단단히 고쳐 쥐고 불 꺼진 놀이공원 탐사에 나섰다.

준규는 거침없이 걸었다. 랜턴이 창백한 빛을 비추는 곳마다 그의 시선이 닿았다. 그의 걸음은 제일 먼저 자신을 유혹하듯 빛을 흘리던 매표소를 향했다. 먼지 한 톨 없이 깨끗하게 닦인 유리에는 그 흔한 할인카드 안내표도 없고 심지어 요금표도 없었다. 초대장을 보내 사람을 불러들이는 놀이공원다웠다.

사람 없이 텅 빈 매표소의 유리창 너머에는 자그마한 인형들이 벽면을 빽빽하게 채우고 있었다. 노란 조명을 뒤집어쓴 인형들은 여자아이들이 좋아하는 마루인형 정도의 크기였다. 보통 마루인형, 하면 흰 피부의 공주님 인형인 것과는 다르게 인형들의 성별과 인종이 다양하기 그지없었다. 입고 있는 옷도 점잖은 양복에서부터 헐벗은 히피 차림까지 각양각색. 게다가 이목구비와 표정 또한 다채로워 공산품 느낌이 들지 않았다.

'연두가 좋아하겠는데.'

인형이라면 사족을 못 쓰고 좋아하는 연두를 생각하자 하나쯤 갖고 싶어지기도 한다. 준규는 인형을 하나하나 살피고 그중 유독 독특해 보이는 인형 몇 개를 머릿속에 잘 기억해 뒀다. 놀이공원 관계자를 만나게 되면 자신에게 팔라고 할 셈이었다.

"계십니까?"

목소리를 높여 불러보았지만, 그의 목소리를 듣고 뛰어나오는 사람은 아무도 없었다. 그럼에도 불구하고 그의 얼굴을 핥아대는 시선은 계속 느껴졌다. 돈 많은 집안에서 남들보다 잘난 얼굴을 타고난 덕에 온갖 시선이란 시선은 다 받아가며 자란 준규였다.

하여 시선에는 매우 익숙했는데, 지금 느껴지는 시선은 이제껏 받아본 시선들과는 비교도 할 수 없을 만치 끈적끈적하고 오싹했다. 하지만 아무리 주변을 둘러보아도 사람의 기척은 조금도 느낄 수 없다. 결국 그는 괜한 착각이라 치부하며 머리를 털어냈다.

준규의 눈에 매표소 탁자에서 나뒹구는 인형이 들어왔다. 그에게 그 인형의 얼굴은 굉장히 낯이 익었다. 정말로 드림랜드의 초대장을 받았다며 낄낄대던 친구의 얼굴과 꼭 닮아 있었다.

매표소 유리 아래, 작게 뚫린 구멍에 꾸역꾸역 손을 집어넣어 억지로 인형을 끄집어냈다. 가까이에서 보니 인형의 얼굴은 친구의 얼굴 그 자체였다. 우연일까? 그럴 리 없다. 반듯한데 이상하게 비열한 느낌을 주는 얼굴은 흔하지 않았다. 인형이 입고 있는 옷 역시, 친구가 즐겨 입는 브랜드의 옷이었다. 인형 사이즈만큼 작은 옷을 제작한다는 말은 들어본 적 없지만.

휴대폰을 꺼냈다. 친구에게 전화를 걸 생각이었지만 화면에는 통화권 이탈이라는 글자만이 선명했다. 와이파이는 바라지도 않지만 통화권 이탈이라니, 이 무슨 시대에 역행하는 놀이공원이란 말인가. 준규는 매표소 벽면을 가득 메우고 있는 인형들의 면면을 다시 확인했다. 아까는 독특하다고 생각했던 저 개성적인 얼굴과 차림이 지금은 불쾌하게 다가왔다.

"손님을 모델로 인형을 만든 건가……. 악취미야."

그때, 바람이 불었다. 산의 나무를 헤집고 들어온 바람은 여름 밤의 바람이라고는 믿을 수 없을 만치 차갑고 서늘했다. 바람은 준규의 옷자락을 까뒤집고 셔츠를 파고들어 맨 살갗을 어루만졌고, 덕분에 찬물이라도 뒤집어쓴 것처럼 정신이 들었다.

소식이 끊긴 연두를 찾으러 이 산골 궁벽한 곳에까지 와놓고 별것 아닌 인형에 정신이 팔린 자신을 그제야 깨달았다. 먼지 낀 매표소 유리에 두 손을 다 짚고 코라도 박을 듯 머리를 들이밀고 있는 멍청한 꼴이라니. 새삼 내려다본 손바닥은 먼지가 묻어 새카맸다. 조금 전엔 분명히 이 유리에 먼지 한 톨 없다고 생각했던 것 같은데, 인형에 정신이 팔려도 단단히 팔렸던 게다.

"내가 너무 초조했나?"

쯧쯧, 정신을 어디다 빼놨는지. 준규는 자신을 향해 혀를 차고 매표소의 빛에서 뒤돌아섰다. 그는 천천히 불 꺼진 놀이공원 탐험을 시작했다. 창백한 랜턴이 조명도 음악도 광대도 없는 드림랜드의 맨얼굴을 비췄다.

먼지와 거미줄을 뒤집어쓴 간이 매대, 녹이 잔뜩 슬어 당장에라도 무너질 것만 같은 대관람차, 나뭇잎과 벌레 시체 등을 비롯한 오물이 잔뜩 쌓인 후룸라이드, 전구가 깨져 제 기능을 하지 못하는 가로등…… 도저히 운영 중인 놀이공원이라는 생각이 들지 않았다. 버려져 관리 받지 못한 지 몇 년은 족히 지난 것 같다면 또 모를까.

"읏!"

랜턴의 빛에 이끌려온 날벌레들이 자꾸 준규의 주변에 꼬여들었다. 그중에서도 유독 날개가 큰 나방에게 얼굴을 얻어맞은 덕에, 준규의 기분은 순식간에 바닥으로 추락해 버렸다. 손으로 얼굴을 문지르자 나방이 묻히고 간 인분이 한 움큼이나 묻어났다.

"제기랄…… 연두 이 녀석, 찾기만 해봐라. 이번엔 밥 한 끼로는 안 되겠는데."

숲에 둘러싸인 여름밤인데도 새 소리, 벌레 소리 하나 없는 기이한 적막 가운데로 준규의 목소리가 울려 퍼졌다. 준규는 이상하게 등을 서늘하게 하는 긴장감을 뿌리치지 못한 채 바지춤에 손을 문질러 닦았다. 하지만 은빛 인분은 좀처럼 떨어지지 않고 오히려 손 전체로 퍼져 버렸다. 덕분에 준규의 왼손은 화장품이라도 바른 것처럼 반짝거렸다. 어째 닦아내려 애쓸수록 더 번지는 기분이 들었다.

결국 준규는 인분 닦아내기를 포기한 채로 랜턴을 고쳐 쥐고 다시 드림랜드 탐사에 나섰다. 하지만 살피면 살필수록 이 놀이공원은 버려진 지 오래된 것이 틀림없다는 확신만이 짙어져 갔다.

퍼레이드카가 지나다녔을 아스팔트는 금이 가서 흉물스러웠고 인도의 보도블록은 여기저기 깨져 잡풀이 무성했다. 기념품을 팔았을 법한 건물들 역시 외벽에 금이 잔뜩 가 있었고 유리창은 성한 것을 찾기가 어려울 정도였다. 이쯤 되니 오히려 불이 켜져 있던 매표소가 의심스럽게 느껴지기 시작했다.

'돌아갈까? 매표소에 가서 사람이 있는지 다시 확인을 하는 게 좋겠…… 어?'

그때였다. 길게 늘어선 가로등이 랜턴의 불빛에 따라 긴 그림자를 늘어뜨리고 껑충껑충 뛰어 준규를 스쳐 지나갔다. 자신이 움직이는 게 아니라 가로등이 움직이는 것만 같은 착각이 든 통에 얼른 뒤를 돌아보았지만, 가로등은 깨진 전구를 머리에 인 채 얌전히 서 있을 뿐이었다.

반듯하니 잘생겼다 칭찬받는 준규의 이마에 땀이 맺혔다. 생각해 보면 이런 산골 궁벽한 곳에 놀이공원이 있다는 것 자체가 말이 되지 않는 일이었다. 차가 드나들지 못할 정도로 길이 엉망인데 운영을 하고 있을 리가 있겠나. 그 초대장은 애초에 누군가가 저지른 못된 장난이었던 게다.

연두 역시 길이 막혀 있던 시점에 돌아갔을 게 뻔했다. 그리고 어딘가에서 술을 퍼마시고 배터리가 나간 휴대폰을 쥔 채 투덜대고 있을 게 틀림없었다. 그렇다면, 지금 당장은 괴기 프로그램에서 단골 장소로 나올 법한 이곳을 탈출하는 게 급선무였다.

준규가 뒤돌아섰다. 빈 건물에서 뛰어놀던 바람이 요란스레 뛰쳐나와 그의 등을 떠밀었다. 처음에는 평범한 성인 남성의 걸음 수준이었던 속도가 점점 빨라져 간다. 어느 순간부터 그는 뜀박질을 하고 있었다.

바닥을 굴러다니는 조잡한 전단지도, 잔뜩 녹슬고 낡아빠져 금방이라도 무너질 듯 아슬아슬한 놀이기구도 그의 곁을 무의미하게 스쳐 지나갔다. 준규는 숨이 턱까지 차올라 입에서 단내가 나도록 뛰다 결국 다리에 힘이 풀려 멈추고 말았다. 한계까지 혹사당한 폐가 더 많은 산소를 요구했지만 목구멍은 사포로 긁힌 것처럼 따끔거렸고 몸은 사시나무 떨듯 떨려 제대로 서 있기조차 힘들었다.

그렇게 제자리에 서서 숨 고르기를 한참, 준규는 간신히 제 숨을 찾고 주변을 둘러보았다. 아까는 걸어서 들어왔던 길을 뛰어서 되짚었으니 당연히 매표소의 불빛이 보이기를 기대하면서.

하지만 그런 기대가 무색하게도, 그의 시선이 닿는 곳 어디에도 매표소의 노랗고 따뜻하고 어딘가 요요롭게도 보이는 그런 불빛은 보이지 않았다. 그저 보이는 것은 관리 상태가 엉망인 놀이기구와 끈적끈적한 오물이 묻은 나무 벤치와 낙엽과 쓰레기로 가득 찬 쓰레기통뿐이었다. 대학교 졸업식 때 연두가 사준 손목시계에 걸고 맹세컨대, 처음 와 보는 장소임에 틀림없었다.

"……이거 원, 길 잃은 어린애도 아니고."

침착함을 되찾으려 혼잣말을 해보지만 등을 타고 흐르는 식은 땀까지 막을 수는 없었다. 잔뜩 긴장한 목울대가 위 아래로 움직였다. 이제껏 준규는 스스로를 두고 제법 길을 잘 찾는 사람이라고 생각해 왔고, 그건 주변인들 대부분이 인정하는 사실이었다. 아무리 조명이 없어 어둡다지만 한번 갔던 길을 못 찾고 엉뚱한 곳으로 빠지는 일은 있을 수 없다는 얘기다. 그런데 지금 그는 자신이 뛰어왔던 방향이 어딘지조차 구분하지 못하고 망연히 서 있었다.

지표가 되어줄 만한 빛도 없는 상황이라는 게 몹시 마음에 걸리고 찜찜하지만, 어쨌거나 가만히 서 있는 건 최악의 수다. 준규는 떨어지지 않는 발을 억지로 떼어 걷기 시작했다.

창백한 랜턴 불빛 너머로 드리워진 시커먼 그림자들이 전래동화 속에 나오는 도깨비처럼 너울거렸다. 여섯 살 난 아이도 아니고 그림자 따위에 무서워할 나이는 지났건만 왜 이렇게 견딜 수 없을 만치 초조한지!

'연두, 이 망할 녀석.'

지금 이를 득득 갈아봐야 아무 소용없는 걸 알면서도 자꾸 그녀를 원망하게 된다. 만나면 한바탕 욕을 퍼부어줘야지, 등짝을 철썩 때려줘야지, 한 달 월급을 탈탈 털어 저녁을 사게 만들어야지. 그리고……

준규의 마음속에서 새카만 어둠이 아침 안개처럼 소리 없이 피어올랐다. 그건 몹시 짙고 어두웠으며 야만스러운 종류의 것이었다. 그 어둠을 고이 다독여 아무도 모르도록 숨기는 건 몹시 익숙한 일이었던 것이 분명하건만, 이 기이하고 황폐한 놀이공원에 혼자 서 있으려니 자꾸 입 밖으로 내고 싶어져 큰일이었다. 그는 그 충동에 굴복하는 대신 꿀꺽 침을 삼키는 것으로 스스로를 달랬다.

준규가 그렇게 마음을 다잡은 다음 순간, 랜턴의 불빛이 꺼졌다. 주변이 순식간에 어둠에 물들었다. 당황하여 랜턴의 스위치를 올렸다 내렸다를 몇 번이나 반복했지만 창백한 빛은 다시 돌아오지 않았다. 저번에 쓸 때 건전지를 갈아야겠다고 생각했다가 깜빡했던 일이 이런 식으로 돌아올 줄이야.

그는 무의식적으로 주머니를 뒤져 휴대폰을 찾았다. 하지만 늘 휴대폰을 넣어두던 바지 뒷주머니는 텅 비어 있었다. 매표소에서 친구에게 전화를 걸 때만 해도 분명히 있었는데, 아까 뛰다가 떨어뜨리기라도 한 것 같다. 심장이 쿵 떨어졌다.

그러나 정말 다행스럽게도, 조금 시간이 지나자 슬슬 눈이 어둠에 익숙해지기 시작했다. 별다른 조명 없이 어두운 놀이공원에 쏟아지는 달빛은 의외라고 생각될 정도로 밝았다. 주변의 사물이 충분히 구분될 정도로 말이다.

준규는 다시 걷기 시작했다. 낯익은 건물이, 놀이기구가 나오기를 간절히 바라며 걷던 그의 눈에 환하게 불이 켜진 건물이 들어왔다. 심지어 사람의 그림자로 보이는 형체도 있었다. 분명 이 놀이공원을 관리하는 사무실일 게 틀림없었다. 매표소에 불이 켜져 있던 걸 생각하면 당연히 그래야 했다.

✳

구름에 가려진 달빛이 어스름하게 내리비쳤다. 며칠 전 내린 비로 충분히 물을 먹은 나무들이 습기를 내뿜으며 주변을 온통 새하얀 밤안개로 채워나갔다. 덕분에 파르만 백작저는 하얀 운무에 감싸여 두둥실 떠오른 동화 속의 성처럼 보였다.

그렇게 온통 숲과 안개로 둘러싸인 파르만 백작저의 한구석, 순찰을 도는 병사들조차 무심결에 지나치고 말 그곳에 세 여자가 옹기종기 모여 서 있었다. 타인의 이목을 몹시 신경 쓰는 듯 주변을 살피는 모습이 마치 역적모의를 하러 모인 역당들 같았다.

연두는 질질 끌리는 무거운 자루를 꾸역꾸역 챙기며 제 옆에 선 두 여자의 표정을 살폈다. 마고는 무슨 결심을 했는지 몹시 비장한 얼굴이었고, 수아나는 흡사 죽으러 가기라도 하는 듯 안색이 엉망이었다. 그 얼굴을 마주 보자 비로소 자신이 하려는 일이 실감이 났다.

죽은 자의 안식을 신성하게 여기는 이곳에서 무덤 도굴이라니. 비록 시신 대신 금화가 들어 있는 무덤이라지만 들키기라도 했다가는 그 자리에서 죽어도 할 말이 없는 일이었다. 초조함에 입이 말랐다.

슬쩍 쳐다본 수아나는 아까부터 쉴 새 없이 거스러미를 잡아뜯고 있는 중이었다. 그렇게 불안해할 거면서 대체 왜 오겠다고 했는지, 연두는 도저히 알 수가 없었다.

"수아나, 여긴 대체 왜 온 거야?"

동굴처럼 퀭한 눈이 연두를 바라보았다. 왜 온 거냐고? 수아나는 연두가 왜 그런 걸 묻는지가 더 이상했다. 그― 이상한― 집시 남자. 자신이 비밀을 엿들었다는 걸 뻔히 아는 그 남자! 그를 통해 자신에게 말을 전했으면서, 자신이 거절할 수 있었을 거라 생각했다는 건가.

광대가 수아나를 따로 불러내 연두에게 협조할 것을 권했을 때, 수아나는 그 자리에서 살해당하지 않은 것에 감사하며 고개를 끄덕일 수밖에 없었다.

"……네가 불렀잖아."

"아니. 내가 부른 건 다른 사람이었어. 그런데 대뜸 오늘 낮에 연락을 해서는 아무래도 못 갈 것 같다며 대타를 보내겠다고 했다고. 그것만으로도 미치겠는데, 네가 오다니……."

연두로서는 미치고 팔짝 뛸 노릇이었다. 빠른 시간 내에 흙을 파냈다가 다시 묻는 등의 작업을 하려면 아무래도 남자 힘이 필요할 것만 같아 광대를 부른 거였는데, 그가 이런 식으로 빠져나가고 대신 멀쩡한 마을 처녀를 밀어 넣을 줄은 몰랐다. 지나치게 의욕만만인 마고는 수아나가 끼거나 말거나 그저 일손이 하나 늘었다는 정도로밖에 생각하고 있지 않긴 했지만 연두는 아니었다.

연두가 생각하기에 이 일은 비밀 보장이 핵심이었다. 도굴의 성공 여부를 떠나, 무슨 일이 있어도 오늘의 일을 발설하지 않는 게 중요하단 말이었다. 설령 아셰라드가 성공적으로 왕자의 마음을 사로잡는다 해도 오늘의 일이 백일하에 드러나면 끝장이었다.

'아, 하필 보내도 저런 수다쟁이를 보냈어!'

연두는 애꿎은 땅만 내려찍으며 화를 삭였다. 그리고 영문도 모르고 나왔을 수아나를 돌려보내려 하는데, 수아나는 의외일 정도로 강경하게 가지 않겠다고 버텼다. 그녀가 자신과 광대를 마녀로 여겨 두려워한다는 걸 모르는 연두로서는 갑갑하기만 한 태도였다.

"이거 재수 없으면 진짜 목 달아난다니까. 내가 아셰라드 아가씨 이름 걸고 맹세한다, 진짜. 진짜진짜."

"괜찮대도. 데려가만 줘. 열심히 일할게."

"그래, 괜찮다잖아. 빨리 가자. 안개가 걷히기라도 하면 큰일이야. 어차피 여기에서 돌려보낼 수는 없어. 설령 수아나가 가겠다고 하고 네가 된다고 해도 내가 안 돼."

자꾸 시간이 흐르자 초조해진 마고가 연두를 재촉했다. 그 말이 전부 맞는 말이라, 결국 연두는 찜찜한 마음을 하고도 수아나와 동행할 수밖에 없었다.

안 그래도 이상하리만치 스산하던 묘지는 밤안개 속에서 더욱 음침하고 무서워져 있었다. 곳곳에 놓인 키 큰 조각상들이 침몰한 배의 돛대처럼 삐죽이 제 존재를 알렸다. 한 걸음 옮길 때마다 눅눅한 안개가 팔다리에 이슬을 맺었다. 깊은 침묵이 족쇄가 되어 발목을 붙들고 늘어졌다.

"그런데…… 왜 하필 묘지야? 돈 구하러 가는 거라며?"

"가보면 알아."

퉁명스럽게 대답한 마고가 수아나의 뒤를 잡았다. 도망갈까 경계하는 것이다. 수아나는 불안해지기 시작했다. 그녀의 불안이 점점 커져 두려움을 눌러 이겼을 때쯤, 그들은 전 백작부인의 묘에 도착했다. 연두와 마고는 자루 속에 담아온 연장들을 챙기며 본격적인 도굴을 준비했다. 며칠 밤이나 머리를 맞대고 고민한 바가 있어 망설임은 짧고 행동은 신속했다.

무덤의 구조에 대해서는 요 며칠간 질릴 정도로 설명을 들었다. 하나 무거운 대리석으로 된 장식석을 감쪽같이 들어냈다가 다시 올릴 방도는 도저히 찾을 수 없었다. 그래서 연두와 마고는 땅을 파서 밑 부분에 통로를 만든 다음 들어갈 계획을 세웠다.

두 여자는 삽질을 시작했고, 수아나는 공포와 충격에 휩싸인 가운데 아무것도 하지 못하고 멍하니 서 있었다. 그녀의 눈에 연두와 마고는 시체를 파먹는 악마로밖에 보이지 않았다.

"미…… 미쳤어! 둘 다 미쳤어! 어떻게 무덤을 파……!"

"시신이 묻힌 것도 아닌데 무덤은 무슨."

"수아나, 여기까지 온 이상 너도 한패야. 새삼 도망갈 생각하지 말고 삽이나 들어. 정 못 파겠으면 흙이나 좀 치워주든가."

수아나는 도망가고 싶었다. 정말로 그러고 싶었다. 하지만 빙긋 미소 지으며 '가줄 거죠?'하고 묻던 집시 청년을 떠올리면 숨이 턱턱 막히고 다리가 후들거렸다. 두근거림이나 기쁨이 아닌 공포 때문에. 아무렇지 않게 마녀와 마법을 입에 담는 무서운 자였기에. 결국 수아나는 공포에 목이 매여 덜덜 떨리는 손으로 도굴을 도왔다.

마고와 수아나, 그리고 연두. 세 여자가 힘을 합치자 무른 땅은 금세 제 속살을 드러냈다. 악마의 토사물처럼 검은 흙이 금세 작은 둔덕을 이루었다. 작업은 순탄하게 이루어졌다. 기름기 많은 흙 속에서 느긋하게 쉬다가 끌려 나온 지렁이와 벌레들만 기겁을 하고 꿈틀거릴 뿐이었다.

삐리리리— 밤에 우는 새, 시끄러운 나이팅게일이 야밤에 일하는 그녀들을 비웃듯 노래를 불렀다. 나무들이 뱉는 숨이 점점 더 짙어졌다. 세 여자의 주변은 이제 온통 하얗게 물들어 바로 부근에 있는 나무 몇 그루만 간신히 식별되는 정도가 되었다. 걷어 올린 소맷자락 아래 드러난 팔뚝에 흰 안개가 들러붙어 자꾸 살갗을 핥아댔다.

쿵!

한창 땅을 파내려가던 삽 끄트머리에 무언가가 부딪치는 소리가 났다. 수아나는 멀찍이 물러섰고 연두와 마고가 달려들어 삽 대신 호미를 휘둘렀다. 백작부인의 관이 바스러져 가는 몸뚱이를 드러냈다. 삽에 찍혀 패인 부분을 억지로 잡아 벌리자 순식간에 커다란 구멍이 났다. 오랫동안 관 속에서 잠자던 낡은 마대자루들이 두 여자의 그악스러운 손에 잡혀 줄줄이 끌려 나왔다.

"세상에……. 이게 대체 몇 개야?"

"전 백작부인께서 풍채가 좋았나 봐. 아니면 좀 그 외숙부란 분이 조카에게 유산 미리 주는 셈 치고 많이 퍼줬든지……. 엄청나다."

"이 거래를 다섯 살 때 했다고? 미친, 난 이제 아가씨 말에는 그냥 닥치고 네, 해야겠다. 난 다섯 살 때 뭐 했지? 동네 애새끼들이랑 코 찔찔 흘리면서 놀았던 기억밖에 없는데. 불장난하다 사고 치고 아빠한테 뒈지게 맞은 거랑."

"나도 다섯 살 땐 그랬어. 그나저나 그린, 제발 입조심 좀 해."

"미안, 반성은 하는데 고쳐지지가 않네. 수아나! 이 자루에 시체 안 들었으니까 겁 좀 그만 먹어. 그렇게 도망가 있지 말고 자루 좀 잘 챙겨 쌓고. 아니다, 그냥 이리 좀 와서 손 좀 잡아줄래?"

연두의 부름에도 수아나는 좀체 가까이 올 생각을 하지 않았다. 연두와 마고는 결국 한숨을 내쉬고 구덩이에서 꾸역꾸역 기어 나왔다. 그리고 마지막 자루를 끄집어 올렸다. 그런데 그게 문제였다. 유독 부피가 크고 무거웠던 자루가 세월과 금화의 무게를 이기지 못하고 쪽, 찢어져 버린 것이다.

와르르– 금화가 쏟아졌다. 안개에 가려 흐린 등불에도 반짝거리는 금화의 빛은 마치 금빛 파도 같았다. 그 파도가 어찌나 눈이 부신지, 이교도의 신화 속에 나오는 태양신의 마차가 뿌린다는 빛이 이러할까 싶을 정도였다.

당황한 연두가 구덩이 안으로 다시 뛰어들었다. 그리고 정신없이 쏟아진 금화를 주워 위로 던졌다. 멀찍이 서 있던 수아나와 굳어 있던 마고가 뒤늦게 달려들어 허둥지둥 금화를 쓸어 담았다.

"마고…… 이거 진짜 금화야?"

"그럼 가짜 금화겠니! 아가씨께서 챙겨오라 하신 거야, 하나도 놓치지 말고 주워."

금화는 귀했다. 귀족가의 하녀로 일하며 충분한 급료를 받는 마고조차 삼 년 내내 한 푼도 쓰지 않고 모아야 금화 한 장을 만져 볼 수 있을 정도였다. 그 귀한 금화가 흙이 잔뜩 묻은 채 나뒹구는 게 너무나 안타깝고 안타까워, 손이 겨우 두 개뿐인 게 아쉬워졌다.

마고는 자기 손이 한 네 개쯤 되었으면 좋았을 거라고 생각했다. 그랬다면 이 금화들을 좀 더 빨리, 많이 주울 수 있을 텐데. 그런데 참 이상한 일이 일어났다. 마음은 급하기 그지없는데, 어째서인지 손이 자꾸만 느려지는 것이다. 금화에 새겨진 옆얼굴이 자꾸 자신을 보고 눈을 찡긋거리는 것만 같아 시선을 뗄 수가 없었다.

이 금화 한 장이 있으면, 돈을 보내달라 칭얼거리는 부모의 입을 닥치게 할 수 있다.

이 금화 두 장이 있으면, 병아리처럼 삐약대는 동생들을 죄다 결혼시키고 편해질 수 있다.

이 금화 세 장이 있으면, 적당히 괜찮은 자유민 남자를 잡아 결혼할 수 있다.

이 금화 네 장이 있으면, 농사를 지을 기름진 땅과 아이를 낳아 기를 작은 집을 살 수 있다.

마고는 문득 자신과 함께 금화를 줍고 있는 수아나를 바라보았다. 수아나는 죽은 시체처럼 창백한 얼굴을 하고 있었다.

'이 멍청하고 겁 많은 계집애, 물에 빠지면 입만 동동 뜰 계집애만 없었다면− 내가 이렇게 많은 금화 중 한 장쯤, 아니 몇 장쯤은 슬쩍해도 아무도 몰랐을 텐데.'

그녀의 손이 좀 전보다 더 느려졌다. 본인은 모를 변화였다.

"수아나! 마고! 나 좀 끌어올려 줘!"

퍼뜩 정신이 들었다. 정신이 돌아오자 조금 전까지 자신이 했던 생각이 너무 무서워 등에서 땀이 다 났다.

"……수아나, 네가 좀 끌어당겨 줘."

"너, 너는?"

"나 지금 바쁜 거 안 보여?"

마고는 수아나를 사납게 을러 보내놓고 덜덜 떨리는 손으로 남은 금화를 마저 주웠다. 그녀가 금화를 다 주웠을 때쯤, 수아나의 손을 잡고 간신히 구덩이를 빠져나온 연두가 바닥에 덜렁 드러누운 채 숨을 헐떡였다.

"아, 죽겠다."

"허튼 소리 말고 일어나서 금화나 챙겨."

손이 늘자 금화 줍는 건 순식간에 끝났다. 금화 주머니 지킴이를 자청한 마고를 곁에 두고 연두와 수아나는 땅 덮는 작업에 열중했다. 아주 감쪽같이 흔적을 지울 수는 없겠지만 정원사 영감이 꼼꼼하게 살피지 않는 이상 알아챌 수 없을 정도는 되어야 했다.

모든 작업을 끝내고 돌아가는 길, 세 사람의 몰골은 아주 볼만

했다. 치맛자락은 물론이고 단단히 올려 묶은 머리카락 이곳저곳에까지 온통 흙투성이였다. 순찰 도는 병사들에게 들키지 않은 건 그야말로 천운이었다.

"이 꼴로 방에 돌아갈 순 없겠지?"

"당연하지. 거기서 자는 애들이 몇이나 되는데."

"이 밤에 목욕탕을 쓸 수도 없고…… 그렇다고 개울까지 갈 수도 없고."

연두와 마고는 하녀 방으로 돌아갈 수 없다는 것에 동의했다. 하녀 방에는 커다란 침대가 두 개 있고, 거기서 열 명이나 되는 하녀가 함께 잤다. 그곳에 이런 꼴로 갔다가는 단박에 의심을 받을 게 틀림없었다.

"아가씨 방에서 신세 좀 지자. 좀 좁긴 해도 거긴 독방이잖아."

"그런……. 매번 생각하는 건데, 넌 목숨이 대체 몇 개니?"

"당연히 한 개지. 이 꼴로 있다가 들키느니 아가씨 방에 엉덩이라도 비비고 있는 게 나아. 아가씨도 그렇게 생각하실걸. 난 아가씨 방에 옷도 준비해 뒀다고. 마고, 그런 눈으로 보지 마. 네 것도 있거든? 수아나는 집에 갈 거지?"

"이 꼴로? 나 맞아죽어. 어차피 아버지는 오늘 내가 리리아 집에서 자는 줄 알아."

놀란 표정의 두 사람을 두고 오히려 수아나가 놀랐다. 대체 평소 자신을 어떻게 생각하고 있었기에 이런 대비에 놀라는 건지 말이다. 어쨌거나, 결국 세 사람은 다 함께 아셰라드의 다락방 신세를 지기로 합의를 보았다. 물론 아셰라드의 동의는 빠진 채였다.

다락방으로 가는 계단은 좁은 데다 어두컴컴했으며, 습기가 차서 미끄러웠다. 앞이 보이지 않아 벽을 짚고 가는 손에 물기가 묻어났다. 끝없이 이어질 것만 같은 기분 나쁜 계단은 어쩐지 사람을 주눅 들게 만드는 구석이 있었다.

그래도 수아나의 가벼운 입까지 막지는 못했다. 수아나는 연두와 광대의 관계가 몹시 궁금했다. 무서운 건 무서운 거지만 궁금한 건 궁금한 거였다.

"그런데 말야, 그린…… 너, 그 집시 남자랑 사귀는 거야? 날 보낸……."

"뭐? 집시 남자? 설마 오늘 오기로 했다던 일손이라는 게 집시였어? 그린, 너 미쳤니?"

연두가 미처 대답하기도 전에 마고가 기겁을 했다. 마고가 메고 있던 금화 주머니가 바닥으로 떨어졌다. 그녀는 하녀 일로 단련된 손아귀 힘으로 연두의 어깨를 움켜쥐고 진지한 충고를 아끼지 않았다.

"그린, 네가 아직 어려서 모르나 본데, 집시랑은 만나는 거 아냐! 그놈들은 처녀를 강탈하고 책임 같은 건 질 생각도 없이 훅 떠나 버리는 개새끼들이라고!"

"아, 그래. 명심할게……."

"어머, 애 좀 봐. 진짜 사귀나 보네. 그린, 내일 날 밝으면 당장 헤어지고 와. 혼자 가기 무서우면 같이 가줄게. 나쁜 자식, 그린이 어려 보이긴 해도 열아홉이나 먹었는데 어디 마을 처녀를 건드려?"

연두는 그냥 울고 싶었다. 내가 왜 나이를 속였을까. 생각 없이 말을 꺼냈던 수아나는 연두의 시선을 피하느라 바빠 마고의 공격을 막아내는 데에는 도움이 되지 않았다. 그나마 다행인 건 마고가 연두에게서 원하는 대답을 이끌어내기 전에 다락방에 도착했다는 사실이었다.

"아가씨, 주무세요?"

"……그린? 안 자. 들어와."

아셰라드는 퀭한 눈을 숨기지도 못한 채 침대에 걸터앉아 있었다. 그녀의 두 언니들을 위한 상인들이 백작저를 수없이 들락거리고 있으니 마음이 심란하기도 할 것이다. 본래대로라면 두 언니들은 아셰라드에게 감히 말도 붙이지 못할 신분일 텐데, 지금 그녀들은 자신들이 정말 백작가의 핏줄을 이어받기라도 한 양 아셰라드 앞에서도 득의양양한 태도를 숨기지 않고 있었다. 착각을 바로잡아 줘야 할 백작부인부터 은근히 뒤에서 부추김을 하고 있으니 새삼스레 태도가 바뀔 가능성이라고는 눈곱만큼도 없었다.

하녀들은 그녀들의 태도를 두고 뒤에서 몰래 수군대곤 했지만, 연두는 신분에 대해 제대로 이해하지 못하는 자신을 잘 알았다. 이 이상한 세상에서 몇 년을 더 산다 해도 신분과 혈통에 대해 완전히 납득하는 날은 오지 않을 거라는 걸 말이다. 그래서 연두는 아셰라드를 위로하거나 기분을 맞춰주는 대신 시키는 일을 성실하게 하는 것을 택했다. 어차피 그런 역할은 마고 하나로도 충분했다.

"꼴이 아주 볼만한걸. 게다가…… 사람이 하나 더 있고."

"둘이서 하기엔 좀 벅찼거든요. 제가 두고 간 옷은 잘 있죠?"

"그래. 씻는 것까진 무리지만 옷 갈아입는 정도야 여기서도 충분하지. 하지만 어쩔 거니? 그린, 네가 준비한 옷은 딱 두 벌이잖니."

수아나에게 시선이 쏠렸다. 처음으로 귀한 아가씨를 가까이서 보고 그 예쁜 얼굴과 우아한 태도에 정신이 팔려 있던 수아나는 뒤늦게 아셰라드의 말을 알아듣고 그만 얼굴을 붉혔다. 퍽 순진한 태도였다. 저 얼굴로 사고 쳐서 임신부터 하라며 발랑 까진 발언을 했었다고 하면 누가 믿을까. 연두는 남몰래 혀를 찼지만 아셰라드는 수아나가 꽤 마음에 든 눈치였다.

"내 옷을 빌려주마. 품이야 조금 안 맞겠지만 그래도 그럭저럭 입을 만은 할 거란다. 그런데, 네 이름이 뭐지?"

"수아나예요, 아가씨."

"그래, 수아나. 이름만큼 얼굴도 예쁘구나. 특히 그 머리칼 색이 아주 고와. 혹시 지푸라기로 금실을 자아내는 요정이 네 집에 사는 건 아니니?"

"아가씨도 참……."

난데없는 칭찬에 수아나의 얼굴이 붉어졌다. 연두와 마고는 자신들을 향해 미쳤다 손가락질하던 수아나가 아셰라드의 구슬림에 완전히 넘어가는 꼴을 보며 혀를 내둘렀다. 저렇게 사람을 홀리는 것도 재주라면 재주였다.

그날 밤, 연두와 마고는 미리 맡겨두었던 옷으로 갈아입고 아셰라드의 다락방 바닥에 드러누워 잤다. 그리고 둘이 자는 동안 수아나는 아셰라드가 가지고 있던 몇 안 되는 여벌옷 중 한 벌을 받았다. 아셰라드에게는 차마 입고 다니지 못할 만큼 초라한 옷이었지만, 마을 처녀가 설레는 꿈을 꾸기엔 충분할 만큼 좋은 옷이었다.

❋

온통 어두운 놀이공원에서 홀로 빛나는 건물은 초롱아귀의 불빛처럼 사람을 끌어들였다. 준규는 홀린 것처럼 빛을 향해 다가섰다. 그는 곧 그곳이 사무실이 아니라는 걸 알았다. 빛을 쏟아내는 창문은 옷가게의 쇼윈도처럼 컸고 아른거리는 그림자는 사람의 것이 아니었다.

인형의 집.

확인하는 순간 맥이 탁 풀려 버렸다. 준규는 그만 웃어버렸다.

"하, 내 눈도 갈 데까지 간 모양이야. 형들이 알면 아주 좋아하겠는데."

그러나 바로 돌아서려던 준규는 온통 드레스 차림인 주변 인형들과는 어울리지 않게 청바지에 셔츠 차림을 한 인형에게 시선을 사로잡혔다. 인형은 밝은 갈색의 굽슬굽슬한 머리칼을 길게 늘어뜨리고 낡은 크로스백을 메고 있었다.

인형의 유려한 옆얼굴이 연두와 꼭 닮았다—라는 생각을 한 순간, 준규는 등을 타고 흐르는 냉기를 느꼈다. 매표소에 있던, 친구와 똑같이 생긴 인형이 떠올랐다. 그 인형은 작기라도 했지, 저기 연두를 닮은 인형은 실물 크기였다. 저게 정말로 인형일까? 불안과 의심은 순식간에 몸집을 불렸다.

"강연두!"

턱을 괴고 있던 손가락이 움찔거렸다. 누군가는 눈의 착각이라고 비웃을지도 모르지만, 준규는 분명히 보았다고 자신할 수 있었다. 이대로 놀이공원을 빠져나간다는 선택지는 순식간에 사라졌다. 그는 지체하지 않고 입구를 찾기 시작했다.

건물 정면에 일반 현관문처럼 생긴 문이 있긴 있었지만, 그건 그냥 장식이었는지 열리지 않았다. 하나 애초에 놀이기구의 일종으로 설계된 건물이었다. 그는 금세 입구를 찾아냈다. 입구의 문은 단단히 잠겨 있었지만 준규는 앞뒤 생각 않고 잠금장치 부근을 때려 부수는 것으로 해결하고 말았다.

인형의 집 안에 있는 인형들이 아무리 생생하고 아름답든, 소품이 아무리 정교하든 준규의 눈에는 다 쓸데없는 장식품이었다. 그는 길을 막고 있는 귀찮은 설치물과 소품들을 죄다 밀어치우며 걸었다. 어쩐지 밖에서 보았던 것보다 안쪽이 훨씬 넓게 느껴지는 기분이 들긴 했지만, 연두를 찾아 걸으면서 거기까지 생각할 여력은 없었다.

"대답해! 강연두-!"

소리쳐 부르면 분명 대답할 거라고 생각했는데 대답이 없었다. 아까 밖에서 봤을 때는 딱히 구속을 당했다거나 한 흔적이 없었는데 대체 무슨 일일까. 설마 수상한 약물에라도 당한 건 아니겠지. 준규의 심장이 불안하게 뛰기 시작했다.

"강연두-! 강연…… 찾았다."

준규는 연두를 발견했다. 그녀는 조금 전에 밖에서 보았던 대로 티테이블에 앉아 턱을 괴고 있었다. 자신이 전혀 보이지 않는 것처럼 미동도 하지 않는 모습이 이상하다고 생각했지만, 그동안의 걱정과 그만큼 쌓인 반가움이 그의 눈을 가렸다.

준규는 한달음에 달려가 연두의 팔을 낚아챘다. 그런데 연두가 이상했다. 그에게 팔을 잡히고도 시선을 한 곳에 고정한 채 전혀 반응을 보이지 않았다. 초점 없는 눈동자는 마치 인형 같았다. 분명 조금 전에 손가락을 움직였는데. 대체 왜 이럴까.

"어이, 강연두……?"

섬뜩한 불안감이 준규를 스치고 지나갔다. 꽤 거칠게 손을 잡아챘음에도 연두는 전혀 반응이 없었고 손에 닿는 체온도 기이할 정도로 낮았다. 정말 무슨 약에라도 당한 게 아닐까.

준규는 더 이상 고민하지 않고 연두를 둘러업었다. 등에 업고 나니 차가운 체온과 빳빳한 팔다리가 더욱 선명하게 느껴졌다. 누군가 가슴에 손을 넣고 심장을 쥐고 있기라도 한 것처럼 숨쉬기가 힘들었다.

"빌어먹을 통화권 이탈……."

지금 당장 119에 전화를 넣어야 하는데. 전국 어디든 다 연결된다는 광고는 역시 뻥이었어. 속으로 불평을 해보지만 그가 어쩔 수 있는 게 아니었다. 준규는 연두를 업은 채 들어왔던 문을 찾아 인형의 집을 헤맸다.

한데 이상한 일이었다. 금방 들어왔던 것만큼 금방 나갈 수 있을 거라고 생각했는데, 넓지도 않은 건물을 세 바퀴 이상 돌았는데도 나가는 문이 보이지 않았다. 자꾸 시야를 방해하는 호화로운 가구며 팔락거리는 드레스가 짜증나 미칠 지경이었다.

준규의 이마에서 솟은 땀이 턱을 타고 바닥에 떨어졌다. 마약이라도 한 것처럼 그의 몸에 활력을 불어넣던 긴장과 흥분이 서서히 가시면서 처음에는 종잇장처럼 가볍게 느껴지던 연두의 무게가 쌀부대라도 되는 것처럼 무거워지고 있었다. 초조감이 준규의 발을 채찍질했다. 한시라도 빨리 병원에 가야 했다.

"헉…… 헉……."

지나치게 조용한 공간은 준규의 거친 숨소리마저 메아리로 되돌렸다. 분명 어디든 환하게 조명이 켜져 있는 걸 확인했는데도 눈앞이 컴컴해졌다가 환해졌다가를 반복했다. 그는 자꾸 가물거리는 시야를 지키기 위해 제 뺨을 때려가며 버텼지만, 그건 임시

방편에 불과했다.

'저 빌어먹을 인형들이 자꾸 비웃는 거 같, 돌았나. 정신 차려, 이준규. 정신……'

준규가 쓰러졌다. 그리고 인형의 집은 적막으로 가득 찼다. 에어컨이 돌아가는 소리만 윙– 울릴 뿐이었다. 그 적막은 곧 깨졌다. 준규의 등에서 미끄러진 채 바닥에 쓰러져 있던 연두가 신음 소리를 냈다.

"우…… 으……."

마치 태어나 처음으로 목소리를 내게 된 벙어리처럼, 연두는 어색하게 소리를 냈다. 소리 내는 것을 멈춘 뒤에는 딱딱하게 굳어 있던 손가락이 조금씩 움직이기 시작했다. 움직임은 시간이 갈수록 점점 더 커졌다. 손목이, 팔꿈치가, 어깨가. 그 다음엔 다리가 움직였다. 마침내 그녀가 땅바닥에 두 손을 받치고 상체를 들어올렸다. 그리고 허리를 세워 앉았다.

일어나려는 것처럼 몇 번 시도를 했지만 계속 미끄러지자, 연두는 일어서려는 노력을 포기하고 그냥 가만히 앉아 있었다. 그런 그녀의 시선은 바닥에 쓰러진 준규를 향해 가 있었다. 초점 없이 멍한 눈이었지만 말이다.

"……으."

준규가 정신을 차린 건 그가 생각해도 한참의 시간이 흐른 뒤였다. 목구멍은 말라붙어 따가웠고 팔다리는 힘없이 노곤했다. 뻑뻑한 눈을 비벼가며 억지로 몸을 일으키자 반가운 얼굴이 눈앞에 있었다. 정신이 번쩍 들었다.

"강연두! 정신 차렸어? 괜찮아?"

"……이."

"아직 정신이 없네. 눈에 초점도 없고. 너 대체 무슨 일을 당한 거야……."

준규의 한탄에도 연두는 별 반응이 없었다. 그저 아까보다는 좀 더 자연스러운 동작으로 고개를 갸웃, 기울였을 뿐. 대답 대신 그녀는 자신을 가리키며 물었다.

"강연두……?"

"그래, 강연두. 어울리지 않게 웬 귀여운 척이야? 네가 갑자기 연락 끊고 사라지는 바람에 내가 얼마나 놀랐는지 알아? 간신히 찾아왔더니 이 꼴은 또 뭐냐 그래. 화도 못 내게."

멍하게 눈을 깜빡이는 얼굴이 어찌나 귀여운지, 한때 그랬던 것처럼 무심코 머리를 쓰다듬었다. 강아지 귀여워하듯 쓰다듬은 탓에 안 그래도 흐트러져 있던 머리카락이 더 엉망이 되어 연두의 머리는 그만 까치집이 되고 말았다. 준규는 뒤늦게 자신의 행동을 깨닫고 어색하게 손을 내렸다.

"이런, 미안."

한데 이상했다. 평소라면 긴 머리카락 간수하는 게 어디 보통 일인 줄 아느냐며, 함부로 손대지 말라고 버럭 화를 냈을 연두가 지금은 그저 조용하기만 했다. 오히려 아직 남은 온기를 확인이라 도 하려는 양 제 손으로 정수리를 덮어보는 게 아닌가. 정말이지, 독종 강연두에게 이런 모습을 볼 거라곤 상상도 해보지 않았던 준규는 아연함에 입을 벌렸다.

"너 무슨 기억상실증이라도 걸렸어……?"

"기억상실증?"

"야, 강연두! 장난하지 말고!"

"장난하지 말고."

"……맙소사. 이거 완전…… 애잖아."

준규는 무신론자였다. 하지만 지금 이 순간, 그는 진지하게 신이 있었으면 좋겠다고 생각하고 말았다. 대체 이 녀석에게 무슨 일이 있었기에 상상해 본 적도 없는 꼴을 하고 앉아 있는 거냐고, 신이 있어야 찾아가 따져 물을 수 있을 테니까. 기억이 사라진다고 살아온 세월이 어디로 가는 것도 아닐 텐데 왜 이 꼴이냐고.

❀

마법사, 광대, 교황, 연인, 죽음, 태양……. 화려하게 채색된 타로카드가 어둔 달빛 아래에서 펼쳐졌다가 접혀지기를 반복했다. 생전 타로카드라는 존재를 본 적이 없던 병사들은 광대가 펼쳐내는 카드 묘기에 완전히 빠져 버렸다.

"어, 그래서 이걸로 점을 본다고?"

"그럼요. 벌써 금전운을 봐드렸잖아요. 또 뭐가 궁금하시죠? 연애운? 출세운?"

"그럼 출세운!"

"얌마, 내 차례야. 이봐, 집시. 난 연애운 좀 봐줘."

"무슨 연애운이야? 너 애인 있…… 설마, 그새 제시한테 차였냐? 또? 이런 병신 새끼."

"닥쳐. 차인 게 아니라 찬 거야. 그런 엉덩이 가벼운 년은 내 쪽에서 사양이라고."

병사들이 서로 아웅다웅 말다툼을 하는 동안 광대는 슬쩍 밤하늘을 보며 시간을 가늠했다.

그는 연두가 무사히 무덤을 파내는 것에 성공했을까 하고 잠깐 걱정했다가 곧 피식 웃어버렸다. 안개가 이리 짙고 초저녁부터 지금까지 내내 병사들을 붙들고 있는데 설마 실패했으려고.

광대는 아침 해가 뜰 때까지 계속 점을 쳤다. 능란한 말솜씨와 현란한 손재주에 현혹되어 있던 병사들은 뒤늦게 날이 밝았음을 깨닫고 허둥지둥 자신의 자리로 돌아갔다. 왕국의 구석에 자리 잡은 이 조용한 영지의 병사들의 군기는 슬플 정도로 허술했다. 어차피 그들은 영주에 대한 노역 의무 때문에 칼과 창을 든, 농부에 가까운 자들이었다.

해가 뜨자 밤새 저택을 감싸고 있던 안개는 순식간에 옅어졌다. 광대는 사람들의 눈을 피해 유유히 자리를 떴다. 그는 마치 형체를 가진 유령 같았다. 이른 아침부터 부지런히 일을 나가는 사람들 중 누구도 광대에게 시선을 주지 않았다.

광대가 신세를 지고 있는 집시 무리는 마을의 외곽 경계에 머무르고 있었다. 지혜로운 노인은 광대를 매우 못마땅해하면서도 그를 위한 천막과 식량을 내주었다. 땅에 뿌리내리지 않는 이는 우리의 친구라는 이상한 말과 함께 말이다.

"흐흥~ 흥~"

콧노래를 흥얼거리며 경쾌하게 걷던 광대가 우뚝 멈춰 섰다. 그때 그는 봄이 찾아온 들판의 한가운데를 지나는 중이었다. 따스한 봄 햇살이 그의 어깨를 어루만지고 부드러운 새순이 그의 발목을 간질였다.

하지만 갑작스레 찾아온 오한이 어찌나 강렬했는지, 그는 자신이 순간 겨울 들판에 서 있는 건 아닐까 의심했다. 덜덜 떨며 돌아온 광대를 향해 몇몇 집시들이 의아한 눈빛을 보냈다.

"이상해. 뭔가…… 뭔가 잘못됐어."

한참을 걸어왔음에도 오한이 사라지지 않았다. 광대는 허둥지둥 제게 주어진 천막을 향해 뛰어들었다. 그는 얼마 안 되는 짐을 뒤지며 뭔가를 찾기 시작했고, 곧 원하던 것을 찾아 꺼냈다. 그건 눈부시게 빛나는 유리구두 한 켤레였다. 비록 그중 한 짝이 금방이라도 부서질 것처럼 실금으로 뒤덮여 있긴 했지만 말이다. 광대의 얼굴은 백짓장처럼 새하얘졌다.

"이런 제기랄. 이거 갑자기 왜 이래?"

광대가 가진 유리구두는 마녀 니니스가 챙겨준 물건이었다. 니니스는 직접 유리구두를 건네주며 당부했었다. 이 유리구두는 광대의 개미눈물만 한 재주로도 마법을 부릴 수 있게 해줄 것이니, 절대 깨지지 않게 하라고. 광대가 연두의 유리구두 타령에도 태연했던 건 나름 믿는 구석이 있었기 때문이었다.

"아, 망했어……."

광대는 몹시 우울해지고 말았다. 축 처져 어깨를 늘어뜨린 그를 보며 다른 짐시들이 수군수군 말을 나눴다. 저놈 왜 저래? 나도 몰라. 저놈도 우울해질 때가 다 있군그래. 그 왜 있잖아, 요즘 만나는 마을 처녀. 그 처녀랑 잘 안 된 거 아닐까? 오, 그럴듯한데. 무릎에 얼굴을 묻고 있던 광대가 견디지 못하고 벌떡 고개를 들었다.

"사귀는 거 아닙니다!"

"하하하! 부끄러워하기는!"

연두와 광대가 연인이라는 소문은 수아나의 가벼운 입을 탓할 것도 없이 이미 사방에 파다한 모양이었다. 하긴, 그 사람 많은 광장에서 그렇게 티 나게 자리를 뜬 것도 모자라 수시로 얼굴을 맞댔으니 소문이 나는 게 당연한 일이긴 했다. 소문을 가라앉히려면 서로 모른 척하고 다시는 만나지 않는 방법이 제일 좋았겠지만, 연두와 광대에게는 불가능한 일이었다. 상의할 일이 너무 많았다.

뒤늦게 광대의 존재를 알게 된 아셰라드는 이젠 집시까지 제 손발로 쳐야 하느냐며 싫은 표정을 지었긴 했다. 하지만 들키지 않고 사방팔방으로 연락을 보내기엔 집시들을 이용하는 것만큼 효율적인 방법도 없다는 걸 곧 인정해야만 했다.

"하필 골라도 집시 남자를 골랐니."

사실이 아닌데도 반박할 수 없는 잔소리는 덤이었다. 진실을 말할 수 없어 괴로운 연두가 가끔 벽에 머리를 찧는 등의 기행을 벌였지만, 그 꼴을 보는 마고는 연애하는 티 작작 내라며 안 그래도 갑갑한 가슴에 더 불을 지를 뿐이었다.

그러는 사이 아셰라드는 무덤에서 파낸 어머니의 유산으로 치장을 위한 준비물들을 샀다. 두 언니를 위해 백작저를 풀방구리 드나드는 쥐처럼 들락거리던 상인들은 아셰라드가 건네는 금화 앞에서 조용히 침묵을 맹세했기 때문에, 아셰라드의 무도회 준비는 극비리에 조용히 진행되어 갔다.

그러나 백작부인과 두 언니가 왕궁을 향해 가는 마차를 타고 백작저를 떠나는 그날까지도 아셰라드가 구하지 못한 게 있었다. 그녀를 태워줄 마차와 마부, 그리고 말이었다. 백작부인이 아셰라드가 어디에서도 마차를 구할 수 없도록 미리 손을 쓴 덕분이었다.

예상한 일이긴 했으나 속이 쓰려 신물이 넘어오는 건 어쩔 수가 없다. 할 수 있는 거라고는 두고 보자, 하고 이를 가는 것뿐. 창문가에 서서 조용히 분노에 몸을 떠는 아셰라드의 뒷모습은 꿈에 나올까 무서운 광경이었다.

"마고. 난 새삼 다시 다짐했어. 아가씨께는 반항할 생각 말고 그냥 납작 엎드려 기어야겠어."

"너 그 말 몇 번째인지 아니?"

"으음, 한…… 다섯 번째?"

"내가 센 것만 열 번이 넘거든. 그나저나 마차를 못 구해서 우리 아가씨 어쩌니. 드레스며 보석을 맞추느라 금화도 엄청나게 썼는데……. 왕궁 파티에 와도 된다고 초대장까지 전해줬다면서 치사하게 마차를 못 빌리게 하다니, 정말 못돼먹었다니까. 가다가 콱 구덩이에 빠져 버렸음 좋겠네."

마고의 투덜거림을 들으며, 연두는 광대에게 받은 주머니를 떠올렸다. 기어이 구하지 못한 것들 때문에 한숨을 푹푹 쉬던 광대가 넘겨준 물건이었다. 요정대모 노릇을 할 거면 제대로 하라던가. 어쩐지 유리구두 걱정을 안 하더라니, 다 이유가 있었던 거였다. 연두의 입가가 히죽 올라갔다. 절대 신나할 상황이 아니란 걸 알면서도 기분이 둥실둥실 떠올랐다.

"있잖아, 마고."

"왜."

"오늘 밤에 아가씨 모시고 살짝 후원으로 나와. 내가 끝내주는 거 보여줄게. 아, 이왕이면 옷이랑 보석이랑 다 챙겨 입고 오시라고 그래."

마고는 속을 알 수 없는 눈으로 물끄러미 연두를 바라보았다. 하지만 곧 빙긋 미소 짓고 그러마, 약속을 했다. 요정대모 역할을 할 생각에 신이 난 연두는 마고의 웃음을 제대로 보지 못하고 그냥 넘겨 버렸다.

그날 밤, 아셰라드는 마고의 도움을 받아 아무도 몰래 후원으로 나왔다. 연두가 일러준 대로 드레스와 보석류를 죄다 착용한 채였다. 기껏 신경 써서 차려입은 물빛 드레스 끝자락에 풀물이 드는 것만 같아 아셰라드의 신경이 알알이 곤두선 가운데, 연두는 간신히 구한 호박과 쥐를 살펴보고 있었다.

호박은 반짝반짝 윤이 나고 쥐들은 튼튼하고 건강해 보였다. 검게 번들거리는 털과 벌겋고 긴 꼬리를 알아본 아셰라드의 얼굴이 허옇게 질렸다. 몇 번을 봐도 저 쥐새끼들은 도무지 익숙해지지가 않았다.

"그린, 갑자기 이렇게 차려입고 나오라고 막무가내로 졸랐을 땐 뭔가 이유가 있는 거겠지?"

"당연하죠. 그거 아세요, 아가씨? 저도 어젯밤에 새로 안 건데요, 사실 아가씨께 요정대모님이 계시더라고요!"

아셰라드가 눈썹을 치켜 올렸다. 저게 미쳤나, 하는 얼굴이었다. 연두는 좀 더 드립을 쳐 볼까 하다가 포기하고 말았다. 더 질질 끌었다간 맞게 생겼다.

'열여덟 살밖에 안 먹은 계집애가 동심이 없어, 동심이.'

연두는 저가 열여덟일 때는 생각도 않고 입을 삐죽대며 품에서 작은 주머니를 꺼내 열었다. 주머니가 열리자마자 머리가 어찔해질 만큼 강렬하고 달콤한 향기가 주변을 물들였다. 반짝거리는 가루가 주머니에서 쏟아져 노랗게 익은 늙은 호박 위로 떨어졌다. 숨죽이고 있던 쥐들이 갑자기 가루를 뒤집어쓰고 깜짝 놀라 발버둥을 쳤다. 그리고 변화가 일어났다.

"어머, 세상에나……!"

마고가 하녀의 신분도 잊고 감탄사를 뱉었다. 아셰라드 역시 정신을 빼놓은 채 말을 잊었다.

늙은 호박은 보석 박힌 마차가 되고, 보기에도 끔찍한 검은 쥐는 반지르르 윤나는 털을 가진 말이 되었다. 그 마차와 말은 백작부인과 그녀의 두 딸이 타고 나간 것보다 훨씬 상급으로 보였다. 가문의 문장은 어디에도 붙어 있지 않지만, 그런 것 따위 전혀 문제될 것이 없어 보일 정도였다.

아셰라드는 눈앞의 광경에 답지 않게 말문이 막혔다. 요정대모라니, 답지 않게 한심한 소리를 한다 싶었더니 이게 웬 날벼락인지. 마녀와 마법에 대한 본능에 가까운 공포와 혐오가 피어오르긴 했지만, 그건 정말로 잠깐이었다. 당장의 효용과 불확실한 미래의 공포 중에서, 그녀는 실리를 취하기로 했다.

"마부가 없군."

"아가씨, 안 놀라세요?"

"정말 내게 요정대모가 있었다면 내가 지금 이 꼴로 서 있게 두진 않았겠지. 그럼 네가 마녀라는 뜻인데, 이왕 마법을 부릴 거라면 완벽하게 해주겠니? 네가 마차를 몰 줄 아는 게 아니라면 말이다."

연두는 그만 김이 새고 말았다. 좀 더 반짝반짝하고 두근두근한 반응을 보여줬으면 좋았을 텐데, 아셰라드의 푸른 눈은 그저 침착하기만 했다. 연두는 축 늘어진 어깨를 숨길 생각도 않고 맥빠진 목소리로 광대를 불렀다.

"어이 마부, 아가씨가 찾으셔."

지나치게 요란하게 장식된 모자를—연두는 결사반대했지만 광대는 고집을 부려 기어이 쓰고 나왔다— 쓴 광대가 후원의 나무 그늘에서 뛰어나와 어설플망정 그럴듯한 인사를 선보였다. 아셰라드의 미간에 골이 패였다.

"그린, 네가 만나다던 집시 남자가 이 녀석이니? 얼굴로 고르지 말라고 그렇게 당부했는데 영 소용이 없구나. 대체 나이는 어디로 먹었니?"

"으아아……."

연두가 괴상한 소리를 내며 머리를 싸쥐었고, 그 꼴을 보던 광대는 웃음을 참느라 끅끅대는 소리를 냈다. 아셰라드의 분위기는 더욱 싸늘해졌다.

"설마 네가 마부인 거니?"

자학 모드에 들어간 연두에게서 주머니를 빼앗은 광대가 어설픈 웃음을 흘렸다. 말은 들었지만 상상했던 것보다 더 무서운 아가씨였다. 갑자기 손바닥에서 땀이 나는 것만 같았다.

"편안히 모시겠습니다, 아가씨. 저, 말 잘 다룹니다."

"당연한 소릴 하는구나. 평생을 마차에 실려 떠돌아다니는 집시가 마차를 못 몰리가 있나. 이름이 뭐지?"

"아……. 음…… 피에로pierrot라고 불러주시면 됩니다."

피에로. 광대. 아셰라드는 견디지 못하고 이마를 짚었다.

"이런, 맙소사. 그린─ 다시 말하지만 어쩌다 이따위 남자를 만난 거니. 이름도 제대로 대지 못하는 남자와는 얼른 헤어지는 걸 진지하게 추천하마. 찡그리지 좀 말렴. 그나저나 왜 이 옷을 입고 나오게 한 건지 설명해 주겠니? 왕궁까지 가려면 족히 닷새는 가야 하는데 말이다. 설마 닷새 내내 입어 더럽고 구겨진 옷을 입고 무도회에 참석하라는 건 아니겠지?"

"하하……."

연두와 광대가 아셰라드를 설득하기까지는 약간의 시간이 필요했다. 아셰라드는 마법으로 만든 말이 닷새 거리를 반나절로 줄여 주파할 거란 얘기엔 대단한 흥미를 보였지만, 무도회 당일에 새 옷을 만들어주겠다는 말엔 울컥 화를 냈다.

"진작 말하지 그랬니. 그럼 금화를 아낄 수 있었을 텐데."

"아가씨께서 사람들을 만나러 다닐 때마다 새 옷을 만들 수는 없는 노릇이잖아요. 저도 피에…… 로도 마녀가 아닌걸요. 이건 피에로가 진짜 마녀에게 얻은 마법의 가루를 써서 만든 것들이에요."

아셰라드는 침묵했다. 얼토당토않은 말을 연달아 늘어놓는 연두의 말을 어디까지 신뢰해야 할지 가늠할 수가 없었다.

푸르릉! 멍하니 마차에 매여 있던 말이 투레질을 했다. 뺨에 닿는 찬 공기가 낯설었다. 아름다운 마차와 우아한 말, 이게 호박과 쥐로 만들어진 거라고 뉘가 생각할까. 정말 마법 같은— 까지 생각한 순간, 갑자기 마음이 가벼워졌다.

"그래…… 그렇구나. 그 마녀가 바로 내 요정대모로군. 후후, 마법의 밤이로구나."

마고가 시중 들 것도 없었다. 아셰라드는 긴 옷자락을 스스로 간수하며 가뿐히 마차에 올랐다. 놀란 마고가 뒤늦게 허둥지둥 마차에 올라타는 걸 확인하자마자 광대는 얼른 마부석을 차지하고 고삐를 움켜쥐었다. 연두가 히죽 입꼬리를 올렸다.

"잘 다녀와, 피에로."

"……어디 한 군데 부러지지 말고 잘 있어요."

피에로, 라고 불린 광대가 우거지상을 하고 저주인지 당부인지 모를 말을 남겼다. 연두는 조금 전 비웃음 당한 걸 복수라도 하듯 실컷 웃어주었다. 하하하! 피에로! 하하하!

높은 분들이 모두 자리를 비운 저택은 고용인들에게는 천국과 같았다. 백작부인과 두 아가씨에게 시달리며 날로 피폐해져 가던 고용인들의 얼굴에 오랜만에 봄바람이 불었다. 갑자기 사라진 아셰라드와 마고에 대해서는 알아서들 입을 다무는 분위기였으니 연두의 마음도 덩달아 편해졌다.

끝이 예정된 평화 속에서, 하녀들 사이에서 새로운 의식이 생겼다. 각자 베개를 하나씩 끌어안고 방에 옹기종기 모여 앉아 수다를 떨며 하루를 마감하는 것 말이다.

오늘의 화제는 마을 방앗간의 주인, 하슨 씨의 허풍이었다. 유복한 살림을 하고서도 베풀 줄을 몰라 여기저기에서 눈총을 받더니, 흔한 허풍 하나도 그냥 넘어가질 못하고 이렇게 뒷담화를 듣는다.

"하여간 정신이 나간게지. 뭐? 수아나가 짚으로 금을 만들어? 나 참, 말이 되는 소리를 해야 믿는 척이라도 해주지."

"누가 아니래. 그런 소리를 한다고 좋은 집안의 청년이 냉큼 나서는 것도 아닌데, 하슨 씨도 참 생각이 짧다니까. 분명 돈 궁한 사기꾼만 실컷 꼬일걸."

"아버지가 그런 헛소리를 하고 다니면 딸이라도 나서서 말려야 하는데, 수아나 그것도 허영심이 목구멍까지 차서는 배실배실 웃기만 한다잖아. 그 집은 글렀어."

"세상에. 진짜? 수아나가 옆에 없을 때만 그런 소릴 하는 게 아니란 말이야?"

"그렇다니까. 지난주 예배 때 장난 아니었어. 아주 수아나를 옆에 끼고선 사람들에게 그런 소릴 해대고 있더라고. 보니까 어디서 고급 옷을 한 벌 해다 입힌 것 같은데 코가 아주 하늘을 찌르겠더라."

"누가? 하슨 씨가?"

"둘 다!"

말을 하던 하녀가 벌떡 일어나더니 쿠션을 옷 안에 넣고 불룩 튀어나온 배를 만들었다. 그리고 목소리를 낮게 깔며 하슨 씨의 말투를 흉내 냈다.

"수아나는 집안일은 물론이고 노래도 잘 하고 춤도 잘 추며 악기 연주도 기가 막히지요. 이렇게 예쁜 데다가 그런 특출한 재주까지 있으니 어디 보통 사내가 감당할 수 있을지 걱정이 됩니다. 하하하!"

"똑같아, 똑같아!"

"아우, 웬일이래!"

까르륵─ 하녀들 사이에서 웃음이 퍼졌다. 연두는 차마 적극적으로 동조하지도, 그렇다고 반박하지도 못한 채 어설픈 미소를 지었다. 다른 사람이었다면 그저 좀 과한 딸 자랑으로 넘어갔을 일이 이렇게까지 커지다니, 이래서 사람은 평소에 잘해야 하는 것이다.

연두는 도굴을 한 밤 이후로 수아나를 만난 적이 없었다. 일부러 피한 것은 아니었는데 어쩌다 보니 그렇게 되었다. 한데 계속 가만히 모른 척 있기에는 하녀들 사이에서 도는 소문들이 점점 악의적이 되어가니, 연두는 어느 샌가 틈만 나면 수아나를 찾아 마을을 헤매는 게 일상이 되었다.

그런데 이게 대체 무슨 일일까. 연두는 그렇게 수아나를 찾아 마을을 쏘다니면서도, 수아나의 갈색 머리카락 한 올도 보지 못

했다. 결국 그녀는 수아나가 자신을 피하고 있다는 걸 인정해야
만 했다.

아셰라드가 돌아왔다. 미간에 내 천(川)자를 깊게 새긴 채로.
수도에 갈 때와는 전혀 다른 차림—엉망진창이 된 드레스는 연두
의 마음을 꽹장히 아프게 했다. 저게 대체 얼마짜리람—을 하고
돌아온 그녀가 연두를 보자마자 한 말은 이랬다.

"그 피에로, 당장 내다 버리렴."

"네?"

"그린. 내가 너를 몹시 아껴서, 그래서 참아주고 있긴 하다만,
내 인내가 언제 닳아 없어질 지는 나도 모르겠구나. 그러니 그 광
대를 버리지 못하겠다면 차라리 내 눈에 띄지 않게 잘 숨기도록
하렴."

아셰라드는 뜻 모를 말만 남기고 순식간에 다락방으로 사라졌
고, 뒤늦게 한숨을 토한 마고가 연두의 등짝을 짝, 후려쳤다.

"악! 아파! 마고, 아가씨 대체 왜 저러셔?"

"아파도 싸. 그 집시 대체 뭐니? 그…… 마차랑 말이 수도에 도
착하자마자 사라졌어. 그래서 아가씨와 나는 걸어서 친척 집을 방
문해야 했다고. 아가씨의 드레스 옷자락에 죄다 흙이 묻어서……
어휴. 내가 따졌더니 뭐라고 그랬는지 알아? 그, ……에 너무 의
존하면 버릇이 나빠진다고 주절대지 뭐야!"

"……."

"그래도 아가씨는 참으셨어. 그래도 나흘의 시간을 벌었으니 그
게 어디냐고 하셨다고. 그 나흘 동안 한 거라고는 수도의 호텔에
서 머무시며 편지를 쓰신 게 다였지만 뭔가 이유가 있으셨겠지,

뭐. 그런데 말이야, 무도회 전날에 기껏 아가씨를 불러내 그……
그걸로 옷이랑 구두랑 뭐 그런 걸 만들어주더니 뭐라고 그랬냐
면."

연두는 그 뒷말을 듣지 않아도 알 수 있었다. 보나마나 자정 전
에 나와야 한다고 했겠지 뭐.

"자정 전에 무도회에서 나오지 않으면 그 예쁜 드레스가 무도
회장 한가운데에서 벗겨져 버릴 테니, 알몸으로 창피 당하고 싶지
않으면 재빨리 나오라고 그랬다고! 그 개자식!"

화를 내는 마고는 털을 잔뜩 세운 고양이 같았다. 연두는 자신
의 언어생활도 문제지만 광대도 만만치는 않다는 걸 새삼 상기했
다. 그 광대는 사람의 속을 긁는 재주가 아주 탁월했다.

"어…… 음……. 그래도 무사히 나오긴 하셨나 봐……?"

"그래! 나오기야 하셨지! 무도회가 자정 한 시간 전에 시작했고
그 피에로가 아가씨께 옷을 챙겨 드린 건 무도회가 시작하고 삼
십분은 넘어서였지만! 안 그래도 늦은 걸 겨우 얼굴만 내밀고 오
셨단 말야! 거기까지 가서서, 왕자님은 얼굴도 못 뵙고! 우리 아가
씨 어떡해……. 그렇게 예쁘셨는데!"

"헐. 왕자님을 못 만났다고?"

"만날 시간이나 있었겠니? 춤 한 번 출 시간도 없었는데! 게다
가 마차와 말을 미리 만들어 버려서…… 무도회장에서 나오자마
자 아무것도 못하고 돌아왔어. 젠장, 나도 이젠 끝났어……. 내
인생 최대의 배팅이었는데! 맙소사!"

연두의 얼굴이 딱딱하게 굳어졌다. 이러면 안 되는 거였다. 신
데렐라는 무도회에서 왕자를 만나 춤을 추고 나와야 했다. 그리
고 계단에서 구두를 흘리고, 대신 왕자의 마음을 훔쳐 와야만 했

다. 동화를 끝낼 수 있도록 도와주겠다던 약속이 설마 거짓말이었던 걸까? 불안과 공포가 연두를 엄습했다.

그날 밤, 연두는 호기심에 찬 하녀들에게 습격당해 꼼짝 못하게 된 마고를 내버려 둔 채 몰래 저택을 빠져나왔다. 저택을 감싼 정원을 지나고 시냇물을 건너 숲에 접어들었을 때쯤, 연두는 그녀와 똑같이 피곤하고 지친 꼴로 서 있는 광대를 만났다. 당장에라도 멱살을 쥐고 따지고 싶었지만, 연두는 초인적인 인내로 참아냈다. 광대의 흰 얼굴에 드리운 다크서클이 엄청났다.

"아셰라드가 왕자님을 못 만났다고 하던데, 무슨 일인지 설명 좀 해봐."

"왕자가 무도회에 안 나왔어요."

"그걸 네가 어떻게 알아?"

"무도회 시작 시간에 수도의 시장에 나와 있었으니까요. 그래서야 신데렐라가 무도회장에 오래 있어봐야 의미가 없죠."

"왕자 얼굴은 어떻게 알고 무도회에 없는 걸 알아?"

"나름의 방법이 있어요."

어물어물 시선을 피하는 광대라니, 신기한 경험이었다. 연두는 광대를 추궁하는 대신 앞날을 위한 작전을 새로 짜기로 결심했다. 하지만 다 끝났다고 생각했던 동화가 계속 이어질 거라고 생각하니, 뭐라 말하기 힘든 분노가 부글부글 끓어올랐다.

"연두 씨……."

"내 이름 부르지 마. ……지금은."

연두라고 불리는 건 좋았다. 힘겨운 일상 속에서 아득하게만 느껴지던 과거가 뚜렷해지며 단단히 발을 붙들어주는 것만 같았다. 발밑에서 아가리를 벌리고 조금씩 자신을 잡아먹던 외로움이 그나마 옅어지는 기분이 들었다. 비록 지금 이 순간에 듣고 싶은 이름은 아니었지만 말이다.

연두는 둘째 왕자에 대한 소문들을 곱씹었다. 매일 밤 이어지던 하녀들의 수다 시간은 의외로 유용했다. 외부인인 연두는 쉽게 들을 수 없었던 온갖 정보가 줄줄이 흘러나오곤 했다.

"그 왕자, 점치는 걸 좋아한다던데."

"아아……. 소문이 벌써 여기까지 퍼졌군요. 맞아요, 사실 그는 무도회가 열릴 때 나한테 카드점을 보고 있었죠. 대체 무슨 수를 써야 씨 뿌리는 가축 신세를 면할 수 있냐고, 아주 진지하게 물어보더군요."

"왕실에 태어나 호의호식하며 자란 주제에 꿈이 큰데. 멍청한 거야, 아님 순진한 거야? 아무튼 그래서 뭐라고 대답해 줬는데?"

"원치 않던 곳에서 뜻하지 않게 보석을 발견할 거라고 말해줬죠."

"똑똑한데."

눈을 찡긋거리는 광대를 향해 연두가 휘익- 휘파람을 불었다. 하지만 궁금한 건 아직 남아 있었다.

"근데 그렇게 말했으면서 왜 아셰라드를 여기로 도로 데려온 거야? 그냥 거기서 머물면서 만나게 하면 편하잖아."

"……마법 가루가 모자랐어요. 으으, 여유분을 더 챙겼어야 하는 건데."

"혼자 후딱 다녀가면 되잖아."

뒤늦은 깨달음에 광대가 한숨을 쏟았고, 연두는 똑똑하다는 칭찬을 취소하고 말았다. 두 사람은 머리를 맞대고 아셰라드를 어떻게 무도회에 다시 보낼 수 있을 것인가에 대해 의견을 나눴다. 한창 이야기를 나누던 와중, 갑자기 연두가 손가락을 튕겼다.

"아, 참. 마을에 이상한 소문 돌더라. 수아나가 짚으로 금을 만드니 뭐니……. 가라앉히려고 노력은 해봤는데 아무래도 적이 많아서 쉽게 안 가라앉네. 하여간 그놈의 주둥이 적당히 놀리라니까 말을 안 듣고……. 너 때문에 무덤 파는 고생까지 했는데 수습 좀 해줘."

"내 덕에 병사들에게 들키지 않았다는 걸 좀 상기해 줬음 좋겠군요. 소문이라는 게 어디 묶어놓고 가둬둘 수 있는 것도 아닌데 나더러 뭐 어쩌라는 겁니까?"

"소문은 다른 소문으로 덮으면 되는 거지. 어차피 황당무계한 얘기니까 다들 금방 잊어버릴 거야. 사람들이 네 점을 그렇게 좋아하니까 그걸 이용해서 소문 좀 흘려봐. 음, 그래. 여자가 싫어서 뺀질대던 둘째 왕자에게도 마침내 운명이 나타날 텐데, 그 아가씨는 눈부신 금발에 푸른 눈을 가진 미인이라고 해. 마침 수도에 가니까 딱 좋네. 수도에서 흘러나온 소문이라면 더 열광하니까."

태연히 여론 조작을 지시하는 연두를 보며 광대가 아련한 표정을 지었다.

"연두 씨, 당신…… 정말 직업 잘 골랐어요."

"그거 무슨 의미야?"

"말 그대로의 의미죠."

광대가 어깨를 으쓱였다. 연두는 금방 그 함의를 눈치챘고, 분노를 가득 담아 그의 등짝을 후려 갈겼다. 악! 엄살 섞인 비명에 머리 위 나뭇가지에 앉아 있던 나이팅게일이 푸드득 날갯짓을 했다.

다시 무도회에 가도록 아셰라드를 설득하는 일은 쉽지 않았다. 뒤늦게 안 사실이었지만 그녀는 왕자와의 로맨스에 대해서는 조금도 기대하는 바가 없었고, 오히려 이번 기회에 친척들에게 자신의 무사함을 알리고 도움을 약속받은 것에 대해서 꽤 만족해하고 있었다.

며칠이 덧없이 흘렀다. 뒤늦게 마법 가루의 사정을 알게 된 마고의 도움도 있어서, 연두는 거의 하루 종일 아셰라드의 옆에 붙어 앉아 빨리 왕궁으로 돌아가라고 졸라댔다. 한 번이라도 좋으니 꼭 무도회에 제대로 참석해서 왕자와 춤을 추라고 말이다.

처음에는 그저 귀여운 투정이라고 여겼던 아셰라드였지만, 갈수록 집요해지는 연두의 압박은 견디기 힘든 것이었다. 결국 그녀는 폭발하고 말았다.

"적당히 하렴, 그린. 내가 필요 없다고 하지 않았니? 내가 널 어여삐 여긴다고 네가 기어오르는 것까지 웃으며 보아줄 거라고 생각하는 거니? 내가 다시 본래 자리로 돌아간 뒤가 두렵지 않은가 보구나."

꽤 무서운 어조였지만, 연두로서는 기다리던 반응이었다. 연두는 빙글빙글 웃었다. 차가운 웃음이었다. 아셰라드에게는 보여준 적 없었던, 사회에서 구를 대로 구른 성인 여자 강연두의 얼굴이 서늘하게 빛났다.

"당연히 두렵지 않죠. 지금의 아가씨는 본래 자리로 돌아가는 게 불가능해 보이거든요."

"……!"

"친척들이 도와줄 거라고요? 친척을 믿으세요? 정말로 도와주실 분들이었으면 아가씨께서 지금 이 꼴로 있으실 리도 없죠. 내 상황이 좋을 때나 친척이고 핏줄이지, 내가 약할 때는 들개보다 더 집요하게 물어뜯는 것도 친척이에요. 그분들의 도움으로 아가씨께서 수장이 되시면 그땐 손톱만큼 준 도움을 홍두깨만큼으로 늘려 말하며 대가를 바랄걸요. 안 그래도 가진 것 없이 명예만 남은 백작가가 갈가리 찢겨 흔적도 없이 사라진대도 아무도 안 놀랄 거예요."

제아무리 똑똑하고 영리해도, 아셰라드는 결국 열여덟 살의 소녀였다. 작은 영지에 갇혀 자란 소녀의 세계는 좁고 엉성했다. 아직은 때가 아니라는 걸 알면서도, 연두는 아셰라드의 세계를 갈가리 찢어 그녀의 앞에 늘어놓았다. 실패해도 괜찮다, 등을 다독이며 성장을 기다리기엔 상황이 좋지 않았다.

"지금 아가씨의 보호자는 백작부인이세요. 그게 누구든 함부로 그분의 권리에 끼어들 수 없죠. 그렇다면 누가 백작부인을 가차 없이 눌러 버리고 아가씨를 구해줄 수 있는 힘을 가졌을까요? 돈 많은 상인? 이름 있는 기사? 존경받는 성직자? 다 소용없다는 거 아가씨도 아시죠?"

비참한 처지에서도 놓치지 않고 있던 아셰라드의 자존심, 귀족으로서 지켜온 자긍심이 한순간에 뭉개졌다. 무너지고 깨진 자존심과 자긍심을 장작 삼아 타오른 분노가 그녀의 새파란 눈 안에서 어른어른했다.

"네가…… 뒷골목에서 굶어 죽을 처지에 있던 널 구해준 내게 감히……."

"네, 저는 지금 절 구해준 아가씨께 감히 옳은 말을 하고 있죠. 마저 들으세요. 아가씨에게는 왕자가 필요해요. 백작가의 작위에 관심 없고, 코딱지만 한 재산도 필요 없이, 그저 순수하게 아가씨를 보호해 줄 수 있는 힘이 있는 남자 말이에요."

짝! 연두의 뺨에서 불이 났다. 연두는 하마터면 바로 맞받아칠 뻔한 것을 입술을 깨물며 간신히 참아냈다. 지금 그녀는 민주주의 사회가 아니라 신분제 사회에서 하층민으로 살고 있었다. 꽉 깨문 이 때문에 상처가 났는지, 입안에서 비릿한 쇠비린내가 났다.

"맞는 말을 들었다고 이렇게 화내는 건 본인의 멍청함을 자랑하는 일밖에 되지 않아요."

"무도회에 한 번 참석한다고 왕자와 결혼하게 될 거라는 헛꿈을 꾸는 계집에게 딱 맞는 가르침을 내린 거란다."

"마법은 뒀다 어디에 쓰시게요? 마녀의 매혹에 빠져 파멸하는 남자의 이야기는 옛날이야기에서 꽤 흔한 소재 아니었나요?"

돌아서려던 발걸음이 딱 멎었다. 마법. 그래, 마법이 있었다. 호박을 마차로 바꾸고 쥐를 말로 바꾸고 초라한 원피스를 화려한 드레스로 바꿔내는 마법.

아셰라드는 생각지도 않았던 가능성이 갑자기 현실적인 무게를 가지고 제 앞으로 다가온 것에 당황했다. 손만 뻗으면 저 달콤한 과실에 닿을 수 있노라, 가질 수 있노라 말하는 속삭임이 지나치게 달았다.

"하물며 지금 신부를 구하는 건 둘째 왕자시죠. 그분은 강대한 세력을 필요로 하는 첫째 왕자님과는 사정이 다르시잖아요. 알고 계시죠? 그분께 아가씨는 딱 좋은 신붓감이에요. 신분도 명예도 그럴듯한데 외척으로서 권력을 요구할 아버지가 없고 새어머니는 흠이 많아 직접 쳐 내야 하니, 남는 건 아름답고 영리한 신부뿐이죠. 이 얼마나 매력적인가요."

"……옛 이야기는 항상 마녀의 파멸로 끝난다는 걸 잊었나 보구나."

"어머. 누가 마녀죠, 아가씨? 저도 마고도 아가씨도, 심지어 그 피에로조차 마녀가 아닌데 말이에요. 아가씨께는 마법 가루를 건네준 요정대모님만이 계실 뿐인걸요."

아셰라드가 날카로운 웃음을 터뜨렸다. 그녀는 유혹에 저항하기를 포기했다. 대신 상처 입은 흰 손으로 연두의 턱을 잡아 들어올렸다. 하층민이라고는 도저히 믿을 수 없게 생생히 빛나는 갈색 눈동자가 도전적인 빛을 담고 그녀를 올려다보았다. 시궁창에서 끄집어내지 않고는 견딜 수 없게 만들었던 눈빛이었다.

"넌 지나치게 영리해. 교회도 귀족도 네겐 의미가 없어. 두려움도 없지. 그저 거슬렀다간 귀찮은 일이 생기니 맞춰주는 것뿐이야."

연두는 내심 놀랐다. 아셰라드가 이렇게 자신을 잘 파악하고 있을 줄은 몰랐다. 심연을 들여다보면 심연도 그를 들여다본다 하더니, 자신이 아셰라드를 관찰하는 동안 그녀 역시 자신을 관찰할 수 있었다는 당연한 사실을 뒤늦게 깨닫는다.

"그래, 최선이 눈앞에 있는데 최악이 싫다고 차악을 선택하는 바보가 될 수는 없지. ……인생을 건 도박이 되겠구나."

마음을 정한 아셰라드의 행동은 재빨랐다. 아셰라드는 즉시 마고를 불러들여 준비를 시작했고, 이제나저제나 소식을 기다리던 광대는 연두가 전갈을 전하자마자 뛰어와 고삐를 잡았다. 이전에 그랬듯이, 아셰라드는 다시 한 번 밤길을 틈타 길을 떠났다.

"오실 땐 좋은 소식 가져오세요."

"그래. 최선을 다해 꼬시고 오마."

"우와, 믿음직스러워라."

마법으로 만들어진 말은 그 발이 바람과 같았다. 연두는 순식간에 멀어지는 마차의 뒤꽁무니에 시선을 고정한 채 한참 동안 그 자리를 떠나지 못했다. 아셰라드가 작심을 했고 광대가 따라 갔으니 걱정할 건 이제 아무것도 없는데 뭐가 이렇게 불안한지…….

'아, 수아나.'

그래, 수아나 때문이다. 악의적인 소문은 이제 슬슬 따돌림으로 발전할 기미가 보이고 있었다. 괜한 참견이다 싶으면서도 그녀만 떠올리면 체한 것처럼 가슴이 답답했다. 연두는 잠깐 망설였지만, 결국 저택으로 돌아가는 대신 마을 외곽을 향해 뛰기 시작했다.

✱

준규의 걱정이 무색하게도, 연두는 빠르게 정신을 차렸다. 아니, 정신을 차렸다기보다는 습득 속도가 매우 빠르다고 해야 옳겠다. 하나를 알려주면 열을 깨닫는다는 건 지금의 그녀를 표현하기에 매우 적합한 말이었다.

"말은 어느 정도 익힌 거 같으니까…… 이제 글을 익혀보자. 자, 신분증 꺼내봐. 신분증이 어떤 거지?"

"이거……."

"그래. 그거. 그리고 이게 네 이름이야. 강, 연, 두."

"강…… 연…… 두. 강연두……."

자신의 이름을, 그녀는 새삼스럽게 읽고 또 읽었다. 준규가 가르쳐 주는 자모를 열심히 따라하기도 틈틈이 이름을 썼다. 몹시 마음에 든 눈치였다. 어느 정도 한글이 익숙해진 다음에는 수첩에 써뒀던 메모들을 읽었다. 뜻도 모르면서 읽고, 묻고, 그리고 다시 읽고. 자기도 글자를 써보겠다고 펜을 끄적거리다가 자주 놓쳤다. 그게 몹시 분한지 입술을 깨문 채 끙끙대는 모습이 몹시 귀엽다.

"카메라도 가르쳐 줄게. 자, 이걸 누르면 켜지는 거야."

버튼을 누르자 전원이 켜졌다. 며칠이나 방치되어 있었으니 죄다 방전됐을 거라고 생각했는데, 의외로 배터리가 충분히 남아 있었다. 앞으로도 며칠은 더 너끈히 버틸 만한 용량이었다.

'이상한데……'

준규가 이상하게 여기든 말든, 연두는 금방 사진 찍기에 재미를 붙였다. 초점도 제대로 잡지 못하면서 여기저기 찰칵거렸다. 기억을 잃었어도 뭐든 신기한 게 있으면 카메라부터 들이밀고 보는 버릇은 그대로였다.

"뭘 찍었나 볼까? 이리 줘봐."

예상했던 대로 사진은 엉망이었다. 초점도 다 나간 데다 카메라를 움직이며 셔터를 눌러 대서 형체마저 알아보기 어려운 경우가 대부분이었다. 휙휙 사진을 넘기던 준규는 액정 안에 가득 채워진 자신의 얼굴을 보고 흠칫 손을 멈췄다.

엉망진창인 사진들 가운데서 유독 그 사진만 깨끗하고 선명했다. 빙긋 웃는 얼굴이 꿀이라도 머금은 듯 달다. 내가 이런 얼굴을 하고 이 녀석을 보고 있었나, 하고 새삼 생각하게 하는 사진이었다.

"선배."

카메라에게 준규의 관심을 빼앗긴 게 서운했는지, 연두가 그의 팔을 붙들고 매달렸다. 준규는 그녀를 뿌리치지 않고 마음껏 매달리도록 내버려 두었다. 따뜻한 체온이 팔에서부터 번지기 시작해 종국에는 온몸을 따스하게 데웠다. 언제나 일정한 거리를 유지하던 녀석이 이렇게 달라붙는 건 꽤 기분 좋은 일이었다.

"그놈의 선배 소리는 어째 변한 게 없어."

"안 돼요?"

"아니…… 너한테 안 될 게 뭐가 있겠냐. 마음대로 불러. 그것보다 잠깐만 멈춰 있어봐. 그렇지, 그래, 잘했어."

찰칵. 제대로 초점을 맞춘 연두의 사진이 찍혔다. 부스스하게 풀어 내린 갈색 머리칼, 옅은 화장만으로도 선명한 이목구비, 카메라가 아닌 준규를 보느라 조금 엇갈린 시선. 평소 그를 만날 때의 그녀와는 굉장히 다른 얼굴이었지만 마음에 드는 건 마찬가지였다.

"잘 나왔네. 지우지 말고 나중에 인화해서 나 한 장 줘."

"인화? 그…… 종이에 똑같이? 나오게 하는 거요?"

"그래. 안 가르쳐 줘도 아는 걸 보니까 이제 슬슬 정신이 돌아오려는가 보지?"

정말 그랬다. 어휘 사용이 매끄러워지고 문장이 길어진 건 물론이고 이렇게 가르쳐 주지도 않은 것까지도 떠올리는 건 몹시 좋은 징조였다. 어쩌면 평소에 자주 만지던 물건들을 접하면서 좀 더 빨리 기억을 떠올리는 걸지도 몰랐다.

"이게 네 가방이야. 어딜 가든 항상 가지고 다니던 것들이니까 잘 살펴봐."

"네."

수첩을 넘겨가며 읽고 지갑을 확인하는 연두를 내버려 둔 채, 준규는 그녀의 핸드폰을 찾아 꺼냈다. 카메라와 마찬가지로 배터리가 거의 다 차 있어서 쓰는 데 무리가 없어 보였다. 그가 핸드폰을 잃어버린 차에 이거라도 있어서 다행이었지만, 역시 통화권 이탈 상태였다.

'뭐 이따위 놀이공원이 다 있어.'

핸드폰은 지문 잠금 상태였지만, 준규는 핸드폰을 아예 껐다가 다시 켜는 형태로 쉽게 잠금을 풀어버렸다. 그녀가 즐겨 쓰는 비밀번호는 뻔하고 뻔했다. 사실 그는 비밀번호가 아니라 패턴이었어도 금방 풀어낼 자신이 있었다.

핸드폰 안에는 그다지 많은 정보가 들어 있지 않았다. 그도 이미 알고 있는 스케줄 몇 개와 지루한 통화 목록이 줄줄이 이어질 뿐이었다. 메모 앱은 텅 비어 있었고, 문자통에는 카드 사용 내역과 광고가 가득했다.

준규는 당연한 수순처럼 사진 클라우드를 열었다가 생각지도 못한 사진을 발견하고 미간을 찌푸렸다. 연두의 카메라는 찍은 사진을 메모리칩뿐만 아니라 바로 클라우드에 전송, 보관하는 종류였다. 핸드폰이 아닌 카메라가 찍은 게 분명한 사진들 속에 드림랜드의 풍경이 담겨 있었다. 가까이서 찍은 건 아니고, 멀리서 빛이 보이기 시작할 무렵부터 찍은 사진이 여러 장이었다.

검은 나무 그림자 너머로 보이는 희미한 불빛들이 점점 가까워졌다. 화려하게 반짝이는 대관람차와 롤러코스터의 윤곽이 점점 뚜렷해졌다. 그러다 조명으로 장식된 벽과 출입구를 배경으로 작은 매표소가 서 있는 풍경을 마지막으로 사진이 끝났다.

'매표소는 분명 안쪽에 있었던 거 같은데……. 그리고 사진으로는 분명 열려 있는 것처럼 보이긴 하지만…… 어딜 봐도 영업을 할 만한 꼬락서니는 아니었는데.'

깨진 보도블록과 불 꺼진 가로등, 스산한 바람이 들락거리던 건물들, 놀이기구 의자마다 쌓여 있던 낙엽들. 드림랜드는 몇 년은 족히 버려졌던 장소처럼 보였었다. 핸드폰 사진 속처럼 화려하게 조명이 빛났던 일은 이미 지난 지 오래인 과거였을 텐데.

흘끗 살펴본 연두는 여전히 수첩 속에 빠져 있었다. 대체 무슨 일이 있었던 건지 궁금하지만 지금의 그녀는 대답을 해줄 수 있는 상황이 아니었다. 그는 슬그머니 몸을 일으켰다.

"잠깐 주변 둘러보고 올 테니까 여기 있어. 그럴 수 있지?"

"싫어요!"

뜻밖일 정도로 격렬한 반응이 돌아왔다. 연두는 읽던 수첩마저 내던지고 준규의 허리를 와락 끌어안았다.

"혼자…… 혼자 있는 건 싫어요. 무섭단 말이에요."

"이야, 강연두 입에서 그런 말도 듣고, 오래 살고 볼 일이야. 그래도 여기 계속 앉아 있을 수는 없잖아. 기다리고 있어."

연두는 대답 대신 그의 허리를 감은 팔에 힘을 주었다. 마치, 절대 놓치지 않겠다는 것처럼. 준규는 한숨과 함께 연두의 어깨를 두드렸다.

"금방 올게."

"……."

"약속해."

"……진짜죠?"

"당연하지. 내가 언제 너랑 한 약속 어기는 거 봤어? 아, 기억을 못해서 신뢰도가 좀 떨어지려나."

결국 연두는 금방 돌아오겠다는 약속을 세 번이나 받고나서야 그를 놓아주었다. 그리고 순규는 그녀에게서 절대 돌아다니지 않겠다는 다짐을 받았다.

준규는 자신이 들어왔던 입구의 풍경을 정확하게 기억하고 있었다. 미로처럼 복잡한 내부를 헤치고 걷는 걸음에 망설임이 없다. 그는 끝내 자신이 들어왔던 입구를 찾아냈다. 정확히는, 입구가 있던 장소다.

"하…… 웃겨서 말도 안 나오는데. 여기 대체 뭐야?"

문이 있던 자리는 텅 비어 있었다. 그것도 장식적인 가구들과 그림들로 가득 찬 주변 벽과 다르게 딱 그곳만. 어디로 보나 사실 여기가 문이 있던 자리인데요, 지금은 없어요. 라고 말하고 있는 것만 같은 풍경이었다. 괜히 벽을 걸어차 보았지만 발만 아팠다.

주변을 좀 더 둘러보았지만 달라진 건 없었다. 결국 그는 문이 사라졌다는 괴이쩍은 현실을 받아들인 채로 돌아와야만 했다.

"어때요? 문 찾았어요?"

"글쎄…… 문이 있던 자리는 알았는데…… 없어졌어."

"네?"

연두는 몹시 황당해하는 표정을 지었지만 그녀만큼이나 준규도 황당했다. 멀쩡히 있던 문이 없어졌다니, 그게 무슨 일인지. 그나마 다행이라면 그 짧은 새에 연두가 거의 정상에 가까울 정도로 회복되었다는 것이다. 자신의 가방을 모두 뒤져 본 연두는 이제 준규의 소지품을 탐내고 있었다.

"선배, 가방 안 들고 왔어요?"

"가방이 다 뭐냐, 핸드폰도 잃어버렸는데."

"에이……. 그럼 지갑이라도 좀 줘봐요."

평소의 연두라면 하지 않았을 말이었으나, 지금의 연두는 평소가 아니니까— 준규는 그렇게 간단히 생각하고 지갑을 넘겼다. 그의 지갑 속에는 연두의 사진이 들어 있었다.

사진 속에서는 긴 검은 머리카락을 우아하게 늘어뜨린 연두가 학사모를 쓰고 산뜻한 미소를 짓고 있었다. 굽슬굽슬한 갈색 머리카락을 대충 동여매고 삐딱한 말을 줄줄 흘려대는 지금과는 그야말로 천지차이다. 연두는 과거의 제 모습이 몹시 낯선 모양이었다.

"내가 이렇게 웃었었어요?"

"그래. 비록 졸업식 한정 미소이긴 했지만."

그 그림 같은 미소가 예쁘고 신기해서, 졸업 후에 몇 번이고 그렇게 웃어보라 부탁을 했지만 너무 민망해서 도저히 안 되겠다며 거절만 당했다. 아무리 큰 미끼를 걸어도 넘어온 적이 없었다. 하지만 지금의 연두는 오히려 과거의 자신이 왜 그랬는지 모르겠다는 반응이었다.

"이거 조금 웃는 게 뭐 그리 어렵다고 그랬을까요. 이렇게…… 하면 되나요? 비슷해요?"

"흠……. 제법 비슷하긴 한데 느낌이 좀 다른걸. 시간은 어쩔 수 없나 보다, 야."

연두의 눈썹이 금방 축 처졌다. 그게 또 귀여워, 준규는 연두의 머리를 가볍게 쓰다듬었다. 그러자 연두가 금세 눈을 가늘게 뜨고 기분 좋은 고양이 같은 표정을 지었다. 준규는 가슴 한쪽이 간질간질해지는 기분에 자기도 모르게 벙긋 웃었다.

"웬일이냐, 내가 머리를 쓰다듬는데 네가 이렇게 얌전하게 있고."

"싫다고 뛰쳐나갈 순 없잖아요. 문도 없는데."

"아, 그렇네. 문이 없네. 젠장……."

준규가 다시금 신음성을 흘리는 사이, 연두는 주변을 둘러보며 먹을 것들을 긁어모으기 시작했다. 인형들이 앉아 있던 티테이블에서 과자와 차를 거둬들였고 손에 들려 있던 바구니에서 빵과 치즈를 꺼냈다.

"먹어요, 선배. 목구멍이 포도청인데 뭐든 먹어야 힘이 나고 머리도 돌아가고 그러는 거 아니겠어요."

"아니, 이게 뭔 줄 알고 그렇게 덥석덥석 입에 넣어?"

"뭐긴요, 멀쩡한 빵인데요. 냄새도 엄청 좋잖아요."

연두는 말을 마치자마자 빵을 집어 씹기 시작했지만 준규는 당혹스러움에 쉽게 손이 나가지 않았다. 누가 이런 인형의 집에 진짜 음식을 놔둔단 말인가. 모양도 색도 그럴듯한 가짜라고 생각하는 게 일반적이지 않던가. 망설이는 준규가 답답한 듯, 연두가 그의 손에 치즈를 얹은 빵을 쥐어주었다.

"우린 조난을 당한 거나 마찬가지잖아요. 가릴 게 뭐가 있겠어요?"

"……."

"먹어요."

준규는 홀린 것처럼 빵을 물었다. 그건 믿을 수 없게도 진짜 빵이었다. 갓 구운 것처럼 좋은 냄새가 났다. 빵을 씹자 쫀득한 질감이 입안을 가득 채웠다가 부드럽게 목을 넘어갔다. 허기진 줄도 모르고 있었던 배가 모처럼 들어온 음식물에 기쁘게 반응했다. 빵만 먹었더니 목이 막혀서 연두가 따라준 차도 마셨다.

수많은 인형들의 시선을 받으며, 두 사람은 묵묵히 식사했다.

chapter 3.

황금밀짚
아가씨

수아나는 꿈을 꾸고 있었다. 꿈속에서 그녀는 황금빛 지푸라기 더미 위에 올라앉아 머리를 빗고 있었다. 부스스하지만 그래도 햇살을 받으면 꽤나 그럴듯하게 반짝이는 갈색 머리카락은, 때때로 금발처럼 보이기도 했다.

손에 쥔 머리빗은 상아로 만들고 진주로 장식된 고급품이었다. 그녀가 상아빗으로 머리카락을 빗을 때마다 커다란 금화가 짤랑짤랑 떨어졌다. 반짝거리는 금빛이 너무나 황홀해 빗질을 멈출 수가 없었다. 금화는 자꾸자꾸 많아져 짚더미를 모두 덮어버렸다. 그리고도 계속 쌓여 어느새 그녀는 금화 더미 위에 올라앉은 형상이 되었다.

하지만 아직 부족했다. 더, 좀 더 많은 금화를 갖고 싶었다. 수아나는 빗질을 멈추지 않았다. 금화가 쌓여갈수록 그녀의 머리카락은 섬섬 숱이 줄어들었다. 등을 모두 덮고도 남을 정도로 풍성했던 머리카락은 이제 한 줌밖에 남지 않았다.

수아나는 더 이상 머리카락이 남아 있지 않을 때가 되어서야 빗질을 그만두었다. 그녀는 쓸모없게 된 빗을 멀리 내던지고 금화 위에 드러누웠다. 차갑고 딱딱한 금화가 등을 찌르는 감촉이 황홀했다.

그때, 깡마른 손이 수아나가 버린 머리빗을 주웠다. 그리고 금화를 절그럭절그럭 밟으며 그녀를 향해 다가왔다. 눈까지 감고 황홀경에 빠져 있던 수아나는 문득 눈을 떴다가 확 미간을 찌푸렸다. 비쩍 말라 뼈마디가 튀어나온 손이 내미는 머리빗을 받고 싶지는 않았다.

수아나가 고개를 저었지만 손의 주인은 순순히 물러나지 않았다. 자꾸만 들이미는 머리빗을 피해 그녀는 조금씩 뒤로 물러났다. 한 걸음, 두 걸음. 그리고 계속.

금화가 밟히는 걸 보면 분명 발도 있을 것이고 머리도 있을 것인데, 수아나에게 보이는 건 오로지 손뿐이었다. 빗을 든 채 둥둥 떠 있는 손이 다가오는 모습은 끔찍하다 못해 무서웠다. 정신 없이 물러나던 어느 순간, 그녀는 벽에 부딪쳐 멈추고 말았다. 꿈인 걸 알면서도 급박한 초조함이 턱까지 차올랐다. 이제 호화스러운 빗은 눈에 들어오지도 않았다.

'싫어. 가져가. 안 받아!'

손이 빗을 휘둘렀다. 아랫배에 끔찍한 고통이 찾아들었다. 무심결에 아랫배를 끌어안자 딱딱한 것이 만져졌다. 고개를 내리니 진주 박힌 상아빗이 배에 박혀 퐁퐁 피를 뽑아내고 있었다.

"아아아아아아악!"

수아나는 목청껏 비명을 지르며 잠에서 깼다. 그저 꿈이었다는 걸 알면서도, 깨어나자마자 아랫배를 확인했다. 다행히 아랫배는 멀쩡했다. 다만 다리 사이가 축축했다. 월경이 시작된 것이다. 달마다 겪는 행사인데 이런 끔찍한 꿈을 꾸다니, 이번 달은 또 얼마나 아프고 힘들까 싶어 벌써부터 한숨이 났다.

그때였다. 문 두드리는 소리가 들렸다. 어찌나 세게 두드리는지 집 안이 다 울렸다. 누구인지는 나가보지 않아도 훤했다. 평소라면 하슨이 나가 쫓아낼 것이지만, 오늘밤 그는 옆 마을에 사는 친구에게 가고 없었다. 지금 이 집에는 수아나 혼자였다.

"수아나! 수아나! 집에 있지!"

'또 왔네.'

수아나는 연두가 껄끄러웠다. 연두를 보면 숨 막히도록 짙은 안개에 감싸여 있던 묘지가 떠올랐다. 새카맣게 입을 벌리고 있던 그 구덩이도. 하여 피하고 또 피해왔건만, 끔찍한 꿈을 꾼 오늘은 혼자 있는 집이, 물 같은 정적이 지독하게 싫어 견딜 수가 없었다.

수아나는 한참 망설인 끝에 문을 열었다. 한참 동안 문을 두드리던 연두가 수아나의 얼굴을 보고 반색을 했다.

"……그린, 왔어?"

"아주 오랜만이야, 수아나. 내가 그렇게 찾아다녔는데 어쩜 그리 잘 숨었어? 내가 무슨 잘못이라도 했…… 아니, 너 옷이 왜 이래? 다쳤어?"

뭐가 급하다고 엉덩이를 적시다 못해 앞섶까지 붉게 물든 옷을 그냥 입고 나왔다. 수아나는 괜히 민망한 마음에 지붕이 드리운 그늘 속으로 몸을 숨겼다. 창백한 달빛에 비춘 머리카락 끄트머리가 남빛으로 빛났다. 그늘에서는 거친 갈색일 뿐인 머리카락이

빛만 닿으면 금실처럼 반짝거리니, 참 신기한 노릇이었다.

"별거 아냐. 그냥 매달 하는 그거야. 달거리."

연두가 눈을 동그랗게 떴다. 흘끗거리는 눈이 뭔 생각을 하고 있는지는 몰라도 덕분에 수아나는 몹시 불편해졌다. 어차피 자기도 겪고 있을 거면서 왜 저렇게 새삼스러운 반응을 보이는지 알 수가 없었다.

"그린, 내가 지금 신경이 예민한데 그냥 가는 게 어때? 솔직히 이런 밤에 자꾸 찾아오는 거 불편해."

"나도 이런 밤에 못 쉬고 찾아오는 거 힘들고 짜증나. 그러니까 제발 소문에 대처 좀 해."

또 그 소리. 어차피 믿는 사람도 없는 허무맹랑한 소리고 시간이 지나면 가라앉을 소문 따위에 뭘 이렇게까지 신경을 쓰는지. 마을에서 알아주는 수다쟁이였던 수아나의 경험상, 이런 건 그냥 내버려 두는 게 제일 좋은 방법이었다.

"그냥 내버려 두면 다 가라앉아. 곧 다른 이야깃거리가 생기면 다 잊어버릴 거야."

"퍽이나 그렇겠다. 수아나, 이전엔 그랬을지 몰라도 이번엔 좀 달라. 지금 수도에서부터 흥미진진한 소문이 넘어왔는데도 네 소문이 가라앉질 않는단 말야. 네 아버지야 워낙에 딸바보이시니 어쩔 수 없대도 너라도 나서서 아니라고 좀 해. 응? 제발, 수아나."

평소였다면 수도에서 넘어왔다는 소문은 제일 먼저 수아나의 귀에 들어왔을 터였다. 하지만 수아나는 연두가 말하는 그 재밌다는 소문의 끝자락도 들어본 적이 없었다.

'따돌림 당하는 건가? 그, 웃기지도 않은 소문 때문에?'

갑작스러운 깨달음이 그녀의 가슴을 할퀴었다. 축축하게 젖은 옷자락에 닿는 밤공기가 너무 찼다. 그 재밌다는 소문이 뭔지 들어보고 싶지도 않았다.

"……알았어. 노력해 볼게. 그러니까 이만 가."

"오냐. 간다, 가. 하여간 성질머리 하고는."

연두가 채 말을 마치기도 전에 문이 쾅, 닫혔다. 걱정되어 왔다가 말꼬리를 잘라 먹힌 연두의 기분은 순식간에 바닥으로 추락했다. 광대를 이용해 다른 소문을 퍼뜨리는 등 애를 썼던 게 다 헛수고였구나 싶어 입맛이 썼다. 아셰라드가 돌아오기 전에 어떻게든 해결을 보고 싶었는데 이래서야 다 틀렸다.

"어휴, 그래. 이게 다 쓸데없는 오지랖이지. 내 코가 석자인데 무슨……."

닫힌 문을 한 번만 더 두드렸다면, 그랬다면 그 다음이 조금 바뀌었을지도 모른다. 하지만 연두도 사람인지라 마음이 상해 있었고─ 결국 그녀는 그대로 돌아서는 길을 택하고 말았다. 악몽을 꾼 후유증에 잠겨 웅크리고 앉은 수아나를 내버려 둔 채로.

아셰라드는 무사히 무도회를 치렀고 연두가 예상했듯 유리구두를 한 짝 잃어버린 채로 돌아왔다. 급히 내려오다가 역청이 발린 계단을 미처 못 보았다나 뭐라나. 그녀는 광대가 만들어준 것들 중 가장 마음에 들었다던 구두를 잃어버린 게 몹시 아쉬운 모양이었다. 옷과 보석처럼 사라져 버리지 않고 남은 구두 한 짝을 주머니에 넣어둔 채 가끔 꺼내보는 게 그녀의 낙이 되었다.

"즐거우셨어요?"

"아아, 즐거웠지. 내 얼굴을 확인하고 믿을 수 없다는 표정을 짓던 부인의 얼굴을 네게도 보여주고 싶구나. 왕지전하와 춤을 추

고도 그놈의 자정 타령 때문에 내 이름도 제대로 말 못하고 돌아
온 게 좀 서운하긴 하지만."

"하하⋯⋯."

"그 마법 가루, 대단하긴 한데 사랑에 홀딱 빠지게 하는 데에
는 별 소용없는 거 아니니?"

"글쎄요. 하하, 하하하."

연두는 시선을 피하며 영혼 없이 웃었다. 차마 이제 아가씨에
게 홀딱 빠진 왕자가 그 두고 온 유리구두를 가지고 온 나라를
뒤질 거라는 말까지는 할 수 없었다.

그래도 연두는 꽤 기대하고 있었다. 신데렐라 이야기의 클라이
막스는 뭐니뭐니 해도 신데렐라가 유리구두의 주인임이 밝혀지는
순간이 아니겠는가. 그 광경을 눈으로 볼 수만 있다면, 입이 좀
간지럽고 아셰라드에게 구박 좀 받는 거야 얼마든지 참을 수 있었
다.

무도회의 마지막 날까지 남아 신랑감을 물색하던 백작부인과
두 아가씨는 아셰라드가 돌아오고 나서도 한참이나 더 지나서야
돌아왔다. 하지만 들인 시간과 공에 비해 소득은 별로 없는 모양
이었다. 셋 모두 얼굴이 죽상이었으니까 말이다. 새 백작부인과
아가씨들을 좋아하지 않는 고용인들에게는 나름 고소한 수다거리
다. 본래 뒷담에는 끼지 않는 연두도 이번엔 끼어들었다.

"딱 봐도 엉망이네. 망했어, 망했어."

"안에서 새는 바가지 밖이라고 안 샐까? 분명 무도회 가자마자
온갖 창피 다 당했을걸."

"오, 그린. 그 표현 좋다. 네 고향에서 쓰는 말이야?"

"어. 딱이지?"

"아주 딱. 딱이야 딱. 아, 내가 듣고 온 얘기 해줄까? 마님 지금 완전 머리끝까지 열 받아서 소리 지르고 난리 났거든!"

"뭔데?"

"왜, 이제까지 아셰라드 아가씨 친척 분들이 아무도 나서질 않고 조용히 있었잖아. 근데 이번에 갑자기 나서가지고, 슬슬 백작 위를 아가씨께 계승해야 되지 않겠냐고 그랬대!"

수군수군 말을 나누던 고용인들 사이에서 오오~ 하는 감탄사가 울려 퍼졌다. 개중 상식이 부족한 누군가가 대뜸 끼어든다.

"아가씨가 백작이 될 수 있어? 여잔데?"

"에이, 그건 아니고. 계승권을 물려받는 거지 뭐. 그리고 데릴사위를 들이면 게임 끝! 마님은 아직까지도 인장 못 뺏으셨잖아. 어디다 숨기셨는지 찾아내지도 못했고."

"헐. 대박. 그럼 이제 아셰라드 아가씨한테 붙어야 되는 거 아냐?"

"그린이랑 마고는 땡잡았네. 야, 아가씨한테 가서 우리 얘기 좀 잘 해줘."

고용인들의 눈치는 재빨랐다. 그 이야기를 듣자마자 태반이 아셰라드의 편으로 돌아섰다. 비록 백작부인의 눈치를 보느라 대놓고 아가씨 대접을 해주지는 못했지만 전처럼 희롱을 하거나 비아냥대는 일은 대폭 줄어들었다.

상황을 알아챈 아셰라드는 굳이 연두를 따로 불러내 금화를 한 장 꺼내주었다. 아귀 같은 상인들은 물론이고 친척들에게 편지를 전한 심부름꾼의 입을 막고, 때가 때인지라 기함할 정도로 값이 오른 보석과 드레스를 사다 보니 이제는 몇 장 남지도 않은 귀한 금화였다.

"고맙다."

짧은 인사 안에 담긴 감정이 깊었다. 연두는 금화를 사양치 않고 받았다. 동화의 세계고 나발이고, 돈이 없으면 굶어야 하고 굶으면 배고팠다.

"아가씨께서 가문의 계승권을 가지면, 그땐 꼭 데릴사위를 들이셔야 하는 거죠?"

"그래. 배운 지 좀 됐는데, 잊지는 않았구나."

"그전에 왕자님이 아가씨를 찾으시면요?"

"아직도 그런 꿈을 꾸니? 너도 참 어지간하구나. 왕자 전하라, 상황이 좀 미묘하긴 한데……. 만약 찾으신다면 되도록 계승권을 갖기 전에 오셔야겠지. 계승권은 곧 책임이나 마찬가지인걸. 그땐 설사 왕족이라 하더라도 함부로 신부로 삼을 수 없어. ……아. 그렇군."

아셰라드는 깨달았다. 왜 갑자기 친척들이 나서서 그녀에게 계승권을 주자고 떠들어대는지를. 왕자가 그녀를 찾고 있는 것이다. 그녀의 입술이 서늘하게 말려 올라갔다.

"날 돕겠다고 약속했던 친척들께서, 내 이름을 알려주지 않고 있구나. 이런, 이런. 그린 네 말 그대로야. 그동안 홀대했던 내가 왕자비가 되는 꼴을 보느니 차라리 계승권자가 되는 게 낫다는 거였어."

설령 계승권을 갖는다 해도 남편감을 고르는 건 아셰라드의 몫이 아니었다. 자신들의 입맛에 맞는 남편감을 골라주고 제멋대로 휘두르려 하는 친척들의 의도가 적나라했다. 연두는 어깨를 으쓱였다.

"아가씨께는 어느 쪽이든 해피엔딩이시죠?"

“그렇지. 전에는 미안했다. 그 가루가 재주가 있긴 있나 보구나.”

연두는 햇살을 받으며 환하게 웃고 있는 아셰라드의 미모를 멍하니 감상했다. 낡은 옷을 입고 화장기 하나 없는 얼굴인데도 이렇게 미모가 빛나는 데다 하녀의 충고를 받아들일 만큼 유연하고, 사회적으로 배척받는 마법을 이용할 만큼 대담하기까지 하다. 정말로, 동화 속의 주인공이 될 자격이 충분한 아가씨였다. 연두는 충동적으로 입을 뗐다.

“유리구두 잘 가지고 다니세요. 남들에게 들키지도 마시고, 뺏기지도 마시고, 잃어버리지도 마시고, 부수지도 마시고. 분명 그게 아가씨의 운명을 바꿔놓을 거예요.”

말을 뱉자마자 후회했다. 하지만 이미 입 밖에 나간 말을 주워 담을 수도 없는 노릇인지라, 연두는 애써 표정을 단속하고 아무것도 아닌 척 돌아섰다. 등에 닿는 아셰라드의 시선이 몹시 뜨거웠다.

“그린.”

“네?”

“너무 나서지는 말렴.”

“……네.”

어여쁘게 웃는 얼굴이 어쩐지 오싹하다. 왜 저리 웃는지 아주 짐작이 가지 않는 건 아니었다. 하녀 주제에 너무 나대지 말란 얘기겠지. 연두는 부러 어깨를 털어 아셰라드의 목소리를 떨쳐 냈다.

아셰라드가 잘된 것은 몹시 좋은 일이었지만, 그게 연두의 편한 생활을 보장해 주는 건 아니었다. 하루하루 신경질적으로 변해가는 백작부인과 다른 두 아가씨는 저택의 고용인들을 말려 죽이기로 마음먹기라도 한 것처럼 사람을 괴롭혔다. 그중에서도 아셰라드와 유독 친밀하게 지낸 티가 나는 데다 이민족 하녀인 연두는 남들보다 심한 꼴을 겪고 있었다.

핑계는 다양했다. 소리 없이 걷는 게 기분 나빠서, 가지고 들어온 수건에 뿌린 향이 마음에 안 들어서, 아침 소세물이 너무 차서, 때로는 너무 뜨거워서, 하녀 주제에 눈을 치뜨고 있는 게 꼴 보기 싫어서 등등, 있지도 않은 트집거리를 끊임없이 만들어내는 창조력이 대단했다. 그때마다 연두는 찬물을 뒤집어쓰거나 식사를 건너뛰거나 산더미 같은 빨랫감을 떠맡거나 하는 등의 벌을 받았다.

그런 불합리한 일을 겪으면서도 연두는 항변 한마디 할 수가 없었다. 하녀였으니까. 하지만 속이 부글부글 끓다 못해 폭발할 것처럼 화가 치미는 건 어쩔 수가 없는 일이었다. 살 길이 이것밖에 없다고 생각했을 때에는 무슨 취급을 받아도 감내할 만하더니, 모든 일이 곧 끝나리라는 생각이 들자 인내심의 깊이가 그저 얄팍해진다.

"차라리 쫓아내지, 옆에 두고 야금야금 괴롭히는 게 아주 못돼 처먹었어. 생긴 건 주무르다 만 밀가루 반죽처럼 생겨서 아셰라드 반도 못 따라가는 주제에 거울을 끼고 사는 걸 보면 웃겨서 말도 안 나와. 수술을 해도 본판이 예뻐야 결과가 좋은 판에 호박에 백날 줄긋는다고 수박 되는 줄 아나."

"이번엔 또 뭘 꼴을 당했기에 그렇게 말이 많아요?"

"감봉한다잖아! 안 그래도 쥐꼬리만 한 월급인데! 어제랑 똑같은 온도였는데 왜 오늘은 뜨겁다고 지랄인 거야? 어젠 너무 차서 못 씻겠다고 지랄이더니!"

"아, 그거 열 받겠네요."

광대는 연두의 손아귀에서 구겨지고 있는 타로카드들을 안타깝게 바라보다가 그만 고개를 끄덕이고 말았다. 노동의 강도에 비해 월급이 너무 짜다며 투덜대던 게 바로 엊그제인데 갑자기 감봉이라니, 저렇게 흥분하는 것도 무리는 아니었다.

광대가 고개를 끄덕이는 사이 타로카드의 몰골은 점점 더 처참해졌다. 이 세계에서는 구할 수도 없는 물건인데— 하는 생각이 들자 굉장히 아까운 기분이 들었지만, '아가씨들'에게 이를 득득 갈고 있는 연두에게서 그걸 빼앗았다간 제 머리카락이라도 뜯길 것 같은 느낌이 들어 되찾을 엄두가 나질 않았다. 결국 그는 그냥 타로카드를 포기하기로 했다.

'그나저나 가루 다 썼는데 어쩐다……. 남은 구두를 부숴서 써야 하나, 말아야 하나. 마법을 빼고도 해결이 되면 좋은데 그게 아닐 것 같아서 문제야.'

타로카드를 다 구겨 버린 연두가 벌렁 풀밭에 드러누웠다. 한국과는 전혀 다른 하늘을 멍하니 바라보고 있는 게, 간만에 멍하니 예전 생각이라도 하고 있는 모양이었다.

'연두 씨는 여기 오고 얼마 되지도 않아서 신데렐라를 만났지. 자리도 나름대로 잘 잡았고……. 그걸 생각하면 여기서 쌓는 인연들에는 나름의 이유가 있을 게 틀림없는데 말야. 그중 어느 인연에 더 비중을 둬야겠는지 모르겠단 말이지?'

이런 광대의 고민을 알 리 없는 연두는 신데렐라의 이야기 진행에만 관심이 있었다. 빨리 아셰라드가 유리구두의 주인이라는 게 밝혀져야 이 구박이 끝날 텐데, 세상은 아직도 그냥 잠잠하기만 했다.

삐리리리릭—

아, 매일 밤 시끄럽게 울어대는 저 빌어먹을 나이팅게일만 빼고. 연두는 약이라도 올리는 것처럼 주변을 맴돌며 울어대는 나이팅게일을 향해 작은 돌들을 집어 던졌다. 당연히 하나도 맞추지 못했다.

"저 빌어먹을 새 새끼. 언젠가는 내가 꼭 잡아서 구워 먹어버릴 거야."

"그런 돌팔매질로 퍽이나 잡겠네요."

연두를 바라보는 광대의 눈길이 몹시 찼다. 뭐랄까…… 굳이 표현하자면 제리에게 당하고 내일을 기약하는 톰을 보는 시선이라고 해야 하나, 아님 언젠가 먹고 말 거야!를 외치는 체스터를 바라보는 시선이라고 해야 하나. 연두는 몹시 부끄러워지고 말았다.

"그나저나 왕자놈은 대체 언제 오는 거야? 힘들어 죽겠는데."

"오는 중이겠죠. 그냥 소문이 늦는 거 아닐까요?"

"그냥 그런 거였으면 좋겠는데……."

"아, 그만 찝찝해하고 가요 좀. 허구한 날 쫓아와서 종알대는 거 지겹지도 않아요? 난 되게 지겨운데."

"지겨운 건 아는데 좀 참아. 말이야 바른 말이지, 내가 너 아니면 누구한테 가서 이런 하소연을 하겠어? 아셰라드한테 가서 이러쿵저러쿵 썰을 풀겠어, 아니면 마고한테 가서 주절주절 말을 하겠어? 내가 진짜 그 엿 같은 기집년들만 아니면 그냥 웃으며 견디겠는데 도저히 못 참겠어서 그래. 맞장구 쳐 줄 필요도 없고, 그냥 대나무 숲처럼 가만히 듣기만 해."

말 몇 마디로 쫓아 보내기에는 연두의 얼굴에 깔린 철판이 매우, 몹시 두꺼웠다. 광대는 이후로도 한참 동안 연두에게 시달리며 하늘에 뜬 달님에게 소원을 빌었다. 제발 부탁이니, 신데렐라 이야기 좀 얼른 끝내서 이 시련을 겪지 않게 해달라고.

삐리리리릭─ 둘을 내려다보던 나이팅게일이 낄낄대는 것처럼 지저귀었다.

그리고 광대의 소원은 얼마 되지 않아 이루어질 기미가 보이기 시작했다. 무도회 이후로 수도 전체를 휩쓸기 시작한 소문이 드디어 파르만 백작령에도 찾아들었던 것이다. 무도회에서 운명의 여성을 만난 왕자가 그녀를 찾고 있다나 뭐라나.

"세상에, 유리구두라니. 그게 말이 돼? 신자마자 바스러지는 거 아니야?"

"발이 피투성이가 될걸. 그나저나, 신발에 발이 맞는 여성을 찾는다니, 왕자는 대체 왕자비를 몇 명이나 맞이할 속셈이래?"

"그러게 말이야. 당장 우리들 중에도 신발 바꿔 신어도 괜찮을 사람이 몇이나 있는데 말이야. 킥!"

다들 왕자를 비웃었다. 하지만 한 달이 넘어가도록 유리구두의 주인은 나타나지 않았다. 당연했다. 파르만 백작령에 소문은 당도하였으나 관리는 아직 당도하지 않았기 때문이었다.

그러자 이제 사람들은 그 유리구두가 어마어마하게 크거나 작은 게 틀림없다고 수군대기 시작했다. 그렇지 않고서야 어떻게 한 달이 넘어가도록 주인이 나타나지 않느냐고 말이다. 하나 사정을 짐작하는 사람에게는 이만큼 심상치 않은 소문도 없었다. 마고는 하루 종일 웃고 다니기 시작했고, 아셰라드는 종종 연두를 향해 농밀한 시선을 던졌다. 그리고 연두는 얼굴에 깐 철판의 두께를 좀 더 높였다.

어쨌거나 그 소문은 백작부인과 두 아가씨의 심기를 더욱 불쾌하게 만들었다. 더불어 하녀들이 당하는 괴롭힘의 강도는 점점 더 높아졌다. 베개를 끌어안고 속닥대는 수다 타임에 아셰라드의 두 언니, 밀레스와 마르텔의 이름이 오르내리기 시작했다.

딱 기분 좋을 정도로 따뜻하게 데워 꽃잎까지 뿌린 소세물이 와락 엎어졌다. 기껏 새로 빨아 말린 카펫이 축축하게 젖어들었다. 이번 주 빨래 담당 하녀들의 안색이 시퍼레지는 와중에도 밀레스의 목소리는 그저 앙칼졌다.

"난 저녁 꼭 먹어야 한다고 했잖아!"

"부인께서 올리지 말라고 하셨어요."

"아침도 걸렀고 점심은 새 모이만큼밖에 못 먹었어! 그런데 저녁을 굶으라고? 너 미쳤어?"

"죄송합니다."

저녁때가 되었음에도 빈손으로 방에 들어온 연두를 향해 온갖 짜증이 쏟아졌다. 제 입으로 살을 빼기 위해 하루 한 끼만 먹겠다고 공언했던 밀레스는 매 끼니때마다 하녀들을 쥐 잡듯 잡곤 했다. 오늘의 화풀이 담당은 연두다. 눈엣가시 같은 아셰라드가 데려온 연고 없는 이방인 하녀는 부담 없이 괴롭히기에 아주 좋은 상대였다.

"그 표정은 또 뭐야? 내가 이러는 게 우스워? 웃겨?"

"아니에요."

"아니긴 뭐가 아닌데! 그래, 넌 날씬한데 난 돼지라 이거지!"

밀레스는 기껏 꾸미고 참석했던 무도회에서 살찐 돼지라고 놀림을 받았다. 기실 그녀의 출신을 생각하면 돼지라는 놀림에서 끝난 게 다행이건만, 밀레스의 생각은 거기까지 닿질 않았다.

"잘됐네. 너도 굶어."

"네?"

"주인이 굶는데 네 입에 뭘 처넣을 생각이었어? 굶으라고!"

졸지에 연두도 같이 굶게 생겼다. 주변의 하녀들이 안쓰러워하는 눈길을 보냈지만 동정은 동정에서 끝났다. 연두는 밀레스의 성질머리를 감당하다 이틀 연속으로 저녁을 굶었고, 그 다음 날 밤엔 마른 우물에 갇히고 말았다.

파르만 백작저 구석에 있는 마른 우물은 크기는 작아도 깊기는 꽤 깊었다. 달빛도 닿지 않는 깊은 우물 바닥은 어두컴컴하고 차가웠다. 지상에는 벌써 한참 전에 봄이 찾아왔는데 우물 안은 아직도 겨울이었다.

어둡고 좁은 공간은 나쁜 생각을 증폭시키는 힘이 있다. 연두는 무릎을 끌어안은 채 최대한 긍정적인 생각을 하려고 노력했다. 하지만 낮 내내 혹사당한 피로에 허기까지 겹치자 떠오르는 건 온통 우울한 가정들뿐이었다. 연두가 우물에 갇힌 걸 깜빡한 밀레스가 꺼내주라는 말을 하지 않는다든가, 죽을 때까지 내버려두라고 한다든가, 하는 생각들 말이다.

춥고 배고픈데 발 뻗고 누울 공간마저 부족하니 왠지 모를 설움이 북받쳤다. 어차피 볼 사람도 없겠다, 자꾸만 새어나오는 눈물을 닦던 와중 하늘에서 빛이 내려왔다. 밧줄 끝에 매달린 램프가 태양처럼 환했다.

"연두 씨!"

작고 동그란 하늘에 광대의 얼굴이 보였다. 연두에게는 달보다 더 밝은 얼굴이었다. 광대는 조심조심 내려 보낸 램프가 연두의 손에 무사히 들어간 걸 보고서야 간신히 안도의 한숨을 내쉬었다.

"어쩌다 그런 데 들어간 거예요?"

"큼. 크흠. 설마 내가 들어오고 싶어 했다고 생각하고 묻는 거 아니지?"

광대에게 약한 모습을 보이기 싫은 연두가 얼른 목을 가다듬었다. 눈가에 맺힌 눈물도 서둘러 닦아내고 제법 목소리를 꾸며내며 태연한 척 허세를 부렸다. 그래봤자 밤눈 밝은 광대에게는 그녀가 하는 짓이 죄다 보이는 것도 모르고 말이다.

"설마요. 근데 거기 있을 만해요?"

"나름 괜찮아. 우물이라기에 물이라도 고여 있을 줄 알았는데 그런 것도 없어."

"흠. 그래요? 그럼 하루쯤은 잘 버틸 수 있겠네요. 나 이만 가도 되죠?"

"이……."

그러란 말이 바로 나오질 않고 목에 턱 걸려 버렸다. 숨김없이 드러난 진심에 연두는 당황했고 광대는 킬킬거렸다. 뒤늦게 사태를 파악한 연두가 화를 냈지만 이미 엎어진 물이었다.

"그러게 왜 허세를 부려요, 부리긴. 잠깐만 기다려요."

"내가 산 인생이 허세 빼면 껍데기밖에 안 남아서 그런다, 왜. 그나저나 기다리라니? 가게? 야아, 가지 말고 말상대라도 해줘. 야? ……야아? 너 뭐 해?"

"뭐 하긴요. 내려가는 거죠."

연두는 눈앞의 광경에 기겁했다. 광대가 우물 내부에 튀어나온 돌만 잡고 내려오기 시작한 것이다. 잘 다듬어져 있지 않아 울룩

불룩 튀어나와 있기는 해도 오랫동안 물에 잠겨 있던 돌들이다. 이끼가 이곳저곳에 끼어 있어 미끄러울 텐데도 광대는 헛발질 한 번 하지 않고 밑바닥까지 내려오는 데 성공했다.

"……미쳤어."

광대가 무사히 다 내려온 것을 확인한 뒤에야 연두는 참았던 숨을 몰아쉬었다. 정작 광대 본인은 태평한데 연두의 손은 온통 땀에 젖어 축축했다. 단지 지켜보는 것만으로 족히 십 년은 수명이 줄어든 기분이었다.

"올라갈 땐 어쩌려고 이래?"

"내 몸뚱이 하나만 간수하면 되는데 어려울 건 또 뭐가 있겠어요? 뭐든지 내려가는 거보단 올라가는 게 더 쉬워요. 그나저나 저녁 굶었다면서요? 자, 선물."

광대가 마른 빵 한 덩이를 내밀었다. 고소한 빵 냄새를 맡자 파업 상태에 있던 위장이 일제히 신호를 보내왔다. 하지만 그나마 조금 남아 있던 염치가 연두의 손을 잡아끌었다. 집시들의 무리는 식량 사정이 좋지 않았다.

"어디서 났어? 내가 그냥 다 먹어버려도 돼?"

"신데렐라가 전해달랬어요. 다 연두 씨 거니까 다 먹어도 돼요."

"아셰라드가?"

"네에. 날 만나는 게 싫은지 눈썹을 이렇~게 찡그리고서는 전해주렴, 이러고 가버렸어요. 본인 먹을 걸 빼준 모양인데 안 먹으면 서운해할걸요."

"뭐야……. 답지 않게 착한 짓을 하네. 없던 충성심이 다 생겨나는 기분인걸."

연두는 빵을 조금 떼어 입에 넣었다. 천천히 침으로 녹여 먹는 마른 빵은 이제껏 먹어본 어떤 빵보다도 달고 맛있었다. 역시 시장이 반찬이었다.

"본인 먹을 것도 부족했을 텐데……. 고마워하더라고 전해줘."

"우물에서 나가면 직접 말하면 될 걸 뭘 전해달라고까지 해요. 서서 그러지 말고 앉아요. 자, 이건 마고가 준 담요예요."

광대가 우물 바닥에 담요를 깔았다. 그리고 그 위에 연두를 앉히고는 제 목에 두르고 있던 목도리를 풀어 연두의 목에 칭칭 감아준다. 따뜻한 온기가 목을 감싸고서야 연두는 제가 덜덜 떨고 있었다는 사실을 알았다. 광대가 예쁘게 웃었다.

"나도 빠지긴 싫으니까, 목도리로 체면치레 좀 할게요. 그리고, ……자, 이렇게 하면 더 따뜻할걸요."

광대가 연두의 등에 마주 등을 대고 앉아 체온을 나눠주었다. 그의 체온은 연두보다 더 따뜻했다. 차갑게 얼어붙어 있던 연두의 마음이 몽글몽글하게 녹아내렸다. 이 좁고 어두운 우물 바닥이 마치 치즈퐁듀 냄비 같았다. 자신은 그 냄비에서 녹아내리는 치즈고 말이다.

"……좋다."

"좋긴 뭐가 좋아요. 이런 우물 바닥에서. 이제 보니 연두 씨 취향 이상하네?"

"시끄러. 그런 산골짝에서 괴상한 놀이공원 운영하던 녀석에게 듣고 싶은 말은 아니거든?"

"호오~? 괴상한 놀이공원~?"

광대가 코웃음을 쳤다. 서로 등을 대고 앉아 있으니 붉어진 얼굴이 보일 리도 없는데, 연두는 슬그머니 램프를 밀어냈다. 시간이 제법 지난 일인데도 그날 밤의 일은 아직도 생생하게 떠올랐다.

꼬부랑 산길 한복판에서 퍼져 버린 차를 버리고 꾸역꾸역 찾아간 놀이공원. 반짝반짝 빛나는 조명에 완전히 홀려가지고는, 손님도 아니신데 그냥 꺼지시라는 광대에게 얻어온 초대장을 흔들어대며 꼭 들어가야겠다고 우겼었다. 들어간 뒤로는 아주 넋이 나가서 온 드림랜드 바닥을 전부 밟아볼 기세로 돌아다녔고 말이다.

지금이야 이 꼴이지만, 안내해 주는 광대에게 입에 침이 마르도록 칭찬에 칭찬을 했던 과거가 있었더란다. 연두는 부러 크흠, 하고 목소리를 가다듬었다.

"아니, 내가 거기서 놀다가 이 괴상한 세상에 빠져서 저녁도 굶고 이러고 있는데 괴상하지 그럼. 안 괴상한가?"

"마음 같아서는 그냥 연두 씨가 재수가 없었던 거라고 말하고 싶지만, 불운한 당사자 앞이니까 참죠, 뭐."

"그게 참기는 뭐가 참은 거야. 말 다했으면서. 쳇. 야, 웃지 마!"

어깨를 들썩거리며 웃던 광대는 연두의 주먹에 등을 몇 번이나 맞고서야 웃기를 멈췄다. 연두는 다시 얌전해진 등받이에 느긋하게 등을 기댔다.

"음…… 이왕 말이 나왔으니 말인데, 연두 씨는 대체 왜 드림랜드에 왔어요?"

"놀러 갔다니까. 그때도 백 번쯤 말했잖아? 휴가가 생겨서 놀러왔다고."

"연두 씨가 기자라는 걸 알기 전까지는 그 말을 믿었죠."

"그건 또 어떻게…… 아니다. 내가 뻔한 길 몰았네. 진짜 휴가 맞아."

휴가, 라는 말을 꺼내자 그 빌어먹을 편집장의 얼굴이 다시 떠올랐다. 몇 달 동안 건강과 열정을 다 갈아 넣어 썼지만 쓰레기가 되어버린 르포기사도. 연두는 검게만 보이는 우물 벽을 물끄러미 바라보았다. 그게 꼭 자신의 앞날 같았다. 깜깜하고, 어두운.

"특종이라고 확신하고 기사를 썼는데 데스크에서 반려당하고 너무 화나서 휴가를 질렀지. 몇 년 만에 얻은 휴가였는데 이 꼴이 났네."

"이상하네. 본래 신문사는 특종에 목매는 곳이잖아요? 그렇게 대박인 기사면 호외로 막 뿌리고 그럴 텐데. 연두 씨 생각보다 별 거 아닌 기사였나 봐요."

"풋! 호외라니, 그게 언제 적 얘기야? 요즘 세상에 누가 종이신문을 읽는다고 호외씩이나 뿌려? 대통령이 탄핵당해도 호외는 안 뿌릴걸. 그리고 말이야, 진짜 특종이었어. 대한민국이 발칵 뒤집어질 얘기였다고."

연두의 목소리에 회한이 어렸다. 대학을 졸업하자마자 신문사에 들어갔지만, 세상살이에 치이는 동안 처음의 정의감은 흐려질 대로 흐려진 지 오래였다. 그나마 양심 밑바닥에 남아 있던 정의감을 닥닥 긁어모아 쓴 기사가 그 꼴이 나니, 세상이 온통 회색으로 보였다.

"그 정도로 확신이 있는 기사였으면 다른 곳에도 찔러보지 그랬어요?"

"그건 좀. 나도 먹고 살아야지."

"우와, 기자 정신은 어디로 가고?"

"밥그릇이랑 바꿨다, 왜. 결국은 내 정의감이라는 것도 거기까지였던 거지, 뭐. 회사를 때려치우는 게 아니라 휴가나 낸 거 보면 몰라?"

연두는 스스로를 비웃었지만 광대의 생각은 달랐다.

"으음……. 난 그래도 연두 씨가 꽤 괜찮은 사람이라고 생각해요. 보통은 그런 거, 뒷일이 무서워서라도 아예 시도도 하지 않으니까. 언젠가 연두 씨가 높은 자리에 오르게 되면 그땐 지금과 다르겠죠."

"알지도 못하면서 금칠은……. 그렇게 아부해도 보상금 안 깎을 거야."

"상관없어요. 니니스가 갚지 내가 갚나?"

"네 몫도 있다니까 자꾸 책임 회피할래?"

조그만 불빛, 따뜻한 온기, 툴툴거림에 대답해 주는 목소리. 그것만으로도 작은 우물바닥은 조금 전보다 훨씬 있을 만한 곳이 되었다. 그리고 연두는 복수를 결심했다.

"나가기만 해보라지. 이렇게는 못 살아. 지렁이도 밟히면 꿈틀하는데 사람을 이렇게 죽자고 밟아?"

"나가서 뭘 하려고요?"

연두는 나름대로 궁리를 시작했다. 밀레스와 마르텔이 성질머리가 못되고 멍청하긴 해도 귀족 아가씨들이었다. 일개 하녀에 불과한 연두가 어떻게 해볼 만한 상대가 못되었다. 혹여 직접적인 해코지를 했다가 들키면 아작이 나는 건 연두였다. 그래도 복수는 포기가 안 되니, 밤새 고민해 볼 작정이었다.

"별거 있나? 지렁이인 줄 알고 밟은 게 뱀이었다는 걸 가르쳐 줘야지. 그 어린 것들에게 어른의 쓴맛을 보여줄 거야."

"어차피 곧 끝날 건데 어린애를 상대로 너무 열 내지 마요."

"흥. 어릴 때 인생의 쓴맛을 봐야 멀쩡한 어른으로 자라는 거야."

"그것 참 훌륭한 궤변이네요."

광대가 어이없어 하는 기색이 맞닿은 등을 타고 전해졌다. 쓸데없는 생각 말고 잠이나 자요. 속삭이는 목소리가 달짝지근했다. 연두는 복수할 거야, 가만 안 둘 거야, 등등의 말을 읊조리다 그대로 잠이 들었다.

연두의 복수는 우물에서 나온 바로 다음 날부터 시작되었다. 목표는 밀레스와 마르텔이었다. 백작부인은 나름 괜찮은 출신이었지만, 그녀의 두 딸은 의외일 정도로 가난하게 자란 티가 났다. 두 아가씨는 고용인을 부리는 상황에 쉽게 길들여졌으면서도 시중드는 사람이 악의를 품으면 어떤 일이 생기는지에 대해서는 생각하는 바가 없었다. 아무리 신분제에 익숙한 사람들이라지만 불만이 쌓이면 무섭다. 연두는 그걸 이용하기로 했다.

"아랫것들이 빡치면 뭔 일이 나는지 겪어보라지."

과연, 연두의 생각은 기가 막히게 들어맞았다. 이미 산처럼 쌓여 있던 불만과 아셰라드의 높은 복귀 가능성은 연두가 고용인들을 회유하는 데 큰 도움이 되었다. 백작저의 고용인들은 아닌 척하면서도 교묘하게 두 아가씨들을 골탕 먹이기로 합의했다.

고용인들의 심술이 처음 미친 곳은 세숫물이었다. 자고 일어나 꽃잎을 띄운 세숫물에 손을 담근 밀레스가 인상을 썼다.

"물이 너무 차잖아."

평소라면 얼른 세숫물을 바꿔왔을 하녀들이 저마다 세숫물에 손을 넣어보며 고개를 갸웃댔다.

"어머, 그럴 리가요. 딱 좋은데요."

"그러게요. 아가씨, 혹시 열 있으신 거 아니에요? 의사를 부를 까요?"

밀레스는 의사를 싫어했다. 그녀는 다급히 세숫물에 두 손을 담그며 고개를 저었다.

"아, 아냐. 의사는 됐어. 지금이 딱 좋은 것 같아."

"그렇죠? 하지만 아프시면 꼭 말씀해 주세요."

본래 사람 셋이 모이면 없는 호랑이도 만들 수 있다고 했다. 시중드는 고용인들 전부가 입을 모아 검은 것을 두고 희다고 하니, 밀레스와 마르텔은 이게 아닌데- 하면서도 그들에게 질질 끌려다 녔다.

심술은 점점 구체적이 되어갔다. 꽃잎을 띄운 세숫물은 너무 뜨겁거나 차갑기 일쑤였고, 아가씨들의 베갯잇 안쪽에는 벌레의 사체가 들어 있기가 예사였다. 아가씨들의 방으로 들어가는 차는 너무 쓰거나 달았다.

가장 볼만한 건 두 아가씨의 차림새였다. 하녀들의 아첨과 아양은 밀레스와 마르텔의 눈을 송두리째 가렸다. 어느 순간부터 두 사람은 본인의 체형과 영 맞지 않는 옷을 즐겨 입고, 피부색과 맞지 않는 화장을 선호하는 사람이 되어 있었다. 백작부인의 만류는 영 소용이 없었다.

그뿐이랴? 아가씨들이 산책을 나서면 정원사들은 가지치기를 시작했고, 아가씨들이 찾을 때면 심부름꾼들은 언제나 급한 볼일이 생겼다. 한 번 재미를 붙인 괴롭힘은 소소하고 작은 것들로 시작했지만 시간이 가며 점점 덩치를 불리고 있었다.

연두는 한 발짝 떨어진 곳에 서서 그 괴롭힘을 구경했다. 직접적으로 끼어들지도 않고, 간접적으로 도움을 주지도 않으면서,

누구에게도 주동자임을 들키지 않은 채로. 뒤늦게 사태를 파악한 아셰라드가 은근히 말을 꺼냈다가 언변에 밀려 침몰한 뒤로는 거칠 것도 없었다. 멀리서 지켜보던 광대가 혀를 내두를 정도로 교묘한 솜씨였다.

"못돼 처먹었군요."

"성질머리가 이런 걸 어쩌라고."

"어차피 곧 나락에 빠질 텐데 그걸 그렇게 괴롭혀야겠어요?"

"그건 그냥 예정이잖아. 아직 이루어진 것도 아닌데 미리부터 동정할 필요 없잖아? 안 그래?"

"으이그……."

앞날을 뻔히 알면서 우기는 모습이 질릴 정도로 뻔뻔했다. 아셰라드의 성격을 생각하면 세 사람이 당할 꼴을 짐작할 수 있을 텐데도 저렇게 당당하게 말할 수 있다니, 그것도 나름 재주라면 재주였다.

광대는 연두를 좋게 보았던 자신의 눈이 틀렸던 건 아닌가, 진지한 고민에 빠졌다. 드림랜드를 아름답게 바라보는 걸 보고 퍽 괜찮은 사람이라고 생각해서 인형의 집 요금을 머리끈 하나로 받았던 건데, 요즘 하는 꼴을 보면 자신이 착각을 했던 것만 같다.

'요금 싸게 받았다고 말해봤자 이 꼴이 난 이상 들어먹지도 않을 거고……. 빌어먹을 인형들은 왜 지들 멋대로 날뛰어서 이 사달을 내나 그래. 에라, 모르겠다.'

연두는 광대가 진저리를 치든 말든 상관 않고 길게 하품을 했다. 두 아가씨들이 당하는지도 모르고 당하는 꼬락서니를 보는 건 무척 즐거웠지만, 몸이 힘든 건 별개의 일이었다. 요즘엔 어디든 머리를 붙이면 바로 잠들 수 있을 것처럼 피곤했다. 어찌나 피곤한지 아셰라드의 얼굴을 마지막으로 본 지도 벌써 며칠이나 지나 있었다. 이렇게 한밤에 나와 광대를 만나는 것도 꽤나 오랜만이었고 말이다.

"그나저나 왜 불러낸 거야? 난 피곤하다고."

"생각을 좀 해봤는데, 나 혼자 처리하는 건 좀 아닌 거 같아서 말이죠."

광대가 내민 유리구두 한 짝을 확인한 연두의 눈이 화등잔만하게 커졌다. 아무리 봐도 지금 아셰라드가 들고 다니는 유리구두와 똑같았다.

"이, 이걸 네가 왜 가지고 있어……? 훔쳤어?"

"누굴 도둑으로 아나. 연두 씨가 좋다고 썼던 그 마법 가루가 이거예요, 이거. 이건 열심히 쓰고 한 짝 남은 거고."

"……아하. 그럼 결국 이게 진짜란 거네. 아셰라드가 들고 있는 건 레플리카고. 이것 참, 황당한데. 아무튼, 처리라니? 뒀다가 또 가루내서 쓰면 되는 거 아냐? 날 끌고 들어온 인형이 신데렐라 하나인 것도 아닌데 또 어디다 쓸 줄 알고 처리를 해?"

"뭐어……. 지금 당장 써야 할 일이 좀 있을 거 같아서 말이에요. 아예 뒤에서 혼자 할까 했는데 그러기엔 내가 너무 양심적이라서 말이죠. 알고나 있으라고요."

양심이라곤 오래전에 국 끓여먹고 이젠 남은 것도 없는 주제에 말 같지도 않은 소릴 한다. 광대의 양심의 유무와는 상관없이 그저 말의 내용만으로도 어이가 없어진 연두가 격렬한 항의의 표시를 했지만 다 소용없는 일이었다. 광대는 날렵한 동작으로 연두의 손을 피해내고는 멀찍이 떨어져 경쾌하게 손을 흔들었다.

"한동안 없을 거예요. 그동안 칭얼대지 말고 잘 있어요."

"야! 이 양심도 없는 놈아!"

연두가 빽 소리를 질렀지만 광대는 순식간에 모습을 감춰 버렸다. 발소리도 내지 않고 수풀이 우거진 숲 너머로 사라져 버리니, 일평생 도시에서 나고 자란 연두로서는 쫓아갈 재간이 없다.

"이…… 나쁜 새끼……."

광대가 사라진 곳을 바라보며 멍하니 서 있던 연두는 곧 새 소리, 벌레 소리, 밤바람에 몸을 비비는 나뭇잎 소리들에 둘러싸였다. 낯선 소리들, 답 없는 부름, 잡히지 않는 옷자락. 한동안 잊고 있었던 외로움이 다시금 몰려들어 연두의 발아래에 구덩이를 팠다. 야금야금 발밑이 꺼졌다. 잠깐 정신을 놓은 사이 발이, 발목이, 무릎이 잠겼다.

삐이이이익— 삐익, 삑— 얄미운 나이팅게일이 어깨에 앉아 울었다. 당장 나와— 그 울음소리가 연두의 정신을 획 낚아채 구덩이 밖으로 끌어냈다.

'안 돼. 이러다 빠져.'

뒤늦게 정신을 차리니 제 상태가 심상치 않음을 알겠다. 연두는 허둥지둥 구덩이에서 발을 빼고 차갑게 얼어가는 손끝에 따뜻한 숨을 불어넣었다. 얼어가던 피가 파삭파삭 소리를 내며 녹고 딱딱하게 굳어 움직이지 않던 몸이 움직였다. 부러 입술을 떼어 목소리를 냈다.

"……꽤 잘 견뎠다고 생각했는데. 왜, 또……."

빌어먹을 향수병. 간신히 먹고 살 만해지니 독버섯처럼 자라나 마음을 병들게 한다. 정신없이 일을 하고 피곤한 몸으로 매일 밤 침대에 누울 때마다 제발 이게 꿈이길 빌고, 매일 아침 눈을 뜰 때마다 형광등이 매달린 천장이길 빌었다. 그래도 광대가 나타나고 간신히 대화할 만한 사람이 생기면서 다 나았다고 생각했는데, 잠깐 방심한 사이에 이렇게 치고 올라와 사람을 잡아먹는다.

이상한 세상에 혼자 떨어져서도 잘만 버텼는데, 겨우 기댈 사람 하나 생겼다고 어느새 약해져서는 잠깐의 부재도 견디지 못하고 이렇게 바보 같은 꼴을 했다.

연두는 그제야 제 상황을 인식했다. 그녀는 지금 가파른 벼랑에 아슬아슬하게 발을 걸치고 선 산양 같은 신세였다. 정신을 잘 차리면 능숙하게 벼랑을 뛰어다닐 수도 있겠지만 혹여나 실수라도 하는 날엔 까마득한 바닥으로 떨어져 다시는 돌아올 수 없을 것이다.

삑, 삑, 삑.

그때까지도 날아가지 않고 연두의 어깨에 앉아 있던 나이팅게일이 제 존재를 알렸다. 연두가 알기로 나이팅게일은 사람들 부근에 살면서도 사람을 싫어하는 예민한 야행성 새였다. 그런 새가 어깨에 앉아 친근한 척을 해대니 신기하기도 하고 귀엽기도 하고 기분이 묘했다.

"너, 나한테 왜 이러니?"

삐익— 손가락 위로 옮겨 앉은 나이팅게일이 날개를 파닥거렸다. 연신 삑삑대는데 뭐라고 하는지는 도저히 못 알아듣겠다.

"그래, 암튼 고맙다. 잡아먹겠다던 말은 취소할게. 언젠가 네가 그물에 걸리기라도 하면 꼭 빼줄게. 자, 가!"

연두는 까만 눈을 도르르 굴리는 나이팅게일을 날려 보내고 바로 저택으로 돌아갔다. 야밤에 나가는 일이 잦아지니 잔재주만 늘어서, 바글바글하게 모여 있는 하녀들 사이를 슬그머니 파고들어 머리를 뉘일 때까지 누구에게도 들키지 않았다.

그렇게 광대가 행방을 감춘 지 얼마 지나지 않아, 백작령에도 드디어 소문의 관리가 찾아왔다. 뒤에 기사며 시종을 줄줄이 단 채였다. 빳빳하게 다듬은 수염을 쓰다듬으며 거드름을 피우던 관리는 자신을 맞이하러 나온 백작부인과 두 아가씨를 보고도 정중한 인사 같은 건 하지 않았다. 그저,

"자리를 비운 주인 대신 집을 지키느라 고생이 많으십니다."

따위의 말을 했을 뿐이었다. 백작부인의 흰 얼굴이 금세 붉어졌지만, 그녀는 부채를 꽉 움켜쥐는 것으로 제 화를 참아냈다. 그녀의 두 딸들이 물려받았더라면 참 좋았을 인내심이었다.

관리는 가정교사 출신의 귀부인은 인정할 수 없다는 듯 오만하게 제 수하들을 응접실 안으로 들였다. 허락 따위 필요하지 않다는 듯한 태도였다. 백작부인의 낯이 딱딱해지고 고용인들 사이에서 술렁거림이 퍼져나갔다.

"이게 무슨 무례한 짓이지?"

"왕궁의 사자로서 제 할 일을 얼른 해치우고 싶을 뿐이니, 부인께서 이해하시지요. 파르만 백작가의 아가씨는 이 두 분뿐이십니까?"

"이 무례는 나중에 따로 따져 묻겠다. 이 둘이 파르만 백작가의 아가씨들이 맞느냐는 물음이라면, 맞다."

거짓을 말하면서도 백작부인의 고개는 빳빳했다. 관리는 서류를 확인했다.

『파르만 백작저 ─Ⅲ』

'흐음……. 초대장은 세 장이 갔을 텐데……. 뭐, 아무려면 어떤가.'

관리는 제 수하에게 물건을 가져오라 지시했다. 화려한 보석으

로 장식된 상자를 본 주변인들의 눈에 호기심이 어렸다. 관리는 마치 제 것을 선보이는 양 거들먹거리며 내용물을 꺼냈다. 그러자 마법의 빛을 휘감은 유리구두가 환상처럼 제 모습을 드러내 사람들의 눈길을 한 몸에 사로잡았다.

"왕자전하께서 이 구두의 주인을 찾아오라 명하셨습니다. 이 구두가 발에 꼭 맞는 여성이 계시다면 응당 왕자비로 맞이하리라는 명이십니다."

여기저기에서 숨 들이켜는 소리가 났다. 세상에, 그 소문이 진짜였다니! 저 구두를 신을 수만 있다면 진짜로 왕자비가 되는 거야? 맙소사! 그럼 나도 신을 수 있을까? 헛꿈꾸지 마, 얘. 귀족 아가씨들만 신을 수 있대!

연두는 하녀들 틈에 끼어 눈앞에서 벌어지는 촌극을 흥미진진하게 구경했다. 연극을 관람하는 관객이라도 된 느낌이었다. 이미 벌어질 걸 알고 있었던 일이지만, 눈앞에서 보니 역시 기분이 색달랐다. 게다가 이 일에는 그녀 자신의 손이 꽤 들어가 있지 않던가 말이다.

관리는 급하다며 재촉을 해댔지만 그렇다고 귀한 레이디의 발이 남들 눈에 드러나는 것도 곤란한 일이라, 하녀들 여럿이 파티션을 날라 즉석 탈의실을 만들었다. 연두는 탈의실로 몰려가는 하녀들 틈에 끼는 대신 슬쩍 뒤로 빠져 아셰라드가 있을 다락방을 향해 달려갔다.

"아가씨! 아가씨!"

"아직 귀가 멀진 않았으니 그리 소란 떨지 말렴. 무슨 일이니?"

"소문의 관리가 왔어요. 아가씨의 유리구두 한 짝을 들고요!"

"누가 더 빠를까 했는데, 왕자선하께서 조금 더 빠르셨는걸. 그나저나 옷을 꺼내야겠구나. ……이런, 마고가 왔으면 좋았을걸."

옷차림을 다듬으려던 아셰라드가 뭔가 굉장히 못미더워하는 시선으로 연두를 바라보았다. 나도 이제 옷시중 잘 들거든요? 연두는 목소리 높여 항변했지만, 아셰라드가 기본적인 치장을 마치는 데까지는 마고가 할 때보다 두 배 이상의 시간이 들었다.

연두가 아셰라드의 드레스 자락과 악전고투를 벌이는 동안, 마고는 유리구두를 신으려고 애쓰는 밀레스의 옆에 서서 내심 한숨을 내쉬고 있었다.

밀레스는 백작부인의 첫째 딸로, 아셰라드와 비교할 때 허리둘레가 두 배는 될 법한 통통한 아가씨였다. 당연히 발도 그만큼 더 통통했다. 밀레스는 어떻게든 발을 집어넣으려고 온갖 수단을 다 쓰고 있었지만 그게 들어갈 리가 있겠나. 게다가 마녀의 마법가루로 만든 유리구두에 주인 아닌 사람의 발이 들어갈 수 있을 리 없다.

하지만 왕자비를 향한 밀레스의 집념은 마고의 상상을 초월했다. 넓은 발볼을 반쯤 접어 넣기까지 하면서 구두에 발을 우겨넣은 것이다. 주변을 둘러싸고 있던 하녀들이 잇따라 호들갑을 떨었다.

"됐다!"

"꼭 맞네요!"

마고의 감상은 냉정했다. 아부도 적당히 떨어야지, 맞긴 개뿔이 맞니. 저 꼴로 딱 세 발자국만 걸어도 용하겠네.

가까스로 유리구두를 낀 밀레스의 발은 돼지발처럼 부풀어 오른 채 피가 몰려 시뻘겋게 변했다. 고통을 참느라 밀레스의 얼굴에서 땀이 비 오듯 흘러내리고 있건만, 백작부인은 그런 건 전혀 보이지 않는다는 것처럼 굴었다.

"밀레스, 걸을 수 있겠지?"

"……네. 네, 어머니. 걸을 수 있어요."

밀레스는 하녀들의 부축을 받으며 일어섰다. 하지만 그게 고작이었다. 일어서서 체중을 실은 것만으로도 눈앞이 하얗게 변할 정도의 통증이 그녀를 덮쳤다. 너무나 아파서, 도저히 발을 뗄 수가 없었다. 비명을 지르고 싶은데 입도 떨어지지 않는다.

발을 떼지 못하는 밀레스를 보며 백작부인은 초조함에 입술을 깨물었다. 자신의 피를 이은 딸이 왕자비가 된다면, 그렇게만 된다면 진짜 귀족이 될 수 있을 텐데. 가정교사 출신의 귀부인이라며 자신을 비웃던 사람들에게 본때를 보여줄 수도 있을 텐데. 아셰라드가 정말로 병들었다면 병문안을 하게 해줘야 하는 거 아니냐며 이죽이던 입들을 닥치게 해줄 수 있을 텐데! 눈엣가시 같은 계집은 기어이 무도회에 참석했고 야속한 딸은 발이 조금 아픈 것만으로 도저히 못 걷겠다며 울었다.

「발가락을 자르면 될 텐데.」

그때 누군가 끔찍한 제안을 했다. 아셰라드를 구박할지언정 제 딸들은 아끼는 백작부인의 미간에 세로줄이 생겼다.

"그게 무슨 끔찍한 소리야?"

"네? 마님, 무슨 말씀이신지요……?"

밀레스의 시중을 들던 하녀가 어리둥절한 표정을 지었다. 백작부인은 주변을 둘러보았으나, 주변에 선 사람들 중에는 그녀의 말을 알아들은 사람이 없었다. 그녀는 시선을 옮기다가 창틀에 앉은 나이팅게일 한 마리를 발견했다. 설마 새가 말을 한 걸까? 자신을 보고 놀라 몸을 굳힌 백작부인을 비웃기라도 하는 것처럼, 나이팅게일이 삑삑 소리를 내며 날개를 파닥거렸다.

「뭘 그렇게 놀래? 새가 말을 할 수도 있지.」

"마님? 왜 그러세요?"

「엄지발가락을 잘라. 그럼 충분히 들어갈 거야. 아, 혹시 발가락을 자르면 못 걸을까 봐 걱정돼? 아하하, 왕자비가 되면 걸을 일도 없을 텐데 그게 무슨 쓸데없는 걱정이람!」

나이팅게일의 말은 백작부인의 귀에 아주 그럴듯하게 들렸다. 그녀는 홀린 듯이 고개를 끄덕였다. 그래, 어차피 왕자비가 되면 걸을 일도 없을 텐데 엄지발가락 하나 없는 것쯤이야 무슨 대수겠어. 평생 수발드는 시녀를 옆에 두고 살 수 있을 텐데.

"……도끼를 가져와."

"예?"

"지금 당장 도끼 가져오라고!"

백작부인의 노성을 들은 하녀가 허겁지겁 도끼를 가지러 뛰어나갔다. 맞지 않는 구두를 신고 눈물을 쏟던 밀레스와, 그녀를 붙들고 있던 하녀들은 불길한 예감에 몸을 떨었다. 마고는 그 틈에서 조용히 빠져나와 아셰라드의 방을 향해 달렸다. 백작부인은 미친 게 틀림없었고, 자신이 기댈 곳은 따로 있었다.

왕궁에서 나온 관리는 제 처지가 한심스러워 견딜 수가 없었다. 왕자비를 찾는다는 임무는 나름 막중한 것이긴 한데, 신발 한 짝 들고 귀족가를 방문하는 일을 한 달도 넘게 하다 보니 처음 임무를 받을 때의 감격은 죄다 사라지고 말았다.

그는 왠지 그 너머에서 소란이 벌어지고 있는 것 같은 파티션을 바라보고 한숨을 내쉬었다. 보나마나 맞지도 않는 신발을 억지로 신으려고 기를 쓰고 있는 게 틀림없었다. 그와 같은 생각을 한 건지 기사들의 표정도 그다지 좋지만은 않았다.

"이번에도 틀린 것 같지 않습니까?"

"자네도 그리 생각하나?"

"뭐어……. 뻔하지 않습니까. 진짜 구두의 주인이라면 단번에 신고 나올 테니까요."

"역시 그렇겠지."

관리가 그렇게 뻣뻣하게 선 채로 동행한 기사들과 잡담을 나누고 있는데, 갑자기 파티션 너머에서 끔찍한 비명이 울렸다. 깜짝 놀란 기사들은 반사적으로 검을 뽑아들고는 혹시 침입자라도 생긴 것은 아닌지 사방을 경계하기 시작했다.

하지만 파티션 너머에서 나온 건 침입자나 암살자, 하다못해 비명을 지르는 하녀도 아닌, 환하게 미소 지은 백작부인이었다. 미소가 걸린 얼굴은 물론이고 사뿐사뿐 걷는 걸음이 소녀처럼 천진하고 아름답다.

그럼에도 불구하고 관리와 기사들은 뻣뻣하게 몸을 긴장시킬 수밖에 없었는데, 그건 백작부인의 푸른 드레스에 붉은 핏자국이 선명했기 때문이었다. 그러나 백작부인은 관리와 기사들이 왜 긴장했는지 전혀 모르겠다는 얼굴로 웃었다.

"그 보기만 해도 무서운 것들은 이만 집어넣는 게 어떤지?"

"부인, 그 핏자국은 대체……."

"별것 아니니 그대들은 신경 쓸 필요 없다. 밀레스, 어서 나오려무나!"

백작부인은 이상하게 쾌활한 목소리로 첫째 딸의 이름을 불렀다. 그리고 이름이 불린 밀레스가 눈물범벅인 얼굴로 걸어 나온 순간 관리는 그만 할 말을 잃었다. 조금 전에 봤을 때만해도 멀쩡하던 아가씨가 절뚝이고 있었다. 바닥을 끄는 화려한 드레스 뒤로 피에 물든 발자국이 이어졌다.

딱딱하게 굳은 관리 일행의 얼굴이 보이지도 않는 건지, 백작 부인은 밀레스의 치맛자락을 들쳐 발을 내보이곤 의기양양하게 웃었다.

"보라, 꼭 맞지 않은가?"

관리와 기사들이 저마다 헛숨을 삼켰다. 투명한 유리구두 안 쪽이 온통 피범벅이었다. 구두 앞코 부분은 불투명한 흰색으로 처리되어 있어 자세한 상황은 알 수 없었지만 결코 좋지는 않을 터였다. 이미 짐작하긴 했지만 눈으로 보니 기가 막힐 따름이었다. 이제껏 지나온 어느 귀족가에서도 이런 꼴을 보여준 적은 없었다. 관리는 애써 침착함을 가장하며 목소리를 가다듬었다.

"레이디 밀레스께서는 구두의 주인이 아니십니다."

"이렇게나 잘 맞는데 무슨 말을 하는지 모르겠구나."

"구두 안이 온통 피투성이가 아닙니까. 이런, 앞쪽에 벌써 피가 잔뜩 고였군요. 진짜 구두의 주인이라면 이렇게 피를 흘리지 않고도 신발을 신었을 테지요."

백작부인은 관리의 말에 몹시 화가 난 듯, 입술을 깨문 채 형형하게 관리를 노려보았다. 부채를 쥔 손이 형편없을 정도로 떨리고 있었다. 그녀가 무슨 터무니없는 짓을 할지 알 수 없어진 기사들이 관리를 감싸 뒤로 밀어냈다.

하지만 백작부인이 한 행동은 그들의 예상을 넘어섰다. 그녀는 간신히 서 있던 밀레스를 밀어 넘어뜨리고 딸의 발에서 피투성이의 유리구두를 벗겨냈다. 그리곤 얼어붙어 꼼짝도 하지 못하는 둘째 딸, 마르텔의 손을 움켜쥐었다.

"내 딸은 하나가 아니라 둘이니, 거기서 꼼짝도 하지 말고 기다리도록 해라."

마르텔은 제대로 비명도 지르지 못하고 백작부인의 손에 끌려 파티션 너머로 사라졌다. 관리와 기사들은 백작부인의 모습이 완전히 사라진 뒤에야 정신을 차리고 밀레스의 발을 살폈다. 피가 줄줄 흐르는 발을 확인한 기사의 얼굴에 먹구름이 졌다.

"……엄지발가락이 뿌리부터 잘렸습니다. 평생…… 다리를 절게 될 겁니다."

그때까지도 끔찍한 고통을 꿋꿋하게 견디고 있던 밀레스는 진단을 듣자마자 졸도해 버렸다. 관리는 주변 하녀에게 의사를 불러올 것을 부탁하고도 자리를 뜰 수가 없었다. 백작부인에게 밀레스가 험한 꼴을 당하기는 했지만, 혹시라도 마르텔이 구두의 주인일지도 몰랐기 때문이었다. 물론, 또 끔찍한 꼴을 보게 될 가능성도 충분했지만 말이다.

"하여간…… 마음에 안 드는 임무라니까."

"뭐가 마음에 안 드시는 거지요?"

맑은 목소리가 관리의 혼잣말에 대답을 했다. 관리는 감히 어느 하녀가 자신에게 말을 거나 싶어 짜증스럽게 고개를 돌렸다가 깜짝 놀라고 말았다. 화려한 금발을 늘어뜨리고 물빛 드레스를 입은 아름다운 아가씨가 나타난 탓이었다.

"실례지만 레이디의 성함을 여쭤보아도 되겠습니까?"

"파르만 백작가의 독녀, 아셰라드 블루벨 파르만입니다."

"레이디 파르만을 뵙습니다."

아셰라드는 자신에게 황급히 고개를 숙이는 관리와 기사들을 살피며 빙긋 웃었다. 연두의 옷시중 솜씨는 여전히 형편없었지만 그래도 화장 솜씨는 그럭저럭 봐줄 만했고, 뒤늦게 오긴 했지만 손이 빠른 마고 덕에 흐트러짐 없는 차림새를 완성할 수 있었다. 그 두 사람 덕분에 아셰라드는 너무 늦지 않게 치장하고 레이디의 모습으로 관리의 앞에 선 것이다.

하지만 유리구두의 주인으로서 당당히 나설 생각에 설레던 아셰라드의 마음은 바닥에 흥건한 핏자국을 보는 순간 싸늘하게 식어버렸다. 마고가 백작부인이 미친 것처럼 도끼를 가져오라고 했다 하더니, 정말 딸의 발가락이라도 자른 모양이었다. 피범벅이 된 치마를 걸친 채 늘어진 밀레스의 꼴이 엉망이었다.

"바닥이 더럽구나. 손님도 계신데, 어서 치워야 하지 않겠니."

너무 오랜만이라 낯설기까지 한 아셰라드의 모습에 허둥대던 하녀들이 벼락이라도 맞은 것처럼 화들짝 놀라 정신없이 바닥에 달려들어 피를 닦아냈다. 백작저의 응접실은 곧 처음처럼 깨끗해졌다. 아셰라드는 그제야 천천히 걸어 관리의 앞에 섰다.

"유리구두의 주인을 찾으신다지요?"

"예. 소문이 퍼졌습니까?"

"때로는 바람보다 빠른 게 소문이지요. 그때의 그 무도회 이후로 벌써 한 달도 더 지났는걸요."

햇빛을 반사하는 금발은 화려하고 흰 피부는 대리석처럼 고왔다. 입술은 장미꽃잎을 얹은 듯 생기가 있었고 가볍게 고개를 기울이는 동작은 그저 사랑스러웠으며, 낭랑한 목소리로 화제를 이끌어가는 화술은 훌륭했다. 관리와 기사들은 아셰라드에게 순식간에 빠져들었다. 백작부인이 마르텔을 끌고 파티션 밖으로 나오기 전까지 말이다.

"봐라, 이걸 봐라! 내 딸, 내 딸 마르텔이 유리구두의 주인이다!"

응접실에 있던 사람들의 시선이 전부 마르텔에게로 향했다. 마르텔은 창백하게 질린 얼굴로 연신 눈물을 쏟아내고 있었다. 흥분한 백작부인이 어서 가라, 마르텔의 등을 밀었지만 마르텔은 제 언니만큼도 걷지 못하고 앞으로 고꾸라졌다. 쿵!

"……끔찍하군."

누군가가 중얼거렸다. 누구도 그 말에 반박할 수 없었다. 마르텔의 발은 뒤꿈치부터 반쯤 잘려 나간 채였다. 일어나지도 못한 채 눈물을 쏟는 딸이 보이지도 않는지, 백작부인은 흥분상태에서 연신 말을 쏟아냈다.

"마르텔의 발에 이렇게나 꼭 맞으니, 내 딸이 왕자비인 것이다! 이리 와서 보라니까 거기 서서 뭘 하고 있는 거지!"

연두가 마르텔의 발에서 서둘러 유리구두를 벗겨냈다. 뒤꿈치가 잘린 가여운 마르텔은 그녀가 유리구두를 벗기자마자 정신을 잃었다. 아셰라드는 의사를 불러오라 명을 내렸다가 이미 불렀다는 관리의 말에 작게 감사를 표했다. 저택의 시종들이 달려와 피범벅인 발을 한 채 정신을 잃은 밀레스와 마르텔을 방으로 옮겼다.

백작부인은 내 딸들을 어디로 데려가느냐며, 왕궁으로 가는 거면 같이 가겠다며 매달리다가 기사에게 뒷목을 맞고 기절했다. 관리는 백작부인의 처참한 몰골을 보며 아셰라드에게 동정을 금할 수가 없었다.

"이런 새어머니라니, 고생이 많으셨습니다."

"……이것도 주님께서 내려주신 시련이겠지요. 아아, 가여운 제 의붓언니들이 걱정되네요. 장애라도 남으면 어쩌지요? 정말 큰일 이에요."

아셰라드는 부채를 펼쳐 자기도 모르게 찡그려지는 입매를 감 췄다. 저렇게 쉽게 무너지는 여자에게 자신이 왜 속절없이 당했는 지 도무지 이해가 가지 않아서였다. 자신은 그렇게 멍청하지 않았 던 것 같은데, 왜 그랬을까. 돌이켜 보면 헛웃음만 나올 뿐이었 다. 어쩐지 나쁜 마법에라도 걸렸다가 깨어난 것 같은 기분이었 다.

그녀는 관리가 자애로운 레이디에게 보내는 반짝이는 시선을 애써 무시하고 유리구두를 가리켰다. 연두에게서 허둥지둥 유리 구두를 받아든 관리가 옷자락으로 피를 닦아냈다.

"귀한 구두인데, 피로 엉망이 되었군요. 죄송한 일이에요."

"괜찮습니다. 어차피 유리구두이니 씻으면 그만인 것을요. 그 보다 레이디 파르만, 이렇게 더럽혀진 구두이니 불쾌하실 수도 있 겠지만 감히 청하겠습니다. 이 구두를 한 번만 신어주시면 안 되 겠습니까?"

"고귀한 왕명인데 불쾌할 게 뭐가 있나요."

아셰라드는 파티션 뒤로 가지도 않았다. 그녀는 그 자리에서 바로 유리구두에 발을 집어넣었다. 귀한 레이디의 맨발을 보게 된 관리와 기사들이 깜짝 놀라 고개를 돌리기도 전에, 유리구두는 이제야 제 주인을 찾았다는 것처럼 아셰라드의 발을 꼭 맞게 감 싸 안았다.

관리의 턱이 땅에 닿을 것처럼 떨어졌다. 아셰라드는 쿡쿡 웃으 며 핸드백 속에 넣어두었던 유리구두의 나머지 한 짝을 꺼내 신었다.

"신발은 역시 두 짝이 함께 있어야 해요. 그렇지요?"

"……예! 그렇고말고요!"

관리를 시작으로 사람들이 차례차례 무릎을 꿇었다. 아셰라드는 제 앞에 서 있던 이들이 죄다 꿇어 엎드리는 광경을 보며 등을 타고 오르는 짜릿한 희열을 즐겼다. 드디어 모든 것이 제자리로 돌아왔다는 느낌이 들었다.

파르만 백작저의 권력 구도는 완전히 뒤집혔다. 이제 피라미드의 꼭대기에 올라앉은 사람은 백작부인이 아니라 아셰라드였다.

"아니야! 아니야! 아아아악!"

그때 기절해 있던 백작부인이 깨어나 비명을 질렀다. 그도 모자라 피칠갑을 한 드레스를 끌고 아셰라드를 향해 손을 뻗으니, 아셰라드가 뭐라 명을 내리기도 전에 부복해 있던 기사들이 나서서 백작부인을 제압해 바닥에 엎드리게 했다. 백작부인은 차가운 바닥에 뺨을 댄 채 끊임없이 중얼거렸다.

"새 때문이야. 그 새가 나에게……. 새가……."

그러나 그녀의 말을 귀담아 듣는 사람은 아무도 없었다.

준규와 연두는 조금은 아쉬운 식사를 마친 뒤 다시 한 번 인형의 집을 탐색하고 있었다. 그런데, 잘 걷고 있던 연두가 갑자기 고꾸라졌다. 워낙 크게 나동그라지는 통에 전시되어 있던 인형들이 그녀와 함께 와르르 쓰러졌다.

"우윽!"

"왜 이래? 아까까지만 해도 괜찮았잖아?"

깜짝 놀란 준규가 달려들어 연두를 부축했다. 연두는 갑자기 극심한 두통이라도 온 것처럼 머리를 싸매고 미간을 찌푸린 채 신음을 뱉었다. 관자놀이를 누르는 손가락이 온통 하얗게 질려 있었다.

준규는 넘어져 주변을 나뒹구는 인형들을 밀어 치우고 마침 바닥에 깔려 있던 짚더미를 깔개로 삼아 연두를 눕혔다. 무릎에 이마가 닿도록 몸을 웅크리고 앉는 게 마치 어린아이가 고통을 호소하는 것만 같다. 심상치 않은 모습에 준규의 가슴이 철렁 내려앉았다. 허세가 몸에 밴 녀석이 이렇게 아픔을 호소하는 건 처음 보았다.

"그러게 제때 챙겨먹고 다니라고 그렇게 얘기했잖아. 하여간 내 말이라곤 죽어라고 안 듣지. 잠깐만 기다리고 있어. 금방 올 테니까."

준규는 당부의 말만을 남기고 벌떡 일어나 이제껏 왔던 길을 되짚어갔다. 이 인형의 집 안에 있는 인형들은 의상뿐만 아니라 소품까지도 완벽했는데, 그중에는 물이 담긴 수반을 들여다보는 마녀 인형도 있었다. 빵과 차가 진짜였다면 분명 그 물도 진짜일 것이다.

준규는 오래 헤매지 않고 마녀 인형을 찾아냈다. 손가락을 넣어보니 과연 수반의 물은 진짜 물이어서, 차갑고 서늘한 기운이 순식간에 목덜미를 적셨다.

준규가 주변에 서 있던 인형이 두르고 있던 숄을 물에 적셔 돌아갈 때까지도 연두는 계속 앓고 있었다. 그래도 차가운 물기가 얼굴과 목을 적시니 좀 나아지는 모양이었다. 앓는 소리가 줄어들고 눈물 젖은 속눈썹이 느릿하게 팔랑였다.

"정신이 좀 들어? 이제 좀 괜찮아?"

"네. 두통 같은 거 없었는데 갑자기 왜 이랬는지 모르겠네요. 지금은 아주 멀쩡해요. 고마워요, 선배. 그런데 선배, 그거……."

연두의 시선이 준규의 발아래를 향했다. 뒤늦게 자신의 발아래를 확인한 준규의 얼굴에 낭패감이 스쳤다. 뭔가 긴 단어가 적혀 있었던 것 같은 팻말이 신발자국으로 더럽혀진 것도 모자라 반으로 쪼개진 채 그에게 밟혀 있었다. 정신없이 뛰어오는 길에 뭔가 걷어찬 느낌이 있긴 했는데, 그게 소품일 줄이야. 주섬주섬 팻말을 수습하는 준규를 보던 연두가 깔깔 소리 내어 웃었다.

"선배, 발은 멀쩡해요?"

"이 팻말이 지나치게 약한 거야. 부딪치는 줄도 몰랐는데 반쪽이 나다니 너무한 거 아냐?"

"그런 것치고는 주변 피해가 너무 극심한데요?"

피해자는 팻말만이 아니었다. 준규는 마녀 인형에서 연두가 누운 자리까지 일직선으로 이어지는 파괴 현장을 확인하고 할 말을 잃었다. 작고 섬세한 소품들은 대부분 박살났고, 상대적으로 덩치가 큰 인형들도 넘어지거나 자세가 흐트러지거나 하는 정도의 피해를 입었다.

"특히 이 녀석이요."

그중에서도 연두가 가리킨 인형은 상태가 특히 나빴다. 커다란 머리를 받치는 가느다란 목이 뎅겅 부러져 얇은 가죽으로만 연결되어 있는 모습이 아슬아슬했다. 아름답고 예쁜 것만 가득한 이 인형의 집에서 유독 눈에 띄게 못생긴 인형이었지만 섬세하기로는 다른 것과 비등비등했다.

"얼마짜릴까 이거……."

"억 소리 나겠죠 뭐. 이런 땅요정 인형도 좋아하는 사람은 좋아해요."

"땅요정이라고? 이게 요정이야? 이런 못생긴 게?"

"우와, 방금 굉장히 외모지상주의적인 발언이었어요. 본래 서구 민담에서 나오는 요정들은 그리 아름답지 않아요. 엘프니 페어리니 아름답게 묘사되는 게 오히려 특이한 거예요. 대부분은 괴기스럽거나 혐오스럽게 생겼다고 여겨지거든요."

"흠……. 그건 처음 알았는데. 그나저나 강연두, 잡지식이 나오는 거 보니까 기억이 좀 돌아왔나 봐?"

"조금은요."

"아픈 보람이 있네."

배시시 웃은 연두가 준규의 손을 붙잡아 제 머리 위에 올려놓았다. 그리곤 당당히 요구했다.

"장하죠? 쓰다듬어 주세요."

"뭐야, 안 하던 짓을 하는 거 보니까 아직 멀쩡해지려면 멀었네. 네가 애야?"

말은 그렇게 하면서도 준규의 손은 요구받은 대로 착실하게 연두의 머리를 쓰다듬는 중이었다. 결 좋은 머리카락이 손가락에 감기는 느낌이 썩 괜찮았다. 애교를 부리며 칭찬을 바라는 강연두라니, 평생 볼 수 없을 거라고 생각했던 광경이었다.

chapter 4.

입이
부르는
화

요즘 수아나에게는 작고 예쁜 검은 고양이 친구가 생겼다. 집 주변을 맴도는 모습에 먹을 것을 조금 나눠준 게 시작이었다. 고양이는 낮에는 사람을 피하느라 그런지 코빼기도 보이지 않았지만 해가 지고 나면 어김없이 수아나의 방 창문 아래에서 야옹대며 먹이를 졸랐다.

"블랙, 이리 온."

"야옹–"

수아나가 블랙이라고 이름 붙인 고양이는 제 이름을 제법 잘 알아들었다. 지금도 수아나가 블랙이라고 부르기 무섭게 뛰어나와 그녀의 손에 머리를 비비며 애교를 부렸다. 속상하고 힘든 마음이 사르르 녹아내렸다.

"이럴 줄 알았으면 그냥 사실대로 말하고 혼날걸 그랬어. 블랙, 내가 거짓말을 해서 이런 꼴을 당하는 걸까?"

거짓말의 시작은 그녀가 광대를 보았던 그날 밤부터였다. 대체 무슨 일이 있었기에 그렇게 놀란 토끼 꼴이 되어 돌아왔느냐는 추궁은 어떻게든 넘어갈 수 있었다.

하지만 집시에게 부탁 같지 않은 부탁을 받고 백작가의 하녀들과 함께 가문묘를 파헤쳤다는 말은 도저히 할 수 없었으니, 아셰라드에게 받은 옷과 금화에 대한 설명 전부가 거짓말이 되는 건 피할 수 없는 일이었다.

"짚단이 들은 창고에서 머리카락을 빗었더니, 떨어진 머리카락에 닿은 지푸라기가 전부 금화가 되었어요."

도저히 둘러댈 자신이 없어 아무렇게나 뱉은 말이었다. 설마 믿을까 했다. 하지만 하슨은 딸의 말을 무조건적으로 믿었고, 당당히 이웃에게 자랑도 했다.

수아나가 생각하기에도 워낙 황당한 거짓말이었기 때문에, 설마 사람들이 그걸 가지고 기분 나빠 할 거라고는 생각도 하지 않았다. 그저 늘 있던 하슨의 허풍이 또 시작되었구나, 그렇게 생각할 거라고, 소문 따위 금방 가라앉을 거라고 연두의 경고를 가벼이 여겼다.

그 대가는 컸다. 수아나는 요즘 자신이 따돌림을 당하고 있다는 걸 절감하고 있었다. 연두마저 발길을 끊은 뒤에는 누구도 그녀를 찾아오지 않아서, 아직도 연두가 말했던 재미있는 소문의 끝자락도 듣지 못했다.

마을의 또래 처녀들 중 누구도 그녀에게 말을 걸지 않았다. 어디 처녀들뿐일까. 며느리 삼고 싶다던 아주머니들도, 수아나의 환심을 사려 애쓰던 청년들도 그녀를 외면했다. 끊임없이 들어오던 혼담도 뚝 끊겼다. 이제는 어디 늙은 노인네의 후처 자리 아니면 갈 곳이 없었다. 하슨은 딸의 거짓말을 여전히 굳게 믿고 있었기 때문에 전혀 도움이 되지 않았다.

수아나의 커다란 눈에서 눈물이 후드득 떨어졌다.

"이젠 진짜 마녀라도 괜찮아. 그린도 좋고, 그 집시도 좋아. 누구라도 좋으니 날 도와줬으면 좋겠어."

매섭게 쳐 낸 연두에게 다시 매달리기에는 염치가 없고, 집시 노릇을 하는 광대를 찾아가자니 가는 길에 당할 눈총과 수군거림이 두려웠다. 하지만 이 속삭임만은 그녀의 진심이었으니, 그 마음이 몹시 간절했다.

얌전히 품에 안겨 있던 고양이가 부드러운 발바닥으로 수아나의 얼굴을 마구 눌렀다.

야옹~

"아, 미안. 갑갑했어?"

수아나의 품에서 빠져나간 고양이가 도도하게 꼬리를 치켜세운 채 세수를 시작했다. 도망가지 않는 것만으로도 고마워 수아나의 입이 헤벌쭉 벌어졌다. 이 고양이라도 없었으면 매일이 지옥이었을 거라고, 감히 장담할 수도 있었다.

"블랙, 이거 먹고 내일도 와. 알았지?"

고양이는 수아나가 내민 먹이를 냉큼 먹어치우고 그녀의 손을 한두 번 핥아준 뒤, 대답 없이 어둠 속으로 사라졌다. 수아나는 밀려드는 아쉬움을 감추지 못하고 한참을 멍하니 서 있다가 간신히 침대로 돌아갔다.

연두가 가방을 털었다. 그러나 온갖 잡다한 물건들이 다 쏟아지는 와중에도 반짇고리는 없었다. 하긴, 요즘 세상에 젊은 여자 가방에 있으면 그게 더 이상한 물건이긴 했다. 연두는 가방 안쪽에서 굴러다니던 옷핀으로 대강 인형의 목을 수선했다. 그래봤자 머리가 너무 커서 불안정한 건 마찬가지였지만 조금 전보다는 훨씬 나았다.

　　"기대놓으면 좀 낫겠죠?"

　　"그래. 여기다 기대봐."

　　"네. 근데 저 팻말은 진짜 회생이 안 돼요?"

　　준규에게 밟혀 반으로 쪼개졌던 팻말은 수습을 하려 하면 할수록 잘게 쪼개지며 엉망이 되었고, 이제는 뭔가 적혀 있었다는 것조차 알아보기 힘든 꼴이 되었다. 팻말이 있던 자리에는 불쏘시개로나 쓸 법한 나뭇조각들만 쌓였다.

　　"어쩌겠어. 그래도 이건 그냥 나무로 된 팻말이니까 그렇게 안 비싸지 않을까?"

　　"그랬음 좋겠네요."

　　쿡쿡대며 웃는 얼굴이 몹시 얄밉다. 준규는 낙담한 표정을 감추지 못하고 팻말 조각들을 노려보았다. 팻말이 얼마든 엔간한 가격이기만 하면 배상하지 못할 것도 아니었지만, 연두에게 이런 낭패한 꼴을 보이는 게 싫었다.

　　그러나 그의 심경이 어떻든 연두는 팻말에 대해서는 금세 신경을 껐다. 대신 그녀는 땅요정 인형을 예쁘게 앉혀놓고 다른 인형들을 살폈다. 그리고는 슬쩍슬쩍 손을 대기 시작했다. 백설공주는 사과를 빼앗겼다. 마녀의 거울은 뒤집혔고 난쟁이들은 땅바닥에 코를 박았다. 가시덤불로 옷을 짜던 공주는 뜨개바늘을 잃어버렸으며 엄지공주의 꽃은 줄기가 부러졌다.

뒤늦게 연두가 하는 짓을 알아챈 준규가 황당한 표정을 지었다. 그가 알기로 연두는 동화를 몹시 좋아했다. 너무나 권선징악적인 결말이 마음에 든다고 했었다.

"왜 그래? 동화 좋아했었잖아. 다 커가지고선 인형도 엄청 좋아해 놓고는."

"그야 그렇지만, 지금은 아니죠. 방긋방긋 웃고 있는 게 조금 얄밉잖아요."

어깨를 으쓱이는 연두의 뺨은 조금 전보다 더 붉었다. 동화 속 주인공들인 인형들에게 심술궂은 짓을 하면서 즐거워하는 건 연두답지 않았지만, 또 어떻게 보면 굉장히 연두다운 짓이기도 했다. 결국 준규는 연두와 함께 웃고 말았다.

❉

아셰라드가 왕자비가 되기까지는 꽤 많은 절차가 필요했다. 전통이라는 이름으로 치장된 온갖 허례허식들이 수도 없이 지나갔다. 호화로움으로 점철된 아셰라드의 곁에 있으면서, 연두는 프랑스에서 민중 혁명이 일어난 이유에 대해 완벽한 이해와 공감을 하게 됐다.

"내가 기자 노릇하며 온갖 것들을 다 봤는데……. 이거만큼 대단한 건 못 봤어. 상대적 박탈감 쩐다. 세상이 썩었어."

"뭔 소리야? 그린, 그린 헛소리 할 정신이 있으면 들어온 선물

분류나 마저 하지?"

"알았어. 근데 이거 다 뇌물 아냐? 우리 같은 하녀에게 이런 장신구 보내서 뭐 하자고. 뭐, 팔면 돈이 되긴 하겠다만."

"받고 입 닦으면 되지 뭘. 오, 이 브로치 예쁘다~"

그러나 연두가 그런 감정을 토해낼 곳은 어디에도 없었다. 말이야 바른 말이지, 아셰라드의 측근시녀로서 매일 같이 몰려드는 뇌물더미에 빠져 있는 그녀가 세상이 썩었노라 투덜대 봤자 누가 들어주겠는가. 신분제가 당연한 이 세상에서. 결국 연두는 어서 빨리 광대가 볼일을 마치고 돌아오기를 손을 꼽아 기다렸지만, 그는 몹시 늦고 있었다.

그러는 사이 많고 많은 결혼 풍습 중 유독 낭만적이라고 손에 꼽히는 절차가 시작되었다. 그건 신랑이 될 남자가 직접 신부의 집에 찾아와 결혼식이 치러질 결혼식장까지 그녀를 데려가는 과정이었다. 아셰라드는 수도에서 결혼식을 올리게 되어 있으니 퍽 긴 신부맞이가 될 터였다.

관습에 따라 왕자를 기다리는 동안, 파르만 백작저의 분위기는 둥실둥실 떠올랐다. 무려 왕자가 신부맞이를 하러 온다니 들뜨지 않는 게 더 어려울 터다.

"다들 꿈이 크구나. 설마하니 전하께서 직접 오시기야 하겠니."

"에이, 혹시 모르잖아요. 유리구두의 주인을 한 달이 넘도록 찾으셨던 분이신데. 왕자님께서는 분명 아가씨를 아주 많이 사랑해 주실 거예요!"

"대리인을 보내실 거다. 그렇게 기대하지 말렴."

아셰라드의 주의에도 마고의 기대는 식을 줄을 몰랐다. 하긴, 어디 마고뿐일까. 좁게는 저택의 고용인에서부터 넓게는 영지의 백성들 대부분이 왕자 일행을 기대하고 있었다. 대리인을 예상하는 아셰라드마저 일말의 기대는 갖고 있었다. 완벽한 예외가 있다면, 연두 정도랄까.

'참 특이한 아이라니까.'

측근시녀로서 수도에 데려가겠다고 했을 때, 아셰라드는 연두가 좋아할 줄 알았다. 그렇게 왕자와 결혼하라고 떼를 쓰던 아이니 당연히 그럴 줄 알았는데, 뜻밖에 반응이 시큰둥했다. 심지어 측근시녀는 부정을 타면 안 돼서 저택 바깥출입을 금한다는 말을 들었을 땐 하늘이 무너질 것 같은 표정을 짓기도 했다.

'그렇게 피에로가 좋은가? 피에로도 데려가겠다고 했는데 그 잠깐을 참기가 그렇게 힘들 정도로?'

귀족 영양으로서 정략결혼을 숙명으로 알고 자란 아셰라드로서는 좀체 이해할 수 없는 감정이었다. 어차피 겪을 정략결혼에 기대는 적을수록 좋은 법이니까.

그러나 아셰라드의 예상과는 달리 왕자는 직접 영지에 행차했다. 왕자의 행렬이 어찌나 화려했던지, 아셰라드가 저택 입구에까지 마중을 나오며 거느린 고용인들의 행색이 초라해 보일 정도였다.

아셰라드는 직접 말에서 내려 제 앞까지 걸어오는 왕자를 보고서야 자신이 처한 상황을 완전히 이해했다. 왕자가 직접 찾아왔다는 사실에 들떠 있던 기분이 순식간에 가라앉고 날카로운 현실들이 그녀의 목을 찔렀다. 배꼽 앞에서 마주 잡은 두 손이 가느다랗게 떨리는 걸 본 왕자가 우아하게 미소 지었다.

"작은 새처럼 떠는 모습도 매력적이군요."

"놀림이 과하십니다."

아셰라드에게 한눈에 반해 구두의 주인을 찾는 황당한 짓을 감행한 그의 이름은 린든 페러 라르고. 이 나라, 반시 왕국의 둘째 왕자였다. 여자에게 통 관심이 없어 목석을 넘어 얼음덩이라는 별명까지 있던 남자라곤 믿을 수 없는 추진력을 발휘했다.

린든은 제 앞에서 새침하게 눈을 흘기는 아셰라드를 신기하게 바라보았다. 무도회에서 그녀를 처음 보았던 그날에, 그는 이교도들이 섬긴다는 미의 여신이 제 앞에 나타난 줄로만 알았었다.

머리끝에서 발끝까지 황홀하게 빛나지 않는 곳이 없고 향기롭지 않은 곳이 없었다. 춤추느라 마주 잡은 손에서 느껴지는 온기가 믿어지지 않아 입도 떼지 못하고 끝나가는 음악만을 원망했었다. 이름도 묻지 못한 자신이 어찌나 한심했었는지. 한 달이 넘도록 주인을 찾지 못하는 유리구두가 당연하게 여겨질 만큼 그 순간의 그녀는 특별했었다.

'그때랑은 좀 다르군.'

지금 그의 눈앞에 선 아셰라드는 그때 보았던 것처럼 온몸에 광채를 두르고 있지는 않았다. 하지만 떨림이 가라앉자마자 당당하게 턱을 치켜들고 그를 바라보는 그녀는 그가 익히 보아왔던 귀족가의 영양들과는 전혀 다른 매력이 있었다.

'그런 걸 두고 사랑에 눈이 먼 순간이라고 하는 건가. 그래도 다시 봐도 예쁘다니 그것만으로도 퍽 다행인데.'

린든은 꽤나 흡족한 기분으로 손을 내밀었다. 상류계급의 연인들이 서로 중간 이름을 교환하는 풍습을 지키려는 것이다. 둘을 지켜보고 있던 사람들이 약속이라도 한 듯 숨을 죽였다.

"레이디 파르만, 내게 블루벨이란 이름을 허락해 주겠소? 내 남은 삶 내내 옆자리에 그대를 앉히고 푸른 꽃을 바치고 싶으니,

부디 맹세의 식장으로 함께 가주오."

주변이 술렁거렸다. 이렇게 공개적인 곳에서, 중간이름 교환을 넘어 말로 청혼을 하는 것은 대단히 드문 일이었다. 다들 왕자가 아셰라드에게 단단히 빠진 게 틀림없다고 수군댔다.

아셰라드는 제게 내밀어진 손을 가만히 바라보며 생각했다. 이 손을 잡는 순간, 자신의 인생은 극적으로 바뀔 게 틀림없다고.

"아가씨에게는 왕자님이 필요해요."

필요한 걸 잡는데 그 방법이 마법이면 어떻고 또 다른 것이면 어떠랴. 왕자가 눈앞에 있는데 망설일 이유는 없었다. 아셰라드는 나비가 날갯짓을 하듯 우아하게 그의 손 위에 자신의 손을 얹었다.

"일평생 당신의 팔짱을 끼고 함께 걷고 싶으니, 기꺼이 이름을 허락하겠습니다. 대신 그대도 내게 이름을 주어야 해요. 내가 그대를 페러라고 불러도 좋은가요?"

"당연한 말씀을. 날 페러라고 부를 수 있는 사람은 당신밖에 없습니다."

린든이 무릎을 꿇고 아셰라드의 손가락에 입을 맞췄다. 서로를 바라보고 짓는 미소가 꿀처럼 달았다.

"블루벨, 맹세를 하러 가기 전에 그대의 집에서 조금 쉬게 해주 겠습니까? 내 마음은 벌써 식장에 가 있지만 내 수하들은 영 아 닌 모양이거든요."

"기꺼이 방을 내어드리죠."

먼 곳에서 찾아온 손님에게 쉴 곳을 내주는 건 주인 된 도리였다. 쉬이 허락하고 돌아서는 아셰라드의 어깨를 린든이 잡아채 제 쪽으로 끌어당기더니, 놀란 그녀의 귓가에 작게 속삭였다.

"그대와 단둘이 할 이야기가 있습니다."

아셰라드의 방 옆에 딸린 작은 응접실에 다과가 차려졌다. 린 든은 수행원 없이 단둘이 이야기를 나누길 원했고, 아셰라드는 기꺼이 그 요청에 응했다. 그러나 마냥 조심스러운 태도를 유지하 는 아셰라드와 달리, 린든은 꽤 단도직입적인 언어생활을 하는 인사였다.

"지금 수도에는 꽤 웃기는 소문이 돌고 있습니다."

"겨우 소문 이야기를 하자고 밀담을 제안하신 건 아닐 거라고 믿고 싶은데요."

"미안하지만 겨우 소문 이야기입니다. 지푸라기를 금화로 바꾸 는 아가씨가 파르만 백작령에 산다지요?"

아셰라드는 처음 들어보는 이야기였다. 연두와 마고가 쓸데없 는 이야기가 그녀의 귀에 들어가지 않도록 고용인들의 입단속을 하는 데 심혈을 기울인 결과물이었다. 그녀는 쥐고 있던 찻잔을 접시 위에 돌려놓았다. 손이 조금 떨렸는지 달그락 소리가 났다.

"저는 전혀 들어본 일 없는 이야기로군요. 그런 동화 같은 소문 에 귀를 기울이시다니, 조금 놀랍습니다. 유모의 옛이야기가 없으 면 잠을 자지 못하는 어린아이들이나 믿을 법한 말 아닙니까."

"소문에 관심을 가진 건 내가 아닙니다. 부왕이시지."

"국왕전하께서 옛이야기를 좋아하심은 익히 들어 알고 있으나, 그래도 그 소문은 너무 허무맹랑한 것이 아닌가 싶습니다. 세상 에 지푸라기를 금화로 바꾸는 사람이 어디에 있답니까? 동화 속의 마녀도 그런 짓은 못할 겁니다."

린든이 무겁게 고개를 끄덕였다. 그 역시 아셰라드의 말에 완전히 동의하는 바였다. 애초에 지푸라기를 금화로 바꾸는 재주가 있다면 이런 시골 영지에 처박혀 살 이유부터가 없었다. 하지만 그는 유리구두의 아가씨를 찾지 못하면 결혼하지 않겠답시고 우긴 일 때문에라도 부왕의 요구를 아주 묵살할 수가 없는 상태였다.

"나도 그리 생각하지만…… 부왕의 생각은 다릅니다. 일단, 결코 찾지 못하리라 여겼던 그대를 찾아냈으니까. 겨우 구두 한 짝으로 사람을 찾는다니 다들 미친 짓이라고 했지만 그대가 유리구두를 신을 때까지 아무도 그 신발을 신지 못했지요. 우연이겠지만 내 운명의 짝은 금발에 푸른 눈을 가진 아가씨라던 소문이 맞아떨어진 셈이 됐지 뭡니까. 그러니 문제의 황금밀짚 아가씨가 정말 있을 수도 있지 않겠느냐는 게 부왕의 뜻입니다. 우습고 어이없지만 그걸 거부할 수 없는 게 내 상황이고."

"……."

"소문이 딱 잘라 파르만 백작령을 지목했으니, 분명 이 영지 내에서는 그게 누구인지도 알 수 있겠지요. 난 찾기 위해 노력했다는 시늉이라도 내야 합니다."

"최선을 다해 돕지요. 단."

"단?"

"제가 낳을 아이 중 한 명이 파르만 백작가를 이어갈 수 있게 해주신다는 약속을 먼저 해주셨으면 좋겠군요."

백작부인은 반쯤 정신을 놓았고 밀레스와 마르텔은 절름발이가 되었다. 자연히 파르만 백작가의 계승권을 가진 사람은 누가 보아도 아셰라드, 단 한 명뿐이었다. 본래대로라면 자연스럽게 남편에게 귀속되어야 할 계승권이었다.

하지만 지금 아셰라드는 백작가의 권리를 린든에게 주지 않고 자신이 가지고 있겠다고 요구한 것이다. 잘 해야 방계에게 백작위를 넘겨 가문을 존속시키리라 여겼던 린든의 예상이 여지없이 빗나갔다.

"……이런, 세상에. 생각지도 못했던 말을 들었습니다. 그대는 정말 내 예상을 벗어나는 사람입니다."

"가진 것은 없어도 명예와 혈통만은 훌륭한 집안이에요. 페러, 당신에게도 도움이 될 테고요. 이대로 놓아버리기엔 아깝지 않나요?"

아셰라드는 말을 아꼈다. 그녀가 아끼느라 하지 않은 말을, 린든은 금세 알아들었다.

'당신이 경쟁에서 패해 도망칠 곳이 필요해지면 파르만 백작가로 와도 좋다. 파르만 백작가는 완전히 독립된 가문으로서 당신을 받아주겠다.'

왕족의 굴레에서 벗어나고 싶은 남자는 흐뭇한 마음을 감추지 않았다. 이만큼 대담한 제안을 이처럼 태연히 해내는 귀족 영양은 또 찾기 힘들 터였다.

"그렇지요……. 그래요, 중요한 건 바로 그거지요. 명예와 혈통. 하하, 이해했습니다. 그대가 굳이 지금 그걸 이야기하는 건 결혼 서약서에 명기하길 바라서겠지요? 좋습니다, 그렇게 하겠습니다."

언젠가 연두가 말했던 그대로였다. 린든에게는 파르만 백작가의 재산도, 작위도 의미가 없었다. 그는 그저 자신의 상상 이상으로 아름답고 영리한 여자를 신부로 맞이하게 되었음을 새삼 실감

하고 기분 좋은 미소를 지었다. 괴상한 분장을 하고 자신을 꾀어
낸 집시 점쟁이에게 감사 인사라도 해야 할 판이었다.

그리고 이 모든 대화를 몰래 숨어 듣던 연두는 하늘이 노래진
다는 게 뭔지를 실시간으로 경험했다. 지푸라기를 금화로 만든다
는 아가씨의 소문, 그건 분명 수아나를 의미하는 거였다.

그 웃기지도 않은 소문이 수도에까지 퍼진 것도 모자라 국왕의
귀에 들어갈 줄이야. 심지어 자신이 광대를 이용해 냈었던 소문
이 국왕의 관심을 끈 큰 요인 중 하나라는 건 연두에게 두 배의
충격을 가져다주었다. 기자 생활을 하며 다 없어진 줄로만 알았
던 양심이 그녀의 목덜미를 사납게 물어뜯었다.

'이제 어떡하지?'

그 우습지도 않은 소문 속의 주인공이 수아나라는 건 파르만
영자의 사람들이라면 누구나 다 알았다. 당장 아셰라드가 지나가
는 하녀 한 명만 붙들고 물어도 수아나의 이름이 나올 상황에서
연두가 수아나를 감출 수 있는 방법은 아무데도 없었다.

아셰라드는 린든에게 전면적인 협조를 약속했다. 그러니 그는
늦어도 오늘 저녁이면 수아나의 존재를 알게 될 것이고, 내일이면
그녀를 불러내 지푸라기를 금화로 바꾸어보라 시킬 것이다. 그리
고……. 머리가 찌릿해졌다. 백작저의 정갈한 복도가 놀이공원의
기구처럼 빙글빙글 돌았다. 속이 울렁거렸다.

"……린! 그린! 대체 왜 그래?"

"……응?"

"입술 말이야. 왜 죄다 잡아 뜯어놓은 거야? 피 나잖아. 어유,
이거 딱지까지 앉으면 흉 남는데."

마고의 걱정을 듣고서야 연두는 자신이 입술 껍질을 잡아 뜯고

있다는 사실을 알았다. 스트레스가 쌓이고 불안함이 극에 달하면 나오는 증상이었다. 문득 내려다본 손끝이 핏물로 얼룩덜룩했다.

"……있잖아, 마고. 내가 부탁이 있는데."

"무슨 부탁이 있는데 그런 눈으로 날 봐? 부담스럽게."

"나 하룻밤만 좀 나갔다 오면 안…… 켁!"

연두는 채 말을 마치기도 전에 마고에게 멱살을 잡혔다. 마고는 오랜 하녀 생활로 다져진 팔 힘을 유감없이 발휘했고, 연두는 악 소리도 못 내고 빈 방으로 끌려들어갔다. 손님방에 딸린 시중인의 방은 빛이 잘 들지 않아 으스스했다.

"내가, 그 집시랑 헤어지라고 했지."

"사귀는 거 아니라고 그랬잖아."

"퍽이나 아니겠다. 아가씨께서 무도회에 다녀오신 이후에도 한밤중에 종종 만났던 걸 내가 모를 줄 알고 이래? 아무리 사랑놀음에 정신이 나갔어도 그렇지, 어떻게 아가씨 혼인 준비 기간에 나가겠단 소리가 나와? 나갔다가 들키면 수도에 따라가는 건 틀려먹은 일이 돼. 너나 나한테 이게 얼마나 큰 기회인데 금기를 어길 생각을 해! 그 빌어먹을 집시가 어떻게든 나오래? 응? 그런 거야?"

"아니, 그게 아니고……."

"그럼, 나가서 그 집시 만나는 게 아니면, 대체 왜 나가게!"

나이 어린 행세를 오래한 나머지 요즘은 진짜 나이를 종종 잊고 살긴 하지만, 연두는 마고보다 훨씬 연상이었다. 한참 어린 계집애에게 멱살을 잡힌 채 땍땍거리는 소리를 듣는 게 달가울 리 없다. 뱃속에서부터 짜증이 확 올라왔다. 연두는 마고의 손을 거칠게 뿌리쳤다. 잘 땋아놓은 머리카락을 만지작대는 손에 짜증이 가득했다.

"수아나의 소문을 왕자가 알았어."

"그게 뭐 어때서? 어차피 웃기는 소문일 뿐이잖아."

"확인한대."

마고의 눈이 흔들렸다. 그녀는 절대 멍청하지 않았고, 연두보다 이 세상에 대해 더 잘 알았다. 쯧, 그녀가 혀를 찼다.

"그러게 진작 처신을 잘 했어야지…… 그 멍청한 년이 제 무덤을 팠어. 죽을 날을 받은 거나 마찬가지잖아."

"그러니까 내가 가서……."

"아니, 동정은 거기까지만 해. 네가 가서 뭘 하게? 아가씨께 받은 금화라도 죄다 퍼주고 이게 내가 바꾼 금화예요, 하고 거짓말이라도 시키게? 잘 생각해, 그린. 수아나는 연기를 못해. 들키면 너도 같이 끝나."

연두는 고개를 끄덕였다. 그런 방법도 있었구나. 뒷감당이 좀 힘들 거 같은 방법이긴 했지만 일회용 땜질로는 나쁘지 않았다.

"그것도 나름 괜찮긴 한데, 내가 생각한 건 다른 거야. 수아나를 설득해서 소문을 퍼뜨린 사람들을 오히려 고발해 버리는 거였어. 아가씨는 보상이 확실한 분이시잖아. 왕자전하께서 나서기 전이기만 하면 분명 수아나를 도와주실 거야."

"그건 안 돼. 감수해야 하는 위험이 너무 커."

마고는 연두의 설명을 듣고서도 물러서지 않았다. 일생일대의 도박에서 승리해 판돈을 따기 직전의 도박사는 지금 몹시 예민해져 있었다.

"안 그래도 아가씨에게 측근시너는 니랑 나, 딱 둘이야. 우릴 지켜보는 눈이 얼마나 많은데 이런 중요한 때에 함부로 돌아다녀? 다들 질투에 눈이 멀어 있는 거 몰라? 작은 흠도 커다랗게 보일 때라고. 가만히 있어."

"들키지만 않으면 돼. 너만 눈감아주면 절대 안 들켜."

"퍽이나 그렇겠다. 지금 이 저택에 몰려든 사람이 몇인데 어떻게 안 들켜? 차라리 아가씨께 수아나가 그 소문의 황금밀짚 아가씨라는 걸 빨리 말해 버리는 게 어때? 왕자님이 알아채기 전에 말하면 어떻게든 대책을 만들어주실 거야."

"……염병……."

"그놈의 욕 좀 하지 말라니까."

"그럼 나가게 해주든가."

"그냥 내 말대로 하자니까. 너 하나 들켜서 벌 받는 걸로 끝이 아닌 거 알지? 측근시녀 단속 못 한 게 아가씨에게 흠이 돼서 결혼이 파투나면 그땐 어쩔 거야? 왕자님이 아가씨를 워낙 마음에 들어 하시니 어찌어찌 결혼을 한다고 해도 그래. 나쁜 일이 생길 때마다 두고두고 네 행동 때문에 트집을 잡힐 거란 말이야. 응? 생각 좀 해."

연두는 린든이 먼저 움직여 버리면 아셰라드에게도 딱히 뾰족한 대책이 없으리란 걸 알았다. 하지만 마고가 끊임없이 늘어놓는 불상사 역시 일어날 가능성이 높다는 것도 알았다. 단둘이 방을 쓰는 상황에서 룸메이트인 마고가 눈감아주지 않는 이상 연두가 몰래 바깥을 나갔다 오는 건 불가능한 일이었다.

연두는 좁은 방 초라한 벽에 머리를 쿵쿵 찧으며 마음을 가라앉히려 애썼다. 목 안쪽에서 자꾸 신물이 올라왔다.

'강연두, 네가 언제부터 그렇게 상냥하고 양심적이었다고 이래.

그동안 모른 척하고 넘어갔던 일이 얼마나 많은데 겨우 말 좀 섞은 애 하나 엮였다고 새삼스럽게.'

사회부 기자로 일하다 보면 보고 싶지 않고 알고 싶지 않은 이야기들을 들춰보게 되곤 했다. 그중에는 눈물이 저절로 쏟아지는 사연도 있었고 가슴에 불이 나서 잠 못 들게 하는 사연도 있었다. 기자는 칼이 아니라 펜으로 싸우는 직업이라는데 그 펜도 제대로 놀려보지 못하고 눈감았던 순간은 무수히 많았다. 순진하던 꿈은 더럽혀진 지 오래되었다.

'당장이야 좀 아프겠지만 한 달 두 달, 바쁘게 살다보면 다 잊히겠지. 이런 썅, 양심은 무슨. 나한테 양심이 어디 있다고 새삼스럽게.'

결국 연두는 수아나를 설득하는 걸 포기했다. 다른 고용인에게 부탁해 쪽지를 보내는 것 정도는 할 수 있었지만, 대부분의 평민들이 그렇듯 수아나는 문맹이었다.

사태는 연두가 예상했던 그대로 흘러갔다. 아셰라드는 연두와 마고의 이실직고를 듣자마자 우선 두 사람을 무섭게 혼낸 다음, 수아나를 저택으로 불러 빈 방에 구금하고 고용인들의 입을 틀어막는 작업을 시작했다. 어떻게든 시간을 끌어보려는 요량이었다.

하지만 아셰라드의 그런 노력에도 소용없이, 린든은 저녁 만찬이 시작되기도 전에 수아나의 이름을 알았다. 저택의 고용인들은 아셰라드의 명령을 지키려 부단히 노력하였지만 린든이 밀레스와 마르텔을 문병하는 것까지 막지는 못했다.

평생을 절름발이로 살아야 한다는 절망에 빠져 있던 둘은 린든이 약속하는 안락한 미래에 단박에 넘어가 나불나불 입을 놀렸다. 아셰라드는 더 이상 수아나를 보호할 수 없었다.

결국 수아나는 한평생 만날 거라고 꿈도 꿔보지 않은 신분의 린든을 앞에 두고 처분을 기다리는 신세가 되었다. 그녀는 저를 둘러싼 말도 안 되는 소문이 수도까지 흘러갔다는 말에 기함한 나머지 제 무고를 주장하지도 못하고 바들바들 떨기만 했다. 기껏 한다는 게 금화를 만들 수는 없다는 말을 고장 난 오르골처럼 반복하는 것이었다.

"저, 전하. 저는 그냥 시골 촌구석의 처녀일 뿐, 뿐이온데."

"내가 들을 말은 아무것도 없습니다, 황금밀짚 아가씨. 당신은 지푸라기를 금화로 바꾸기만 하면 됩니다."

린든은 썩 좋은 판관은 아니었다. 그는 소문의 사실 여부를 가리려는 노력은 전혀 하지 않았다. 진짜면 좋고, 아니어도 상관없다는 태도였다. 그러나 이 세계에서는 신분이 깡패이니, 아셰라드와 연두는 감히 입을 떼지 못한 채 린든의 처사를 그냥 지켜볼 수밖에 없었다.

짧은 만남이 끝나고 수아나는 지푸라기로 가득 찬 골방에 갇혔다. 절망에 가득 찬 눈동자가 끝없이 눈물을 흘렸다.

그날 밤, 연두와 마고는 잔뜩 화난 아셰라드에게 근신을 명령받았다.

"너희가 왜 그랬는지는 알겠다. 하도 어이없는 소문이라 그랬겠지. 하지만 그걸 판단하는 건 너희의 몫이 아니라 내 몫이라는 걸 염두에 두었어야 하지 않겠니. 마고, 너는 경험도 많고 생각도 깊은 아이가 왜 그랬니. 그린, 너는 내가 충분히 가르쳤다고 생각했는데 아직 멀었나 보구나. 둘 다 근신이다. 내가 나오라고 할 때까지 얌전히 방에 있어."

"네……."

"가보렴. 아, 그린은 잠깐 남고."

아셰라드와 단둘이 남게 된 연두의 이마에 땀이 송골송골 맺혔다. 화려한 옷을 입고 호사스러운 가구에 둘러싸인 채 앉은 아셰라드를 마주 보고 있는 건 정말로 불편한 일이었다. 그녀의 처지가 바뀐 뒤로는 항상 뒤에 서 있기만 해서 그런지 지금처럼 권위를 앞세우고 있는 아셰라드는 낯설고 어려웠다. 안 그래도 먹는 둥 마는 둥 했던 저녁이 얹힐 것 같았다.

"그린, 피에로는 어디에 있지?"

"……글쎄요. 저도 얼굴 본 지 한참 되어서요. 최근에는 아예 나가지 못하기도 했고요."

"그래도 연인인데 연락을 취할 방법쯤은 있을 거잖아?"

"마지막으로 만났을 때 어디에 좀 다녀오겠다고 한 뒤로는 소식 없어요. 아니, 아가씨. 만나지 말라고 그렇게 야단하실 때는 언제고 이럴 때만 찾으세요? 게다가 전 피에로랑 연인 사이 아니에요."

"야밤에 만나서 밀회를 즐기는 게 연인이 아니면 대체 뭐가 연인이니? 그나저나 정말로 소식 없어?"

"소식 없어요. 그나저나 밀회라니, 그런 헛소리는 또 누가 했대요? 그냥 가끔 만나서 얘기 좀 한 것 가지고 그렇게 얘기하니까 뭐 대단한 거라도 한 것 같잖아요. 아, 소름 끼쳐. 절대 그런 거 아니에요."

연두의 필사적인 부정에도 아셰라드는 그다지 믿는 눈치가 아니었다. 그녀는 몇 번이고 광대의 소재를 캐물었지만 연두가 해줄 수 있는 대답은 아무것도 없었다. 그가 어디에서 뭘 하고 다니는지에 대해서는 연두도 아는 바가 없었으니까. 소득 없는 공방이 한참을 오갔다.

"대체 왜 피에로를 찾으시는데요?"

설마하니 연두가 그걸 몰라서 물을까. 아세라드를 마법으로 도 왔던 것처럼 수아나도 마법으로 도우라고 할 게 뻔했다. 하지만 연두는 그런 가능성에 대해서는 생각도 해보지 않았다는 것처럼 뻔뻔하게 나갔다. 이왕 모른 척할 거라면 아예 모른 척하는 게 좋다. 어디에 좋으냐고? 그야 당연히 그녀의 정신건강에 좋다. 할 수 있는 게 있는데도 안 했다는 것보다는 몰랐다는 변명이 훨씬 편하니까.

"그야…… 아니, 됐다. 너도 모른다면 할 수 없지. 가보렴. ……가 보라니까."

연두가 맹숭맹숭한 축객령에 따라 방을 나왔을 때는 이미 밤 이 깊은 시간이었다. 환하게 반짝이는 보름달이 어두컴컴한 복도 에 허연 창문 자국들을 남기고 있었다. 다들 일찍 잠자리에 들기 라도 했는지, 평소라면 늦었다 해도 사람 한둘쯤은 돌아다닐 시 간인데도 아무런 인기척도 느껴지지 않았다.

늦은 밤의 텅 빈 복도는 어딘지 사람의 속을 툭툭 건드리는 게 있었다. 연두는 하녀들에게 들었던 온갖 괴담들을 떠올렸다. 가 끔 입담 좋은 하녀들은 미디어의 홍수 속에 살았던 연두마저 오 싹할 정도로 실감나게 이야기보따리를 풀곤 했다. 그 부작용이 이제야 나오는 건지, 인적 없는 복도가 어딘지 스산했다. 연두는 제 뺨을 찰싹 때리곤 깊게 심호흡을 했다.

"뭐든 산 사람이 제일 무서운 거야. 귀신이 무서워봤자 귀신이 지."

또각……

간신히 내디딘 발소리가 빈 복도에서 웅성거렸다. 전에도 이런 적이 있었던가, 싶은 의문이 들었지만 이미 늦었다. 잔뜩 긴장한 등에서 소름이 오소소 돋아났다. 연두의 발걸음이 점점 빨라졌다. 복도가 하염없이 길었다.

"헉…… 헉……. 아 씨! 길 잘못 들었어! 좌회전 했어야 하는데!"

마음이 급하고 눈앞이 어두우니 다니던 길도 헷갈렸다. 익숙한 방문이 아니라 뒤뜰로 통하는 작은 쪽문을 확인한 연두가 분통을 터뜨렸다. 고용인들이 드나드는 쪽문은 만듦새부터 허술해 차가운 밤바람이 훅훅 들어왔다. 허공에 대고 화를 낸다고 쪽문이 방문이 되는 건 아니지만 스산한 복도를 다시 걸을 생각을 하니 벌써부터 심장이 뛰었다.

……야옹.

"응?"

야옹…….

문 너머에서 희미하게 고양이 울음소리가 들렸다. 그건 발정 난 울음소리도 아니고 영역다툼을 하며 싸우는 소리도 아니었다. 가냘프게 들려오는 고양이의 울음소리가 연두의 발목을 잡아당겼다.

연두는 그대로 방으로 돌아갈까, 아니면 고양이를 확인할까 잠시 망설였다. 하지만 고생 좀 했다고 죽일 놈의 호기심이 어디로 가는 건 아니어서, 연두는 살그머니 쪽문을 열고 주변을 살폈다.

달이 밝아 주변 풍경은 아주 잘 보였다. 바람에 흔들리는 나뭇잎과 달빛을 받아 빛나는 흙바닥, 고용인들이 오며가며 한 번씩 앉아 쉬는 투박한 나무 의자, 벽에 기대 세워놓은 긴 빗자루까지도. 연두는 두리번거리며 고양이를 찾았지만 고양이는 수염 한 가닥도 보이지 않았고, 심지어 연두가 나온 것에 놀라 숨기라도 했는지 울음소리마저 뚝 그쳐 버렸다.

"에이……. 뭐야. 괜히 나왔네."

"아뇨. 아주 잘 나왔어요."

차가운 손이 연두의 뒤에서부터 뻗어 나와 그녀의 어깨를 두드렸다. 채 긴장을 풀지 못하고 있던 연두가 놀란 고양이처럼 펄쩍 뛰어올랐다. 꺅! 쨍하니 울린 비명에 놀란 손이 급히 연두의 입을 틀어막았다.

"조용히 해요. 사람들 다 깨우겠네."

어깨를 쥐고 입을 막은 손이 어찌나 힘이 센지 연두는 고개도 돌리지 못했다. 그래도 그 목소리만은 귀에 익은 것이어서, 단단히 굳어 있던 몸은 순식간에 긴장이 풀렸다. 광대는 연두가 충분히 진정했음을 확인하고서야 조심스럽게 손을 거뒀다. 그리고 바로 연두에게 멱살을 잡혔다.

"대체 어디에 처박혀 있다가 이제야 나오는 거야?"

"컥……."

"내가 얼마나 힘들었는지 알아? 갑자기 주변이 몽땅 바뀌는데 말할 곳도 없고 기댈 데도 없고, 내가……!"

내가 얼마나 외로웠는데.

입 밖으로 나가기 전에 간신히 붙들어 맨 진심이 연두를 놀래 켰다. 짤짤이 흔들리던 광대는 연두가 굳은 틈을 타 얼른 그녀의 손아귀에서 탈출했다. 하녀 생활이 길어져서 그런지 손아귀 힘이 아주 장사였다.

"그렇다고 다짜고짜 멱살부터 잡아요? 아, 연두 씨 그렇게 안

봤는데 엄청 폭력적이네."

"……."

"내가 놀다 온 것도 아니고."

"노…… 놀다 온 게 아니면 대체 뭐 하다 이제 온 건데."

"연두 씨는 집에 가기 싫어요? 난 내 드림랜드 되찾고 싶은데. 무진장. 한곳에 둘이 모여 머리 맞대봐야 뭐 좋은 방도가 나오겠어요? 좀 돌아다녀 봤어요."

연두는 입이 열 개라도 할 말이 없었다. 침울하게 입을 꾹 닫고 있는 연두를 이상하게 여긴 광대가 그녀의 이름을 부르며 눈앞에 손가락을 흔들었다. 이게 몇 개인지 맞춰봐요. 연두가 울컥 짜증을 내고서야 광대는 장난을 멈췄다.

"뭐야, 왜 답지 않게 짜증을 내고 난리예요. 무슨 일 있어요?"

"……미안. 그냥 갑자기 좀 그래서. 암튼, 너 없는 사이에 왕자가 왔어. 그리고 아셰라드가 진짜 구두의 주인이라는 게 드러났고……."

"알아요. 수아나도 여기 있죠?"

갑자기 화제가 훅 넘어가 버렸다. 놀란 연두를 앞에 두고 광대가 쓴웃음을 지었다. 그는 연두에게 설명을 하는 대신 품 안에서 유리구두 한 짝을 꺼냈다. 언젠가 연두에게 보여준 적이 있던 그 물건이었다. 마녀에게 받은 유리구두.

"저번에 말했죠? 이제 이걸 쓸 거예요."

"저기, 설명 좀 해줄래? 아니면 난 네가 앞날을 전혀 고려하지 않는다고 믿어버릴 것 같은데."

"자세히 설명하기에는 시간이 없네요. 제가 그동안 살펴보니까 수아나도 동화의 주인공이라서 연두 씨가 도움을 줘야 하는 대상

중 한 명이더라, 라고 요약할게요. 자, 여기서 퀴즈. 머리카락으로 금화를 만들려면 뭐가 필요할까요? ……그런 눈으로 보지 말고 대충 말이라도 해줘요. 시간 없다니까요."

양심에 박혀 그녀를 쿡쿡 찌르던 가시가 훅 내려갔다. 연두는 채 기쁜 마음을 숨기지 못한 채 벙긋 웃었다.

"어, 그래. 걔가 좀 어이없는 소릴 자주 하긴 했지. 그럴듯하네. 아무튼 그런 웃기는 말이 진짜가 되려면 아무래도 마녀나 요정은 있어야…… 아, 뭐래. 내가 돌았나."

"마녀는 좀 그렇고, 요정으로 합시다."

투명한 빛을 흘리던 유리구두가 광대의 손 안에서 점토처럼 뭉그러졌다. 예쁜 구두가 망가지는 모습에 연두가 뜨악한 표정을 지었지만 광대의 손놀림은 멈출 줄을 몰랐다. 커다랗고 주름진 귀, 주름투성이의 얼굴, 작달막한 키와 커다란 매부리코……. 신기해하며 보고 있던 연두가 무심결에 물었다.

"이게 요정이야? 못생겼잖아."

"……땅요정은 본래 이렇게 생겼어요. 지푸라기로 금화를 만들려면 땅요정이 제격이죠. 자, 완성~"

"아니, 그래도 그렇지……."

연두는 뭔가 슬퍼지고 말았다. 열 살 난 계집아이들처럼 요정을 믿는 건 아니었지만, 모처럼 마녀가 만든 유리구두로도 모자라 요정까지 보는 상황에 오니 나름 기대는 하고 있었다. 하지만 기껏 만들어진 요정이라는 게 이렇게나 흉물스러운 몰골이라니. 흰 점토로 만들어졌다는 게 믿어지지 않을 만큼 시커멓고 쭈글쭈글하고 못생겼다.

있는지도 몰랐던 소녀 감성이 이건 아니라고 투덜거렸다. 그런데 이게 웬일인가. 유리구두에서 태어난 땅요정이 주변을 흘끗흘끗 보며 눈치를 살피더니 냅다 도망을 시도하는 게 아닌가.

"어, 저거 도망간다."

광대가 뭔가 얼빠진 목소리로 중얼거렸다. 연두는 뒤늦게 정신을 차리고 땅요정을 잡으려 손을 뻗었지만, 땅요정은 정말 땅요정답게 땅속으로 쏙 사라져서 잡을 수 없게 되어버리고 말았다. 텅 빈 손이 아쉬웠다.

"놓쳤네. 이제 어떻게 되는 거지?"

"어떻게 되긴요. 어떻게든 되겠죠. 애초에 수아나를 위해 만들어낸 요정이니까 알아서 도울 거예요. 그나저나 시간을 너무 썼어요. 연두 씨, 얼른 가봐야죠. 마고가 잔뜩 화나서 기다리고 있을 텐데."

"아, 그렇지 참. 그나저나 오늘은 시간이 없어서 그냥 가지만, 자세한 설명은 나중에 꼭 들을 거야. 그때는 지금처럼 대충 넘어가지 못할 줄 알아."

"하하…… 무서워라. 육하원칙에 의거한 보고서라도 써 내면 되나요?"

"그거 좋지. 그리고 대체 여길 어떻게 들어왔는지도 꼭 써."

연두가 새침하게 쏘아붙였다. 광대는 킥킥 웃더니 순식간에 정원 나무 그늘 속으로 모습을 감췄다. 눈으로 보고 있었음에도 어떻게 모습을 감춘 건지 확인이 안 될 만큼 재빨랐다. 연두는 그가 어떻게 들어왔는지 듣지 않아도 알 것 같았다.

그날 밤, 연두는 한 톨의 근심도 없이 편안한 잠을 잤다. 광대가 갑자기 유리구두를 꺼내들었을 땐 정말 놀랐지만, 수아나도 동화의 주인공이라면 그것만큼 완벽한 해결책도 없었다. 다만 걱정인 건 앞으로도 이렇게 마법이 필요한 순간이 오면 어떻게 해야 하는가, 라는 것.

'아, 몰라. 내일은 내일의 해가 뜨겠지.'

오늘의 고민을 내일로 미루면 내일의 내가 오늘의 나를 매우 미워하겠지만 지금 당장은 아주 편해질 수 있다. 연두는 꿈에 나올까 무서운 마고의 시선을 피해 이불을 푹 뒤집어썼다. 아셰라드의 측근시녀로 인정받고 제일 좋아진 건 이렇게 널찍한 2인실에서 인당 하나씩 침대를 쓸 수 있다는 거였다. 가물가물해져 가는 시야 속에서 연두는 작게 중얼거렸다. 아, 역시 권력이 최고야.

아셰라드는 밤새 제대로 자지 못하고 뒤척거렸다. 잠을 자려고 눈을 붙일 때마다 수아나가 린든의 발치에 매달려 비는 꿈이 자꾸 반복됐다. 꿈속의 수아나는 아셰라드가 전 백작부인의 무덤에 금화를 저장해 두었다며, 자신이 봤다는 말을 반복했다. 꿈속의 자신은 아무것도 못하고 그걸 멍하니 보고만 있었고 말이다.

덕택에 자다 깨다를 반복하다가 아침이 되었을 때 그녀의 컨디션은 최악을 달리고 있었다. 함께 아침식사를 들던 린든이 슬쩍 그녀의 눈치를 볼 정도였다.

"블루벨, 그대의 요리사는 솜씨가 몹시 훌륭합니다."

"고마워요. 페러 당신의 입맛에 잘 맞는다니 기쁘군요."

린든의 인사치레가 일렀다. 아셰라드는 아차 싶어 입술을 깨물었다. 손님의 잠자리가 편안했는지를 확인하는 건 주인의 의무였다. 의례적인 인사마저 잊을 정도로 정신이 팔려 있었나 싶어 어이가 없었다. 마음이 어지러우니 손발도 함께 어지러워졌다. 그녀의 식기가 미묘하게 달각거리는 소리를 내기 시작했다.

린든은 아셰라드의 그런 모습을 꽤나 귀엽게 보았다. 그녀가 제 영지의 거짓말쟁이 한 명의 목숨이 가여워 저렇게 흐트러져 있다고 생각했기 때문이었다. 아셰라드의 당돌함을 바로 어제 겪었으면서도 그렇게 여겼으니, 고정관념이란 참 무서운 것이다. 어느새 그의 머릿속에서 아셰라드는 영리하지만 마음이 약하고 상냥한 귀족 영양이 되어 있었다.

린든은 사랑스러운 약혼녀가 오랫동안 마음고생을 하는 걸 바라지 않았다. 그는 모든 일을 빨리 처리하기로 마음먹었다. 덕분에, 본래 늦은 밤은 되어야 열렸을 수아나의 방문은 아직 해가 머리꼭대기에 오르기도 전에 열리게 되었다. 린든은 이전에 그랬듯 수행원을 대동하지 않았고, 아셰라드도 이번엔 혼자였기에 수아나의 방문 앞에 선 사람은 둘뿐이었다.

"블루벨, 긴장했습니까? 손을 떨고 있군요."

"……아니라면 거짓말이겠지요."

"하하, 그 솔직함도 사랑스럽습니다. 자, 열지요. ……이런, 맙소사."

린든이 얼빠진 소리를 냈다. 수아나가 갇혀 있던 작은 방은 온통 금빛으로 물들어 있었다. 어젯밤까지만 해도 잔뜩 쌓여 있던 누런 지푸라기들은 간 곳이 없었다. 머리 위에 있는 작은 창문으로 쏟아진 햇살이 바닥을 가득 채운 금실에 부딪쳐 조각조각 쪼개졌다. 구름처럼 부풀어 오른 금실 가운데에 수아나가 어린아이처럼 몸을 웅크리고 잠들어 있었다.

아셰라드는 조심스럽게 손을 뻗어 금실을 만져 보았다. 그냥 볼 때는 따뜻하고 부드러워 보이더니, 막상 만져본 느낌은 차갑고 싸늘한 데다 매끄러웠다. 마치 머리카락 같았다.

'피에로…… 가 왔다 갔나. 그 마법 가루라면 이런 것도 가능하겠지.'

아셰라드는 광대의 속셈이 몹시 궁금해졌다. 연인에게도 행방을 알려주지 않았던 광대가 왜 수아나에게 이런 자비를 베풀었는지, 알 도리가 없었다. 어쨌거나 그녀를 도왔던 수아나가 큰일을 당하지 않게 되어 그것만으로도 몹시 마음이 좋다.

"페러, 이제 어찌하실 건가요? 수아나가 거짓말을 하진 않은 모양입니다."

"……아아. 그래. 금화를 만들 수는 없다고 호소하더니 그게 정말일 줄이야. 그렇지, 금실과 금화는 엄연히 다르지. 과장되긴 했어도 틀린 소문은 아니었군그래. 블루벨, 저기 잠들어 있는 황금밀짚 아가씨를 좀 깨워주겠습니까? 내가 직접 깨우면 몹시 놀랄 것 같으니, 그대에게 부탁하겠습니다."

린든의 입꼬리가 길게 늘어났다. 그는 더없이 정중한 태도로 자신의 피앙세에게 부탁했다. 아셰라드는 린든의 검은 눈동자에 비친 자신의 모습을 보았다. 그 속의 자신은 린든 못지않게 아름다운 미소를 짓고 있었다.

✳

문명이 발달하며 마법은 설 자리를 잃었다. 마녀와 마법사들의 숫자는 서서히 줄어들었고, 그나마 남은 자들이라고 해봐야 다 고만고만한 잔챙이들뿐. 하지만 니니스는 달랐다. 그녀는 마법이 가장 왕성하던 시절부터 현대까지 살아남은 몇 안 되는 진짜 마녀 중 한 명이었고, 긴 생을 취미에 매진하며 즐겁게 살고 있었다.

인형 제작과 손뜨개가 취미인 고상한 마녀, 그게 바로 니니스였다. 햇살이 쏟아지는 작은 창문에 걸린 레이스 달린 커튼도, 부엌의 선반을 장식한 귀여운 토끼 인형도 그녀의 작품이었다. 느긋하고 편안한 공기 속에서는 허공을 떠다니는 먼지마저 평화로웠다. 비록 탄내가 조금 나고 있긴 하지만 말이다.

"어머, 탔어!"

니니스는 오븐을 열어보고는 안타까움에 비명을 질렀다. 정말 오랜만에 솜씨를 부려봤는데, 너무 오랜만에 하는 거라 감이 좀 떨어진 모양이었다. 기껏 모양을 낸 쿠키들의 겉면이 까맣게 그을려 있었다. 그녀는 침울한 표정을 감추지 못하고 쿠키를 모조리 쓰레기통에 털어 넣었다. 기름기 밴 유산지가 그녀의 기분처럼 구겨졌다.

"우유도 따라놨는데. 칫."

곁들여 먹을 게 없으니 목을 넘어가는 우유가 마냥 비렸다. 그래도 기왕 컵에 따라둔 것을 버릴 수도 없어 억지로 마시고 있는데, 창문 너머의 호수가 갑자기 일렁거렸다. 거울처럼 잔잔하게 하늘을 비추던 수면이 와르르 흔들리며 풍경을 조각냈다. 컵이 떨어졌다. 쏟아진 우유가 검은 나무 바닥을 허옇게 물들였다.

옷을 챙겨 입을 정신도 없었다. 니니스는 대충 신발만 꿰어 신고 허겁지겁 집 밖으로 달려 나갔다. 그 짧은 사이 호수의 요동은 점점 심해졌다. 물줄기가 솟구쳤다 가라앉기를 반복했다.

"네시를 풀어놓은 것도 아닌데 왜 이래!"

세계적으로 유명한 크렙티드를 두고 말뚝에 묶어놓은 멍멍이 취급이다. 니니스는 호숫가 가까이에 갔다가 세찬 물벼락을 맞고서야 정신이 들었다. 머리끝부터 발끝까지 쫄딱 젖고 나서야 호수와 연결해 둔 장소들 중 하나에 문제가 생겼을지도 모른다는 생각을 해냈으니, 정말 어지간히 당황했던 게다. 하지만 정신을 차린 뒤에도 문제는 남아 있었다.

"대체 어디가 잘못된 거야? 남의 취미 건드릴 만한 마녀는 딱히 없는데."

마녀 니니스는 인형 제작과 손뜨개질 말고도 좋아하는 게 많았다. 그녀는 여행을 좋아했다. 쇼핑은 최고의 오락이었고 종교에도 관심이 많았다. 축제라면 사족을 못 썼다. 사정이 생겨 축제에 못 가면 호수를 거울 삼아 연결해 놓고 구경하는 짓도 자주 했다. 한 마디로, 이 호수에 니니스가 연결해 놓은 장소는 한두 군데가 아니었다.

"요새 테러단체들이 날뛰더니 자살폭탄테러라도 있었나? 살인사건이라도 난 건가? 아님 누가 유물에 손을 댔나?"

니니스는 긴 손가락을 쉴 새 없이 튕기며 연신 혼잣말을 했다. 마법을 부정하는 세상에서 마법을 유지하기는 굉장히 어려웠다. 하지만 해체하거나 방해하는 데는 손톱만큼의 수고면 충분했다. 하다못해 동물의 더운 피를 쏟아 붓는 것만으로도 마법은 여지없이 깨져 나갔다.

요즘은 여기저기에서 테러니 뭐니 난리가 많아 각별히 조심하고는 있었지만 변수는 어디에나 있는 법이었다. 당장 생각나는 곳만 해도 여러 곳이었다. 역사 깊은 성당과 사원들, 박물관, 유적지, 유명한 관광명소 등등.

그녀가 생각에 잠겨 있는 동안에도 호수는 쉴 새 없이 난리를 부리고 있었다. 커다란 물줄기가 몇 개나 한꺼번에 솟구치며 가라앉기를 반복하니, 호수에 살던 물고기들도 함께 허공에 내던져져 난데없는 세상 구경을 하고 돌아갔다.

"도저히 모르겠다. 일단 발로 뛰고 봐야지."

딱!

니니스가 강하게 손가락을 튕기자 호수는 다시 잠잠해졌다. 허공을 날아다니는 물고기들이 보기 싫어 억지로 눌러둔 것이니 얼른 근본적인 해결책을 마련해야 했다. 그녀는 지금 당장 출발하기로 했다. 갈 곳이 많았다.

✺

연두는 문을 틀어막은 나무판자들을 다시 한 번 확인했다. 커다란 문을 가로질러 박아놓은 판자들은 무척이나 튼튼해서 안에서 무슨 난리를 쳐도 문을 열 수 없을 것 같았다. 솜씨 좋은 목수라더니, 못질이 아주 확실했다.

"다 막은 것 맞겠지?"

"그럼요. 틀림없습니다요."

"그래. 잘했다."

누런 이를 드러내고 웃는 사내의 손에 반짝이는 은화가 한 닢 떨어졌다. 사내는 보는 사람도 없건만 누가 훔쳐 갈까 경계하며 은화를 제 바지춤에 집어넣고는 몇 번이고 꾸벅이며 멀리 사라졌다.

사내가 사라진 자리에 광대가 훌쩍 나타났다. 광대는 사람들에게 들키지 않고 인기척도 없이 돌아다니는 데에 아주 고수였다. 이전에도 그랬듯 지금에도 여전히.

"연두 씨도 참 지독해요."

"내가 뭘. 여긴 동화 속이라며? 동화에서 악역들이 당하는 꼴은 다 똑같아. 다 지독해."

연두는 무성의하게 대답했다. 그녀가 보고 있는 건 자그마한 2층 주택이었다. 소박한 집의 출입구와 창문에는 죄다 못질이 되어 있었다. 단 하나, 2층 꼭대기에 있는 작은 다락방 창문만 빼고. 그 창문은 채 열 살이 되지 않은 꼬맹이라야 간신히 드나들 수 있을 만큼 작았다.

온통 어둠만 가득할 저 집 안에는 파르만 백작부인과 밀레스, 그리고 마르텔이 있었다. 지금 연두는 안에 사람이 있는 집의 창문과 출입구를 막은 것이다. 그것도 정신이상이 온 부인과 절름발이 처녀 둘을, 시중 들 사람 하나 남기지 않은 채로.

뒤통수를 바라보는 광대의 시선이 몹시 따가웠다. 연두는 되도 않는 변명을 했다.

"아셰라드의 지시였어."

"제안을 한 건 연두 씨였잖아요."

"제안까지는 아니었어. 그냥 말을 흘린 거지."

백작부인과 밀레스, 마르텔은 왕의 관리를 속이려 한 죄를 무는 처지가 되었다. 그리고 린든은 그녀들의 처벌을 결정할 권리를 아셰라드에게 주었다. 죄는 무거우나 약혼녀의 가족이니 자신이 직접 처벌을 내리는 건 껄끄럽다는 이유에서였다. 수아나의 금실을 확인하자 그가 밀레스와 마르텔에게 했던 약속은 헌신짝이 되어 버려졌다.

그들의 처벌 수준을 두고 고심하던 아셰라드에게 빛 없는 감금이라는 아이디어를 제공한 건 연두였다. 어둠을 밝히는 빛이라고는 값비싼 양초 정도가 전부인 이 시대에, 암흑은 낯익은 벗이자 당연한 손님이었다. 해서 그녀의 의견은 '아주 가벼운 처벌' 정도로 받아들여졌다.

단 한 사람만 빼고.

연두는 자신이 말을 꺼내자마자 아름답게 미소 짓던 아셰라드의 얼굴을 잊을 수가 없었다. 그녀는 수아나를 왕궁으로 데려가겠다는 통보를 할 때도 그렇게 웃었다. 너무 아름다워서 등골이 오싹하게.

"그래도 수십 가지는 족히 되는 처벌 중에서 굳이 이걸 고른 건 아셰라드지. 선택지 중에는 훨씬 잔인하고 엿 같은 처벌이 많았는데. 내가 장담하는데, 그 애는 이 방법이 어떤 의미인지 알고 골랐을 거야. 독한 년."

"……그랬을 수도 있죠."

광대는 연두의 의견에 차마 반박하지 못했다. 그 역시 아셰라드의 미소에 등이 서늘해지는 느낌을 받았던 탓이었다.

"절대 나갈 수 없을 만큼 작은 창문 하나만을 개방하고, 거길 통해서만 한 달에 한 번, 음식과 의류를 반입하라. 그들이 무슨 말을 하든 절대 대답하지 말 것이며 먼저 말을 걸지도 마라. 침묵과 암흑이 그들을 반성케 할 것이다."

겉으로야 고상하고 우아한, 그리고 한없이 자비로운 명령이었다. 처벌을 받는 당사자들마저 그 가혹함을 몰라 아셰라드의 발치에 고개를 조아리고 감사를 표하던 걸 생각하면 연두는 속이 다 메슥거렸다. 악역에게는 당연한 결말이라지만 역시 지독했다.

"일 년도 못가 자살했다는 말이 나와도 안 놀랄래."

"자살을 하면 천국에 갈 수 없으니, 신앙심이 남아 있는 한 자살은 안 하겠죠."

작은 창문에서 비쳐 드는 햇살은 암흑과 침묵 속에서 미치지 않도록 정신을 붙들어주는 가느다란 빛이 될 것이다. 그 빛이 축복이 될지 저주가 될지는 온전히 그 안에 남은 사람들의 몫이지만, 그들에게 그 정도의 정신력이 있을지에 대해서는 누구도 확신할 수 없었다.

연두는 슬슬 아셰라드가 무서워지고 있었다. 그녀의 소녀다움을, 순진함을, 아직 어설프던 세계를 깨뜨려 부순 게 정말 잘한 일이었을까 의문이 들었다. 비록 제대로 된 동화의 완결을 보기 위해서였다지만 어쩌면 자신이 그녀를 괴물로 만든 건 아니었을까.

불안해진 연두가 입술 껍질을 잡아 뜯기 시작했다. 바짝 마른 입술에서 또 피가 났다. 광대는 그런 그녀를 물끄러미 바라보다 그 손을 툭툭 쳐서 자신에게로 주의를 돌렸다.

"연두 씨."

"왜 불러?"

"집에 가야죠."

"……."

"난 내 놀이공원을 무사히 찾아야 하고요."

광대가 어깨를 으쓱였다. 조금 전까지 연두의 뒤통수를 향해 따끔거리는 시선을 마구 쏘아 보냈던 주제에, 지금은 그녀의 미미한 죄책감을 걷어내 잘게 조각냈다.

'변덕스러운 자식. 그래도 믿을 거라곤 저놈뿐이니…….'

연두에게 광대는 등대였다. 하루에도 몇 번씩 몰아치는 온갖 감정의 격류에 휩쓸리지 않도록 잡아주는 등대. 연두는 그가 내미는 손을 거절하지 않고 잡았다.

"드림랜드는 무사할까?"

"그건 왜요? 갑자기 불안해지게스리."

"아니, 주인이 여기 있는데 관리는 누가 해? 세금은 누가 내고? 손님도 얼마 없어 보이던데 망하기 일보직전이었던 거 아냐?"

"세금 고지서 받아본 적 없는데요? 초대장 받은 사람들 아니면 그게 어디 있는지도 몰라요. 그리고 나름대로 성업 중이었거든요? 누구 맘대로 망해가는 놀이공원 취급이에요?"

"미친, 이런 행운이 있나. 내 앞에 탈세범이 있었네. 반가워요, 탈세범님. 그런 의미에서 나랑 인터뷰 좀? 고액 탈세자 새끼들은 인터뷰 따기가 워낙 어려워서 기사 쓰기가 되게 힘든데 협조 좀 해주시죠!"

"머리끈 내고 들어왔던 거 기억 안 나요? 마녀가 만든 놀이공원이고 돈 받아서 운영하는 것도 아닌데 탈세는 무슨."

광대가 손목을 획획 흔들었다. 그의 손목에는 아직도 연두의 머리끈이 걸려 있었다. 연두는 궁금해졌다. 아니, 돈을 안 받으면 대체 뭘 받고 운영했다는 건가. 그 인형의 집에 있던 인형들만 해도 가격이 어마어마해 보이는 것들이었는데.

"그럼······."

"아, 여기 너무 시골이네요. 오는데도 한참 걸렸는데 가는데도 한참 걸리겠어요."

광대가 빙긋 웃었다. 입으로야 투덜거리면서도 얼굴로는 아주 즐겁다는 표정을 감추지 않아 빈말이라는 게 티가 났다. 까맣게 윤이 나는 머리카락이 귓가에서 살랑거렸다. 고급 호박처럼 우아하게 반짝이는 노란 홍채는 밤에 볼 때는 불 켜진 전등 같더니 햇살 아래에서는 달콤한 벌꿀 같았다. 뽀루지도 잡티도 없는 뽀얀 피부는 여전히 도자기처럼 매끄러웠다.

갑자기 연두의 말문이 턱 막혔다. 말을 아낀 적은 있어도 말문이 막힌 적은 많지 않은데 지금은 혓바닥이 입천장에 달라붙기라도 한 듯 말이 나오지 않았다. 내가 왜 이러지, 자문을 해봐도 짐작 가는 바가 없다. 꿀 먹은 벙어리가 된 연두를 의아하게 바라보던 광대가 화제를 돌렸다.

"신데렐라의 결혼식이 코앞인데 제때 도착은 해야 할 텐데요. 그리고 보니 연두 씨는 측근시녀인데 여기 이러고 있어도 돼요? 해야 할 일이 어마어마하게 많은 거 아닌가?"

"염병할 측근시녀니까 이런 걸 하고 있지. 어차피 미용 담당은 전문가가 너무 많아서 난 끼어들 틈도 없어."

"뭐, 그건 그렇겠네요."

광대가 너무 쉽게 고개를 끄덕였다. 연두는 자기도 모르게 눈썹을 치켜세웠지만 차마 반박을 할 수가 없어 그만 입을 다물었다. 결혼식을 준비하는 아셰라드에게 붙은 시녀들은 연두와는 달리 진짜 전문가들이었다. 안 그래도 예쁜 아셰라드는 그녀들의 손이 한 번 지나갈 때마다 점점 더 예뻐졌다.

여신님처럼 예뻐지던 아셰라드를 떠올린 연두의 얼굴이 헤실헤실 풀어졌다. 돌아가자마자 자신도 그 전문가들에게 끌려갈 건 생각도 못하고 말이다. 연두가 당할 꼴을 알고 있던 광대가 나름 의미심장한 말을 던졌다.

"전문가들이라니……. 정말 예뻐지겠어요."

"본판이 예쁜데 당연하지."

"이야, 자신감이 대단하네요. 기대할게요."

"그럼. 만약 아셰라드가 현대에 태어났으면 미스 유니버스쯤은 거뜬했을걸. 미스 유니버스가 다 뭐야, 길을 걷기만 해도 여기저기서 모델 안 할래요, 배우 안 할래요, 달라붙어서 귀찮게 하는 날파리가 엄청나게 많았을 거야. 정말 얼굴로 빌딩을 세웠을…….뭐야, 그 표정은."

연두가 눈을 부리부리하게 떴다. 광대는 측근시녀의 앞날에 닥칠 일에 대해 미리 얘기를 해줄까, 하다가 그만 입을 다물었다. 그런 건 모르고 당하는 걸 봐야 재미있는 법이었다.

"어휴. 아니에요. 자요, 선물. 이야기 하나를 마무리한 기념이에요."

광대가 노랗게 반짝이는 나비 머리핀을 내밀었다. 서민이 구입하기에는 조금 가격이 나갈 걸로 보이는 물건이었다. 연두는 딱히 나비를 좋아하는 건 아니었지만 성의가 고마워 즉시 머리에 꽂았다. 핑계가 조잡하긴 해도 입맛에 맞는 기사 써달라는 것도 아닌데 못 받을 이유도 없었다.

"난 생각도 못했는데 고마워. 잘 쓸게. 근데 시녀 주제에 이런 거 하고 다녀도 괜찮을지는 모르겠네."

"무려 왕자비 전하의 측근시녀 정도 되면 대접이 다르기 마련이죠."

연두가 광대의 말을 알아듣지 못하고 고개를 갸웃거렸다. 광대는 그런 그녀를 보며 웃었다. 짙은 갈색으로 빛나는 머리카락에 꽂힌 머리핀이 무척이나 만족스러웠다.

"그건 또 무슨 소리야? 측근시녀는 이런 거 하고 다녀도 된다는 거야?"

"잘 어울리니까 기분 좋네요. 아, 역시 내 안목은 탁월하다니까요."

"하여간 말 안 하는 거에 뭐 있다니까. 사람 궁금해 죽게 만들려는 것도 아니고."

연두는 입을 삐죽대며 고개를 돌렸지만, 광대는 진심이었다. 몇 날 며칠 장인을 볶아가며 주문한 보람이 있었다. 연두가 팔랑팔랑 걸을 때마다, 시시때때로 뒤를 돌아보며 그를 확인할 때마다, 햇빛에 비친 노란 나비가 팔락팔락 날개를 흔들었다.

생각해 보면 참 이상했다. 제대로 자라지 못한 어린 것들에게 보복을 가하는 태도며, 가혹한 형벌을 쉬이 내뱉는 경솔함이며, 모두 광대가 질색하는 것들이었다. 그런데 왜 연두만은, 그녀만은 아무렇지도 않게 여겨지는 걸까.

"날씨는 정말 좋다. 그치?"

새순 돋은 풀잎으로 가득한 공터를 걷던 연두가 돌연 신발을 벗었다. 그리곤 뽀얗게 드러난 맨발로 보드라운 풀잎을 밟으며 사뿐사뿐 걸었다. 눈부신 햇살이 그녀의 머리꼭지에서부터 베일처럼 흘러내렸다. 정수리 부근에서 빛나는 엔젤링이 마치 작은 왕관 같았다.

광대는 눈을 가느다랗게 뜨고 연두를 바라보았다. 햇살 아래에서 웃고 있는 얼굴이 너무나 보기 좋았다. 아직은 그 자신도 정체를 가늠할 수 없는 두근거림이 기분 좋게 귓가를 울렸다.

"너도 그늘에만 있지 말고 이리 와봐. 햇볕 진짜 기분 좋아."

풀밭에 덜렁 주저앉은 연두가 손짓으로 광대를 불렀다. 광대는 사양치 않고 그녀의 옆에 자리를 잡았다. 햇볕에 달궈진 살갗에서 달짝지근한 살내가 풍겼다.

'졸려.'

광대는 비를 싫어하는 만큼이나 햇볕을 좋아했다. 따뜻한 햇
볕, 부드러운 바람, 기분 좋은 냄새. 세 박자가 갖춰지니 저절로
하품이 나왔다. 그는 꾸벅꾸벅 졸기 시작했다.

"있잖아요……. 정말 기대돼요."

"아까부터 뭐라는 거야. 졸리면 헛소리 말고 한숨 자. 아직 시
간 많아."

자꾸 반복하는 말에 연두가 타박을 놓았다. 광대는 연두의 질
문에 대답하는 대신 기꺼이 그녀의 어깨를 빌려 쪽잠을 잤다. 까
맣고 가느다랗고 매끄러운 머리카락이 한참 동안 연두의 목덜미
를 간질였다. 연두는 파랗던 하늘이 빨갛게 불탈 때까지, 잠이
부족한 광대에게 어깨를 내주었다.

연두는 왕궁으로 돌아가자마자 전문가들에게 끌려가 속성 미
용 코스를 거친 것도 모자라 재단사에게 잡혀 치수를 쟀다. 광대
가 예상했던 그대로였다. 연두는 얼떨떨한 채로 이리저리 휘둘리
기만 했지만 말이다.

"저도 옷을 맞춰요? 시녀복은 본래 그냥 옷을 주기만 하면 본
인이 알아서 수선하는 거라고만 생각했는데요."

"측근시녀시잖아요. 왕자비 전하를 바로 옆에서 보좌하시는데
직접 수선이라니, 말도 안 되죠. 그리고 보통 시녀들과 측근시녀
의 옷은 아예 디자인도 다르고 색도 달라요. 약간의 장식품도 허
용될 거고요. 지금 꽂고 계시는 그 나비 머리핀 정도면 아주 딱이
에요."

"세상에. 촌스럽다고 욕하셔도 할 말은 없지만, 설마하니 시녀
복을 맞춤으로 입게 될 줄은 정말 몰랐어요."

연두의 감탄을 들은 재단사가 소리 내어 웃었다. 비록 조금 뒤에는 무시무시한 얼굴로 허리 두께가 생각보다 굵으니 살을 빼라고 잔소리를 했지만 말이다. 그리고 연두는 스판 따위는 존재하지 않는 이 세계의 옷감을 원망하며 야식을 끊었다.

맞춤 시녀복이 도착한 건 아셰라드의 결혼식 며칠 전날이었다. 늘씬한 라인을 자랑하는 검은 드레스는 노란색으로 포인트가 들어가 있어 단정하고 세련된 멋을 풍겼다. 연두는 침실 서랍 속에 고이 모셔둔 나비 머리핀을 생각했다. 일반 시녀복에는 영 어울리지 않는 물건이었지만 이 옷에는 분명 멋지게 어울릴 터였다.

"정말 기대돼요."

아셰라드의 미모를 기대한다는 말인 줄 알았는데, 이제 생각하니 연두의 변신을 기대한다는 말이었다. 그런 줄도 모르고 기대해라, 아주 예뻐질 거다 장담하며 영 엉뚱한 대답을 했던 자신을 생각하니 부끄러워 죽을 것만 같다. 연두는 팔락팔락 손부채질을 해가며 얼굴에 오른 열을 식혔다.

"그래서 선물이라고 했구나……. 난 아무것도 안 챙겼는데. 음."

"무슨 선물? 그 집시가 반지라도 줬어?"

"반지라니 소름 끼치는 소리 하지 좀 마. 그냥 머리핀 하나 받은 거야. 그나저나 너 빨리 잔다더니 왜 안 자고 그렇게 깨어 있어?"

연두와 마고는 그 옷을 입고 아셰라드의 결혼식에 측근시녀 자격으로 참석하게 되어 있었다. 자리에 앉는 것도 아니고 드러나게

서는 것도 아니었지만 왕족의 결혼식을 지켜본다는 것만으로도 마고의 뺨은 온통 붉기만 했다. 잘 시간이 훌쩍 넘었는데도 좀체 마음이 가라앉지 않는 모양이었다.

"아, 어쩌지? 실수할까 봐 무서워서 못 자겠어."

"뒤에서 망부석처럼 가만히 서 있기만 하는 건데 실수할 거리나 있겠어?"

"망부석은 또 뭐니? 하여간 이상한 말 쓰는 거에 뭐 있다니까. 그리고 말이야, 너는 그 집시가 있지만 나는 아직 자유로운 몸이시다 이거야. 왕자비 전하의 측근시녀인 데다 약혼자도 없고 젊어! 이만하면 아주 못난 얼굴도 아니지. 이런 날 노리는 남자들이 얼마나 많겠니? 이왕 서 있을 거, 도도하고 예쁘게 서 있어야 좋은 남자를 잡지."

"난 그놈이랑 아무 사이 아니라니까 거 참 말을 안 들어. 그나저나 그 야망 진짜였어?"

"당연한 소리를."

마고가 도도하게 턱을 치켜들었다. 아셰라드가 시집갈 때 데려가줬으면 좋겠다던 꿈을 이뤘으니 이제 좋은 남자를 잡아 결혼하는 꿈도 이뤄봐야지 않느냐는 태도였다. 연두는 그 한결같음에 박수를 보냈다.

"그래, 너라면 분명 할 수 있을 거 같다. 어느 날 갑자기 귀족과 결혼한대도 놀랍지 않겠어. 아, 근데 수아나는 어떻게 된 건지 알아? 나 없는 사이 들어왔을 줄 알았더니 아직도 안 들어왔네. 그놈의 교육은 대체 언제 끝나는 거야?"

"내가 아니. 너도 알다시피 걔는 누구의 시중을 들어본 적이 없잖아. 귀족가의 예의라든가 하는 걸 배운 적도 없고 그러니 오래 걸리는 거겠지."

마고는 별 대수롭지도 않은 걸 다 묻는다는 태도였다. 하긴, 파르만 백작저에서 일하며 고용인으로서의 예의가 몸에 밴 두 사람도 왕궁 시녀로서의 몸가짐을 다시 익히느라 죽을 고생을 했으니 수아나의 교육이 늦어지는 걸 이해 못할 바도 아니었다.

연두는 금세 수아나에 대한 걱정을 떨쳐 버리고 대신 푹신한 베개를 끌어안고 엎어졌다. 안 그래도 종일토록 여기저기에서 시달리느라 잠이 부족했다. 눈꺼풀이 돌덩이라도 매달린 양 무거웠다. 늪 같은 잠이 그녀를 빨아들였다.

"……도 ……신랑을 ……해줘야 ……는데."

"그런?"

"……하필 수아나…… 가……."

"자?"

웅얼거리던 잠꼬대마저 잦아들고 작은 시녀방 안에는 침묵만이 남았다. 마고는 조심스럽게 이불을 치우고 긴 잠옷자락을 움켜쥐고선 살금살금 연두의 곁으로 다가갔다. 혹여나 발소리에 연두가 깰까 싶어 까치발을 한 채였다.

"그런, 정말 자……?"

모로 누워 자는 연두의 귓가에 마고가 자그마한 목소리로 그녀의 이름을 불렀다. 깊은 잠 속으로 끌려들어간 연두는 말이 없었지만, 그날 밤이 깊어 새벽이 올 때까지도 마고는 그렇게 그녀의 곁에 서서 생각에 잠겨 있었다.

✸

먼지가 한 뼘은 되도록 쌓인 벤치, 금 가고 깨진 보도블록, 말라비틀어진 화단, 길게 뻗은 나뭇가지마다 흉물스럽게 걸려 있는 거미줄. 멈춘 놀이기구에는 온통 뻘건 녹이 슬었고 유리창은 먼지로 뿌옇게 더러워 안이 보이지 않았다.

"이게 뭔 꼴이야!"

정문 창살 틈으로 드림랜드의 끔찍한 꼴을 목도한 니니스의 턱이 아래로 툭 떨어졌다. 광대를 어르고 달래고 속여서 인형들에게 보냈던 그 순간부터, 드림랜드가 어느 정도 황폐화 될 것은 이미 짐작한 바였다. 관리자가 사라진 놀이공원이 평소처럼 돌아갈 리가 없었으니까 말이다. 하지만 이런 꼴이 될 줄은 정말 꿈에도 몰랐다.

니니스는 그때까지도 이고지고 있던 쇼핑백들을-문제되는 장소를 찾아 한 바퀴 도는 김에 쇼핑을 좀 했다- 매표소 안에 죄다 몰아넣었다. 광대가 애지중지 보관하던 인형들은 먼지를 뒤집어쓰고서도 여전히 번들번들한 안광을 빛내며 자리를 지키고 있다.

"쯧, 하여간 취향 진짜……. 악!"

혀를 차며 휙 돌아서던 니니스가 그대로 엉덩방아를 찧었다. 10cm는 족히 넘는 아슬아슬한 힐의 구두굽이 기어코 두 동강 났다. 발목이 아픈 건 둘째치고서라도 넘어지면서 꼬리뼈를 정통으로 부딪쳤는지 눈앞이 새카맸다. 그녀는 한참이나 허리를 붙들고 끙끙거렸다.

"어흐……. 모처럼 마음에 드는 거였는데!"

아픔이 가시자 얄팍한 지갑에 있는 현금을 죄다 털어 샀던 구두를 버리게 생겼다는 분노가 가장 먼저 치솟았다. 무슨 구두를 이따위로 만들었는지. 니니스는 도저히 회생 불가능해 보이는 구두를 붙들고 인상을 쓰다가 결국 매표소 한쪽 구석에 고이 모셔두고 말았다. 일을 모두 마무리하면 꼭 A/S를 받으러 갈 요량이었다.

툭. 매표소 테이블에 널브러져 있던 인형이 바닥에 굴러 떨어지며 부산하게 움직이던 니니스의 주의를 끌었다. 잘생겼지만 비열한 인상의 인형, 준규의 친구와 꼭 닮은 얼굴을 한 그 인형이었다. 준규가 대충 던지고 갔던 인형이 니니스를 빤히 바라보았다.

"흠."

니니스는 잠깐 망설이다가, 그 인형을 마침 들고 있던 클러치에 챙겨 넣었다. 얄팍하니 예쁘게 반짝이던 클러치가 불룩하게 배를 불렸다.

그렇게 구두를 벗은 채 맨발로 매표소를 나온 니니스는 단단하게 닫혀 있는 드림랜드 정문 앞에서 미간을 찌푸렸다. 쇠사슬로 단단하게 엮인 정문에는 줄기도 굵은 덩굴들이 빼곡하게 얽혀 드림랜드라는 이름도 제대로 보이지 않을 정도였다. 조금 전만 해도 이 정도는 아니었는데 말이다.

니니스는 정문 주변의 담장 높이를 살폈다. 기어 올라간다면 어찌어찌 넘을 수야 있을 것 같았지만, 엉덩이와 허벅지가 딱 달라붙는 스커트를 입고 담벼락을 타고 싶지는 않았다. 그래서 그냥 마법을 쓰기로 했다. 딱! 그녀가 손가락을 튕겼다.

열려라, 참깨~

드림랜드는 창조자의 명령을 충실하게 이행했다. 문을 얽어매고 있던 덩굴들이 스스로 물러났고, 굳게 닫혀 있던 정문은 소리도 없이 몸을 비켰다. 퀴퀴한 냄새마저 풍기는 스산한 바람이 불어나왔다. 안으로 들어가니 정문의 창살 틈으로 보았던 황량한 풍경이 한결 더 생생하게 피부에 와 닿았다. 맨발로 밟는 바닥엔 온갖 잡쓰레기가 잔뜩 깔려 있어 걷기가 무서울 지경이었다.

어디부터 가야 할까. 목적지는 명확했다. 니니스는 인형의 집을 향해 직진했다. 인형의 집은 연두와 광대를 꿀꺽 삼킨 곳이기도 하지만 그녀가 드림랜드를 설계할 때 드림랜드의 핵심구동장치로 삼은 곳이기도 했다. 드림랜드가 이 꼴이 된 데는 인형의 집 탓이 있을 게 틀림없었다.

커다란 나무에서 오른쪽으로 꺾은 다음, 롤러코스터를 지나, 대관람차에서 왼쪽으로 돌아서 화단과 화장실을 지나치면 인형의 집이 나와야 하는데…… 없다. 니니스는 인형의 집이 있을 자리에 자리 잡은 범퍼카를 보며 황당함에 미간을 좁혔다.

'이상하네? 드림랜드의 지리는 확실하게 알고 있었는데.'

니니스는 자신이 길을 잘못 든 거라고 생각했다. 순진하게도. 이후 그녀는 냉기가 올라오는 바닥을 맨발로 밟으며 근 세 시간여를 헤맸다.

드림랜드는 니니스와 숨바꼭질이라도 하는 것처럼 놀이기구의 배치를 제멋대로 바꿔댔다. 방금 지나친 놀이기구가 돌아서면 다른 것으로 바뀌어 있는 일이 허다하니, 제아무리 선량하고 인내심 많은 마녀인 니니스라도 화가 나는 게 당연하다. 미간에 패인 골이 그랜드 캐니언의 계곡 못지않게 깊어졌다.

"이 빌어먹을 드림랜드. 미운 정이 들어서 형태라도 남길까 했는데 그럼 안 되겠어. 일이 끝나면 죄다 때려 부숴서 불쏘시개로 써버려야지."

깨진 등을 머리에 이고 있던 가로등들이 움찔거렸다. 니니스는 맨발로 바닥을 쿵쿵 두들기며 들으란 듯 큰 소리를 냈다.

"산산조각 내서 호수에 던져 버려야겠어. 물고기들 산란장으로 아주 인기 만점…… 아니다, 요즘 수입도 별로인데 조각조각 나눠서 어디 경매장에 팔기라도 하면 잘 팔리겠지? 아무렴, 누가 만든 놀이공원인데."

폭언이 이어질수록 가로등의 동요가 점점 눈에 띌 정도로 커져 갔다. 종국에는 가로등끼리 둥그렇게 모여서서 머리를 맞대고 저들끼리 수군대는 꼴이, 니니스의 협박이 제법 진심으로 들렸나 보다.

"나 한다면 진짜 한다. 알지? 벨라도나가 아끼던 미니 하우스, 내가 작살냈던 거."

아무래도 전적이 있는 모양이다. 한차례 부르르 몸을 떤 가로등들이 껑충껑충 뛰어 나란히 섰다. 니니스는 가로등이 늘어선 길을 따라 천천히 걸었다. 혹사당한 다리가 아프다고 칭얼거릴 때쯤, 저 멀리 환하게 불을 밝히고 있는 인형의 집이 모습을 드러냈다. 따뜻하게 흘러나오는 노란빛이 얄미웠다.

니니스는 인형의 집을 향해 다다다 달려갔다. 원인 규명도 좋지만 얼른 들어가서 푹신한 소파에 드러누워 쉬고 싶었다. 그런데 이게 무슨 일일까. 인형의 집에는 문이 없었다. 니니스는 긴 통로를 날듯이 달려 들어갔지만 아무것도 없는 흰 벽만이 그녀를 맞았다.

황당해진 니니스가 벽을 두드리고 발로 걷어차기도 해봤지만 그런다고 없는 문이 생겨나는 건 아니었다. 니니스는 잔뜩 화가 난 채로 통로를 뛰쳐나와 가로등을 걷어차며 소리를 질렀다.

"야! 문 열어!"

하필 가장 가까이에 있어 봉변을 당한 가로등이 급하게 머리를 저었다. 아무것도 모른다는 태도였다. 다른 가로등들 역시 똑같았다. 니니스는 그만 머리를 싸쥐고 말았다. 열려라 참깨 주문은 열릴 문이 있어야 쓸 수 있는 마법이었고 그녀는 공격 마법 쪽에는 재능이 없었다.

"아, 이럴 줄 알았으면 공격 마법도 몇 개는 배워놓을걸. 쓸 일 없다고 안 익혔더니만 이게 뭔 꼴이야."

니니스는 웅크려 앉아 잠시 짜증을 곱씹다가, 그냥 폭력으로 일을 해결하기로 했다. 창문을 깨고 진입하기로 마음먹은 것이다. 인형의 집이 대체 드림랜드에 무슨 영향을 미치고 있는지 알 수 없는 상황인 만큼, 강제 진입은 감수해야 할 위험이 컸지만 어쩔 수 없었다. 일단 들어가야 사정을 파악할 것 아니겠나. 마침 주변에 쓸 만한 것들도 많이 있었고 말이다.

니니스에게 걷어차였던 가로등은 곧 인형의 집 창문에 머리를 박는 신세가 되고 말았다. 쿵, 쿵, 쿵. 쇠로 만들어진 가로등이 유리창을 후려치는 거라고는 생각하기 힘든 둔탁한 소리가 밤공기를 울렸다. 하지만 유리창은 깨지기는커녕 금도 안 갔다.

"이따위로 강력한 방어마법을 걸어둔 적은 없는데. 대체 왜…… 어?"

커다란 창문 안쪽에서 무언가 움직이는 게 보였다. 니니스는 유리창에 찰싹 달라붙었다. 얼마 지나지 않아 움직임 없는 인형들과 소품들 사이를 헤집고 돌아다니는 인영이 창가로 다가왔다. 연두였다.

연두는 인형들 사이를 제 집처럼 휘젓고 다녔다. 길게 늘어진 드레스의 밑단을 밟거나 자잘한 소품이 망가지는 것쯤은 아무렇지도 않다는 태도였다. 심지어 길게 늘어뜨린 머리카락이 나뭇가지에 걸리자 엉킨 머리카락을 풀 생각은 하지도 않고 바로 나뭇가지를 뚝 부러뜨려 버리기까지 했다. 그녀가 지나는 길에 있는 인형들은 죄다 엉망이 되어가고 있었다.

"더미 주제에 내 역작들에게 뭐하는 짓이야? 아니, 그보다 저게 왜 움직이지? 야!"

쾅쾅쾅. 니니스가 창문을 두드렸다. 그 소리가 어찌나 컸는지, 그녀의 곁에서 허리를 굽히고 있던 가로등이 펄쩍 뛰어 도망갔다. 안쪽에 있는 연두가 듣지 못할 소리가 아니었는데도 그녀는 전혀 듣지 못한 것처럼 신경을 쓰지 않았다. 오히려 뒤쪽을 흘끗흘끗 바라보며 누군가의 눈치를 살피기만 했다.

아무래도 안쪽에서는 이 창문이 보이지 않는 모양이었다. 니니스는 유리창에 이마를 짓눌러가며 연두의 시선을 따라갔지만 워낙 소품과 장식이 많아 보이는 게 없었다.

그녀가 안쪽을 보려고 애쓰는 동안에도 연두의 파괴 행각은 계속 이어졌다. 나무 그늘 아래에 서 있던 어린 사슴의 목이 홱 돌아갔다. 연두는 사슴을 쓰러뜨려 목을 잘근잘근 밟은 걸로도 모자라 근처에 있는 인형의 치맛자락 안에 슬그머니 밀어 넣기까지 했다.

정성 들여 만든 인형이 아작 나는 꼴을 코앞에서 보고만 있어야 했던 니니스는 정말 오랜만에 머리끝까지 열이 오르는 기분을 느꼈다. 꽉 깨문 잇새로 으드득, 이 가는 소리가 흘러나왔다. 넌덜머리나는 놀이공원이지만 미우나 고우나 저가 만든 작품이었고, 때려 부수는 날이 오더라도 그건 제 손으로 해야 할 일이었다. 저 정체 모를 더미 따위가 할 일이 아니란 말이다.

"야, 너 이리 와봐. 그래, 너."

니니스에게 걷어차였던 가로등은 이제 간이 사다리 노릇을 떠맡았다. 영 못마땅해하는 기색이 역력했지만 입이 없으니 불평도 할 수 없다. 가로등은 길쭉한 몸을 기울여서 벽에 기댔다.

니니스는 큰 맘 먹고 샀던 스커트의 양 옆단을 쭉 찢어내기까지 하며 비장한 결심을 했다. 애지중지 챙기고 있던 클러치까지 바닥에 내버렸으니, 실패할 수는 없다. 그녀는 저 멀리서부터 숨을 고르곤 다다다 달려 단숨에 가로등을 타고 지붕에 뛰어 올랐다. 처마의 높이가 일반적인 주택의 2층은 되도록 높다는 걸 생각하면 전문 도둑 저리 가라 할 솜씨였다.

"죽겠다, 진짜. 이 나이 먹고 이게 무슨 짓이람."

가파른 지붕을 맨발로 능숙하게 타면서 할 말은 아니었지만, 니니스는 나름대로 진심이었다. 하긴 도시 전체를 상대로 술래잡기를 하던 한창때를 생각하면 밤이슬에 젖은 지붕이 미끄럽다고 끙끙대는 지금이 참 한탄스러울 수도 있을 것이다.

니니스는 몇 번이나 미끄러지면서도 기어이 다락방 창문에 매달리는 데에 성공했다. 창문은 다행히도 열려 있었다. 그녀는 작은 창문에 몸을 구겨 넣다시피 하며 꾸역꾸역 안으로 들어갔다. 시커먼 토굴 같은 다락방에 담요만큼 쌓여 있던 먼지가 니니스를 반겼다.

"에엣취!"

밤이슬로 젖은 발에 먼지가 휘감겼다. 니니스는 껌껌한 실내를 더듬으며 출구를 찾았다. 휴대폰이라도 있었다면 좋았을 것을, 클러치를 내던지고 올라온 덕에 손에 쥐고 있는 게 아무것도 없었다.

"악!"

튀어나온 서까래가 니니스의 이마를 후려쳤다. 니니스는 순식간에 벌겋게 부어오른 이마를 붙들고 끙끙대다가 이상한 것을 발견했다. 두꺼운 먼지 아래에서 웬 빛이 희미하게 비쳐 올라오고 있었다. 먼지를 걷어내고 나자 빛의 정체는 좀 더 확실해졌다. 살짝 벌어진 나무 바닥 틈 사이로 아래에서 빛이 새는 것이다. 니니스는 있는 대로 미간을 찌푸렸다.

"아무리 취미 생활이어도 이따위로 허술하게 만들지는 않았는데……."

의아함에 고개를 갸웃대면서도 니니스는 얄팍한 틈 사이로 얼굴을 가져다 댔다. 아래쪽의 광경이 가물거리며 비춰들었다.

연두와 준규는 나란히 앉아 있었다. 준규에 기댄 채 발을 까딱대는 연두는 몹시 즐거워 보였다. 하나 그녀의 머리를 쓰다듬는 준규의 표정은 애매했다. 그는 마냥 즐거워 보이지도, 그렇다고 기분 나빠 보이지도 않는 애매한 얼굴을 하고 있었다.

"인형 망가뜨리고 다니는 게 그렇게 재밌어?"

"스트레스가 확 풀려요."

"이런. 평소라면 티끌이라도 묻을까 전전긍긍했을 텐데, 갇혀 있더니 취향이 변하기라도 한 거야?"

연두가 흥, 하고 고개를 돌렸다. 대답을 피하는 그 모습이 또 귀여워, 준규는 피식 웃고 말았다. 만나기 전에는 만나기만 해봐라, 날 고생시킨 만큼 혼쭐을 내줄 테다 생각했었다. 하지만 정작 이렇게 만나 얼굴을 맞대고 귀여운 투덜거림을 들으니 그런 마음은 여름날의 아이스크림처럼 허망하게 녹아내렸다. 그가 생각하기에, 연두 이 앙큼한 녀석은 자신의 그런 무른 면을 다 알고 있는 게 틀림없었다.

가만히 준규의 손길을 받던 연두가 준규의 어깨에 머리를 기대곤 자그마하게 하품을 했다. 안 하던 애교에 준규가 어깨를 움찔거렸다.

"선배, 선배는 안 졸려요?"

"왜. 졸려?"

"조금요. 조명이 너무 밝아서 좀 그렇긴 한데……. 자꾸 눈이 감겨요."

"얼씨구. 규칙적으로 살란 말에 알았다고 넙죽 대답할 땐 언제고 졸립다고 그냥 잔대. 너 내가 확인 안 한다고 대충 낮밤 바꿔가며 살았던 거 아니지?"

"하하……."

"웃음으로 때우기는. 그래, 졸리면 자야지. 잠깐만 있어봐."

준규가 벌떡 일어나 깔고 누울 것들을 주우러 가려는데, 연두가 그의 소매를 붙들어 잡았다. 배시시 웃는 웃음은 한없이 보드랍고 붙잡는 목소리는 꿀이라도 바른 듯 달았다.

"그냥 선배가 팔베개 해주면 안 돼요?"

"……뭐?"

"혼자 있는 건 무섭단 말예요. 여기 인형들, 너무 사람 같잖아요."

혼자 있는 게 무서우니 같이 있어달라.

굽슬굽슬 흐르는 결 고운 갈색 머리칼, 개암처럼 맑은 갈색 눈동자, 혼혈 특유의 이국적인 이목구비. 조잘대는 연두의 얼굴은 준규의 기억과 한 치도 다를 바가 없는데, 어째 그 예쁜 입은 너무나 낯선 말들만 줄줄이 늘어놓는지. 이젠 거의 정상으로 돌아왔는데 아까 같은 말을 또 할 줄은 몰랐다.

"……강연두, 머리 땋아줄까?"

"대박. 선배가 머리도 땋을 줄 알아요?"

"그럼. 내 조카들이 얼마나 귀여운데. 자주 보지는 못하지만 만날 때마다 다리에 달라붙고 팔에 달라붙고 난리야."

준규는 훤칠하게 키가 컸다. 이목구비도 단정하면서 사내다웠다. 게다가 웃지 않을 때엔 몹시 날카롭고 싸늘한 인상을 주었다. 그런 준규에게 그렇게 덥석덥석 매달리는 아이들이라니. 조카들이 간이 큰 건지, 아니면 그가 조카들에게 특히 다정한 이인지 알 수가 없다.

준규의 집안인 선림건설 창립가의 가족사항은 세간에 거의 공개되지 않은 사항이었기에 더 그랬다. 하나 연두는 그 간 큰 조카들이 대체 누구냐 캐묻는 대신 그저 웃으며 돌아앉았다.

"예쁘게 땋아주셔야 돼요."

"걱정 마. 요새 유행하는 땋기가 뭐더라? 벼 머리 어쩌고 있었던 거 같은데. 방법은 어떻게 외우겠는데 이름은 도저히 못 외우겠단 말이야."

준규는 다시 바닥에 엉덩이를 붙였다. 결 좋은 머리칼을 한 손에 모아 쥐고 천천히 손가락으로 빗질을 했다. 그 손길이 어찌나 섬세하고 부드러운지, 얌전히 앉아 있던 연두가 슬슬 몰려드는 잠을 이기지 못하고 연신 고개를 꾸벅거렸다.

"졸리면 그냥 자. 머리는 나중에 해줄 테니."

"싫어요……. 내가 잠들면 자리 비울 거잖아요."

"잘 아네. 그러니까 팔베개를 해달라?"

"해줄 거예요? ……아야!"

무방비상태로 졸다가 뺨을 꼬집힌 연두가 어린 강아지처럼 끙 끙거렸다. 준규는 연두를 눕혀 무릎베개를 해주곤 큰 손으로 그 녀의 눈을 가렸다.

"자, 이제 괜찮지? 잠들 때까지 눈 가려줄 테니까 이만 자라."

"치. 팔베개는 아니지만 이것도 나름 괜찮긴 하네요."

투덜대면서도 연두는 일어나지 않았다. 오히려 방긋방긋 뺨에 보조개까지 피워가며 눈을 감았다. 준규는 가만히 앉아 연두가 잠들기를 기다렸다. 피곤하다는 말이 거짓은 아니었는지, 연두는 단단하게 팔짱을 낀 채로 잠들었다.

준규는 연두가 고른 숨을 쉴 때까지 기다렸다가, 그녀가 완전 히 잠든 것을 확인하고서야 조심스럽게 손을 치웠다. 그리고 매끄 러운 머리칼을 천천히 땋기 시작했다. 이리저리 모양까지 내며 땋 는 솜씨는 그가 장담했던 대로 꽤나 괜찮은 수준이었다.

"얼굴은 똑같은데…… 하는 짓은 왜 이렇게 다르냐, 강연두."

기억이 조금 사라졌다고 사람의 근본적인 성향까지 바뀔 수 있 는 걸까. 기억이라는 게 사람의 사고방식과 태도를 구성하는 데 에 이렇게까지 큰 영향을 미치는 거였나.

준규가 알고 있는 연두는 호기심이 넘치고 독립적이며 타인에 게 기대기를 부담스러워하는 여자였다. 스토커가 붙어 괴상한 우 편물을 받고 몇 번이나 집을 옮기면서도 끝끝내 제 발로 서려고 아등바등하는 여자. 호기심이 하늘을 찔러서 제 목숨 간당간당 한 걸 뻔히 알면서도 위험한 곳에 발들이기를 마다하지 않으니, 소식이 있을 땐 있는 대로 걱정이고 소식이 없을 땐 없는 대로 걱 정인 여자.

제발 바뀌기를 그렇게 빌고 또 바랐는데 정작 질문 없고 추궁 없는 연두를 앞에 두니 이렇게나 마음이 불편하다. 준규는 뽀얀 이마를 쓰다듬으며 쓴 미소를 지었다.

"이것 참……. 나도 내 마음을 모르겠다."

준규는 좋은 향기가 나는 연두의 머리카락 끝에 입맞춤을 했다. 목울대까지 올라왔던 한숨은 그녀의 향기에 밀려 목구멍 아래로 내려가 버렸지만, 사라지는 대신 묵직한 돌이 되어 뱃속에 눌러앉았다. 이 돌이 사라지려면 아마도 시간이 꽤나 필요할 듯했다.

니니스는 연신 한숨을 삼키는 준규를 보며 함께 한숨을 삼켰다. 그를 보고 있자니 드림랜드가 왜 이 꼴이 됐는지 대강 짐작이 갔다. 광대가 없는 사이에 손님이 온 것이다. 표지 역할을 하는 광대가 자리를 비웠는데도 꾸역꾸역 드림랜드를 찾아낸 걸 보면 그 욕망의 크기가 대단한 손님일 터였다. 왜 하필 인형의 집이고, 다른 곳들이 엉망이 되었는지는 모르겠지만. 아무튼 광대가 그를 보았다면 환장을 하고 달려들어 인형을 만들었을 게 틀림없었다. 생긴 것도 남자답게 훤칠하니 보기에도 좋았으리라.

니니스는 턱을 괴고 엎드린 채 생각에 잠겼다. 저 남자는 그렇다손 치더라도, 자신이 만든 더미 따위가 저리 생생하게 돌아다니는 이유를 대체 알 수가 없었다. 심지어 제법 인간 흉내를 그럴싸하게 내고 있잖은가. 참으로 신기하게도 말이다.

✳

서늘한 밤공기, 가끔 새 우는 소리들만 들리는 조용함 가운데에서 가쁜 숨소리가 흩어졌다. 진주처럼 빛나는 보드라운 살갗은 온통 땀에 젖어 촛불 빛에 번들거리고 향유 바른 결 고운 머릿결이 소박한 무명천 베개 위로 흐트러졌다.

"수아나……."

"예."

"……수아나."

"예에."

수아나는 뺨을 쓸어내는 손을 쥐고 주름진 손바닥에 다정한 입맞춤을 했다. 발그레하게 열 오른 얼굴에 떠오른 미소가 다디달아 꿀이라도 머금은 듯하니, 손의 주인도 그와 비슷한 미소를 그녀에게 돌려주었다.

두 사람의 입술이 겹쳐졌다. 가느다란 팔이 사내의 목을 끌어안고 사슴 같은 다리가 사내의 허리를 끌어안았다. 사내는 수아나의 적극적인 행동을 몹시 즐기는 듯, 그녀의 머리카락 속에 손을 넣은 채 입술을 파고드는 데 열중했다. 흥분에 젖은 입술에선 질척이는 소리가 났다.

그들이 입술을 겹치고 숨을 나누는 동안 얄팍한 이불이 침대 아래로 미끄러졌다. 감춰지지 않는 쾌락이 물결처럼 출렁거렸다. 서로에게 번져 드는 체온이 소리가 되어 입술에 고였다가 바닥으로 떨어졌다.

짧지 않은 시간이 지나고 나서야 영원히 엉켜 있을 것만 같던 남녀가 떨어져 늘어졌다. 주름진 손의 사내는 잠자리가 몹시 만족스러웠는지, 무얼 원하느냐 물었다. 수아나는 뺨을 부풀리곤 교태를 부리며 사내의 품을 파고들었다.

"아무것도 필요 없어요. 곁에 있을 수 있게만 해주세요."

"이것 참, 가장 어려운 일을 부탁하는구나."

곤란하다 말하면서도 사내의 목소리에는 웃음이 담겨 있었다. 그러면서도 확답을 주지 않으니, 안달이 난 수아나가 앓는 소리를 내며 대답을 졸랐다. 그러나 사내는 수아나의 입가에 다시 한 번 키스하고 옷을 꿰어 입으며 나갈 채비를 했다.

수아나는 더 매달리는 대신 침대에 길게 드러누워 우아한 곡선을 과시하며 사내의 눈길을 끌었다. 무례한 태도였지만 사내는 수아나를 나무라지 않았다. 오히려 아름다운 예술품을 감상하듯 느긋하게 젊은 육체를 바라보았다. 그럴수록 수아나의 자세는 더욱 도발적이고 노골적으로 변해갔다.

"또 오지."

수아나가 서운한 표정을 지었지만 사내의 발걸음은 거침없었다. 초라한 방문이 미끄러지듯 열리고, 문 밖에 서 있던 여자가 깊게 허리를 숙였다. 마고였다.

마고는 사내에게 극진한 공경을 표하며 그를 밖으로 안내했다. 역사 깊은 왕궁의 구조는 미로와 같고, 그중에서도 하녀들이 다니는 뒷길은 익숙한 자의 안내가 없이는 길을 잃기 십상이었다.

마고가 든 등불이 그녀의 걸음에 따라 천천히 흔들렸다. 어둡고 울퉁불퉁한 돌 벽은 장식 없이 단조롭고 음침했다. 그렇게 똑같아 보이는 모퉁이를 몇 쯤 더 돌자 갑작스레 화려한 복도가 나타났다. 거기서 안절부절못하고 기다리고 있던 시종은 눈에 띄게 안심한 표정을 감추지 못한 채로 사내의 길잡이 역할을 넘겨받았다. 사내는 곧 왕궁의 깊숙한 곳으로 사라졌다.

마고는 자수 놓인 망토자락이 멀리 사라지고 나서야 굽혔던 허리를 펴고 안도의 한숨을 내쉬었다. 긴장한 채 오랫동안 서 있느라 뻣뻣해진 다리도 두드리고, 기지개도 좀 켜고. 찌뿌듯한 어깨를 주무르며 천천히 길을 되짚어 가는데, 생각지도 않았던 사람이 그녀의 앞에 나타났다.

"마고."

연두가 거뭇하게 때가 탄 노란 소매를 둥둥 걷고 틀어 올린 머리카락 여기저기에 나뭇잎을 덕지덕지 묻힌 채 잔뜩 화가 난 표정을 짓고 있었다. 표정은 둘째 치고라도 그 차림새가 어찌나 초라한지, 뽀얗게 살이 올라 얼굴에서 윤기가 흐르는 마고와는 사뭇 다른 모습이었다. 마고가 유령이라도 본 것처럼 놀라 흠칫 뒷걸음질을 쳤다. 연두는 그에 상관하지 않고 덤벼들어 마고의 멱살을 움켜쥐었다. 빳빳하게 풀을 먹여 다린 시녀복이 형편없이 구겨졌다.

"이 미친년아."

"내가 뭘?"

"네가 감당할 수 있는 범위가 아니잖아, 이건."

"그걸 네가 어떻게 알아?"

"야!"

"이거 놔, 그린. 네가 뭐라도 되는 것처럼 멱살 잡고 늘어지지 말라고."

연두의 팔 힘이 아무리 좋아졌대도 마고에 비할 바는 아니었다. 마고는 제 멱살을 쥔 연두의 손을 억지로 쳐 내고 옷자락에 진 주름을 정리했다. 너무나 여상스럽고 태연한 그 동작이 연두의 속을 홀랑 뒤집었다.

"이…… 손목이 잘려도 버릇 못 고칠 썩을 년 같으니. 네가 쌈

짓돈으로 도박하는 거야 내가 무슨 상관이겠어, 잘되건 못되건 네 일인데. 그런데 넌 지금 네 쌈짓돈으로도 모자라 수아나의 인생을 판돈으로 걸었잖아. 왜 그 따위 짓을 하냔 말이야. 도박은 너 혼자 해!"

"판돈이 커야 큰 걸 얻는 거야. 하이리스크, 하이리턴. 네가 하던 말이잖아. 새삼스럽게 왜 이래?"

"하이리턴이고 나발이고, 리스크에 왜 남의 인생을 걸어? 지는 날에는 너도 수아나도 다 죽어."

비장한 경고였으나 마고에게는 닿지 않았다. 그녀는 오히려 눈매를 둥그렇게 휘며 연두를 비웃었다. 이전에도 그랬듯이, 마고는 스스로의 감과 운을 믿었다. 그녀가 생각하기에, 자신은 타고난 도박꾼이었고 이제껏 어느 도박판에서도 패배한 적 없는 승리자였다. 그리고 앞으로도 그러할 터였다.

"그래, 알아. 그러니까 그린 너는 입 닥치고 얌전히 있어. 쓸데없이 왕자비 전하께 쪼르르 달려가 나불대지 말란 말이야. 잘되면 너에게도 한 자리 챙겨줄 테니까."

"윽!"

마고에게 호되게 정강이를 걷어차인 연두가 그 자리에서 고꾸라졌다. 기름 먹여 잘 관리한 구두는 엔간한 흉기 못지않았다. 당연히 그 아픔이야 말해 무엇 할까. 마고는 정강이를 붙들고 낑낑대는 연두를 태연히 지나쳐 사라졌다. 그 걸음에서 자신감이 넘쳐흘렀다.

마고와 연두는 똑같이 아셰라드의 측근시녀로 왕궁 생활을 시작했다. 하지만 지금 두 사람의 위치는 꽤 달랐다. 마고는 본래 왕자궁을 장악하고 있던 시녀장을 허수아비로 만들 정도의 영향력을 거머쥔 반면, 연두는 존재감이 흐릿해 신입 하녀들 중에는 연두의 얼굴도 모르는 아이가 있을 정도였다.

그건 아셰라드가 두 사람의 쓰임새를 달리한 때문이었다. 그녀는 마고에게는 겉으로 드러나는 일을, 연두에게는 은밀하고 어두운 부분들을 주로 맡겼다. 비밀스러운 서신을 전하고 때론 누군가를 감시하며 각지의 소식을 긁어모아 분류하는 것들이 연두의 일이었다. 연두는 풀방구리에 쥐 드나들 듯 아셰라드의 집무실과 침실을 드나들었다.

"이런 일을 측근시녀에게 시키는 사람이 어디 있어요? 그냥 심복 하나 새로 키우시는 게 어때요?"

"말이 많구나. 그런 데 쓰라고 측근시녀를 두는 거란다."

"마고는 왕궁에 두시면서 저만 내돌리시잖아요."

"추가 수당을 그렇게 받아가면서 말이 많구나. 마고는 문맹인데 어떻게 이런 일을 맡기니? 그 애는 앞으로도 한참 더 공부해야 해. 하지만 넌 어지간한 귀족 영양들 부럽지 않게 지식과 교양을 쌓았으니 네게 맡기는 거야. 잘 알고 있으면서 그렇게 투덜대지 말렴."

"투덜대기라도 해야 추가 수당을 주시잖아요. 그나저나 성과급은 언제 주실 건데요?"

"너만큼 돈 밝히는 측근시녀는 또 없을 것 같구나."

"본래 세상은 돈과 인맥이에요."

아셰라드의 사탕발림을 들을 때마다 연두는 매번 코웃음을 쳤다. 그녀가 알기로, 자신이 이렇게 뒤로 내돌려지는 데에는 이국적인 외모가 가장 큰 원인이었다.

왕궁의 시녀들과 하녀들은 연두의 외모를 지극히 낯설어 하는 동시에 두려워했다. 파르만 저택에서처럼 복작복작 섞여 지내는 것도 아니니 평판이 좋아질 기미도 보이지 않았다. 얼굴을 갈아 엎을 수도 없는데 거 참 곤란한 일이었다. 아셰라드는 그런 상황을 개선시키려는 노력 대신 연두를 숨겨두고 부리면서 제 욕심을 채웠다.

그래도 이제까지 연두는 이런 상황들에 딱히 불만을 가지지 않았다. 어차피 아셰라드에게 온몸을 바쳐 충성하는 것도 아니었고, 왕궁 생활을 천년만년 할 것도 아니었다. 일이 너무 많은 거야 좀 짜증나지만 그만큼 보수도 받았고 말이다.

아셰라드에 대한 충성심이 가랑비 고인 웅덩이만 한 연두를 이제까지 왕궁에 붙들어둔 건 오직 수아나였다. 수아나는 아셰라드의 시중을 드는 시녀가 되어 왕궁에 들어왔는데, 아셰라드는 종종 수아나에게 지푸라기를 주고 금실을 만들 것을 강요하곤 했다.

목숨이야 구했다지만 누군가의 시녀가 되어 허리 펼 날 없이 일하고 요구대로 금실을 자아내는 삶이 동화의 끝일 리가 없다. 연두는 수아나가 짝을 만나야만 그녀의 이야기가 완결을 맺을 것이라는 걸 확신했고, 기회가 닿을 때마다 제 얄팍한 끈을 죄다 동원했다.

그동안 이 반시 왕국을 찾아온 타국의 왕족과 고위 귀족들, 기사들 중에서 수아나와 '우연히' 마주치지 않은 사람을 찾기가 어려울 정도였다. 이만하면 연두의 눈물겨운 노력이 짐작이 갈 것이다. 잘될 것 같다가도 매번 파투가 나는 통에 수아나의 짝은 외국인이 아니라 내국인이었던 걸까 하고 의심을 하고 있던 참이었다. 한데 이런 꼴을 보게 되다니 기가 막혔다.

'제일 윗대가리랑 배를 맞추는데 왕자니 귀족이니 눈에 들어왔 겠어? 이걸 이제야 알다니 나도 한물갔네. 강연두 이거 접시 물 에 코 박고 죽어야겠는데?'

마고는 나중을 이야기 했지만, 연두에게 나중 따위는 의미가 없었다. 안 그래도 연두를 미끼로 흔드는 아셰라드에게 혹사당하 느라 눈 밑에 검은 그늘이 가실 날 없는 광대에게 들 낯이 없어지 던 참이었다. 소용없으리란 걸 알지만 항의라도 해봐야 하나 고민 하던 차에 이렇게 등을 떠밀어준다면 고마운 일이었다. 무슨 일 이 벌어지든 뒷일에 대한 양심의 가책을 덜어줄 테니.

연두는 아셰라드의 방을 향해 직진했다.

아셰라드는 잘 준비를 하고 있었다. 아셰라드의 머리칼을 빗으 며 시중을 들던 시녀는 연두를 보자마자 얼굴을 납빛으로 굳히곤 어깨를 부들부들 떨다가, 연두의 눈짓을 받자 후다닥 자리를 피 했다. 아셰라드의 허락이 떨어지기도 전에 벌어진 일이었다.

"이것 참, 나도 모르는 사이에 무슨 일을 한 거니? 내 시녀가 아니라 네 시녀 같구나."

"멍청한 년이라 그래요. 고이 잠자는 호랑이보다 당장 정강이 를 걷어찰 여우가 더 무서운 년이거든요. 여우가 호랑이 위세를 등에 업고 설치는 것도 모르고 말이죠."

아셰라드의 침실 시녀는 연두의 위세가 먹히는 몇 안 되는 시 녀 중 하나였다. 여기저기서 치이고 다니는 연두를 알고 있던 아 셰라드에게는 아주 의외의 광경이라 하겠다.

"이런. 그린, 권력을 부릴 줄 알게 됐구나."

"어울려 주는 거죠. 나름 편하더라고요."

호가호위를 하고 있노라, 대놓고 말하는데도 아셰라드는 그리 신경 쓰는 눈치가 아니었다. 오히려 킥킥 웃으며 연두를 제 앞에 불러 세우곤 빗질을 마저 할 것을 명령했다. 연두는 기름 발린 브러시로 아셰라드의 금발을 정성스럽게 빗기 시작했다. 그녀의 금발은 방 곳곳을 밝히는 촛불에 눈부시게 빛나며 금빛 파도처럼 출렁거렸다.

"그래, 무슨 급한 일이 있어서 옷 갈아입는 것도 관두고 이 야밤에 찾아왔니?"

"밀레스가 죽었어요. 자살했죠."

"이런. 좀 더 자세히 말해보려무나."

발가락이 잘려 절름발이가 되고도 꿋꿋하게 견뎠던 밀레스는 작은 집 안을 가득 채운 암흑과 침묵은 견디지 못했다. 파티를 좋아하고 반짝이는 보석을 사랑한 철없는 아가씨는 갑작스레 찾아온 행운에 매몰되었던 것만큼이나 빠르게 절망을 들이켰다. 다락을 기어 올라가면 햇빛이 있을 것을 알고도 발목을 잡고 늘어지는 어둠에 스스로 고개를 처박았다. 집 안에 갇힌 지 일 년이 채 못 되어, 그녀는 음식을 거부하고 굶어 죽었다.

마땅히 시신을 거둬 장례를 치러야 할 것이나 마을 주민들 중 누구도 그 집 안으로 들어가겠노라 나서는 이들이 없었다. 연두가 큰돈을 걸었어도 매한가지였다. 자살한 시체는 재수가 없다며 수군거렸다.

백작부인도 멀쩡하진 않았다. 그녀는 시신을 거둬가겠다는 연두의 통보를 진저리를 내며 거부했다. 어떻게든 작은 창문으로 들어가려고 시도하다가 호된 매질을 맞고 도망쳐 나온 게 몇 번이나 됐다. 부패해 가는 시신의 냄새가 창문을 막은 판자 사이로 새어 나오고 있건만, 딸을 잃은 어미는 한사코 시신을 내어주려 들지 않았다. 백작부인도, 마을 주민들도 이 모양이니 장례를 치르는 건 불가능했다.

"그것참, 안쓰럽기도 하지."

아셰라드의 입가에 꽃처럼 예쁜 미소가 피었다. 그들의 처참한 소식은 아름다운 음악이라도 되는 듯 그녀의 귀를 즐겁게 했다. 연두가 짐작했던 대로, 아셰라드는 자신이 내린 형벌의 잔혹함을 잘 알고 있었다. 숨 막히도록 무거운 침묵과, 빛 없이 온통 컴컴한 밤과, 뼈를 얼릴 듯 시린 추위가 엄습하는 새벽을 그녀 역시 겪어보았기에.

'어미와 자매가 곁에 있는데도 일 년을 채 견디지 못하다니 생각보다 연약한걸. 적어도 내가 겪은 시간만큼은 가둬두려고 했는데……. 어려울지도 모르겠어. 완전히 미쳐 버리기라도 한다면 그건 너무 편한 결말이잖아. 슬슬 풀어줘야 하나?'

아셰라드는 자꾸만 올라가려는 입꼬리를 감출 생각도 않고 길게 팔다리를 늘였다. 거울 속에 비친 그녀의 시녀는 뭔가 하고 싶은 말을 꾹꾹 눌러 참은 채로 머리 손질에 열중하고 있었다. 평소라면 꺼내는 말도 막았겠지만, 오늘은 기분이 좋으니까─ 그녀는 특별히 인심을 좀 쓰기로 했다.

"오늘은 특별히 너그럽게 굴어줄 테니, 하고 싶은 말 있으면 어디 해보렴."

조금 전에 나눈 대화가 대화였으니 만큼, 그들에게 가해진 형벌이 과하니 그만 자비를 베풀어 달라든가, 억지로라도 장례를 치르게 해달라든가 등의 말을 기대했다. 하지만 당돌하게 눈을 맞춘 시녀는 언제나 그랬듯 아세라드의 기대를 배신했다.

"시녀 그만두고 싶은데, 사표 받아주시나요?"

"미쳤니?"

"전하, 그건 제 입버릇인데요."

"지랄하네도 붙여야 네 입버릇이지. 갑자기 또 무슨 헛소리니? 월급이 부족하니? 아니면 추가 수당? 설마 그놈의 주휴 수당 타령이라도 하려는 거니? 얼마 전에 성과급 줬잖아?"

연두는 한참 동안 말을 골랐다. 고르기만 했다. 시간은 속절없이 흘러가는데 도무지 입 밖으로 말이 나오질 않았다. 아예 뒤로 돌아앉아 그런 연두를 바라보던 아세라드가 픽, 웃음을 흘렸다.

"네게 권력은 귀찮은 간섭쟁이고 교회는 성가신 잔소리쟁이지. 경외심이라곤 눈곱만큼도 없는 녀석이 뭐가 두려워 입을 다물지? 대체 뭐가 네 입을 막고 있니?"

"……아주 약간의 동정이요."

"누구에 대한?"

"사표 받아주시면 대답하죠."

"하, 내가 이런 걸 측근시녀라고……."

어색한 침묵이 흘렀다. 연두는 살그머니 손을 내밀어 아세라드의 손을 쥐었다. 뽀얗게 살이 오른 손은 그저 부드럽기만 했다. 한때 단단하게 맺혀 있던 굳은살은 이제 흔적도 남아 있지 않다.

"전하. 슬슬 제가 부담스럽지 않으세요? 말씀하신 대로 전 권력도 교회도 경외하지 않죠. 아무리 허리를 숙이고 기도를 해도 진심이 아닌 건 다 드러나요. 생긴 것부터 이방인이잖아요. 절 곁에 두지 않으셔도, 측근시녀로 삼고 계신 것만으로도 이미 약점."

"거기까지. 듣기 좋은 말로 살살 꾀지 말렴. 네게 충성심이라곤 눈곱만큼도 없다는 것쯤이야 이미 알고 있단다. 그러니 똑바로 말하려무나. 되도 않는 사표 소리는 꺼내지도 말고. 자꾸 사표 소리를 하다가 목이 싹둑 잘리는 수가 있단다."

아이쿠 무서워라. 어깨를 움츠린 연두가 냉큼 대답을 내놓았다.

"마고가 수아나에게 새 애인을 소개했어요."

"그거야 네가 항상 하던 일 아니니. 신분도 안 맞는 남자들을 지치지도 않고 들이댔었지. 매번 실패하면서도 아주 꾸준했었지 않니."

"알고 계셨네요. 어휴, 내 실패의 원인 중 하나를 이제야 찾다니. 그런데 말이죠, 전하. 저야 실패했지만 마고는 성공했어요."

아셰라드의 눈빛이 서늘해졌다. 그녀는 연두가 기대했던 것만큼 영리했다. 짧은 말 한 마디만으로 벌써 상황 파악을 끝내지 않았느냔 말이다. 제가 기른 것도 아니고 가르친 아이도 아닌데, 연두는 괜히 뿌듯해졌다.

"국왕전하께서 수아나의 침실에 드셨어요. 마고는 길안내를 했고요. 오늘, 제가 이 눈으로 직접 확인했답니다. 벌써 여러 날이 지났는데……. 이 말을 전하는 건 제가 처음이네요."

"마고가……. 그렇구나. 보상은 충분히 했다고 생각했는데."

아셰라드는 머리가 하얗게 비도록 화가 난다는 게 무슨 말인지 제대로 이해했다. 수아나에게서 뽑아내던 자금을 포기하는 것쯤 이야 작은 손해에 불과했다. 믿고 있던 측근시녀의 배신은 그보다 훨씬 뼈이 갔다.

'감히 내 눈을 가리다니.'

깨닫는 순간부터 속에서 불길이 치밀었다. 기껏 단단하게 만들어두었던 바닥이 다시 흐물흐물하게 변하며 그녀의 발목을 휘감아왔다. 푸른 눈동자에서 불꽃이 튀었다.

"그래. 시녀들을 물갈이하며 튀는 피에 맞고 싶지 않으니 도망가겠다는 거구나. 그런데 말이다, 그런……. 내가 널 쉬이 놓아주리라 생각한 거니? 정말로?"

"당연히 쉽게 놓아주진 않으시겠지만 결국엔 놓아주실 거라고 생각했죠."

"무슨 근거로? 난 널 죽일 수도 있단다."

"저 입 무거운 거 아시면서 그런 말씀 마세요. 안 죽이실 거잖아요. 믿고 있는걸요."

작게 속삭이는 말이 천근의 무게가 되어 아셰라드의 가슴을 짓눌렀다. 언제나 그랬다. 저 시녀가 하는 말은 다른 사람들과는 비교할 수 없이 무거웠다. 길거리에서 초라한 꼴로 굶고 있던 모습이 아직도 생생한데 도저히 무시할 수가 없다. 그건 그녀가 마법 가루 따위를 들고 오기 전부터 그랬다.

대가를 핑계로 삼아 글을 비롯해 온갖 지식을 다 가르친 건 아셰라드였지만, 정말 연두가 아무것도 모르는 무지렁이였느냐 물으면 할 말이 없었다. 수업의 시작은 강의였으나 끝날 스음엔 토론이 되는 날들이 부지기수였다.

연두는 딱딱하게 굳어가는 아셰라드를 보며 희미하게 미소 지었다. 믿고 있는걸요- 라고 말했지만, 그녀는 믿는다기보다는 알고 있었다. 아셰라드는 신데렐라였다. 자신이 아는 동화 속의 그녀보다는 성격이 좀 배배 꼬여 있기는 하지만 말이다.

연두의 확신은 아세라드에게도 전해졌다. 제 속을 꿰뚫는 시녀의 눈빛이 그저 아파, 그녀는 정말 오랜만에 진심을 입에 담았다.

"난 네가 정말 싫어."

"잘됐네요. 저도 전하 싫어해요."

"아직 사표 받아주기도 전인데 성급하구나."

"이런, 저도 모르게 진심이 나와 버렸어요. 전하, 용서해 주세요."

"네 애인은 못 놓아주니 그리 알렴."

"제 애인 아니라니까 전하께서도 참 꾸준하시네요."

아세라드로서는 꽤나 진심인 협박이었으나, 연두에게는 전혀 먹히지 않았다. 연두가 알기로, 그 광대 새끼는 아세라드에게 잡혀 있었던 적이 한 번도 없었다.

chapter 5.

숲속의
오두막집

코쉬는 마을과 마을 사이를 돌아다니는 마차를 모는 마부였다. 그의 마차를 타는 사람들은 항상 비슷했다. 계란을 팔러 가는 처녀, 소금을 사러 온 총각, 가을걷이에 손을 보태러 가는 일꾼들, 짠내 나는 소금광부들. 그러니 오늘 그의 마차를 탄 사람들은 그야말로 예외중의 예외라고 할 수 있겠다.

넓찍한 마차 안에 단둘이 앉은 연인이—코쉬의 머리 안에서 그 둘은 어느새 연인이 되었다— 나눌 대화가 궁금해 자꾸 몸이 달았다. 안달복달하며 마차를 몰던 그의 눈에 낯익은 사람이 손을 흔드는 것이 들어왔다.

"코쉬!"

"벨! 웬일이야? 네가 이 시간에 여기에 있고?"

"과자 주문 들어왔던 걸 까먹어서 직접 배달 다녀왔어요. 자리 있죠?"

"당연하지!"

코쉬는 자신과 호기심을 공유해 줄 사람의 등장에 신이 났다. 사정을 알 리 없는 벨은 지나치게 반가워하는 코쉬의 모습에 겁을 먹고 슬그머니 발을 뺐다. 하지만 그는 직접 마부석에서 내려 마차의 문을 열어주는 친절을 발휘해서 벨을 어리둥절하게 만들었다.

"코쉬, 오늘 왜 이래요? 이상하게 친절…… 어라. 손님이 계셨네요?"

마차 안에는 젊은 남녀가 타고 있었다. 가게를 하며 재료를 구하러 다니느라 다른 사람들보다 이동이 잦았던 벨에게도 낯선 사람들이었다. 여자는 남자의 무릎을 베고 잠을 자는 중이었고, 남자는 갑작스레 동승하게 된 벨을 보며 눈살을 찌푸렸다.

"자자, 한창 때인 연인들에게는 조금 불편하겠지만! 그래도 이런 시골에서는 마차 같이 타는 게 일상적인 일이라는 거 알고 있지요? 벨, 얼른 들어가."

"분명 둘만 타겠다고 돈을 줬는데……!"

"어머. 순진하기도 하셔라. 이런 시골 동네에서 어떻게 마차를 독차지해요? 자자, 비켜요 비켜. 아가씨 안 깨게 조용히 있을 테니 걱정 말라고요."

재미있는 이야깃거리의 냄새가 난다. 벨은 제법 사납게 따지는 남자의 말을 툭 잘라먹고 냉큼 마차에 올라탔다. 문을 닫던 코쉬가 벨을 향해 찡긋, 윙크를 했다.

'잘 부탁해.'

'걱정 마요. 탈탈 털어드릴게.'

벨은 최선을 다했다. 그녀는 여자 혼자 가게를 운영하며 쌓은 온갖 화술을 모조리 구사하며 두 남녀에 대한 정보를 캐려고 노력했다. 하지만 남자는 입에 자물통이라도 걸려 있는 건지 도무지 내놓는 말이 없었다. 종국에는 예쁜 얼굴을 활용한 미인계까지 시도해 봤음에도 코웃음만 들었다.

"아 씨, 자존심 상해. 이봐요. 솔직히 나 예쁘지 않아요? 이렇게 예쁜 미인이 묻는데 태도가 그게 뭐예요? 이름 정도는 알려줄 수 있잖아요."

"미인은 무슨."

벨은 분노에 몸을 떨었으나 광대의 관심은 온통 연두에게 쏠려 있었다. 그녀는 덜컹거리는 마차 안에서도 신음소리도 내지 않고 곤히 자고 있었고, 광대는 간만에 휴식을 취하는 그녀를 깨우고 싶지 않았다.

'지긋지긋한 신데렐라 같으니.'

깔끔하게 연두를 포기할 것처럼 말하던 아셰라드는 꽤나 지저분하게 굴었다. 감시를 강화하는 건 물론이고 꼬리를 붙이는 짓도 마다하지 않았다. 광대는 아셰라드에게 들어가는 정보의 흐름을 쥐고 있었고 연두는 그녀가 진행하는 비밀스러운 일들의 대부분을 알고 있었으니 당연하다면 당연한 일이지만, 달갑지 않은 것 또한 당연한 일이었다.

그 와중에 수아나는 기어이 자신의 꿈을 이루었다. 금실로 망토를 짜줄 남자를 꿈꾸던 그녀는 정식으로 국왕의 정부로 인정받고 소렐 백작부인이라는 작위도 얻었다. 귀족 출신이 아닌 정부의 등장에 반발이 거셌지만 국왕의 의지가 워낙 확고했다. 광대는 수아나가 금실을 자아내는 재주를 국왕에게 선보였을 것을 확신했다. 연두 역시 그의 확신에 동의했다.

마고는…… 죽었다. 기대했던 대로 수아나가 아름다운 드레스를 걸치게 되었으니 도박에서 이긴 건 맞을 것이나, 정작 자신의 몫을 챙기지는 못했다. 연두는 마고를 아세라드에게 밀어 넣고 자신의 자유를 샀고, 막 소렐 백작부인이 되기 직전이었던 수아나는 마고를 모른 척했다. 그리고 아세라드는 배신을 용납하지 않았다.

왕자비를 모시던 시녀들의 대부분이 물갈이되는 혼란을 틈타, 연두와 광대는 왕궁에서 탈출했다. 말과는 다르게 자꾸 감시의 끈을 조이는 아세라드의 태도가 불안하기도 했고, 수아나가 신분 상승을 이룬 상황에서 더 이상 왕궁에 있을 이유도 없었다.

"이봐요!"

자그마한 머리통은 생각했던 것보다 무거웠다. 대체 뭐가 그리 많이 들었는지. 확인한 건 아니지만 분명 온갖 종류의 욕설이 무게의 절반은 차지하고 있을 거다. 하도 멀미를 하기에 힘들면 누워 자라고 말은 했지만 정말로 냉큼 드러누울 줄은 몰랐다. 베고 누운 사람은 정신없이 잘만 자는데 정작 말을 꺼냈던 광대의 속만 시끄럽다. 채 감추지 못한 감정들이 그의 얼굴에 얼룩처럼 흔적을 남겼다.

"아, 진짜……. 혹시 두 사람, 연인이에요?"

벨의 도발적인 질문은 광대의 귓가에까지 닿지도 못했다. 지금 그는 연두의 얼굴에 흘러내린 머리카락을 치워줄까 말까를 고민하는 중이었다. 내버려 두자니 간지러울 것 같아 신경 쓰이고, 치우자니 손가락이 닿기라도 했다간 모처럼 즐기는 잠을 깨울 것만 같았다. 그의 손가락이 연두의 얼굴 위에서 움찔거렸다.

광대가 대답이 없으니 벨은 관찰밖에 할 게 없었다. 이름도 밝히지 않은 두 남녀는 부근에서 보기 드문 미남미녀였고, 신분도 높아 보였다. 땅 파먹고 사는 보통 사람들과는 손의 모양부터 확연히 차이가 났다.

'사랑의 도피인가? 여자가 이민족이라 도망쳤나? ……돈은 많이 챙겼으려나?'

혼자 가게를 운영하며 단련된 두뇌가 일을 시작했다. 이리 던지고 저리 던진 주사위가 나름 괜찮아 보이는 결론을 냈다. 재고를 처리하자.

"이봐요. 우리 가게에 잠깐 들르지 않을래요?"

이 여자가 미쳤나. 광대는 목까지 올라왔던 욕을 꿀꺽 삼켰다. 하도 놀라서 연두의 얼굴에 손을 댈 뻔했다. 갑작스러운 제안에 황당해하는 광대는 보이시도 않는지 벨의 눈이 하염없이 반짝거렸다.

"아니 그게, 그렇잖아요. 딱 봐도 쫓기는 사람들인데 먹을 거 구하기도 힘들 거 아니에요. 내가 가게를 하거든요. 싸게 드릴게요."

"……."

"카멜르로 가는 모양인데, 거기 경기가 다 죽어서 먹을 것 구하기도 힘들고 묵을 곳도 없을걸요. 인심도 사나워서 헛간에라도 들여보내 주면 다행이지, 마을까지 가서도 노숙할 게 틀림없다고요."

"교회에……."

"교회라고 뭐 다른가. 포도주병 눕힐 공간은 있어도 사람 눕힐 공간은 없는 게 바로 교회고 수도원인데. 우리 가게 근처엔 빈집도 있어요. 내가 잠깐 맡아서 관리해 주는 집인데, 잘 수 있게 해드릴게요."

뭐라 항의를 하려던 광대가 입을 다물었다. 벨은 가슴 위에서 두 손을 모으곤 간절한 표정을 지었다. 천장에 닿을 기세로 쌓여 있는 재고를 생각하면 못할 게 없었다. 끊임없이 말을 늘어놓는 벨의 안광이 퍼렇게 빛났다.

투두둑. 한참 전부터 잔뜩 찌푸리고 있던 하늘이 기어이 비를 뿌리기 시작했다. 굵은 빗줄기가 마차의 천장을 두드리며 제멋대로의 음악을 연주했다. 광대는 저도 모르게 칫, 소리를 냈다. 그는 비를 싫어했다. 싫은 노숙과 싫은 비, 그것보다 더 싫은 비 맞으며 하는 노숙. 광대는 갈등에 휩싸였다.

그때, 광대의 무릎에 머리를 베고 있던 연두가 슬그머니 눈을 떴다. 자다 깬 사람이라곤 할 수 없을 정도로 맑게 빛나는 눈이 벨을 노려보았다.

"반시 왕국의 소금그릇이 깨지기라도 했다는 건가요? 말도 안 되는 소리 말아요."

"어머, 내가 깨웠어요?"

"잔 적도 없어요."

"그럼 미안해하지 않아도 되겠네요. 그나저나 반시 왕국의 소금그릇이라니, 그거 대체 언제 적 별명이래요? 그놈의 광산에서 암염 마른 지가 한참이구만 높으신 분들은 뭘 모른다니까. 나오지도 않는 소금을 자꾸 내놓으라고 난리를 부려서 광부들이 죄다 다른 곳으로 떠난 지도 한참 됐어요. 당신들 같은 이방인은 엄청나게 눈에 띌걸요."

자신만만한 태도가 연두를 설득시켰다. 안 그래도 도피 생활을 하면서 광대가 얼마나 비를 싫어하는지를 실시간으로 체험했던 차였다. 눈에 띄는 이방인이 될 거라는 대목도 마음에 걸렸다. 긴 도피생활에 엉망이 된 체력도 회복해야 했다. 잠깐이라도 정착을 할 수 있다면 큰 도움이 될 것이다.

"……그 집, 우리가 청소해야 하는 건 아니죠?"

광대가 황당해하거나 말거나, 연두는 벨과의 협상을 끝냈다. 벨의 가게에서 빵을 사는 대신 한동안 빈집을 쓰겠다는 약속이었다. 그 과정에서 한참 가격을 깎인 벨이 입술을 삐죽였지만 연두에겐 만족스러운 결과물이었다. 내내 무릎을 내주고 있던 광대가 연두의 뺨을 쿡 찔렀다.

"일어났으면 좀 멀쩡히 앉는 게 어때요?"

"내가 무거워?"

"아니, 딱히 그린 건 아니지만."

"그럼 눈 좀 더 붙이지 뭐."

"잔 적도 없다며 더 붙이긴 뭘 더 붙이…… 이봐요?"

광대가 어이없어 하거나 말거나, 연두는 태연히 뒤척이며 눈을 감았다. 그녀가 뺨을 부빌 때마다 움찔거리는 근육의 움직임이 얇은 옷자락 너머로 고스란히 느껴졌다. 연두는 그의 당황을 모른 척하며 슬그머니 미소를 지었다.

그렇게 가게 된 벨의 가게는 꽤 커다란 제과점이었다. 제과점. 나무요정이라도 튀어나올 것처럼 깊은 숲을, 비를 맞으며 한참을 가로질러 가서야 나타난 가게가 제과점이었다. 과자 팔고 사탕 팔고 잼 파는.

"아니, 장사는 목이 절반이라는데 이런 데서 제과점을 하다니. 벨 당신 미쳤어요? 이런 데서 장사가 되긴 해요?"

채 추스르지 못한 시선이 벨의 하체를 흘끗 스쳐 지나갔다. 벨은 마음대로 움직이지 않는 다리를 슬그머니 끌어당겼다. 그녀는 절름발이였다. 절름발이 주제에 왜 이런 곳에 가게를 냈느냐고 굳이 입 밖으로 꺼내어 묻지 않는 배려가 고마워서, 벨은 과자 바구니를 내밀었다.

"장사가 잘됐으면 내가 미쳤다고 당신들을 데려왔겠어요?"

"그것도 맞는 말이네."

아무거나 손에 잡히는 대로 입에 주워 넣은 과자는 짙은 버터 향을 풍기며 입안에서 녹아내렸다. 연두는 별 생각 없이 먹었다가 그 완성도에 놀라 눈을 동그랗게 떴다. 워낙 싸돌아다니는 일이 잦아 왕궁에서 머문 시간이 길진 않았지만 입맛이 충분히 고급이 될 정도의 시간은 됐다. 이 부드러움, 이 향긋함, 그리고 놀라울 정도로 정교한 맛. 벨의 실력은 범상치 않았다. 벨이 어깨를 으쓱였다.

"맛있죠?"

"맛있어요!"

"맛이라도 있어서 아주 망하지는 않네요."

숲길을 걷는 동안 바닥을 쳤던 벨에 대한 평가가 수직 상승했다. 연두는 연신 수건으로 물기를 닦느라 정신이 없는 광대의 입에도 과자를 물려주었다. 레몬쿠키였다. 별 생각 없이 받아먹었다가 신맛에 기겁을 한 광대가 허겁지겁 과자를 뱉어냈다. 깔깔깔, 연두가 숨이 넘어갈 것처럼 웃었다.

"재밌어요?"

"재밌지! 신 게 그렇게 싫어?"

"좋겠네요. 가리는 거 없어서."

연두는 웃고 광대는 수건을 털며 투덜거리는 광경은 꽤나 평화

롭고 행복해 보였다. 벨은 어쩐지 멍하게까지 느껴지는 정신으로 그들의 한때를 바라보았다. 그녀가 오래전에 잃어버린 것들이었다. 따뜻한 온기와 웃음소리 같은 것들.

"제과점 구경은 잘 했고, 이제 우리가 쓸 집 좀 보여줘요."

"어? 어?"

"집 있다면서요, 빈집. 근처에 집!"

"아 참, 그랬지."

형편없이 풀어져 있던 표정을 허겁지겁 수습한 벨이 안내한 곳은 제과점과는 조금 떨어진 곳에 있는 낡은 오두막이었다. 관리를 맡아 하고 있다던 말이 거짓은 아니었던지, 빈집 특유의 먼지 냄새가 조금 나긴 해도 퍽 정돈이 잘 되어 있었다. 이곳저곳 손볼 데가 한 두 곳이 아니긴 했지만 적어도 비가 새지는 않았다.

"잘 쓸게요. 식사는, 벨의 가게에서 하면 되는 거죠?"

"그럼요. 삼시세끼 다 챙겨 먹으러 와요. 야식까지 먹으면 더 좋고."

"날 돼지로 만들어 돈 벌고 싶은 마음은 알겠지만 그 정도까진 안 먹을 거예요. 이만 가보세요."

턱 끝으로 문을 가리키며 지시하는 몸짓이 자연스럽다. 벨은 연두의 손짓에 따라 집을 나섰다가 눈앞에서 문이 닫히고서야 흠칫 정신을 차렸다. 자신도 모르게 뒷걸음질까지 하며 나왔다는 걸 깨달아서였다.

"역시 여자 쪽이 더 신분이 높은 건가? 이민족인 거 보면 외국인일 수도 있겠고……. 이런. 이름도 못 들었네."

이름을 묻지 않은 건 아니었지만 하도 자연스럽게 말을 돌리는 통에 결국 못 들었다. 그러고 보면 서로 이름을 부르지도 않아 귀동냥도 하지 못했고. 오지랖 넓고 궁금증 많은 코쉬에게 이름도 못 알아냈느냐고 시달릴 생각을 하자 눈앞이 깜깜해졌다. 벨은 주근깨 박힌 뽀얀 콧잔등에 연신 주름을 만들며 결심했다.

"당분간은 나가지 말자."

다행인지 불행인지, 재고는 창고가 좁아터지도록 많았다. 벨은 자신이 두문불출하는 동안 코쉬의 흥미를 사로잡을 다른 이야깃 거리가 생기기를 간절히 기도하기로 했다.

연두와 광대는 오두막 생활에 빠르게 적응했다. 식사는 벨의 가게에서 그녀의 요리 솜씨에 신세를 졌고, 청소와 빨래는 연두가 벨과 함께 해치웠다. 그리고 광대는 사냥을 해왔다. 그는 오두막 을 수리하거나 물건을 만드는 일에는 재능이 없었지만 사냥을 나 가면 빈손으로 돌아오는 법이 없는 유능한 사냥꾼이었다.

"벨, 야생 닭이에요."

"벨, 오늘은 토끼."

"벨, 지겹겠지만 토끼."

"벨, 여기 새끼 멧돼지요. 클라운이 당분간 숲 돌아다니지 말 래요."

"벨, 새 알이에요. 무슨 새인지는 모르겠지만."

벨은 이제껏 제가 평생 먹어온 고기보다 더 많고 더 다양한 종 류의 고기를 요즈음에 몰아서 먹고 있다고 장담할 수 있었다. 덕 분에 그녀는 알고만 있던 온갖 요리법을 다 실험해 보는 중이었 다. 영 쓸모가 없는 조수를 하나 달고서 말이다.

"도망가지 말라니까요!"

"아, 진짜! 어떻게 도망을 안 가요!"

벨이 투덜거리거나 말거나, 연두는 입을 틀어막고 올라오는 토기를 참느라 정신이 없었다. 지난 밤 광대가 잡아온 닭이 벨이 잠깐 한눈을 판 사이에 잘린 목에서 피를 뿜으며 마당을 내달렸다. 구석에 쭈그려 앉아 장작에 부채질을 하던 연두는 기겁을 하며 도망을 쳤지만 벨은 왜 닭을 안 잡고 피했느냐며 타박이었다.

"어떻게 다리병신보다 동작이 굼떠요? 설마 내가 이 다리를 하고 닭 잡으러 뛰어다닐 줄은 몰랐네요. 머리도 없는 게 그렇게 무서워요?"

"아니, 벨은 그것도 몰라요? 머리가 없으니까 무서운 거예요."

"요리해 놓으면 잘만 먹을 거면서."

다다다 말을 쏘아대는 와중에도 닭의 내장을 훑어내는 손이 분주했다.

"데비는 진짜 곱게 자랐나 보네요. 닭이 피 좀 뿜는 것 가지고 그렇게 난리를 피우면서 어떻게 요리를 배운다고 그래요?"

"아니 그래도 그렇지……."

"클라운 씨는 고기 좋아하던데. 과자 말고."

"에이씨……."

연두가 울상을 지었다. 벨은 자꾸 새어 나오는 웃음을 감출 생각도 않고 킥킥 웃었다. 꼬박꼬박 고기를 나눠주며 빨래와 청소를 도와줄 것을 부탁하는 남자나, 손수 만든 요리를 주겠다고 해본 적도 없는 요리를 기를 쓰고 배우는 여자나, 귀엽기는 매한가지였다.

"데비, 이제 간만 맞추면 돼요. 자, 적당히 넣어요."

"적당히 대체 얼마나요……."

"그러니까 적당히…… 너무 많잖아요!"

"적당히 넣으라면서요."

"내가 적당히 넣으랬지 소금 스튜를 만들랬어요? 어우, 짜!"

"짜면 물을 좀 넣으면……."

연두가 작은 바가지에 물을 떠서 내밀었다. 언뜻 봐도 과하게 많은데 그걸 그냥 통째로 들이부을 기세였다. 벨은 기겁을 하고 연두에게서 바가지를 빼앗았다.

"아뇨. 데비는 당분간 솥 부근엔 얼씬도 말아요. 지금 이 소금 스튜 때문에 내 마음에 상처가 났으니까 다 나을 때까지는 접근 금지예요. 정 도와주고 싶거든 안쪽 주방에 가서 밀가루나 체 치고 있어요."

벨은 현명했다. 몇 번의 실패 이후, 그녀는 계량이 필요하거나, 요령이 필요하거나, 감각이 필요한 일은 죄다 빼버리고 단순노동만을 맡겼다. 손재주는 개미 발바닥의 때만큼도 없으면서 끈기만은 전설에 등장하는 용사만큼이나 대단하니 단순노동이 제격이었다.

"어휴, 이걸 또 언제 다 먹는대……."

벨은 예정보다 1.5배는 늘어나 버린 스튜를 한탄과 함께 젓기 시작했다. 요즘은 날이 따뜻해서 이렇게 끓인 음식은 쉬이 상하는데 걱정이었다.

버스럭.

벨의 등 뒤에서 나뭇잎 헤치는 소리가 났다. 벨의 어깨가 단단하게 굳었다. 그녀는 뒤를 돌아볼까 말까를 한참을 고민하다가, 아주 조심조심 고개를 돌렸다. 주근깨 박힌 흰 얼굴에 어렴풋한 공포가 얼룩처럼 번졌다.

사아아- 낯익은 토끼도 고라니도 보이지 않는 가운데 나무들이 바람에 몸을 흔들었다. 이리저리 흔들리는 수풀들 사이에서 뾰족한 주둥이가 톡 튀어나왔다. 어린 여우였다. 빨간 털을 두른 여우는 까만 코를 벌름거리며 어쩔 줄을 모르고 벨을 바라만 보았다. 맛있는 냄새에 끌려오긴 했는데 사람이 있으니 가까이 다가올 엄두를 못 내는 게다.

단단히 긴장하고 있던 벨의 어깨에서 저절로 힘이 빠져나갔다. 혹시나, 싶어 겁을 먹었는데 겨우 여우라니. 겁을 먹은 게 왠지 손해인 느낌이랄까. 그렇게 그녀가 제 이마를 짚고 한숨을 내쉬는 동안에도 여우는 침이라도 줄줄 흘리는 것만 같은 표정으로 그 자리에 못 박혀 서 있었다.

"배고프니?"

갑작스레 건넨 말에 놀란 여우가 펄쩍 뛰어 수풀 너머로 사라졌다. 사박사박 풀 밟는 소리가 요란하기도 했다. 저렇게 요란하게 돌아다녀서야 어디 사냥에 성공하겠나. 벨은 한쪽에 치워두었던 닭 내장을 긁어모아 여우가 서 있던 곳에 쌓아두었다. 별것 아닌 동정이었다.

"아직 어린데 굶어죽지 말고……"

"벨! 벨! 큰일 났어요!"

여우에 대한 당부가 끝나기도 전에 연두가 비명을 지르며 벨을 찾았다. 다급한 비명소리였으나, 벨은 그저 이맛살만 찌푸릴 뿐이었다. 안 봐도 뻔했다. 분명 밀가루를 엎었거나, 체를 떨어뜨렸거나, 어디서 바퀴벌레라도 튀어나온 거겠지. 아니면 세 개 다일 수도 있고.

벨은 피에 젖은 손을 대충 앞치마에 문질러 닦고 몸을 일으켰다. 사람이 겨우 둘 늘어난 것뿐인데, 혼자서 고즈넉하게 살던 얼마 전이 떠오르지 않을 만큼 하루하루가 분주했다. 내가 늙는다, 늙어. 절룩이는 다리를 추스르며 걷던 벨의 입가에 피식- 웃음이 퍼졌다.

"또 밀가루 엎어놨으면 대청소 시켜야지."

과연 그녀의 예상은 틀리질 않아서, 연두는 그날 저녁을 먹기 직전까지 온통 허옇게 되어버린 부엌을 청소해야 했다. 벨의 말마따나 청소라도 잘해서 다행이었다.

그렇게 연두와 광대가 오두막에서 머물며 체력을 회복하는 동안 시간은 아주 천천히, 그리고 느긋하게 흘러갔다. 숲 속의 생활은 각오했던 것보다 훨씬 편안하고 안락했다. 적어도 매일같이 이래라저래라 부려먹는 사람이 없는 것만으로도 아주 살 만했다.

그러던 어느 날 밤의 일이었다. 연두는 침대에서 이리저리 뒤척거리고 있었다. 몸은 물 먹은 솜처럼 피곤한데 이상하리만치 눈은 말똥말똥해서 잠이 오질 않는다. 결국 그녀는 견디지 못하고 벌떡 일어났다. 그 서슬에 잠옷 대용으로 입고 있는 얇은 옷이 한쪽 어깨로 주르륵 흘러내렸다.

연두는 멍한 얼굴로 주변을 둘러보았다. 낡아서 삐걱대는 나무 바닥과 곰팡이가 피어 축축한 벽, 군데군데 쥐가 갉아먹은 자국이 있는 낡은 가구……. 그녀 혼자 쓰고 있는 오두막의 작은 방에는 잠을 방해하는 인기척도 없고 모기의 윙윙거림도 없는데 왜 잠에서 깼는지 모를 일이었다. 다만 다른 게 있다면 딱 하나 있는 창문의 덧문 사이로 달빛이 새어 들어와 나무 바닥에 흰 그림을 그리고 있다는 것뿐인데.

연두는 홀린 것처럼 침대에서 내려와 달빛 아래에 섰다. 시린 밤바람이 슬쩍 들어와 그녀의 뺨을 쓰다듬었다. 한참 동안 그렇게 달빛을 쬐고 있던 연두는 주섬주섬 옷을 주워 입고 오두막을 나섰다. 혹시나 자고 있을 광대를 깨울세라, 발소리도 조심조심 죽인 채였다.

끼이익.

기름칠은 꿈도 꿀 수 없는 형편인지라, 낡은 나무문은 연두의 조심스러운 손길에도 요란스러운 비명을 질렀다. 생각보다 큰 소리에 지레 놀란 연두가 흘끔– 안쪽을 돌아보고는 잽싸게 오두막을 빠져나갔다. 목 뒤에서 질끈 묶은 긴 머리가 급한 걸음을 따라 흔들거리다가 어둠 속으로 자취를 감췄다.

그러나 연두가 미처 생각하지 못한 게 있었으니, 뛰어난 사냥꾼은 그만큼 감각이 예민하다는 것이다. 광대는 문이 삐걱대며 비명을 지르기도 전, 연두가 방문을 나서는 때부터 이미 깨어 그녀의 발소리를 듣고 있었다. 그러다 연두가 완전히 오두막을 빠져나갔다 싶은 순간이 오자 슬그머니 몸을 일으켰다.

광대의 몸놀림은 계곡을 채우는 안개처럼 은밀하고 밤을 걷는 고양이처럼 조용했다. 연두의 손길에서는 비명을 지르던 문이 그의 앞에서는 수줍은 새색시처럼 얌전을 떠니, 빈 오두막은 순식간에 침묵 속으로 잠겨들었다.

오두막을 나선 광대는 단숨에 어둠에 녹아들어 자신의 존재를 지웠다. 그리고 저 멀리 앞서나가고 있는 연두의 뒤를 쫓기 시작했다.

때는 깊은 한밤중, 얼핏 보면 잠든 것처럼 보이는 숲은 밤에 기대 살아가는 짐승들의 기척으로 가득 차 소란스러웠다. 숲의 무서움을 아는 이 세계의 사람들이었다면 이런 야밤에 집 밖으로 나올 생각도 하지 않았을 것이건만, 연두는 현대인이었다. 숲에 사는 가장 큰 포식자라고 해봐야 삵 정도인 대한민국에서 나고 자란 사람이란 말이다. 그녀는 숲에 대한 경계심이 아주 많이 부족했다.

먹이를 찾던 족제비 한 마리가 낯선 기척에 놀라 황급히 자리를 피했다가 슬그머니 다시 머리를 내밀고 연두의 뒷모습을 바라보았다. 그러다 광대의 발에 걷어차여 깽, 소리를 냈다. 광대는 그렇게 연두를 쳐다보는 짐승들을 치우며 이를 갈았다.

'하여간 겁도 없어.'

연두는 아무것도 모르고 열심히 걸었다. 그러다 숲을 가로질러 흐르는 작은 계곡에 이르러서야 걸음을 멈췄다.

맑은 물이 돌에 부딪쳐 흐르는 소리가 요란한 가운데 흰 달빛이 조명이라도 켜놓은 것처럼 휘황찬란하게 수면 위에서 반짝거렸다. 나뭇잎이 드리운 그림자 아래론 반딧불이가 내는 빛이 허공을 수놓았다. 숲 그림자 어딘가에 잠자리처럼 얇은 날개를 단 요정이 숨어 있을 것처럼 환상적인 풍경이었다.

연두는 넓적하니 앉기 좋은 돌을 골라 신발을 벗고 물에 발을 담갔다. 아직 남아 있던 잠이 확 깨버릴 정도로 차가운 기운이 발을 타고 올라와 척추를 찌르르하게 울렸다. 그녀는 발을 휘휘 저으며 느긋하게 차가운 물을 즐겼다. 묵직하게 남아 있던 피로가 싹 씻겨나가는 것처럼 개운했다. 이만하면 갑작스러운 충동으로 시작된 외출치고는 꽤 괜찮지 않은가.

"좋다. 시원해."

찌륵거리는 풀벌레 소리, 커다란 돌 사이로 물 흘러가는 소리, 찰박찰박 물장구치는 소리. 기분 좋은 소음 속에 온통 잠겨 있는 연두의 주변으로 반딧불이가 모여들었다. 문득 팔을 뻗자 손가락 끝에 반딧불이 한 마리가 내려앉았다. 그리고 초록색 불빛이 반짝반짝. 연두는 신기함에 숨을 멈추고 반딧불이를 관찰했다. 생명체가 내는 빛은 전깃불이 밝히는 인공조명과는 느낌이 완전히 달랐다.

'돌아가면 절대 못 보겠지.'

한국에서 이 정도로 많은 반딧불이는 보기 힘들었다. 설령 비슷한 풍경이라도 보고 싶어 반딧불이 축제에 찾아간다고 해도, 이렇게 물에 발을 담그진 못할 터였다. 연두는 문득 목욕이 하고 싶어졌다. 이런 경치를 보며 목욕을 하면 평생 잊히지 않을 경험이 될 것 같았다. 하지만 이를 어쩔까. 가져온 옷이 없었다.

"아……. 갈아입을 옷 좀 챙겨올걸."

연두는 왕궁 시녀로 일하며 모은 재산의 상당 부분을 도피 생활 중에 탕진했다. 그래도 워낙에 많이 벌었던 터라 밑바닥을 보이려면 아직 여유가 있긴 했지만, 언제 무슨 일이 생길지 알 수 없다 보니 자연히 몸의 편안함은 우선순위에서 뒤로 밀리고 말았다.

결국 지금 그녀가 가진 옷가지라고는 벨에게 산 낡은 옷 몇 벌이 전부였다. 아무리 빨아도 밀가루 자국이 빠지지 않아 영 추레한 옷이었다. 그래도 그거라도 있으면 물에 몸을 담가볼 수 있었을 텐데 싶어 아쉽기 그지없었다. 마침 깊이도 딱 좋은데.

"가져다줄까요?"

"꺅!"

연두는 광대가 미처 손 쓸 틈도 없이 앉아 있던 자세 그대로 미끄러져 계곡물에 빠지고 말았다. 얼음처럼 차가운 물이 한순간에 그녀를 집어삼켰다. 귀가 먹먹해지고 입과 코로 물이 연신 흘러들었다. 숲을 달리는 활기찬 물이 그녀의 머리를 마구 내리눌렀다. 연두의 허리께에도 닿지 않는 얕은 물이건만, 한번 균형을 잃은 몸은 좀체 일어서질 못하고 물살에 떠밀려 자꾸 미끄러지길 반복했다.

"어, 어어!"

당황한 광대가 개울가로 뛰어내려왔다. 개울이 깊지 않으니 당장 뛰어들어 끌어내면 될 것인데, 그는 그러질 못하고 발을 동동 굴렀다. 광대가 어쩔 줄 모르고 당황하는 사이 연두는 자꾸자꾸 하류로 떠내려가고 있었다.

안절부절못하던 광대의 눈에 개울 쪽으로 불쑥 튀어나온 바위가 보였다. 저기라면, 물에 몸을 담그지 않아도 연두를 건질 수 있을지 몰랐다. 물론 바위까지 떠내려 오기 전에 그녀 혼자서 나와준다면 더 좋고 말이다.

하지만 연두가 혼자 물에서 나오는 일은 일어나지 않았다. 한번 물에 휩쓸리자 정신이 하나도 없었던 게다. 연두는 세탁기 속의 빨래라도 된 것처럼 물속을 굴렀다.

"연두 씨! 잡아요!"

마침내 광대가 기다리고 있던 자리에까지 연두가 굴러왔다. 광대는 바위에 납작 엎드린 채 수면에서 첨벙대는 팔을 붙들고 힘껏 끌어당겼다. 그러자 땅에서 무 뽑히듯 물에서 연두가 쑥 끌려나왔다. 서둘러 안쪽 마른 땅으로 옮기고 등을 두드려 물을 토해내게 도우니, 그녀는 내장을 다 토해낼 것만 같은 기세로 기침을 했다.

"쿨럭쿨럭! 쿨럭! 아으으으……. 에에취! 엣취!"

기침이 끝나고 나서는 연신 재채기다. 안 그래도 얇은 여름옷이 물에 푹 젖은 채 살갗에 달라붙어 체온을 빼앗아가고 있었다. 잠깐 물에 빠졌을 뿐인데 벌써 입술이 시퍼렜다. 광대는 급한 대로 저가 입고 있던 셔츠를 벗어 연두를 닦아냈다.

　"이…… 에치! 갑자기 부르니까 놀랐잖아! 에치!"

　"그러게 잘 좀 앉아 있지 그걸 미끄러져요? 깜짝 놀랐네."

　"그걸, 에치! 말, 에치! 말이라고 해? 내가 더 놀랐거든! 에엣치! 자는 줄 알았더니, 엣치! 왜 여기 있어?"

　"사냥하러 나왔지 뭐 하러 나왔겠어요. 그나저나 연두 씨야말로 이 밤에 왜 숲에 온 거예요? 위험하게!"

　거짓말이다. 광대는 연두가 한밤중에 오두막을 빠져나가는 걸 보고 뒤를 밟았다. 그러나 연두는 전혀 눈치채지 못하고 고개를 끄덕였다. 광대의 밤 사냥은 이미 전적이 있었고, 그때마다 꽤 괜찮은 사냥감을 잡아오곤 했었다.

　"이런 조그만 숲에 호랑이라도 있을까 봐 그래? 늑대 울음소리 한 번 들어본 적이 없는데 걱정도 팔자야. 엣치! 아무튼 사냥도 좋지만…… 엣치! 다음에 말을 걸 땐 기척 좀 내고 그래. 놀랐잖아. 엣치!"

　"허, 뭘 모르는 소리 하지 마요. 숲에서 무서운 짐승이 호랑이랑 늑대밖에 없는 줄 알아요? 제대로 된 길도 없는 숲인데 뱀이라도 밟았음 어쩔 뻔했어요?"

　"……아이고 그래. 다 내 잘못이요. 내 죄요."

　연두는 반박하기도 힘든 말에 내려던 화도 차마 못 내고 털썩 드러누웠다. 어차피 너무 재채기를 해댔더니 뱃가죽이 당겨 화낼 힘도 없었다. 연두는 태연한데 오히려 본의 아니게 그녀를 죽일 뻔한 꼴이 된 광대가 더 당황했다. 이미 상당히 젖어버린 셔츠를 들곤 어떻게든 물기를 닦으려 애쓰며 울상을 지었다.

"젖은 옷 입고 그렇게 한데서 누워 있다간 감기 들어요. 연두 씨 말마따나 약도 없는데 감기가 폐렴이 되면 어쩌려고 그래요? 일어나요."

"젖어서 시원한데 뭐. 이 정도론 감기 안 걸려."

"연두 씨!"

기가 막힌 광대가 소리를 질렀지만 연두의 귀에는 닿지 않았다. 연두는 벌렁 드러누운 채 밤하늘을 바라보았다. 자르르 윤기 흐르는 비단 같은 남빛 하늘 가득히 자잘한 별들이 박혀 반짝이고, 별이 모이다 못해 하얗게 보이는 은하수가 하늘을 가로지르는 강이 되어 흘렀다. 땅에선 반딧불이가 별처럼 빛을 내며 날고 하늘에선 은하수가 흐르는 광경은 마치 동화책 속에 그려진 그림 같았다. 오래 전에 다 말라비틀어진 줄로만 알았던 감수성이 샘물처럼 퐁퐁 솟아올랐다.

"그렇게 나만 노려보고 있지 말고 하늘 좀 봐봐. 얼마나 예뻐?"

"예에, 퍽이나 예쁘겠네요."

광대의 대답이 뾰족하게 연두를 찔렀다. 그래봤자 연두는 아프지도 가렵지도 않아 멍하니 하늘을 보고 있었다. 그러다 갑자기 옆에서 뜨거운 열기와 빛이 느껴져 고개를 돌려보니, 광대가 허공에서 불꽃을 피워내고 있지 뭔가. 연두는 뱃가죽이 당기는 것도 잊은 채 벌떡 일어나 앉았다.

"마법 못 쓴다며!"

"잘 못쓴댔지 아주 못 쓴댔나."

"이, 이……"

"이 정도 잔재주는 부려요."

광대는 기가 막혀 말을 잇지 못하는 연두를 놀리기라도 하는 듯 불꽃의 개수를 늘렸다. 그러는 사이 셔츠를 벗어 훤히 드러난 흰 등에 검은 그림자가 일렁거리다가 그대로 멍이 되었다. 광대의 정면에 앉아 있던 연두는 그 모습을 전혀 보지 못했고 광대는 아픈 티를 내지 않았다.

"이왕 불 피운 거, 연두 씨 머리나 좀 말리고 가죠. 기껏 불도 피웠는데 감기라도 걸리면 말짱 헛일이잖아요. 거기서 비켜요, 비켜. 방해돼요."

광대는 주변에 널려 있는 나뭇가지를 주워쌓고 나무 아래에 쌓인 낙엽을 긁어모아 금세 모닥불을 뚝딱 피워냈다. 그리고 주변에 둥실둥실 띄워두었던 불꽃을 싹 없애니, 연두는 갑자기 사라진 불꽃쇼를 아쉬워하면서도 슬그머니 모닥불 옆에 주저앉았다.

빨갛게 춤추는 불꽃이 날름날름 땔감을 핥아 먹고 주변의 공기를 따스하게 데웠다. 연두의 살갗에 찰싹 달라붙어 있던 젖은 옷에서 모락모락 김이 오르기 시작했다. 문득 바라본 광대는 그녀를 닦느라 쫄딱 젖어버린 셔츠를 펼쳐 든 채 구석구석 말리느라 여념이 없었다.

"있잖아……. 내 머리 말리는 게 목적이 아니라 네 셔츠 말리는 게 목적이었던 것처럼 보인다면, 내 착각일까?"

"뭐, 겸사겸사죠. 겸사겸사. 물에 젖는 건 정말 질색…… 연두 씨?"

"어, 어? 왜 불러?"

연두가 바닥으로 떨어지려는 고개를 번쩍 들고 대답했다. 광대는 눈을 가느다랗게 뜨고 연두를 살폈다. 한 수만 있다면 연두를 홀랑 뒤집어서 죄 까볼 것처럼 날카로운 시선이었다.

연두는 처음에는 눈을 부릅뜨고 광대의 시선을 맞받아쳤으나, 얼마 지나지 않아 금세 꾸벅꾸벅 졸기 시작했다. 그러다 제풀에 놀라 화들짝 일어났다가 다시 졸기를 반복하니, 어디로 보나 피곤에 절어 있는 모습이었다.

"쯧, 그러게 뭣 하러 요리를 배우겠다고 설쳐서는. 또 부엌 전부를 밀가루투성이로 만들었다면서요? 조만간 청소의 달인이 되겠네요. 축하해요. 짝짝짝."

"입으로만 박수 소리 내지 마. 비참하니까."

연두가 풀이 죽은 채로 무릎에 고개를 박았다. 본래 매일같이 숲을 쏘다니며 작은 동물을 잡아 오느라 고생하는 광대에게 제대로 된 요리를 한번 대접해 주고 싶어서 시작한 일이었다. 예전부터 요리에는 영 재주가 없다는 건 알고 있었지만 1:1 강습을 받는다면 어떻게든 될 거라고 생각했는데……. 요즘엔 그냥 어디까지 가나 보자 하는 오기가 더 컸다.

"돌아가면…… 직장도 없고. 집도 없고. 길바닥 노숙생활 확정인데…… 음식이라도 잘하게 되면 어떻게 먹고 살 길이 열릴까 했지……."

"요리 말고 청소로 길을 생각하는 게 어때요? 연두 씨 청소는 진짜 프로잖아요. 오늘 보니까 벨도 연두 씨가 실수하길 은근히 기대하는 거 같던데."

"뭐?"

"연두 씨가 청소하고 나면 묵은 때가 모조리 사라진다고 좋아하던데요. 제대로 된 세제도 없고 도구도 없는데 그쯤 하는 거면 나중에 돌아가서는 얼마나 대단하겠어요. 안 그래요?"

"고맙다, 아주."

전혀 도움이 되지 않는 위로에 입을 삐죽인 연두가 괜히 모닥불을 뒤적거렸다. 빨간 불티가 화르르 올라와 까만 밤을 예쁘게 장식했다. 따뜻한 온기가 차갑게 언 몸을 천천히 녹이고 있었다.

"근데 있잖아. 벨은 벨인데 왜 나는 연두 씨야?"

"손님이잖아요."

"초대장 내 거 아니라고 지랄 떨 때는 언제고 말은. 그냥 대충 불러. 내가 반말 시작한 지가 언젠데 아직까지 존댓말이야. ……괜히 미안하게."

시선을 피하면서도 할 말은 전부 하는 연두가 귀여워, 광대는 짧은 웃음을 삼켰다. 하지만 귀여운 건 귀여운 거고, 아닌 건 아닌 거다. 자신이 없는 사이 연두가 혼자 밖에 나왔다가 다치거나 죽는 상상을 하면 어딘지 등골이 서늘해지고 머리가 아찔했다.

"뭐…… 벨에게도 앞에서는 존대를 씁니다만, 연두 씨가 반말이 좋다면야 그렇게 해드리죠. 강연두 너, 위험하니까 다시는 이런 밤에 나오지 마. 되도록 그 오두막에서 나오지 말고 그냥 박혀 있어. 네가 해먹는 집기랑 요리 재료는 가죽으로 퉁 치기로 벨하고 얘기 다 끝났으니까 걱정 말고 사고나 실컷 치고 있으라고."

"반말 겁나 잘 하네 망할 새끼……. 그동안 어떻게 참고 살았어?"

"하라며. 하래서 했는데 뭘 토를 달아."

셔츠가 그럭저럭 말랐다. 아직 덜 마른 곳도 있지만 모닥불에 말린 것치고 이만하면 잘 마른 거였다. 광대는 아직 덜 마른 부분을 만져 보다가 쯧, 하고 혀를 차곤 꾸역꾸역 팔을 꿰어 넣었다. 새카만 멍이 든 등은 셔츠 아래로 사라지고 날씬한 윤곽만 남았다.

　연두는 광대의 옷 입는 모습을 빤히 보지 못하고 시선을 피했다. 괜히 목덜미도 귀도 뜨끈뜨끈하게 열이 올랐다. 무릎을 모아 안고 고개를 처박은 채 투덜거렸다.

　"그 망할 마녀는 뭐 하고 있대? 동화를 두 개나 해치웠는데 언제 돌아가? 그 틈은 대체 뭐 어떤 식으로 나오는 거기에 이렇게 소식이 없는 거냐고. 제기랄, 돌아버릴 거 같아. 하루하루가 엿 같아."

　"전에 말했지? 네 주변으로 동화 주인공들이 꼬여든다고. 솔직히 말해서 주인공이 오는 건지, 아님 네가 찾아가는 건지는 잘 모르겠는데 아무튼 그런 거 같으니까 괜히 안달내지 말란 말이야. 네가 이렇게 엉뚱한 짓을 하지 않아도 이야기는 충실하게 진행되고 있다고."

　"알았어, 알았다고. 세상이 좆같고 거지같아서 염병 지랄을 떨고 싶어도 얌전히 있을게. 그럼 되잖아."

　"하여간 대답은 잘하지. 동화 속이라고 하니까 네가 현실성이 떨어지나 본데, 이 작은 숲에도 온갖 동물들이 다 뒤섞여서 살고 있는 거 보면서 느끼는 거 없어? 이 세상에는 동화 주인공과 조연들만 있는 게 아냐. 좋은 사람도 있겠지만 아닌 사람도 많고, 너랑은 도덕의 기준 자체가 다른 사람들도 엄청나게 많은…… 야. 자냐? 자?"

　야, 강연두! 광대가 부르는 이름이 그저 달았다. 연두는 자신의 이름을 제대로 불러주는 단 한 명의 목소리를 꿀처럼 사탕처럼 삼키며 눈을 감았다. 눈꺼풀이 천근보다 무거웠다. 요즘 들어 통 잠을 자지 못하던 것이 거짓말인 것처럼 잠이 쏟아졌다.

결국 그녀는 무릎을 끌어안고 웅크려 앉은 그 자세 그대로 잠들어 버렸다. 아직도 머리카락에서는 물방울이 떨어지고 꾸덕꾸덕하게 물기가 남은 옷이 살갗에 달라붙어 있는데도 말이다.

"아, 진짜……. 액이 낀 게 틀림없다니까. 강연두, 너 기자라며? 발 넓지? 돌아가면 그 마당발로 나 무당 한 명만 소개시켜 주라. 굿 좀 크게 하게."

도로롱. 작게 코고는 소리가 대답을 대신했다. 광대는 땅이 꺼져라 한숨을 내쉬고 연두를 들쳐 업었다. 기껏 정성 들여 말린 셔츠가 축축하게 젖어들었다. 달빛이 환히 내리쬐는 밤. 광대는 연두를 업은 채 천천히 걸었다. 듣기 좋은 목소리가 흥얼흥얼 노래를 불렀다.

Tom, Tom, of Islington
이슬링턴에 사는 톰은
Married a wife on Sunday,
일요일에 결혼을 해서
Brought her home on Monday,
월요일에 부인을 집으로 데려왔지.
Bought a stick on Tuesday,
화요일에 매를 사서
Beat her well on Wednesday,
수요일에 그녀를 흠씬 두들겨 팼네
Sick she was on Thursday,
목요일에 부인이 아프더니
Dead she was on Friday,

금요일에 죽어버렸네.

Glad was Tom on Saturday night

일요일에 부인을 묻게 되어

To bury his wife on Sunday.

토요일 밤 톰은 기뻤다네.

"……뭐야, 그 끔찍한 노래는……."

"깼어?"

광대가 연두에게 말을 걸었지만, 아무래도 잠깐 깼던 것뿐인지 대답이 없다. 대신 고른 숨소리가 광대의 귓가를 간질였다. 광대는 노래 부르기를 그만두었다.

한참을 걷던 광대가 걸음을 멈췄다. 주변의 동물들이 죄다 도망을 가버린 탓에, 여름밤의 숲은 계절에 어울리지 않게 조용했다. 이끼로 신발을 삼고 덩굴식물로 외투를 삼은 나무들이 마치 사람처럼 숲에 서서 연신 흰 달빛을 찢어냈다.

그는 그렇게 부서진 달빛으로 얼룩진 숲의 바닥, 눈여겨보지 않으면 쉬이 지나쳐 버릴 것이 분명한 구석을 향해 눈길을 주었다. 그 시선의 끝에는 나무 기둥 뒤에 숨은 채 머리만 빼꼼 내밀고 있는 땅요정이 있었다.

"너, 낯이 익은데."

「…….」

"내가 만든 녀석 맞지? 네가 왜 여기 있어? 수아나를 도와야지."

땅요정은 광대의 질문에 대답하지 않았다. 그저 기다랗게 축 늘어진 귀를 잡아당기며 히죽히죽 기분 나쁘게 웃을 뿐이었다.

몹시 불쾌해진 광대가 저 건방진 땅요정을 잡아 치도곤을 칠까 말까 고민을 시작했다.

건방진 땅요정은 갑작스레 땅 속으로 쑥 사라지더니 광대의 코 앞에서 다시 나타났다. 그리곤 빼빼 마른 길고 가느다란 손가락으로 광대를 가리키며 물었다.

「내 이름이 뭐게?」

"내가 그걸 어떻게 알아?"

애초에 짓지를 않았는데. 광대의 목소리는 전에 없이 신경질적이었다. 저 기분 나쁜 생물을 당장에라도 걷어차고 싶은데, 아무래도 잠든 사람을 업고 있다 보니 행동에 제약이 생겨서. 어쨌건 땅요정은 얻어맞지 않았고, 광대의 대답이 몹시 만족스러운 듯 펄쩍펄쩍 뛰며 기쁨을 표출했다.

「그래! 몰라! 내 이름은 아무도 몰라!」

반미치광이처럼 뛰어다니는 꼴이 무섭다기보다는 끔찍하다. 광대는 똥이 무서워서 피하나, 더러워서 피하지, 뭐 이런 요지의 말을 중얼대며 슬슬 땅요정을 피해 걸었다. 땅요정은 그가 숲을 완전히 빠져나갈 때까지 끽끽대며 웃기를 멈추지 않았다. 애써 무시하는 광대의 미간에 고랑이 팬다.

"재수가 없으려니 별 미친 것을 다 만나네."

그러나 광대의 수난은 거기서 끝이 아니었다. 땅요정을 만나고 기분이 상할 대로 상한 채 돌아온 그를 기다리고 있는 건 따뜻한 이불이 덮인 침대가 아니라 닫힌 창문 너머로 어떻게든 오두막 안을 들여다보려고 애쓰는 불청객이었다.

쓸데없이 넓은 어깨, 두툼하게 나오기 시작한 뱃살, 헝클어진 갈색 머리칼과 온몸에서 진동하는 말 냄새. 광대는 금방 그를 알아보았다. 얼마 전 광대와 연두를 태워주었던 마부, 코쉬였다. 쓸데없이 오지랖이 넓고 호기심이 넘쳐 계속 귀찮게 굴더니 이따위 짓을 하고 있다. 솜씨 좋은 사냥꾼은 짐을 들쳐 업고도 기척 없이 마부의 등 뒤에 섰다.

"당신, 거기서 뭐 하는 거지?"

"힉! 히이익!"

갑자기 어깨를 잡힌 코쉬가 기겁을 했다. 광대는 바닥에 주저 앉아 엉금엉금 기어가려는 코쉬의 옷자락을 쥐고 억지로 일으켜 세웠다. 광대보다 1.5배는 큰 덩치를 하고선 고양이에게 잡힌 쥐처럼 발발대며 눈길을 피하는 꼴이, 제가 잘못했다는 걸 알기는 하는 모양이었다.

"여기서 뭘 하고 있었던 거냐고 묻잖아."

"아니, 그냥, 나는…… 젊은 사람 둘이 어떻게 지내는지 궁금해서."

"고작 그런 것 때문에 이 밤에 숲에를 기어들어 왔다고?"

개가 믿을 소리를 해야지. 광대의 노란 눈동자가 사납게 번뜩였다. 그는 코쉬의 목덜미를 붙든 채로 오두막의 문을 열었다. 무서운 힘에 코쉬는 차마 반항할 엄두도 내지 못하고 질질 끌려가 오두막 한 구석에 나뒹굴었다.

광대는 그 난리통에도 깨지 않는 연두를 대강 추슬러 눕혀놓고는 본격적으로 코쉬를 추궁했다. 이 밤에 굳이 숲에 들어와 오두막을 훔쳐본 이유가 뭔지, 뭘 알아내려고 했는지, 누군가 큰돈을 약속하기라도 한 건지.

코쉬는 땀을 한바가지는 쏟아내면서도 같은 말을 반복했다. 그저 외딴 오두막에서 젊은 남녀 둘이 산다고 하니 궁금해서 그랬다고. 시킨 사람은 아무도 없었다고. 못 믿을 말에 화가 난 광대에게 걷어차이면서도 말을 바꾸지 않으니, 종국에는 광대도 살짝 마음이 흔들렸다.

"당신, 미친 거 아니야? 겨우 그런 이유로 위험을 감수했다고?"

"그, 그럼요. 다른 이유가 뭐가 있겠습니까요. 게다가 여기 숲은 제가 코흘리개일 때부터 돌아다닌 곳인뎁쇼. 야밤에 좀 돌아다녀도 뭐 별로 무, 무섭지도 아, 않고……."

밤의 숲은 위험했다. 이 세계의 주민들 중에 그걸 모르는 사람은 없었다. 제가 하는 소리가 얼마나 명청한지를 새삼 깨달은 코쉬가 형편없이 말을 더듬기 시작했다.

"그래? 야밤이어도 무섭지 않은 숲이니, 내가 널 지금 당장 숲한가운데 던져 버려도 아무 문제없겠군?"

짜증이 울컥 치솟은 광대의 분위기가 무섭게 변했다. 가볍게 건들거리던 모습은 간데없이 사라지고 숨 막히도록 무거운 압박감이 차올랐다.

한결 묵직해진 공기가 코쉬의 전신을 짓눌렀다. 코쉬는 정신없이 뒤로 물러서려 노력했다. 주저앉은 채인 데다 곧 벽에 등이 닿아 더 이상 물러날 곳도 없건만, 연신 바닥을 긁는 발이 필사적이었다. 광대가 코쉬의 멱살을 잡아 서서히 들어올렸다. 숨이 턱 막힌 코쉬의 얼굴에 벌겋게 피가 몰렸다.

쾅쾅쾅! 누군가 거세게 오두막의 문을 두드렸다. 코쉬에게 신경 쓰느라 경계가 소홀해졌던 광대의 등허리에 한기가 돌았다.

"계세요? 주무세요? 저기요! 일어나 보세요!"

벨이었다. 광대의 손에서 힘이 빠졌다. 코쉬는 가까스로 숨을 들이켜며 헐떡거렸다. 가랑이 사이가 어쩐지 축축한 것 같았지만 그런 데 쓸 정신이 있을 리 없다. 눈앞이 까맣게 변하고 별이 보인다 싶은 순간까지 간 직후였다. 기껏 들어 올렸던 코쉬를 바닥에 내던진 광대가 싸늘하게 경고했다.

"정말로 죽고 싶지 않으면, 조용히 있어."

정신없이 고개를 끄덕이는 코쉬를 내버려 둔 채 오두막의 문을 열었다. 창백한 달빛을 뒤집어쓰고 발을 동동 구르던 벨이 반색을 하며 광대의 소맷자락을 움켜쥐었다. 두껍게 굳은살 박인 손이 바르르 떨리고 있었다.

"무슨 일이에요? 이 밤에."

"있잖아요, 혹시 코쉬 못 봤어요?"

"코쉬? 그게 누구죠?"

"마부 아저씨 몰라요? 갈색 머리를 이렇게, 이렇게 헝클어진 채로 다니고 배가 좀 나온 그 아저씨 말이에요. 저번에 같이 마차 탔었잖아요. 오늘 낮에 내 가게에 와서 주문을 하고 갔는데 아직까지 집에 들어오질 않았대요. 당신은 숲을 제 집처럼 돌아다니잖아요. 네? 본 적 없어요?"

"이런 숲에서 대체 무슨 수로 장사를 하나 했더니, 따로 주문을 받고 있는 거였나 보죠?"

"딴소리 말고요. 본 거예요, 못 본 거예요?"

"못 봤어요. 오늘은 낮 내내 잤고 밤 사냥은 나가지도 않았는걸요. 아무튼 그 둔해 보이는 마부가 이런 밤에 숲에서 실종이라니 큰일이네요. 안 그래도 숲의 짐승들이 한창 새끼 칠 때라 예민한데…… 사고라도 났으면 큰일인데."

벨의 안색이 창백해졌다. 광대는 짐짓 다정하고 상냥한 손길로 벨의 어깨를 두드리며 달랬다.

"벨. 그렇게 벌벌 떨지 말아요. 나도 나가서 찾아볼 테니까. 벨은 들어가서 날 밝기를 기다리고 있으세요. 괜히 돌아다니다가 벨이 다치기라도 하면 난 어디서 밥을 먹어요? 실컷 사냥을 하고도 굶는 일이 생기면 어떡해요. 그건 내게 너무 가혹한 일이라고요. 자, 가요. 내가 데려다줄게요."

아직까지도 영 발전이 없는 연두의 요리 솜씨를 떠올린 벨이 풋, 웃음을 터뜨렸다. 광대는 그런 그녀의 어깨를 감싸 쥐고 슬쩍 밀어내며 자연스럽게 오두막의 문을 닫았다. 벨은 광대에게 밀려 집으로 돌아가는 와중에도 몇 번이나 다짐을 받았다.

"그럼 잘 부탁해요. 코쉬, 진짜 좋은 사람이에요. 좀 오지랖이 넓어서 쓸데없는 짓을 잘 하긴 하지만, 그래도."

"알았다니까요. 설마 내가 보고도 못 본 척할까 봐 그래요?"

"그런 건 아니지만……."

말일 잇지 못하고 머뭇거리던 벨이 갑작스레 걸음을 멈췄다. 과자 주문을 하러 왔던 코쉬가 전한 말이 자꾸 마음에 걸렸다. 흘끔흘끔 훔쳐보는 시선이 거슬린 광대가 미간에 주름을 잡았다.

"왜 그래요?"

"클라운 당신, 진짜 이름이 뭐예요?"

"이름 가르쳐 준 지가 언젠데 갑자기 웬 진짜 이름 타령이에요."

"데비는 그렇다 쳐도 클라운이라니, 퍽이나 그 이름이 진짜라고 믿겠어요. 그게 진짜 이름이면 난 벨이 아니라 베이커게요?"

"믿든지 말든지 알아서 하세요."

"말을 해도 꼭……. 코쉬가 낮에 얘기했었다고요. 웬 낯선 사람들이 사람을 찾는다며 마을에서 수소문하는데, 설명해 주는 인상착의가 딱 클라운이랑 데비라잖아요. 두 사람, 대체 정체가 뭐예요? 뭔데 사람들이 이렇게 찾는 거예요? 사랑의 도피를 한 줄 알았는데, 무슨 큰 죄라도 지은 거예요?"

의심과 의문이 곧 불안이 되어 벨을 쥐어짰다. 불안에 떠는 갈색 눈동자를 향해 광대가 상냥하게 미소 지었다.

"이런, 벨. 왜 그런 게 궁금하지요? 당신은 재고 처리만 하면 그만이잖아요. 안 그래요? 걱정 말아요, 어디 가서 우리 이름을 들먹이지만 않으면 아무 문제없을 테니까. 오늘 당신은 혹시 그 마부가 빈 오두막에 찾아오지 않았을까 싶어서 왔던 거예요. 그렇지요?"

미소는 부드럽건만 웃지 않는 눈이 어찌나 무서운지. 벨은 더 이상 말을 꺼내지도 못하고 그저 고개만 주억거리다가 제 집으로 돌아갔다. 벨을 들여보낸 광대는 바쁜 마음만큼이나 빠른 걸음으로 오두막을 향해 걸었다.

오두막은 그리 멀지 않았다. 광대가 오두막을 비운 시간은 아주 짧았다. 적어도 광대는 그렇게 생각했다. 그러나 그가 오두막에 돌아왔을 때, 아직 잠들어 있을 줄 알았던 연두는 멀쩡히 깨어 있었다. 잠에 절어 있던 모습은 어디로 가고 눈빛이 반짝반짝했다.

"자는 줄 알았는데."

"어, 그냥 깨더라."

연두는 괜히 머쓱해져서 머리를 긁적였다. 갑작스레 쏟아졌던 잠은 딱 그만큼 갑작스레 도망가 버렸다. 광대가 벨을 데리고 나가며 오두막의 문을 닫는 순간부터 머릿속이 깨끗했으니까 말이다. 그녀는 구석에 처박혀 눈에 띄지 않으려 애쓰는 코쉬를 힐끔 보고는 광대의 옆구리를 콕 찔렀다.

그리고 한쪽 눈꺼풀을 깜빡.

"그나저나 너, 사람을 저렇게 만들면 어떡해. 얼굴은 티가 안 나도 저 목 어쩔 거야, 저거. 얼마나 세게 잡아당겼는지 목에 멍이 다 들었잖아."

"글쎄……. 숲에서 짐승에게 공격받으면 가장 먼저 공격당하는 부위가 목이라서 말이야. 그다지 신경을 안 썼지. 아무래도 이빨 자국이 나면 거기에 신경이 집중되기 마련이거든."

코쉬의 어깨가 움찔거렸다. 연두는 지극히 작위적인 미소를 지었다.

"어휴. 하여간 성미 하고는…… 맞추기 힘들어 죽겠어. 아무리 비밀 유지가 중요하다지만 전하의 백성을 그렇게 쉽게 처리하면 안 된다는 거 알잖아. 나중에 보고는 어떻게 하려고 그래."

"이런 시골구석의 마부들 하나하나까지 신경 쓰시지는 않잖아. 적당히 짐승에게 죽은 걸로 해서 꾸며 올리면 돼. 너도 잘 알면서 새삼."

"그건 그렇지만 귀찮아서 그러지. 이왕이면 시체 없이 일 끝내고 싶은 게 내 마음이라서. 그놈의 보고서, 시말서 지겹지도 않아? 이봐요, 아저씨. 네, 당신. 우리 편하게 가죠. 뭘 하다가 걸려서 이놈에게 이런 꼴을 당하셨어요?"

연두와 광대의 대화를 들으며 덜덜 떨고 있던 코쉬가 주절주절 입을 놀리기 시작했다.

낯선 사람들, 어쩐지 무섭게 느껴지는 사람들이 마을을 찾아와 두 남녀의 인상착의를 설명하며 행방을 묻더라고. 마을 사람들이야 당연히 본 일이 없으니 본 적 없다 했지만, 코쉬는 벨이 마음에 걸려 본 적 없다 해놓고도 혹시나 싶어 정말 그 사람들이 아닌가 확인해 보러 왔다고 했다. 하지만 한낮에 찾아와 얼굴을 확인하기에는 간덩이가 부족해서 밤에 몰래 찾아와 얼굴만 좀 보려고 했단다. 그러다가 걸린 거고.

조금 전에 광대가 을러댈 때는 꽉 닫혀 있던 입이 어째 순식간에 열렸다. 그를 찾으러 왔던 벨을 능숙하게 얼러 돌려보내는 광대를 보며 극심한 공포와 좌절을 겪은 탓이지만, 그 사실을 알리 없는 광대는 불쾌함에 미간을 찌푸렸고 연두는 생글생글 웃었다.

"그래서요? 그게 우리 같아요?"

"아니요! 절대, 절대 아닙니다! 제가 멍청하고 기억력이 나빠서 헷갈린 거지요! 이제 보니 완전히 다른 사람인데요!"

"그렇지요?"

"그럼요! 머리색부터 눈 색, 키, 체형, 목소리까지도 같은 게 하나도 없습니다요!"

연두가 흡족한 미소를 지었다. 그리곤 주섬주섬 주머니를 뒤져 긴 목걸이를 꺼내 내밀었다. 목걸이의 줄 끝에는 사자의 옆얼굴이 정교하게 새겨진 펜던트가 달려 있었다. 연두가 아셰라드의 측근 시녀 노릇을 하며 심부름을 다닐 때 가지고 다니던 물건이었다.

평생 마차를 몰며 산 무지렁이 마부인 코쉬도 왕실의 문장인 사자의 옆얼굴만은 알아보았다. 코쉬의 안색은 이제 불쌍할 정도로 창백해지고 말았다.

"우린 그냥 지나가는 사람이었어요. 왕실에서 나온 특별조사관 따위가 아니에요. 알겠지요?"

"네, 네……!"

"그럼 물어보죠. 그 목의 멍은 어쩌다 생긴 거죠?"

"그, 그게…… 그래요! 제가 강도를 당한 겁니다! 목까지 졸려가며 가진 것 다 내놓으라는 협박을 당하다가 그놈들이 한눈을 판 사이를 틈타서 간신히 도망친 거고요!"

"저런, 큰일을 당하셨네요. 그런데 그 강도는 몇 명이나 되죠? 나이와 성별은 어떻게 되고요? 어떻게 생겼는지는 기억나세요?"

"한 놈…… 아니, 두 놈이었습니다. 둘 다 남자였고, 늙은 놈 하나와 젊은 놈 하나였습니다! 늙은 놈은 머리가 희었고, 젊은 놈은 갈색 머리였어요. 늙은 놈이 어디가 아팠는지 기침을 해대니 젊은 놈이 걱정을 하면서 어디론가 데리고 가더라고요! 그 틈에 제가 갖고 다니던 주머니칼로 밧줄을 끊고 도망친 겁니다!"

한번 시작한 거짓말은 스스로 몸집을 불리며 앞뒤를 끼워 맞췄다. 광대는 몇 마디 말로 코쉬를 조종하는 연두를 보며 혀를 내둘렀다. 살짝 쿵짝을 맞춰준 것뿐인데 저 정도의 반응을 이끌어내다니, 누가 입으로 먹고 살던 사람 아니랄까 봐. 그렇게 한참 동안 코쉬의 거짓말에 살을 붙여가던 연두가 직접 코쉬의 손발을 풀어주었다.

"저런, 큰일을 당하셨네요. 얼른 집에 돌아가 보셔야겠어요."

코쉬의 얼굴이 활짝 피어났다. 비록 광대가 집에 직접 데려다주겠다고 하자마자 곧 다시 쭈그러들고 말았지만 말이다.

밤의 숲은 음침하고 어두웠다. 달빛이 환한데도 코쉬는 발밑을 제대로 확인하지 못하고 몇 번이나 넘어져 흙길에 나뒹굴었다. 그는 식은땀과 흙으로 범벅이 된 채 연신 불안한 숨을 내쉬면서두

쉬지 않고 걸었다. 짐이 되었다간 마음이 바뀐 광대에게 죽을지도 모른다는 위기감이 그를 채찍질했다.

코쉬가 사는 마을은 카멜르 성의 외벽에 기대 사는 자그마한 곳이었다. 코쉬는 마을의 윤곽이 어렴풋이 비치는 곳에까지 오고서야 얼굴을 폈다. 어찌나 마음이 급한지, 신발이 벗겨지는 것도 모르고 허겁지겁 달려 벗어나려 든다. 하나 광대의 입장에서는 뛰어봤자 벼룩이란 말이 이렇게 잘 들어맞는 상대도 드물었다. 코쉬는 채 세 발짝을 떼지 못하고 광대에게 어깨를 잡혔다.

"히익!"

"마차까지 두고 온 게 정말 마음에 걸려."

"아이고, 아닙니다. 그 마차는 제 것이 아니라 성에서 빌려주는 거라서 해가 지면 가지고 나올 수가 없는 거라 그런 겁니다요. 그럼요."

"……내 동료 덕에 살아서 돌아가는 줄 알아."

"예, 예! 아무렴요!"

"오늘의 일을 떠들고 다녔다간 네놈의 목에 그따위 멍 대신 진짜 짐승 이빨 자국을 남겨줄 거야."

코쉬는 공포에 희게 질린 꼴을 하고는 서둘러 마을로 돌아갔다. 광대는 아무도 모르게 코쉬의 집 지붕에까지 올라가 코쉬의 집 안에서 벌어지는 설전에 귀를 기울였다. 평민들이 사는 낡은 집은 방음이 좋지 않았다.

코쉬의 늙은 어머니는 늦게 들어온 아들에게 크게 화를 내다가, 아들의 변명을 듣고 몹시 놀란 모양이었다. 괜찮으냐, 무사해서 다행이다, 등등의 말이 끊임없이 이어졌다. 코쉬는 어머니가 끓여준 귀리죽을 먹고 따뜻한 물을 마신 뒤 침대에 눕자마자 곯

아떨어졌다. 광대는 그가 깨지 않을 거라는 걸 확신한 뒤에야 여유로운 마음으로 그 자리를 떴다.

광대가 오두막에 돌아왔을 때, 연두는 코쉬가 있던 자리를 청소하고 있었다. 한밤의 청소에 어이가 없어진 광대가 그녀에게서 걸레를 빼앗아 들었다.

"몸도 안 좋으면서 야밤에 웬 청소야?"

"빨리 닦아야 잘 지워지지. 나무 바닥에 오줌 냄새 배면 답 없어. 그리고 나 멀쩡하거든? 걸레 내놔."

"그렇게 전구 꺼지듯이 잠든 게 조금 전인데 괜찮다는 소릴 퍽이나 믿겠다. 잠 안 오면 저기 의자에 앉아서 쉬고 있어. 그러다 잠 오면 그냥 자고."

연두는 더 사양치 않고 광대의 배려를 받아들였다. 식탁으로 쓰고 있는 낡은 테이블에는 달빛이 흰 그림을 그렸고, 한 철 사는 풀벌레들의 울음소리가 창문을 넘어 흘러들었다. 도시의 찌는 듯한 열대야와는 비교도 할 수 없는 청량한 공기가 연두의 머리칼을 쓰다듬었다. 잠자기에 딱 좋은 환경이었다.

연두는 슬금슬금 내려앉기 시작한 눈꺼풀을 의식하며 생각했다. 역시 사람은 몸이 피곤해야 잡생각 없이 잠을 잘 자는 법이라고.

연두 대신 서툰 솜씨로 걸레질을 하던 광대가 그녀를 향해 말을 걸었다. 자라고 해놓고.

"계속 궁금했던 건데, 대체 그 사람들이 뭔데 우릴 찾은 걸까?"

"나야 모르지……. 너나 나나 워낙에 눈에 띄니까 한몫 잡아보겠다고 나선 놈들 아니야? 그렇잖아, 난 특이한 얼굴이고, 넌 예쁜 얼굴이고."

제 얼굴을 두고 특이한 얼굴이라고 평하는 연두의 표정이 좋지 않았다. 이전에는 스스로의 얼굴에 대해 꽤나 자신감이 있었던 것 같은데, 이 세계에서 이민족 취급을 받으며 신기해하는 시선을 받다보니 이젠 스스로도 좀 헷갈렸다. 얼굴이 예뻐서 시선을 받는 건지, 아니면 특이해서 시선을 받는 건지.

예쁜 얼굴이라는 칭찬을 받은 광대도 그다지 즐겁지 않은 건 마찬가지였다. 잘생겼다보다는 예쁘다는 말이 어울리는 얼굴이란 건 스스로도 알지만 그래도 역시 잘생겼다는 칭찬이 좋았다.

"영혼 없는 칭찬 고맙다. 너도 여기 사람들하고 생긴 게 좀 달라서 그렇지 예쁘게 생겼어. 근데, 그놈들 인신매매가 아니라 혹시 그 목걸이 때문에 온 거 아니야? 심부름꾼의 목걸이, 반납했어야 하는 걸 그냥 가져와서 문제 된 거 아니냐고."

"나야말로 영혼 없는 칭찬 고맙다. 그리고 이거 신경 안 써도 돼. 위조품이야."

"위조? 그런 건 또 어디서 해가지고……. 간도 커. 들키면 어쩌려고 그런 짓을…… 아니다, 됐다. 자라, 자."

광대는 뭔가 잔소리를 더 하려다 꿀꺽 말을 삼켰다. 조금 전까지 쌩쌩하게 말을 잇던 연두가 꾸벅꾸벅 졸고 있었다. 그는 대충 구석에 말아두었던 담요를 꺼내다 밤바람에 차게 식은 몸을 덮어주었다. 그 짧은 새에 연두는 잠이 들어버렸다. 물기 남은 머리카락 몇 가닥이 가느다란 목에 찰싹 붙어 있다가 광대의 손에 잡혀 담요 밖으로 쫓겨났다.

이날 이후, 코쉬는 연두와 광대에게 충실하게 정보를 전달하는 정보원의 역할을 하게 됐다. 순박한 마부는 두 사람이 왕실에서 나온 특별조사관이라는 거짓말을 철석같이 믿었고, 그들에게 정보를 전해주는 자신을 몹시 자랑스럽게 여겼다. 해서, 그가 전해주는 말과 소문들은 신빙성은 둘째 치고라도 정확성만은 보증할수 있을 법한 수준이었다.

덕분에 연두와 광대는 앉은 자리에서 편안히 카멜르 성의 사정을 전해 들을 수 있게 되었다. 그에게 들은 카멜르 성의 사정은 이전에 벨에게서 들었던 것과는 조금 달랐다.

비록 지금은 산출량이 좀 줄긴 했지만 반시 왕국의 소금그릇이라고 불리던 소금광산은 아직 건재하고, 때문에 카멜르 성의 경제 사정은 꽤나 괜찮단다. 소금 때문에 들락거리는 이방인들이워낙 많아 자신의 거짓말도 아주 쉽게 넘어갔다고.

뒤늦게 자신이 벨에게 속았음을 깨달은 연두는 믿을 수 없을만치 멍청했던 자기 자신에게 분노했다.

유통망이 제대로 정비되지 않은 세상에서 소금이 갖는 중요성을 잘 알고 있었으면서도 그렇게 쉽게 속아 넘어갔던 자신이 용서가 안 됐다. 설탕과 차가 서민들 사이에서도 유통되는 이상한 세상이라지만 소금은 아니었다는 걸 이미 알고 있었는데 말이다. 하물며 벨의 가게는 빵집도 아닌 제과점이었다. 간식을 파는 가게가 유지되는 정도의 경기라는 걸 생각했어야 하는데 그러지 못했다는 것도 어이가 없었다. 바보멍청이가 된 기분이었다.

쫓기는 동안 이민족 취급을 받느라 움츠러들어서 그랬던 것 아니겠느냐, 광대가 위로해 보았지만 연두의 화는 쉽게 가라앉지 않았다.

"내가 병신이지, 병신이야. 시키는 일만 하면서 몇 년 있었다고 이렇게까지 머리가 굳나? 아무리 그래도 명색이 기자였는데!"

"머리든 뭐든 안 쓰면 굳는 거야. 아, 거기 틀렸어."

"이런 쌍. 내 손재주는 왜 이 모양이야?"

한창 화관을 엮던 연두가 또 꽃줄기를 빼먹고 성질을 냈다. 몇 번이나 고쳐 만드느라 화관의 꽃송이들은 이미 너덜너덜해진 지 오래였다. 마주 앉아 같이 화관을 만들던 광대가 새 꽃을 건네주었지만 연두는 쥐고 있던 꽃으로 마저 엮길 완강하게 고집했다.

"내가 손대면 또 엉망이 될 건데 새 꽃 넣어서 뭐 해. 너 써."

"화관이 화관이 아니라 풀관이 될 것 같아서 그러지. 명색이 화관인데 멀쩡한 꽃 한 두 송이는 좀 붙어 있어야 되는 거 아냐?"

"이런 팩트폭력배 같으니……."

입술을 삐죽인 연두가 순순히 꽃을 받아들어 다시 화관을 엮기 시작했다. 도시에서 태어나 자란 연두는 화관을 엮어보는 게 이번이 처음이었다. 벨이 하는 걸 봤을 땐 금방 따라할 수 있을 것만 같았는데 막상 해보니 여간 어려운 게 아니었다. 잘 꿰었다 싶으면 꽃이 너무 많았고, 균형을 맞춰야겠다 싶어 꽃을 조금 빼다보면 꽃줄기가 모자랐다. '적당하게' 꽃을 꿰면 된다는데 그 적당함이 대체 어디쯤인 건지.

그렇게 연두가 끙끙대는 사이 광대는 자리를 잡고 앉은 지 얼마 되지도 않아 그럴 듯한 화관을 뚝딱 만들어냈다. 희고 노랗고 빨간 꽃들을 솜씨 좋게 엮어서 둥그렇게 말아놓은 모양새가 제법 예뻤다. 그는 부러움에 찬 눈으로 화관을 보고 있던 연두에게 화관을 불쑥 내밀었다.

"뭐, 뭔데?"

"너 써."

"진짜?"

"그래."

"고마워!"

기쁜 낯으로 화관을 받아든 연두가 벌떡 일어났다. 그리고 풀밭 한쪽에 팽개쳐두었던 신발을 꿰어 신지 뭔가. 광대는 몹시 당황했다. 쓰라고 줬는데 쓰지는 않고 갑자기 어딜 가겠다는 건지.

"야, 난 그거 네 머리에 쓰라고 준 거야."

"……어, 그, 그래?"

"그래. 이리 와봐."

길게 굽슬굽슬한 갈색 머리카락은 여전히 결이 좋았다. 무성하게 우거진 나뭇잎 사이를 뚫고 들어온 햇살이 그녀의 머리카락 위에서 빛으로 빚어낸 왕관처럼 빛났다. 광대는 연두의 손에서 화관을 빼앗아 그녀의 머리 위에 살짝 올려놓고는 만족스러운 미소를 지었다. 워낙에 이목구비가 오목조목하고 피부가 뽀얘 색색의 꽃이 아주 잘 어울렸다.

"생각대로네. 잘 어울려."

"……어, 고마워."

연두는 뺨을 붉힌 채 어색한 인사를 했다. 겨우 화관 따위가 뭐라고, 왜 이렇게 얼굴이 간지럽고 민망한지. 거둬들이는 손을 따라 시선이 움직였다. 터무니없을 정도로 가까이에 있던 광대의 얼굴이 연두의 시야를 가득 채웠다.

우아한 선을 그리는 얼굴선, 자기주장이 강한 것 같아도 은근히 부드러운 이목구비, 짙은 분장으로 가리고 다녔다는 게 아까운 고운 피부, 둥근 호선을 그리는 입술. 옆으로 긴 눈이 살짝 접치며 진한 벌꿀처럼 달짝지근한 노란빛을 띠는 눈동자에 웃음이 담겼다. 예쁜 얼굴이었다. 이제껏 자각하지 못했다는 게 이상할 정도로 예쁜.

모양새를 확인하는 시선은 따뜻했고 머리카락을 정리하는 손가락은 섬세하고 부드러웠다. 머리에 올라간 화관에서는 달콤하고 좋은 냄새가 폴폴 풍겼다. 보드란 햇살이 뺨을 간질이는 게 느껴졌다.

"봄꽃이었으면 더 예뻤을 건데."

"……꽃 좋아하나 봐? 의원데?"

"드림랜드를 누가 꾸몄을 거라고 생각한 거야? 나도 예쁜 거 볼 줄 알거든?"

"아하, 그래서 그런 분장을 하고 다니셨어요? 그런 모자를 쓰고 그런 옷을 입고?"

괜히 한 발짝 물러서서 팔짱까지 낀 채 과거를 들추었다. 다소 도발적인 태도였으나, 광대는 연두의 도발에 응하는 대신 그녀가 만들다 만 화관을 주워들었다. 짓무른 꽃송이를 떼어내고 새 꽃을 몇 개 끼운 뒤 조금 만지자 금방 새 화관이 완성된다. 생각 이상의 솜씨였다. 연두의 입이 뾰족하게 튀어나왔다.

"뭐야, 그 솜씨는. 왕년에 화관 좀 만들어봤었나 봐?"

"그럼 손님 안 오는 날에 내가 뭐 하고 있었겠어?"

"인형 놀이. 매표소에 작은 인형이 이만큼……."

"그거야 전시품이고. 맨 벽은 휑하잖아?"

광대는 한없이 허술한 화관을 제 머리 위에 얹었다. 밤처럼 까만 머리카락 위에 엉성한 화관이 엉거주춤 올라앉았다. 미숙한 솜씨가 부끄러워진 연두가 달려들어 화관을 벗겨내려 손을 뻗었지만, 워낙에 체구 차이가 나서 그런지 쉽지 않았다. 와락 달려드는 손을 매끄럽게 피하며 연두를 약 올리던 광대가 씩 웃었다.

"뭘 그렇게 부끄러워해? 누구든 처음은 다 미숙한 거야. 다음엔 더 낫겠지. 그 다음은 더더 나을 거고."

"그렇게 변명해 주지 않아도 내 손재주 거지같은 거 알거든!"

"에이, 변명이라니. 난 사실을 말하는 건데."

손목이 잡혔다. 겨우 손목을 잡혔을 뿐인데 온몸이 꽉 붙들린 것처럼 반항을 할 수가 없었다. 광대의 손은 남자치고는 조금 작은 편이었지만, 악력은 보통 남자들 이상인 것만 같았다. 광대가 진지하게 눈을 맞춰왔다. 연두는 지금 자신의 목덜미가 새빨갛게 달아올라 있을 거라고 확신했다. 잡힌 손목이 뜨거웠다.

"그렇잖아, 강연두. 너 바느질 솜씨 엄청 늘었잖아? 이 세계의 옷은 왜 이렇게 쉽게 닳아빠지는 거냐며 합성섬유가 최고라고 징징대던 때가 있었던 거 잊었어? 화관 만들기도, 요리도, 뭐든 하다보면 다 나아져."

"……요리는 빼자. 양심적으로."

"뭘. 저번에 구워온 빵도 나름 먹을 만했어."

"뭐! 그거 네가 먹은 거였어? 난 쥐가 다 물어간 건 줄 알았는데!"

푸하하하! 시원한 웃음소리가 이파리 무성한 나뭇가지를 뒤흔들었다. 연두로서는 처음 보는 광대의 파안대소였다. 군데군데 탄데다 반죽 발효를 제대로 하지 못해 딱딱하기까지 한 빵이었다. 만든 본인도 먹기 싫어 방치했던 걸 그가 먹어치워 없앴던 거라니, 이번에야말로 정말 부끄러움으로 죽을 수 있을 것 같았다.

새빨간 토마토처럼 익어버린 연두를 향해, 광대가 다정한 위로를 건넸다.

"괜찮아. 그래도 이번엔 덜 익혀오진 않았잖아? 숯덩이를 만든 것도 아니고. 청소나 바느질처럼 빨리 늘지 않는다 뿐이지, 분명 나아지고 있어. ……그러니까, 그렇게 조급해하면서 자신을 탓하지 마."

"……."

"네가 생각했던 건 나도 생각했어야 해. 둘 다 실수한 걸 가지고 너 혼자 그렇게 화내면서 자책하지 마. 실수 한두 번? 까짓 거 별거 아냐. 괜찮아, 분명 무사히 돌아갈 수 있어. 넌 집에 가고 난 드림랜드를 찾고. 강연두 기자님, 오케이?"

연두의 가슴에 따뜻한 물이 찰랑찰랑 차올랐다. 실수해도 괜찮다니, 그 얼마 만에 들어보는 말인지. 부모님의 그늘 없이 사회에 내던져져 뭐든 남들보다 잘하려고 발버둥 치며 살았고, 그나마 희미하게 쥐고 있던 인연들은 빌어먹을 스토커 때문에 죄다 잘려 나간 인생이었다. 발밑은 항상 불안했고 앞날은 언제나 깜깜했다. 어쩌면 그래서 더 무모하게 살았는지도 몰랐다.

"……다음엔, 더 괜찮은 빵을 만들어줄게."

"응, 기다릴게. 그래도 이왕이면 고기 요리로 부탁해. 난 육식에 좀 더 가까워서 말야. 근데, 화관은 대체 왜 만들기 시작한 거야?"

"벨에게 보여주려고. 난 손재주가 너무 없어서 화관 같은 건 절대 못 만들 거라고 약을 살살 올리잖아."

"뭐 그런 쓸데없는 승부욕이……. 아니 잠깐만. 혹시 본인이 만든 것도 아닌 걸 가지고 가서 자랑하려고 그랬던 거야?"

"아냐! 이건 그냥…… 예뻐서 집 안에 장식하려고!"

"흐응……. 어차피 오래 살 집도 아니니 최소한의 것만 놓고 살자던 사람이 있었던 것 같은데."

광대가 눈을 가늘게 떴다. 놀려먹을 기색이 역력한 얼굴이었다. 연두는 변명을 더 이어가는 대신 살짝 힘이 풀린 손에서 얼른 손목을 빼내고 냅다 그 자리를 벗어나는 길을 택했다. 광대의 웃음소리가 긴 그림자처럼 연두의 치마 끝에 달라붙었다.

'어으, 창피해.'

허겁지겁 뛰어나온 연두는 벨의 제과점으로 가는 길목까지 와서야 겨우 정신을 차렸다. 시원한 매미 소리가 소낙비처럼 쏟아졌다. 머리 위로 떨어지는 햇살과, 향긋한 꽃내음과, 조금 달아올라 달게 느껴지는 숨과……. 짝! 연두는 제 뺨을 때려가며 열을 식혔다. 이래서야, 마치 자신이 광대에게 이성적인 호감이라도 느끼는 것 같지 않으냔 말이다.

"내가 왜 그랬지? 아으, 뭐 그런 웃기지도 않은 변명을 해가지고."

부러 소리 내어 변명을 늘어놓다가 으악, 비명을 지르며 머리를 헝클어뜨렸다. 괜찮아, 하고 속삭여 주던 목소리가 매미 소리보다 더 큰 소리로 귓가에 윙윙거리고 그저 눈요깃감으로만 여겼던 예쁜 얼굴이, 취향도 아닌 예쁜 얼굴이 자꾸 눈앞에 떠올랐다.

큰일이었다. 당장 오늘 저녁 식탁에 마주 앉을 일부터 겁이 났다. 이제껏 그랬던 것처럼 감상하기 딱 좋은 얼굴이다, 하고 놀려먹을 자신이 없었다.

"어쩜, 내가 미쳤나 봐!"

연두의 머리가 혼란에 빠져 있는 동안에도 그녀의 다리는 습관대로 착착 움직여 오솔길을 가로질렀다. 매일같이 오두막과 벨의 가게를 오가던 버릇이 여지없이 발휘되고 있는 중이었다.

푸드드득!

웬 새가 연두의 얼굴을 향해 날아들었다. 앞을 보는 둥 마는 둥 걷던 연두가 기겁을 하고 멈춰 섰다. 어영부영 휘젓는 손에 작은 새가 덥석 잡혀들었다. 생각지도 않은 수확에 새보다 연두가 더 놀랐다.

"뭐야, 이거……. 나이팅게일이잖아?"

연두의 손에 잡힌 건 야행성 새, 나이팅게일이었다. 예민한 야생 새가 사람의 얼굴에 부딪친 것도 어이없는 일이었지만, 때가 맞지 않으니 더 황당했다. 나이팅게일은 연두의 손에 잡히고도 별 반항도 하지 않고 그저 까만 눈만 데굴데굴 굴리고 있었다.

"얘, 너 어디 다쳤니?"

알아듣지도 못할 말을 걸며 날개를 쭉 잡아당겨 보았지만, 왼쪽 오른쪽 날개 어느 곳도 상한 데가 없었다. 깃털 하나 빠진 곳 없이 건강한 날개였다. 코앞에서 흔드는 손에 눈을 깜빡거리는 걸 보면 눈도 멀쩡했다.

깃털의 부드러움과 따뜻한 체온, 콩닥콩닥 빠르게 뛰는 심장박동이 손을 타고 연두에게 고스란히 전해졌다. 자칫 힘을 잘못 주면 손 안에서 눌려 죽을 것처럼 연약한 생명이었다. 겉으로 보이는 상처는 없지만 혹시 어딘가 아파서 이런 것은 아닐까 하는 생각이 들자 갑자기 마음이 안 좋아졌다.

'동물병원 따위가 있을 리도 없는데, 어떡하지.'

연두가 안절부절못하고 있는 사이, 나이팅게일이 움찔거리며 연두의 손에서 탈출을 시도했다. 조금 전까지 죽은 것처럼 얌전하게 날개를 맡기고 있던 것과는 천지차이였던지라, 당황한 연두는 그만 꼭 쥐고 있던 손을 펼쳐 버리고 말았다. 나이팅게일은 자신을 감싸고 있던 손이 사라지자마자 날개를 펼치고 날아올랐다. 어설픈 손짓에 잡혔던 게 거짓말인 것처럼 날렵한 비행이었다.

나이팅게일은 연두의 주변을 뱅뱅 돌더니 그대로 숲 속으로 사라졌다. 멍하니 나이팅게일의 꽁무니를 쳐다보고 있던 연두는 어이없고 기가 막힌데 또 이상하게 안심되는 마음에 피식, 헛웃음을 흘리고 말았다.

대체 왜 그랬는지는 모르겠지만 다친 게 아니라면 그걸로 충분했다. 그래도 일말의 미련은 남아, 연두는 한동안 그 자리를 서성거리다가 간신히 마음을 비웠다.

한낮의 여름, 숲길은 기분 좋은 청량함으로 가득 차 있었다. 살랑거리는 바람이 연두의 머리칼을 쓸어 넘기고, 쉴 새 없이 재잘대는 새소리가 시끄러웠다. 어딘지 가시가 서 있던 신경이 부드럽게 누그러졌다.

그러자 광대의 미소에 정신없이 뛰던 심장이 다시 떠올랐다. 갑자기 열 오르는 얼굴에 부채질을 하며 연두는 제 마음을 다스렸다.

이런 인적 드문 숲에서, 광대와 단둘이 오래 있다 보니 자연스레 마음의 장벽이 낮아진 게 틀림없었다. 감추려 애쓸 필요도 없이 마음 편히 말을 나누고 함께 밥을 먹고. 시간이 흐르면서 정말 무사히 집에 돌아갈 수 있을까, 불안해지는 와중에 실수해도 괜찮다 다정한 말을 들었으니 그게 그리 달았으리라.

무사히 돌아가서 다시 단단한 땅에 발을 디디면, 지금의 불안도 불안정함도 모두 사라지고 본래의 자신으로 돌아가고 나면. 그때가 되거들랑 지금의 마음을 다시 한 번 들여다봐야지. 그때에도 지금처럼 가슴이 뛴다면 정말 인정해야겠지만, 과연 그럴까.

'그럴 리 없지.'

연두는 화끈거리는 손목을 가슴 깊숙한 곳에 파묻고 모른 척, 외면했다. 스토커 딸린 가난뱅이는 가까운 인간관계라는 것에 대해 그다지 기대하지 않는 편이 스스로에게 좋았다.

마음의 문제가 어찌 되었든, 연두는 이왕 이렇게 된 거 벨의 제과점에 가기로 했다. 어차피 저녁식사를 가져와야 할 때이기도 했다. 코쉬가 제과점에 들락거린다는 걸 안 뒤로는 벨과 같이 식사하는 일을 극도로 줄이고 연두가 매번 식사를 오두막으로 가져다 나르고 있는 상황이었다.

저녁식사를 챙겨두고 자신을 기다릴 벨을 생각하는 동안 연두의 얼굴에 옅은 서리가 꼈다. 벨은 연두가 사실을 알았다는 걸 눈치채자마자 즉시 자신의 거짓말에 대해 사과했다.

"숲 속에 숨어 있는 내 가게에 굳이 주문까지 넣어가며 과자를 사 먹는 사람들이 자꾸 줄어들어서…… 불안해서 그랬어요. 코쉬는 카멜르 성이 아무 문제없다고 했지만 내 생각은 좀 달랐거든요. 이렇게까지 돈이 안 돈 건 처음이라서……. 언젠간 들킬 거라고 생각했지만 결국 들켰네요. 정말 미안해요."

"……그래요. 이해했어요. 하지만, 그런 거짓말까지 하며 가슴 졸이느니 차라리 보따리 장사를 해보지 그랬어요? 맛있는 건 사실인데."

"미안해요. 그 생각을 안 해본 건 아니었는데, 보다시피 내 다리가 이렇잖아요. 재고를 줄일 수만 있다면 뭐든 못하겠냐 싶었어요."

시간이 지날수록 너무나 괴로웠다고, 연신 사과하는 벨의 마음을 이해하지 못할 것은 아니었다. 본래 목구멍이 포도청이고 곳간에서 인심 나는 게 세상의 이치였다.

하지만 사람 마음은 그렇게 이치에 맞게 움직이는 게 아니어서, 연두는 그녀를 생각할 때마다 복잡해지는 심경을 가눌 길이 없었다. 해서 연두는 아직 입장을 완전히 정리하지 못한 상태였다. 만날 때마다 눈치를 보는 벨이 안쓰럽다가도 문득문득 괘씸해지니, 이것 참.

그렇게 스스로에게 혀를 차며 걷던 연두는 굽은 길을 돌자마자 낯선 사람의 등을 발견했다. 키는 꽤 크지만 덩치가 왜소하며, 한쪽 다리를 끌듯이 어기적어기적 걷는 남자였다. 입고 있는 옷이 몹시 낡은 데다 밑단이 지저분하고, 나막신을 신고 있는 걸로 보아 높은 신분은 아닌 것 같았다.

남자는 뒤에서 나타난 연두에 대해서는 눈치채지 못한 듯, 꾸준하고도 천천히 걷고 있었다. 그러다 갑자기 덜컥, 멈춰 섰다. 연두는 반사적으로 몸을 숨겼다. 두꺼운 떡갈나무 뒤에 숨어 고개만 빼꼼 내민 뒤에야 내가 왜 숨었지, 하고 생각했지만 그렇다고 또 불쑥 나서기에는 뭔가 마음이 내키지 않았다.

남자는 화사하게 피어난 야생장미 덤불 앞에서 뭔가를 고민하는 듯 한참을 서 있었다. 그러다가 조심조심 꽃을 꺾기 시작했다. 가시에 찔리기라도 하는지 깜짝깜짝 놀라며 장미꽃 한 다발을 만들더니, 주변에 있는 온갖 꽃들을 꺾어 보태 커다랗고 풍성한 꽃다발을 만들었다. 그리고 나직이 콧노래를 부르며 다시 걸었다. 이 얼마나 수상한 작태인지.

연두는 이 세계에서 남자들이 꽃에 손을 대는 걸 본 적이 없었다. 짜증날 정도로 남자와 여자의 영역이 극명하게 나뉘어져 있는 세상에서 꽃은 전적으로 여자의 영역에 속해 있었다. 남자들에게 꽃다발이란 사다가 여자에게 선물하는 것이지, 만드는 게 아니었다.

그런데 낯선 남자가 정성스레 만든 꽃다발을 들고 가는 방향이 벨의 제과점 쪽이니, 도저히 모른 척할 수가 없다. 연두는 조심스럽게 그의 뒤를 밟기 시작했다.

남자는 느린 걸음을 재촉해 계속 걸었고, 마침내 벨의 제과점이 보이는 곳 부근에까지 와서야 슬그머니 멈춰 섰다. 그리곤 풀숲에 조심스레 몸을 숨겼다. 마치 제과점을 훔쳐보기라도 하려는 듯이.

마침 벨은 낮 내내 마당에 널어두었던 빨래들을 걷고 있는 중이었다. 잘 말라 펄럭거리는 천들 사이로 날씬한 몸이 바삐 움직였다. 숲을 노니는 바람이 그녀의 치맛자락을 짓궂게 흔들었고, 그 서슬에 가느다란 발목이 언뜻언뜻 드러났다 사라지기를 반복했다.

남자는 빨래를 다 걷은 벨이 집 안으로 들어가고 나서 한참이 지날 때까지도 그 자리에서 꼼짝도 하지 않았다. 그러다가 슬슬 해가 떨어질 무렵이 되어서야 슬그머니 일어났다. 그리곤 조금 전까지 벨이 있던 자리에 자신이 쥐고 온 꽃다발을 올려놓았다. 그것도 모자라 안절부절못하고 벨의 제과점을 하염없이 바라보다가, 그녀가 나오려는지 문이 덜그럭대자마자 날래게 다시 풀숲으로 몸을 숨겼다.

다시 나온 벨은 작은 양동이를 들고 있었는데, 주변을 슥 둘러본다 싶더니 곧바로 남자가 숨어 있는 풀숲 부근을 향해 다가왔다. 하지만 한껏 숨을 죽이고 있는 남자를 눈치채지는 못한 듯, 벨의 신경은 온통 숲 안쪽을 향해 있었다. 그녀는 양동이 안에 넣어왔던 짐승의 내장과 날고기 약간을 숲 안쪽을 향해 내던졌다. 피비린내가 순식간에 사방으로 퍼지고 희고 긴 손가락에 벌건 피가 묻어 번들거렸다.

"오늘은 늦네……."

벨은 좀처럼 자리를 뜨지 못하고 그 자리를 서성거렸다. 그녀는 여우를 기다리고 있었다. 그녀에게서 닭의 내장을 처음 받아 먹었던 어린 여우는 이후로도 종종 제과점을 찾아와 먹이를 졸랐다. 개처럼 애교를 부리거나 하는 건 아니었지만 까맣고 동그란 눈을 반짝거리며 마냥 앉아 기다리는 걸 무시하지도 못한 결과물이 지금 이 꼴이었다.

시간이 지나자 손에 묻은 피가 마르면서 피부가 간지러워졌다. 흘끗 올려다본 하늘은 어느새 노을이 지기 시작해 한쪽 구석부터 붉게 물들고 있었다. 벨은 더 기다릴 수 없다는 걸 알았다. 그녀는 아쉬움 가득한 시선을 숲에 던지며 돌아섰다.

남자는 벨이 완전히 돌아갔다는 걸 확신할 때가 되어서야 슬금슬금 일어섰다. 오랫동안 쪼그리고 있어서인지, 아니면 다른 이유 때문인지 그의 다리가 부들부들 떨리고 있었다. 그는 좀처럼 말을 듣지 않는 다리를 닦달해 가며 허둥지둥 그 자리를 벗어났다. 처음 올 때의 신중함과 조심성은 죄다 내버린 다급한 발걸음이었다.

연두는 나무 뒤에 숨어 수풀을 머리에 뒤집어 쓴 채 그 모습을 모두 지켜보았다. 생기발랄하게 일하는 벨을 몰래 훔쳐보던 남자, 벨의 제과점 창문에 머리를 들이밀고 까치발을 들던 남자, 마지막으로 허겁지겁 숲을 빠져나가는 남자. ……속이 울렁거렸다.

"우욱…… 욱……."

기대고 있던 나무에 대고 한참 동안 구역질을 했다. 속이 죄다 뒤집히기라도 했는지 신물이 연신 올라오고 눈앞이 빙글빙글 돌았다. 머리로는 그가 그저 벨을 사랑하는 수줍음 많은 남자일 수도 있다는 걸 분명히 알고 있었지만, 연두의 속은 그걸 받아들이지를 못했다.

수풀 속에 숨어 있는 모습이, 창문을 몰래 넘겨다보던 모습이, 벨이 있던 자리에 꽃다발을 놓아두던 모습이- 그 모든 것들이 어느새 거의 잊고 있었던 스토커를 떠올리게 했다.

자신의 스케줄을 분 단위로 체크하고, 불법 촬영 사진 수십 장을 찍어 보내고, 집을 비운 사이에 밥상을 차려놓고 가던 스토커 말이다. 그 빌어먹을 스토커 때문에 친구는 물론이고 주변 지인들과의 인연이 거의 끊기다시피 했었다.

'생각해 보면 여기 떨어진 것도 그 스토커 새끼 때문이야. 그날 새벽에 개 같은 전화만 안 받았어도, 아니, 휴가 때 편하게 만날 사람만 있었어도 내가 그 전직 사기꾼 새끼를 불러다가 술 마시러 가진 않았을 건데…….'

문득 쓸어본 팔뚝은 온통 소름이 돋아 오돌토돌했다.

연두는 비척비척 일어났다. 한 끼쯤 거른다고 죽는 것도 아닌데, 저녁밥이고 뭐고 얼른 돌아가 침대에 처박히고 싶었다. 그렇게 발을 뗀 그녀의 눈에 남자가 남기고 간 흔적이 들어왔다.

마구 짓밟힌 풀들이 남자의 행적을 고스란히 드러내놓고 있었다. 엉망으로 밟힌 풀들을 따라가면 마을까지 걸어서 가는 것도 가능해 보일 정도였다. 꺾인 풀줄기가 만든 길 위로 허겁지겁 도망치던 남자의 뒷모습이 환상처럼 겹쳐졌다.

연두는 홀린 것처럼 남자가 남긴 흔적을 따라 걷기 시작했다. 혹시나 그 남자에게 들킬까 싶어 허리를 바짝 낮춘 채였다. 얼마 가지도 않았는데도 저 멀리 서 있는 남자의 뒷모습이 보였다.

남자는 신발에 묻은 피를 닦아내고 있었다. 아무래도 벨이 사방에 뿌린 내장 조각 중 하나를 밟은 모양이었다. 젠장! 나뭇잎을 따다 닦던 남자가 나지막이 욕을 지껄였다. 신발을 닦는 손에 온통 짜증이 가득했다. 연두는 수풀에 몸을 감춘 채 귀를 쫑긋 기울였다.

"미친년, 따로 나가 살 때도 알아봤지만 이따위 짓을 하고 있을 줄은 몰랐네. 혼자 숲에서 살다가 머리가 회까닥 돌아버린 거 아냐? 내장을 뿌리다니……. 소름끼쳐서, 원."

연두는 비명을 지르지 않기 위해 입을 틀어막았다. 그녀의 존재를 알 리 없는 남자는 끊임없이 말을 쏟아냈다. 거의 대부분이 눈뜨고 들어줄 수 없는 수준의 욕설들이었다.

"빌어먹을, 병신 발목이어도 예쁘장하긴 하던데. 그 얇은 거 한 손에 쥐고 흔들면 기분 끝내주겠다만 그냥 와서 되게 아깝네. 흐음……. 돌아갈까?"

남자가 흘끗 뒤를 돌아보았다. 연두는 잽싸게 바닥에 머리를 처박고 숨을 죽였다. 쿵쿵거리는 심장 소리가 귓가에서 북소리처럼 울려댔다. 이마에 닿은 흙이 축축했다. 긴장 때문에 온몸의 솜털이 올올이 곤두서는 와중에 머리 위를 훑고 지나가는 시선이 선명하게 느껴졌다. 여름을 맞아 길게 자란 풀들이 고마웠다.

"뭐어…… 오늘만 날은 아니니까. 며칠만 더 꼬드기면 넘어오겠지. 해도 졌는데 빌어먹을 숲에 도로 기어들어 가기도 싫고……."

너절한 변명을 주섬주섬 늘어놓던 남자는 결국 슬그머니 숲을 빠져나갔다. 연두는 그가 완전히 사라졌다고 확신할 수 있을 때까지 감히 흙바닥에서 이마를 떼지 못했다. 그러다 간신히 고개를 들었을 때는 이미 하늘에 흐릿한 달이 떠 있었다. 밤이었다.

가누기 힘든 몸을 억지로 일으켜 세우고, 떨어지지 않는 걸음을 억지로 떼었다. 달려드는 날파리와 모기떼를 쫓아가며 걷던 걸음은 점점 빨라져서, 나중엔 숫제 뜀박질이 되었다. 숨이 턱까지 차도록 뛰고 또 뛰고. 그러다 몇 번이나 돌부리에 걸려 넘어져 무릎이 죄다 까져가며 연두가 다다른 곳은 벨의 제과점이었다.

"헉, 헉, 헉……."

굳게 닫힌 문 사이로 노오란 빛이 새어 나왔다. 연두는 당장에라도 문을 두드리려 손을 들었다가 흠칫 몸을 굳혔다. 벨의 제과점은 2층짜리 건물이었고, 벨은 건물의 1층은 가게로, 2층은 살림집으로 쓰고 있었다. 해가 지면 1층의 제과점은 고요한 어둠에 싸여 있어야 하는 곳이었다. 그런데 불빛이 새어 나오다니, 이 무슨 이상한 일이란 말인가.

연두는 슬그머니 손을 내리고 문에 귀를 댔다. 쫑긋 세운 귀에 낮게 두런거리는 말소리가 들려왔다. 남자와 여자가 대화를 나누고 있었다. 싸우기라도 하는 모양인지, 목소리가 꽤나 크고 짜증에 차 있었다. 하지만 나무문이 워낙 두꺼워 그런지 제대로 들리질 않았다. 연두는 좀 더 바짝 몸을 붙였다.

"……따위 꽃을 주고 가는 새끼가 있는 거 아니야!"

"모른다니까 왜 자꾸 난리예요!"

"이년아, 모르긴 뭘 몰라? 안 봐도 뻔하지, 나한테 그랬던 것처럼 여기저기에 엉덩이를 흔들고 다녔겠지! 암내 풍기고 다니니까

좋냐? 좋아?"

"그게 무슨 개소리예요? 그리고 말이야 바른 말이지, 이런 밤에 찾아오지 말랬는데 자꾸 와서 껄떡대는 게 누군데 다른 남자 타령이에요?"

여자는 벨이었다. 하지만 남자 쪽의 목소리는 무척 귀에 익었음에도 누구인지 좀체 기억이 나지 않았다. 연두가 고개를 갸웃대는 사이 대화는 점점 격해지고 있었고, 어느 순간부터는 무언가를 깨부수는 소리까지도 함께 들려오기 시작했다. 그리고.

"내가 당신 애인이야? 애인이냐고! 꺅! 아악!"

벨이 비명을 질렀다. 맞고 있는 게 틀림없었다. 연두는 그 비명 소리를 들으며 우두커니 문 앞에 서 있었다. 이대로 문을 박차고 들어가 벨을 감싸야 할지, 아니면 이제껏 그래왔듯 조용히 숨어 정체를 감춰야 할지 가늠이 서지 않았다.

'여긴 동화 속 세계야.'

연두는 스스로를 타일렀다. 여긴 동화 속 세상이라고, 그러니 그렇게 몰입하지 않아도 된다고. 비참할 정도로 극단적인 신분 차별에 분노할 필요도 없고, 굶지 않고 사는 게 평생의 소원인 평민들을 불쌍해할 필요도 없고, 집에서 기르는 가축들처럼 품평당하는 여자들의 처지에 화낼 필요도 없다고.

연두의 이성이 맞장구를 쳤다. 그렇다. 이건 그냥 동화다. 주연은 강연두, 조연은 광대, 연출은 빌어먹을 인형들, 나머지는 그냥 엑스트라들. 다 읽고 덮으면 그걸로 끝나 다시는 만날 일 없는 이야기 속 인물들에게 무슨 지킬 의리가 있고 도리가 있어서 신경을 쓰느냐. 영화 속에서 죽어나가는 엑스트라나 다름없는 인물들에게 신경을 쓰는 사람이 이상한 거다.

연두의 감성이 이성을 비난했다. 벨과 함께했던 시간들이 전부다 쓰레기통에 처넣어져도 괜찮으냐고. 같이 웃고, 투덜대고, 수다를 떨었던 시간들은 정말 아무것도 아니었느냐고. 마고를 버렸던 것처럼, 벨도 그렇게 버릴 수 있느냐고. 이대로 돌아섰다가 벨이 크게 다치기라도 하면, 그때에도 정말로 후회하지 않을 수 있겠느냐고.

'빌어먹을.'

연두는 스스로에게 대답했다.

'마고는 팔아서 얻을 거라도 있었지. 벨 버려서 얻을 수 있는 건 아무것도 없어.'

쾅쾅쾅!

세차게 문을 두드리는 소리에 안에서 일어나던 소란이 뚝 멎었다. 연두는 다시 한 번 문을 두드렸다. 그러자 잔뜩 겁을 집어먹은 가느다란 목소리가 잠깐의 정적을 뚫고 흘러나왔다.

"……누, 누구세요?"

"벨, 나예요. 열어줘요."

"이 시간에 무슨 일로…… 자, 잠깐만. 잠깐만 기다려요. 아, 잠깐만 기다리라니까!"

문이 벌컥 열렸다. 연두는 남자의 목소리가 익숙했던 이유를 깨달았다. 술을 한 잔 걸쳤는지 코끝이 벌겋게 달아오른 코쉬가 몹시 거만한 태도로 그녀의 앞에 서 있었다. 흘끗 넘겨다 본 그의 어깨 너머에서는 벨이 어쩔 줄을 모르고 발을 동동 구르는 중이었다. 벨의 뺨은 새빨갛게 부어 있었다.

"어이쿠, 조사관님께서 이런 시간에 여기 왜 계신 겁니까요?"

마디가 불거진 두툼한 손이 연두의 어깨를 쿡 찔렀다. 술에 취한 코쉬는 평소 연두의 앞에서 절절 기던 모습과는 완전히 달랐다. 그는 지금 몹시 자신감에 차 있었고, 무서운 게 없었다. 지금 그의 눈앞에 선 여자는 제아무리 왕실에서 나온 조사관이래 봤자 결국 여자인 데다가 키도 작고 덩치도 작았다. 꼴이 엉망진창이기도 했고 말이다. 그는 다시 한 번 연두의 어깨를 찌르며 윽박질렀다.

"왜 오셨냐고 묻잖소!"

"이 개새끼가⋯⋯!"

연두는 코쉬의 멱살을 움켜쥐었다. 그리고 온 힘을 다해 잡아당긴 뒤, 체중을 실은 무릎으로 코쉬의 사타구니를 찍어버렸다. 물컹하게 닿는 느낌이 최악이었다.

"컥⋯⋯!"

코쉬는 뭐라고 말도 하지 못하고 사타구니를 움켜쥔 채 바닥에 엎어져 헐떡거렸다. 조금 전의 기세등등한 모습은 죄다 사라진, 처량한 몰골이었다. 연두는 코쉬의 어깨를 발로 걷어차 그를 뒤집었다.

"내가 언제부터 네게 질문을 허락했지? 조금 오냐오냐 해줬더니 주제를 모르고 기어오르네."

"흐, 흐어억⋯⋯."

"넌 내가 오라면 오고, 꺼지라면 꺼지면 돼. 멍청하기는. 네 가랑이 사이에 달린 물건이 납작해지고 나면 그때야 알아먹을 건가?"

연두가 무언가를 짓밟아 으깨는 시늉을 했다. 코쉬는 그것만으로도 안색이 창백해져 허우적허우적 바닥을 기어 물러났다. 그는 연두와 감히 눈도 마주치지 못하고 빌빌거렸다. 위풍당당하던 조금 전의 태도는 사라진 지 이미 오래였다.

"당장 꺼져!"

코쉬는 연두의 일갈을 듣고서야 헐레벌떡 도망쳤다. 새카만 어둠이 등불도 없이 달리는 남자의 형체를 순식간에 집어삼켰다. 연두는 구겨진 옷자락을 펴며 쯧, 하고 혀를 찼다. 이렇게 금방 꼬리를 내릴 거면서.

"데비, 대체 어디서 그런 재주를…… 아니, 그보다 이런 짓을 하면 어떡해요!"

뒤늦게 정신을 차린 벨이 연두에게 타박을 놓았다. 연두의 팔을 움켜쥔 손이 가늘게 떨리고 있었다.

"안 그래도 쫓기는 중이잖아요! 코쉬는 마당발이면서 입이 싸서 적으로 돌리면 안 돼요. 안 그래도 데비와 클라운을 찾는 사람들이 있었다면서요. 무슨 꼴을 당하려고 그래요?"

벨은 벌겋게 부어오른 뺨을 가라앉힐 생각도 않고 연두와 광대를 걱정했다. 그 탓에 연두는 그녀에게 몹시 미안해졌다. 그녀가 맞는 걸 알면서도 문 앞에서 잠시간 망설였던 시간이, 엑스트라에게 신경 쓰지 말자 다짐했던 시간이.

"벨은 아직도 나와 클라운이 사랑의 도피를 했다고 믿어요? 정말로?"

"아…… 아니에요?"

"절대 아니에요. 우릴 찾고 있단 사람들에 대해서는 신경 쓰지 말아요. 누가 보냈는지도 알고, 왜 보냈는지도 짐작이 가니까. 귀찮아서 피하는 거지 무서워서 피하는 거 아니에요."

철석같이 믿었던 연인설을 부정당한 벨의 얼굴에 빨갛게 열이 올랐다. 아니 그럼 연인도 아닌데 대체 왜 같이 살아요? 하고 따져 묻고 싶었지만, 벨보다 연두가 빨랐다.

"나보다 벨 걱정이나 해요. 대체 무슨 생각으로 날고기를 숲에다 뿌린 거죠?"

"그걸…… 봤어요?"

"나만 봤음 다행이게요?"

사정설명을 들은 벨의 안색이 창백해졌다. 하지만 그녀는 당황하면서도 연두가 생각했던 것 이상으로 침착했다. 안달이 나서어떻게든 조취를 취해야 하지 않겠느냐고 재촉을 하는 연두를 향해 상관하지 않아도 된다며, 완강하게 고개를 저었다.

"아뇨, 데비의 걱정은 고맙지만 난 계속 여기서 살 거예요. 마을로는 절대 안 돌아가요."

"마녀로 몰리기라도 하면 어쩌려고요."

"마녀요?"

피식, 미소 지은 벨이 치마를 걷어 올렸다. 그리곤 한쪽에 놓아두었던 램프를 들어 치마 안을 비췄다. 그러자 엉망진창으로 망가진 왼쪽 다리가 고스란히 드러났다. 불에 지져진 자국과, 찢어진살이 엉망으로 아문 자국과, 깊이 패여 푹 들어간 자국들. 아무리 좋게 봐도 고문의 흔적이었다.

놀란 연두가 숨 들이켜는 소리를 내건 말건 벨은 그저 태연자약했다. 그녀는 연두의 손을 잡아 제 왼쪽 무릎에 갖다 댔고, 연두는 그녀가 왜 다리를 저는지를 십분 이해하게 되었다. 절름거리면서도 걷는다는 것 자체가 놀라울 정도로 무릎 전체가 망가져있었다.

"설마……."

"데비 말대로, 설마가 사람 잡죠. 난 벌써 옛날에 무죄판결을 받았어요. 이후엔 날 고발했던 빌어먹을 인간들을 대신 화형대에 보냈고요. 교회의 신부님도 내 편이에요. 내가 갈 때마다 얼마나 반가워하시는데요."

"······."

"날 쫓아다닌다는 그 남자에 대해서도 그다지 걱정 안 해요. 여기까지 와서 꽃을 놓고 가는 정성은 갸륵하지만 거기서 끝일 게 뻔하거든요. 내 전력을 알면서 날 마녀로 고발할 용기도 없고, 내 가게에 쳐들어와 망상을 실천할 행동력도 없을 놈이에요."

"그래도 조심하는 게 좋잖아요."

"어차피 처음 겪는 것도 아니에요. 숲에서 혼자 사는 미녀가 이런 일 저런 일 안 겪어봤겠어요? 혹 마을에 살면 뭐 다를 줄 아나본데, 난 마을이 더 무서워요. 서로 친한 마을 사람 여럿이 마음을 먹으면 나같이 의지할 데 없는 여자는 무슨 꼴을 당할지 알 수가 없다구요."

연두는 차마 더 권할 수가 없었다. 입을 꾹 다물어 버린 연두를 향해 벨이 어깨를 으쓱였다.

"난 지금 그 멍청한 놈보다는 코쉬가 더 걱정이네요. 이런저런 귀찮은 일을 시켜도 열심히 해주고, 편했었는데. 데비의 협박이 너무 과했다고요. 이제 여기 안 오겠다고 하면 굉장히 귀찮아지는데 어쩌죠?"

"얼굴이 상하도록 맞아놓고도 그런 말이 나와요?"

"술만 안 마시면 멀쩡한 인간이에요. 손까지 올린 건 처음이었지만, 이렇게 말다툼을 하고 나면 바로 다음 날이 되자마자 미안해 죽겠다는 얼굴로 찾아와서 산더미만큼 많은 과자를 주문했다고요. 남편으로 삼기엔 좀 마음에 걸리지만 손님으로 삼기엔 꽤 괜찮은 남자였어요."

연두가 어이없어 하든 말든, 벨은 꽤나 진심이었다. 귀찮게 치근대긴 했어도 코쉬가 이 가게의 재고 처리에 상당한 기여를 하고 있었던 건 사실이었고, 이 시대에 술 마시고 여자에게 행패부리는 남자는 너무나 흔해서 얘깃거리조차 되지 못했다. 그나마 사과를 하는 시늉이라도 한다는 점에서 코쉬는 꽤 괜찮은 축에 속하는 남자였다.

그녀는 조심조심 들고 있던 초를 제자리에 돌려놓으려다가, 촛불에 비친 연두의 옷자락이 흙으로 엉망진창이라는 사실을 뒤늦게 깨달았다. 어디 옷자락뿐일까. 얼굴은 흙투성이인 데다 워낙에 희고 예뻐 부러움을 사던 단정한 손이 온통 상처투성이였다.

"아니, 이게 대체 무슨 꼴이에요? 데비, 내가 그 예쁜 손은 데비의 보물이니까 잘 보살피라고 했죠?"

"어……. 언제 이렇게 다쳤지……?"

"어휴. 데비, 똑 부러진 것처럼 굴더니 이럴 땐 영 허술하네요. 따라와요. 약 있으니까. 내 뺨에도 바르고, 데비 손에도 바르고 하죠."

연두는 벨의 손에 잡혀 2층으로 올라갔다. 알고지낸 지가 이미 몇 달이지만 처음 올라가보는 2층에서는 익숙한 빵 냄새 대신 은은한 약초 냄새가 났다. 벨이 작은 방의 문을 열자 은은하던 냄새가 코를 찌르도록 강렬해졌다.

연두는 작은 방의 풍경을 보며 놀라움을 감추지 못했다. 램프 하나만으로도 충분히 밝아지는 작은 공간 전체가 약초와 약을 위해 존재하고 있었다. 삼면의 벽에 걸린 선반엔 온통 약초와 약으로 가득했고, 다른 면에 놓인 책상에는 약초를 가공해 약으로 만드는 도구들이 늘어서 있었다.

연두가 신기한 광경에 넋을 놓은 사이, 벨은 능숙하게 선반을 뒤적거리며 약을 찾았다. 하지만 그녀가 찾아낸 약은 이미 거의 다 써버린 뒤라, 약병은 바닥을 드러내고 있었다.

"아, 이런. 더 만든다는 걸 깜빡했네. 기껏 캐놓은 약초만 버릴 뻔했잖아? 으이구."

벨은 구시렁거리면서 선반 위에 놓아두었던 약초들을 뒤적거렸다. 그리고 연두로서는 어떻게 쓰는 건지 짐작도 가지 않던 도구들을 능숙하게 사용해 약초를 빻고, 무언가와 섞고, 끓이며 약을 만들어냈다. 그녀는 끈적하게 점성이 생긴 약을 넓은 판에 펼쳐서 식힐 때쯤이 되어서야 자신에게서 눈을 떼질 못하는 연두에게 핀잔을 주었다.

"데비, 뭘 그렇게 구경해요? 저기 떠놓은 물로 손이나 좀 씻어요. 얼굴도 좀 닦고요."

"어, 벨. 네. 근데 나 몇 가지 질문 좀 해도 돼요?"

"안 돼요."

"왜요?"

"한도 끝도 없이 물어볼 거잖아요. 지금 내 요리 레시피 캐낼 때보다 눈이 한 열 배쯤은 더 반짝거리고 있는 거 알아요? 무서울 정도라고요."

한마디 말로 연두의 입을 틀어막은 벨이 다시 찬장을 뒤적거리더니, 옅은 분홍빛으로 반짝거리는 작은 사기병을 꺼내 연두의 손에 그걸 꼭 쥐어주었다. 그리곤 더없이 진지한 표정을 지었다.

"자기 전에 꼭 바르고 자요. 내 가게를 걸고 말하는데, 효과 최고일 거예요."

"이게 뭔데요?"

"어머. 그걸 몰라서 물어요? 그야 당연히……."

슬그머니 다가온 벨이 연두의 귓가에 훅, 숨을 불어넣었다. 기겁을 한 연두가 후다닥 뒤로 물러나자 그 모습을 본 벨이 허리에 손을 올려놓은 채 깔깔 웃음을 터뜨렸다. 찡긋, 윙크를 하며 짓는 미소가 장난스럽고 달짝지근했다.

"다 큰 성인남녀가, 그것도 서로 호감을 가진 상태에서 몇 주나 같이 있었는데 아무 일도 없다는 게 말이나 돼요? 그건 사내새끼가 고자이거나 여자가 매력이 개발바닥에 때만큼도 없다는 얘긴데, 내가 보기엔 둘 다 아니거든요."

"그냥 아무 사이 아니라서 아무 일도 없는 거예요."

연두는 이제껏 말해왔던 것과 똑같은 대답을 했다. 벌써 수십 번은 더 했던 말이었다. 하지만 벨의 표정이 이제까지와는 사뭇 달랐다. 흐응~ 하고 괜히 콧소리를 내고는 연두의 어깨를 찰싹, 때리는 것이다. 연두의 입이 불쑥 튀어나왔다.

"왜요? 진짜인데. 아, 이거 신기하게 생겼다. 이렇게 누르면 약초가 잘리는 거예요?"

벨이 뭐라 하든 관심 없는 척, 연두는 벨의 책상 구경을 시작했다. 그녀로서는 쓰임새가 가늠되지 않는 도구들이 널려 있었다. 이렇게 찍고 저렇게 찍고 잔뜩 찍어서 전문가에게 보여주고 싶어 손이 근질거렸다. 카메라가 없다는 게 이렇게나 아쉬워진 건 아셰라드를 따라 왕궁에 처음 갔던 때 이후로 두 번째였다.

한편, 벨은 그런 연두를 바라보며 자꾸 흘러나오는 웃음을 참느라 애를 쓰고 있었다. 아무 사이도 아니고 아무 감정도 없다고 그렇게 강조할 거면 말과 행동을 일치시키려고 노력이라도 좀 해보든가 하지.

손수 만든 요리를 먹여보겠다고 안 되는 요리를 자꾸 시도하는 여자나, 엉망진창인 요리를 불평 없이 묵묵히 먹고 있는 남자나. 이렇게 귀여운 짓을 하면서 아무 사이도 아니라니, 말도 안 된다.

"데비…… . 표정에 한 치의 흐트러짐도 없는 건 정말 대단한 거긴 한데요, 귀가 새빨갛게 달아올라 있는 거 알아요?"

"그거야 벨이 귀에 숨 같은 거 불어서 그렇죠. 이건 끓이는 건가?"

"그래요, 그건 그렇다 치죠 뭐. 근데요, 아까 데비가 가게에 오기 전에 클라운이 찾아왔던 거 알아요?"

연두는 열심히 도구를 살피던 것도 잊고 휙 뒤를 돌아보았다. 그리고 그만 혀를 깨물고 싶은 심정이 되고 말았다. 제법 예쁜 축에 속하는 벨이, 그 얼굴에서 나올 거라곤 상상도 해본 적 없는 능글맞은 표정을 짓고 있었다.

"아유, 클라운이 뭐라고 했는지가 그렇게 궁금해요?"

"아니, 나는 그냥…… ."

"말하지 말까요?"

머리로 생각하기 전에 입이 다물렸다. 벨은 예상했던 반응에 으흐흐, 웃음을 흘렸고 연두는 몸이 머리와 따로 노는 것에 당황했다. 연두가 수습을 하려 애쓸수록 상황은 자꾸 꼬여만 가고 있었다.

"난 클라운이 그렇게 당황한 건 처음 봤어요. 안 그래도 흰 얼굴에 핏기도 하나 없이 창백해 가지고는 이상한 소리 난 건 없냐, 낯선 사람이 찾아오진 않았느냐, 꼬치꼬치 캐묻다가 휙 사라졌어요."

"……."

"이건 내 생각인데, 클라운은 내가 뿌린 내장 조각과 그 이상한 남자가 남긴 흔적 때문에 기겁을 했던 거 아닐까요? 혹시나 데비가 험한 꼴을 당한 건 아닐까 싶어서 말이에요. 이런데 어떻게 내가 두 사람이 연인이 아니라고 생각하지 않을 수 있었겠어요? 누가 봐도 깨가 쏟아지는 연인인데 말이에요. 후후, 데비~ 지금 얼굴이 새빨간 거 알아요? 아주 그냥 잘 익은 사과가 따로 없네."

벨이 실컷 연두를 놀렸지만 연두는 금붕어처럼 입만 벙긋거릴 뿐 말을 꺼내지 못했다. 얼굴이 화끈거리고 뒷목이 찌르르 울리는 게, 못 참고 입을 열었다간 두고두고 후회할 멍청한 소리를 할 것만 같았다.

그렇게 벨이 연두를 놀리고 연두가 말을 꿀떡꿀떡 삼키는 사이에 아까 만들었던 약이 적당히 식었다. 벨은 싸한 냄새가 나는 약을 연두의 상처 이곳저곳에 발라주며 조심스러운 제안을 했다.

"음……. 데비, 혹시 데비가 괜찮다면……. 약 만드는 걸 배워볼래요?"

생각지도 않은 제안에 연두의 눈이 외투 단추만큼이나 커다래졌다. 벨의 수준이 어느 정도인지는 모르겠지만, 의료 지식은 어느 시대 어느 곳을 가든 고급 지식이었다.

"왜 내게 그런 제안을 하죠? 마을에서 도제 하나 들이고 가르치는 게 더 효율적일 텐데요."

"누구에게 가르치든 그거야 내 마음이죠. 난 데비라면 아주 잘 배워서 잘 쓸 수 있을 거라고 생각해서 이런 말을 꺼내는 거예요. 물론 전부는 아니고 조금만 가르쳐 주겠다는 것뿐이지만……. 뭐, 그것도 부담스럽다면 거절해도 좋아요."

벨의 말투는 그저 나긋나긋했다. 조금 전, 술에 취해 말이 많아진 코쉬는 오두막의 두 사람을 두고 왕실조사관이라고 했다. 심부름꾼의 목걸이를 가지고 다니는 사람들이라고.

워낙에 주워듣고 다니는 소문이 많은 인사니 완전히 믿을 수는 없지만 미리부터 잘 보여서 나쁠 게 뭐가 있겠나. 재주 조금 가르쳐 주는 걸로 눈도장을 찍을 수 있다면 그쪽이 훨씬 이득 보는 장사였다.

쾅쾅쾅! 쾅쾅!

"벨, 안에 있죠? 벨!"

요란하게 문 두드리는 소리와 함께 익숙한 목소리가 벨을 찾았다. 광대였다. 연두는 저도 모르게 벌떡 몸을 일으켰다가 벨에게 붙들려 자리에 앉았다. 벨은 연두의 두 손에 약을 바르고 꼼꼼하게 붕대로 감싸는 것까지 마친 뒤에야 그녀를 놓아주었다.

"얼른 가봐요. 사방팔방 찾아다니다가 다시 온 모양인데. 아, 나랑 같이 가잔 소린 말고요. 야밤에 만나는 클라운은 조금 무섭거든요."

"무서울 것도 많네요."

연두는 어딘지 당황스럽고 찜찜한 기분을 다 떨쳐 내지 못한 채로 주섬주섬 엉덩이를 뗐다. 미묘한 위화감이, 신발 속에 들어온 작은 돌멩이처럼 자꾸만 거슬리게 하고 있었다. 그녀가 다시 입을 떼려 하자마자 다시금 문 두드리는 소리가 울려 퍼졌다. 쾅쾅쾅!

"데비도 거기 같이 있는 거 알아요. 빨리 나오라고 전해줘요."

"어휴, 성질머리 하고는…… 알았어요. 다음에 만날 땐 약초 종류나 좀 가르쳐 줘요."

"그러죠. 잘 가요, 데비."

벨이 와락 연두를 끌어안고 볼을 맞대는 인사를 했다. 연두는 생각지도 않았던 친밀한 접촉에 기겁을 하고 놀랐지만 벨은 그저 태연하기만 했다. 연두는 미적지근한 체온이 닿았던 자리를 머쓱하게 쓰다듬으며 제과점을 나섰다가, 지옥의 나찰처럼 무서운 표정을 하고 있는 광대를 마주하고 어깨를 움츠렸다.

"내가, 밤의, 숲은, 위험하다고 했지."

"……."

"이곳의 사람들은 당신이랑은 도덕의 관념이 다르다고도 했지."

연두는 입이 열 개라도 할 말이 없어서, 그만 입을 다물어 버렸다. 성의 없는 사과의 말과 지키지 못할 약속 같은 건 차라리 하지 않는 편이 나았다. 이런 연두의 태도가 광대의 화를 부추겼다.

"뻔히 알면서, 다 알면서 낯선 사람의 뒤를 밟았어?"

처음부터 따라가려고 했던 건 아니었어. 하지만 벨을 내버려 둘 수가 없었어. 꼭 나 같았단 말이야. 그런 스토커가 붙으면 얼마나 힘든지 알아?

온갖 변명이 연두의 입안에서 맴돌았지만 이상할 정도로 강한 거부감이 그녀의 혀를 옭아매었다. 정체 모를 스토커에게 시달렸다는 걸 광대에게 들키고 싶지 않았다. 잘못한 건 스토커지, 피해자인 자신이 창피해할 만한 건 아무것도 없는데도.

하나 그녀의 그런 속내를 알 리 없는 광대는 제 화를 억누르는 것만으로도 이미 힘겨웠다. 코가 마비될 것처럼 지독한 약 냄새를 풀풀 풍기는 손, 낡은 붕대에 둘둘 감겨 있는 손이 자꾸만 그의 시선을 잡아끌었다.

"……손 꼴은 또 왜 그래."

"넘어졌을 때 쓸렸나 봐. 크게 다치진 않았어. 벨이 약도 발라 줬고…… 어?"

광대에게 손목을 잡힌 연두가 얼빠진 소리를 냈다. 광대는 연두가 당황하는 것에도 개의치 않고 그녀의 손에 코를 박고 킁킁대다가 제과점 2층을 향해 고개를 돌렸다. 그때까지도 창문가에서 어른거리던 촛불이 그제야 훅 꺼지니, 광대의 눈이 가늘어졌다.

"돌아가자."

"어, 어. 어? 야아? 야!"

"네 걸음은 너무 느려. 가만히 있어."

광대는 연두를 덜렁 안아 들고는 뛰다시피 빠른 속도로 걷기 시작했다. 놀라 허둥대던 연두가 훅 뒤로 넘어가려는 몸에 기겁을 하고 광대의 목에 팔을 둘렀다. 유독 뜨거운 편인 그의 체온이 맞닿은 살을 통해 고스란히 전해졌다. 어쩐지 얼굴이 화끈거렸다.

"안 무거워?"

"당연히 무겁지. 네가 토끼라도 되는 줄 알아?"

"이…… 나쁜 자식아, 말이라도 좀 곱게 해주면 어디가 덧나?"

"곱게 말한다고 들어먹을 것도 아닌 걸 뻔히 아는데 내가 뭐 하러 그런 데 심력을 쏟아야 하는 건데? 아, 불편하니까 그만 좀 움직여. 단단히 붙들고 있으라고. 자, 뛴다."

"으악!"

달빛 아래에서 나풀대는 나뭇잎들이 빠르게 두 사람을 스쳐 지나갔다. 연두는 순식간에 바뀌는 주변 풍경과 쉴 새 없이 들썩이는 몸에 멀미를 하다가 그대로 광대의 가슴팍에 고개를 박았다. 광대는 연두를 안고서도 연두가 다닐 때보다 서너 배는 더 빨리 도착했는데, 그 잠깐이 천년처럼 길었다.

덜그럭대는 마차도 잘 타고 다녔으면서, 잠깐 안겨 온 것만으로 연두는 기진맥진하여 늘어졌다. 광대는 자꾸만 흘러내리는 연두를 가뿐히 추슬러 침대에 눕히고 대야에 물을 담아왔다.

연두는 따져 물을 힘도 없어 순순히 그의 손에 몸을 맡겼다. 하지만 그가 신발을 벗기는 것도 모자라 치마를 걷어 올리고 발에 물을 묻혔을 때는 도저히 견디지 못하고 몸을 일으키고야 말았다.

"어딜 만져!"

앙칼지게 소리 지른 것까지는 좋았는데, 작정했던 대로 광대를 걷어차 주기도 전에 지독한 두통이 찾아들었다. 눈앞의 시야가 산산조각 나고 귓가에선 쨍한 이명이 울렸다. 연두는 머리를 움켜쥐고 고꾸라졌다.

"힘도 없으면서 날뛰기는."

광대는 얄미운 핀잔을 주면서도 베개를 쌓아 등받이를 만들어 연두를 기대게 했다. 물기가 남은 손으로 이마를 짚고서 가만히 온도를 재더니 별일 아니라는 듯 손을 털었다. 그리고는 본격적으로 연두의 발을 씻기기 시작했다.

"손도 엉망이지만 발도 엉망이야. 내키지 않는 건 알겠지만 좀 참아."

"으…… 내가 씻으면 되잖아. 손대지 말, 윽!"

있는지도 몰랐던 상처에 물이 닿았다. 연두는 물이 아니라 소독약이라도 들이부은 것만 같은 쓰라림에 연신 헛숨을 삼켰다.

그녀의 눈가에 찔끔찔끔 눈물이 고였다.

광대는 미간에 내 천(川)자를 그린 채로 연두의 발을 씻기는 데에 집중했다. 그가 짐작했던 것보다 발의 상처가 심했다. 뒤꿈치는 홀랑 까져 살갗이 벌겋게 드러나 있었고, 발등엔 시퍼런 멍이 들었다. 개중 가장 심한 곳은 엄지발가락이었다. 어디에 호되게 부딪치기라도 했는지 발톱이 시커멓게 죽어 있었다. 슬쩍 눌러보자 연두가 나 죽는다, 엄살을 피웠다. 광대의 속에서 불같은 짜증이 치솟았다.

"그러게 조심 좀 하지. 굶으면 배고프고 벗으면 춥고 다치면 아픈데 어떻게 이렇게 뒷생각을 안 할 수가 있어? 내가 경고했던 거 잊었어? 여기서 죽으면 다 끝장이라고 했어, 안 했어?"

"윽! 1절만 해, 1절만! 악, 아파!"

"아파봐야 다신 이렇게 무모한 짓을 안 하지. 내가 얼마나 피가 말랐는지 알기나 해? 기껏 만들어준 화관은 길바닥에 팽개쳐져 있지, 때가 지났는데도 벨은 널 본 적이 없다고 하지. 제대로 숨을 줄도 모르고 흔적 지울 줄도 모르는 게 겁도 없이 나서가지고 말이야."

"윽, 진짜 아파. 근데, 내가 낯선 사람 뒤를 따라간 건 어떻게 알았어?"

아프다 징징대면서도 호기심과 궁금증을 놓질 못하고 질문을 퍼붓는다. 광대는 어쩐지 맥이 탁 풀리고 말았다. 이전에도 생각했던 거지만, 연두는 정말 직업을 잘 골랐다.

"단서가 흘러넘치는데 어떻게 몰라. 꺾인 풀, 밟힌 나뭇가지, 여기저기 남은 발자국들이 다 단서인데. 낯선 남자가 널 봤는지 못 봤는지 확인까지 하고 오느라 시간이 걸린 거지, 사태 자체는 금방 파악했어."

"오오, 과연 사냥꾼. 대단하다―"

광대는 연달아 사냥에 성공할 때도 듣지 못했던 칭찬을 듣고는 어이없어 하는 웃음을 지었다. 숲의 주민인 사냥감과, 제 흔적을 감출 줄도 모르는 덩치 큰 인간 둘. 후자를 추적하는 게 훨씬 쉬운 게 당연했다.

"가만히 있어."

연두는 깜짝 놀라 발을 빼려 들었지만, 광대에게 단단히 잡힌 발은 옴짝달싹도 하지 않았다. 그녀가 당황하는 사이, 광대가 퍼렇게 멍든 발등에 입술을 댔다.

약간 차갑게 식은 피부에 보드랍고 뜨거운 입술이 닿았다. 딱히 섹스어필을 하는 것도 아닌데 지나칠 정도로 자극적이다. 연두의 얼굴이 새빨갛게 달아올랐다. 도무지 말이 나오지 않았다.

광대는 연두의 당황에는 전혀 아랑곳하지 않았다. 발등의 멍에 꼼꼼하게 입을 맞추고 까맣게 죽은 엄지발가락에도 입맞춤을 시작했다. 그의 입술이 닿을 때마다 멍이 옅어지고 죽었던 피부에 혈색이 돌았다.

연두는 말을 하지 못하고 광대는 그저 입을 맞추느라 바쁘니, 두 사람 사이에서 풀벌레 소리만이 요란했다. 그러나 연두의 귀에는 그 풀벌레 소리보다 제 심장 뛰는 소리가 더 크게 들렸다. 누군가 심장을 움켜쥐고 주물러 대며 장난이라도 치는 것 같았다. 떨어지지 않는 입을 겨우 떼어 고작 한마디 말밖에 하지 못했다.

"뭐…… 하는, 짓이야."

"치료."

연두는 귀가 먹먹할 정도로 심장이 뛰는데, 정작 그녀의 발에 입을 맞추는 광대의 목소리는 얄미울 정도로 덤덤했다. 연두는 아예 천장을 바라보며 마음속으로 숫자를 셌다.

하나, 내가 이러는 거 이 녀석이 알면 어떡하지. 둘, 아 씨, 나 혼자 이러는 거 진짜 싫은데. 셋, 뭘 바르는 것도 아니면서 입술이 왜 이렇게 부드러운 건데? 잡념이 가득한 숫자 세기였지만 나름 효과는 있었다.

마침내 광대가 입맞춤을 마치고 고개를 들었을 때, 연두는 그럭저럭 평소와 엇비슷한 표정을 지어 보일 수 있었다. 광대가 연두의 발을 톡톡 두드렸다.

"봐."

연두는 그제야 제 발이 완전히 예전의 모습으로 돌아와 있다는 걸 알았다. 발가락을 이리저리 움직여 보기도 하고 발등을 꾹꾹 눌러보기도 했지만 아까 같은 통증은 없었다. 평소와 똑같은 발이었다. 신기해 어쩔 줄 몰라 하는 연두를 웃으며 보고 있던 광대가 손짓했다.

"엎드려 봐."

"어? 왜?"

"뒤꿈치 까진 게 심각하던데 그냥 둘 셈이야? 하는 김에 다 해 줄 테니까 빨리 엎드려. 아 엎드리라니까? ……이봐, 연두 씨. 그렇게 상체만 틀어서는 뒤꿈치 안 보여."

광대의 재촉에도 연두는 치맛자락을 움켜쥔 채 한참을 망설였다. 별일 아니라고, 그저 치료일 뿐이라고 몇 번이나 마음속으로 되뇌었지만, 본능에 가까운 거부감이 몸을 내리눌렀다. 가늘게 떨리는 몸을 가만히 바라보던 광대가 한숨과 함께 치료를 포기했다.

"싫으면 어쩔 수 없지. 대신 벨에게 약 얻어다 발라. 요리만 잘하는 줄 알았더니 약도 잘 만드나 본데."

"……그런 건 또 어떻게 알아?"

"냄새 잘 맡는 건 너만 그런 게 아니라서 그래."

광대는 여상한 태도로 대야와 수건을 정리했다. 창문 틈으로 비쳐 든 달빛에 닿은 얼굴은 단정했고, 바삐 움직이는데도 부산스럽게 느껴지지 않는 몸동작은 몹시 우아했다. 그 어디에도 위협적이거나 꺼림칙한 기색은 느껴지지 않는데 왜 그렇게 엎드리는 게 싫었을까.

연두는 스스로에게 물었지만, 답은 좀체 나오지 않았다. 그저 아까 스토커를 떠올리게 하는 남자를 보았기에 그런 것이리라, 짐작할 뿐이었다.

"벨이 내게 약 만드는 법을 가르쳐 주겠다고 했어."

"……벨이? 약을?"

"응. 이곳의 의료 수준이 어떤지는 잘 모르겠는데, 네가 약이 괜찮다고 하니까 조금 끌리네. 조금이라도 좋으니까 배워둘까?"

연두로서는 분위기를 환기할 겸 가벼이 꺼낸 말이었는데, 광대는 자못 심각한 얼굴로 고민에 빠져들었다. 제대로 확인한 건 아니었지만 냄새만으로도 벨의 약이 괜찮은 수준이라는 건 알 수 있었다. 배울 수만 있다면야 도움이 되겠지만 그 속셈이 뭔지 알 수가 없다.

"뭐……. 가르쳐 주겠다는데 군이 거절할 필요까지야 있겠어? 잘 배워둬. 그럼 난 나갈 테니까 푹 자. 억지로 낫게 한 거라 체력 소모가 심할 거야."

"어, 으응. 고마워."

광대는 맹하게 고개를 끄덕이는 연두의 이부자리를 봐주고, 제대로 닫히지 않아 덜그럭대는 창문을 다시 닫고 나서야 연두의 방을 나섰다. 그러나 그는 제 방 침대로 가는 대신 슬그머니 오두막을 빠져나왔다. 늘 그랬듯 발소리를 죽이고 숲을 향해 걸었으나, 몇 걸음 가지 못하고 휘청거리다 간신히 나무에 기대어 섰다.

"으……."

나무줄기에 쿵, 쿵 이마를 찧으며 앓는 소리를 냈다. 주먹을 쥐었다 폈다 하다가, 괜히 땅바닥을 걷어차다가, 단 내가 나는 숨을 연신 뱉어냈다. 그러다가 갑자기 입을 틀어막고 허리를 접었다. 손가락 사이에서 꺼멓게 죽은피가 주르륵 새어 나왔다.

으웩. 우웨엑.

그는 한참을 토했다. 어린아이 주먹만 한 핏덩이가 억지로 목구멍을 비집고 나와 땅바닥으로 후드득 떨어졌다. 발치 주변이 온통 핏물로 흥건하게 젖은 뒤에야 간신히 토기가 멎었다.

"후……."

어서 흙을 덮어 핏자국도 감추고 피 냄새도 지워야 하건만, 만사가 다 귀찮았다. 광대는 대충 핏물이 튀지 않은 마른 바닥을 골라 주저앉고는 멍하니 달빛을 쐬었다. 서늘한 빛이 그의 뺨을 쓸고 어깨를 두드렸다.

광대는 한참을 그렇게 앉아 있다가, 문득 생각난 게 있어 웃옷을 벗어 던지곤 고개를 돌려 등을 살폈다. 보기 좋게 근육이 잡혀 있는 흰 등 가운데에 새카만 멍이 있었다. 이전에 확인했을 때보다 확연히 범위가 늘었다.

그는 목 아픈 줄도 모르는 사람처럼 제 등을 보고 또 보다가 슬그머니 도로 옷을 꿰어 입고는 제가 토한 핏덩이 위에 흙을 덮었다.

담박한 장식의 다기, 향기로운 차, 바삭한 쿠키 몇 개. 아셰라드는 소박하게 차린 티테이블에서 홀로 티타임을 즐기는 중이었다. 왕자비라는 자리에 앉아 있으니만큼 수없이 많은 초대장이 날아들고 있었으나, 그녀는 이렇게 혼자만의 티타임 가지기를 좋아했다.

"블루벨. 내게도 차 한 잔 주겠어?"

때때로 린든이 난입하기도 하지만 말이다. 아셰라드는 약속이라도 한 것처럼 태연히 자리를 차지하는 린든에게 눈을 흘기다가 결국엔 그에게도 차를 내주었다. 그는 자신의 비와 함께하는 조용한 티타임을 꽤나 좋아했다. 비록 한 번도 제대로 초대받은 적은 없었지만.

"오늘의 찻잔은 유독 아름답군. 그대의 취향이 참 세련되었다는 걸 이런 것에서도 알겠어."

아셰라드는 가만히 눈썹을 내리깔았다. 지금 그녀가 쥐고 있는 찻잔은 어제도 그제도 엊그제에도 썼던 물건이었고, 그는 린든 역시 잘 알고 있는 사실이었다. 제아무리 다기에 영 조예가 없는 남자라 해도 같은 찻잔을 쓴 며칠 내내 함께 차를 마셨는데 설마 모르겠는가. 그녀는 난데없는 찻잔 칭찬이 그다지 달갑지 않았다.

"모두 물러가렴."

부부 주변에서 숨을 죽이고 있던 시녀들이 일제히 자리를 비웠다. 적지 않은 인원이 빠져나간 탓에 정원이 순식간에 썰렁해졌다. 아셰라드는 주변의 충분히 정리된 것을 확인하고서야 린든을 향해 시선을 주었다. 새파란 눈동자가 얼음처럼 찼다.

"오늘은 또 무슨 소식이 있어서 찻잔 칭찬을 하십니까?"

"내 부인의 안목을 칭찬했을 뿐이야."

"페러, 당신은 이 찻잔으로 어제도 그제도 엊그제에도 차를 드셨답니다."

속내를 들킨 린든이 머쓱한 표정을 지었다. 그는 괜히 찻잔 테두리를 만지작대며 시간을 끌다가, 참다못한 아셰라드가 핀잔을 주기 직전에야 본론을 꺼냈다.

"소렐 백작부인이 임신을 했다더군."

"부인께서는 아직 젊으니까요."

"그렇지. 부왕께서 비록 나이 들었다 하나 생산 능력까지 의심될 나이는 아니고, 백작부인은 젊다 못해 어린 나이니 임신을 할 수도 있지. 누구나 그렇게 생각할 거야. 공식적으로 인정한 정부인데 사생아 한둘쯤이야 흠도 아니고, 어차피 사생아는 왕위계승 순위에 낄 수도 없는 데다, 형님께서도 정정히 버티고 계시지. 별 것 아닌 일이야."

새삼 너무 당연한 소리를 하는 린든이 하 수상하여 아셰라드는 미간을 찌푸렸다. 그가 왜 이런 말을 꺼내는지 도무지 가늠이 되질 않아서였다. 연신 고개를 갸웃거리는 아셰라드를 가만히 바라보던 린든이 피식 웃었다.

"내 형제가 몇 명이지?"

"그야…… 일왕자 전하께서 계시고 페러, 당신이 있으니 두 명이지요. 그건 왜 물으시나요?"

"그래. 겨우 두 명이지. 너무 적다고 생각하지 않아? 어려서 죽은 형제가 있는 것도 아니고, 부왕께서 이제껏 정부를 두지 않으셨던 것도 아닌데. 왜일까?"

아셰라드는 린든이 무슨 말을 하려는지 알 수 없어 미간을 찌푸렸다. 왕실에 손이 귀한 게 어디 하루이틀 일이라고. 당장 선왕이 승하하셨을 때에도 남아 있는 자식이라곤 공주님 한 분뿐이라 데릴사위를 들여 왕위를 이었지 않은가. 아셰라드가 태어나기도 전의 일이라지만 워낙에 큰 사건이었던지라 왕국에서 모르는 사람이 없는 얘기였다.

린든은 그런 반응에 개의치 않고 몸을 기울였다. 따스한 숨결이 아셰라드의 귓가를 간질였다.

"아이는 주님께서 주시는 축복이라는데, 부왕의 몫은 남들보다 훨씬 적었던 걸까? 이제야 겨우 첫 아이의 축복을 얻을 만큼?"

첫 아이. 린든의 속삭임이 천둥처럼 크게 들렸다. 수아나가 품은 아이가 왕의 첫 아이라면, 지금 있는 두 명의 왕자는 왕의 아들이 아니란 말인가? 그러나 두 왕자가 왕비의 아들임은 틀림없으니, 대체 그들은 누구의 씨일까?

아셰라드의 손이 가늘게 떨렸다. 비밀의 무게가 지나치게 무거워 어깨가 아팠다. 간신히 찻잔을 떨어뜨리지 않고 내려놓는 데에는 성공했지만 넘쳐흐른 찻물이 손을 적시는 것까지는 막지 못했다. 이런, 조심해야지─ 린든이 그녀의 손을 손수 닦아주며 다정하게 속삭였다.

"그래서 고민이야. 형님을 못 믿는 건 아니지만, 늘그막에 자식을 본 늙은이가 어떻게 행동할지는 도저히 짐작이 안 가거든. 데릴사위로 왕관을 얻은 자답게 침묵할지, 아니면 자식사랑에 눈이 멀어 헛짓거리를 해댈지."

"그런 이야기를 왜 제게 해주시나요?"

"그야, **부부**는 한 몸이잖나."

이제 아세라드의 시선은 숫제 칼이라도 품은 것처럼 날카로웠다. 린든은 어깨를 으쓱이며 유연하게 그녀의 눈빛을 받아넘겼다. 그가 그녀를 찾아온 진짜 이유에 대해서는 아직 꺼내지도 않았는데 벌써부터 물러날 수야 없지 않겠는가.

"너무 노려보지 말아줘. 무섭다고. 이런, 아름다운 이마에 주름이 잡혔어. 어찌하면 그 주름이 펴지려나? 피에로Pierrot라도 불러야 하려나? 하지만 내 피에로는 영 재주가 없어서 그대를 웃게 할 수 있을지 모르겠군. 그리고 보니 그대의 피에로가 부리는 재주가 참 대단했는데, 멀리 심부름이라도 보낸 건가? 요새는 잘 보이지가 않아."

아세라드는 침묵했다. 그 외에 그녀가 할 수 있는 일이 없었다. 부부로서 제법 정답게 지내긴 했지만 그의 속내는 짐작이 가지 않았다.

그래서 그는 어쩌고 싶다는 걸까. 수아나의 뱃속에 들어앉은 아이를 죽이고 싶다는 걸까, 살리고 싶다는 걸까. 왕실에서 벗어나기를 소원하는 남자의 의중은 도대체 무얼까. 대체 피에로는 왜 찾는 걸까. 설마 그가 마법을 쓰는 집시라는 걸 알았나? 무도회장에 떨어뜨렸던 구두에 마법이 걸려 있었던 걸 알아채기라도 한 걸까? 생각은 꼬리에 꼬리를 물고 이어지며 점점 나쁜 쪽으로 그녀를 몰아갔다. 어깨에 닿는 햇살이 차가웠다.

"아무래도 첫 아이다 보니, 백작부인께서 많이 불안하신 모양이야. 부인을 모시는 시녀들이 매일 밤 베갯잇을 눈물로 적신다는군."

"……."

"그대가 부리던 피에로는 소렐 백작부인과 옛 인연이 있었던 데다 재주도 좋잖나. 그러면 충분히 부인을 즐겁게 해줄 수 있겠지. 그럼 뱃속의 내 동생도 잘 태어나 줄 것이고.”

린든이 아셰라드의 앞에 한쪽 무릎을 꿇고 앉았다. 그리고 빳빳하게 굳은 손을 끌어당겨 경건하게 입맞춤했다. 아셰라드와 꼭 닮은 푸른 눈동자가 아름답게 출렁거렸다.

“블루벨. 내 아름답고 영리한 신부. 내가 그대의 명예와 혈통에 신세를 좀 져야겠는데, 괜찮겠지?”

“……공작이 아니라 백작으로 만족하시게요?”

“알잖나. 난 소박한 사람이야. 형님께서는 내가 설마하니 공작위를 포기하리라고는 상상도 안 하실 것이고, 그러니 2대 1이라는 생각에 그다지 경계도 하지 않으실 거야. 형님 성정이야 부왕께서도 알고 계시니 역시 상관없어. 그러니 소렐 백작부인만 잘 달래면 돼.”

언제였더라. 린든을 두고 연두가 이런 평을 한 적이 있었다.

“린든 페러 라르고─ 이 왕궁에서 가장 이루기 힘든 꿈을 꾸는 야망가.”

시녀의 주제에는 크게 어긋나는 말이었지만 아셰라드 역시 그 평에 공감했다. 왕제(王弟)로서 보장된 공작위를 버리고, 적자로서 타고난 권리를 버리고, 그리하여 마침내 왕실의 핏줄로서 짊어져야 할 의무에서 해방되기를 꿈꾸는. 하지만 고귀한 푸른 피로서 누릴 수 있는 영화에 대한 권리만은 포기하지 않을, 욕심쟁이.

‘영악한 남자.’

린든은 존경하는 형님과 아직 태어나지도 않은 동생 사이에
싸움을 붙여놓고 자신은 빠지겠다는 교묘한 속셈을, 그녀에게 슬
쩍 드러내 보였다. 못 보았다면 모를까 이미 알게 된 이상 아셰라
드가 움직일 수 있는 범위는 그리 크지 않았다.

'……아까워라.'

파르만 백작가의 인장은 아직 아셰라드의 손에 있었다. 그녀는
대리인조차 두지 않고 영지의 일을 직접 챙기면서 가문에 대한 지
배력을 강화하고 있던 중이었다. 바쁜 일정 속에서도 졸음과 피
로를 견디며 이제 겨우 기반을 닦아놓았는데 통째로 넘기게 생겼
다. 미련과 아쉬움에 절그럭대는 아셰라드를 향해 린든이 짐짓
서운한 표정을 지었다.

"그대도 나의 소망을 알고 내게 명예와 혈통을 언급했던 것 아
니었나?"

"고귀한 핏줄을 감당하기에는 파르만의 이름이 너무 가볍지 않
나 싶어 걱정이 되네요."

"이런, 내 사랑스러운 부인께서 날 대단한 욕심쟁이로 만드시
는군. 거듭 말하지만, 난 몹시 소박한 사람이야. 파르만 백작 정
도면 날 감당하기에 아주 충분하지. 그대의 말대로 명예와 혈통
만은 남부럽지 않은 집안이잖나."

말 같지도 않은 소릴 늘어놓는 린든에게 눈을 흘기면서, 아셰
라드는 그만 파르만 백작가에 대한 미련을 접었다. 아까운 마음이
야 한량없지만 필요 이상으로 광대를 싸고도는 모습을 보여 좋을
게 없었다. 린든이 괜한 호기심이라도 발휘해 광대의 뒤를 캐게
만드는 것보다는 어차피 안 될 일, 깨끗하게 포기하는 편이 나았
다.

"뜻대로 하세요. 하지만 피에로의 행방에 대해서는 저도 잘 모르겠네요. 그린과 함께 따로 정착해 살고 싶다 하기에 그만 놓아주었답니다."

"……"

"정말이니 그리 의심스럽게 바라보지 말아주세요."

린든은 아셰라드의 말을 믿을 수가 없었다. 궂은일을 죄다 도맡아 하던 측근시녀와 시종을, 그것도 결혼 전부터 데리고 있던 충성스러운 수하를 놓아주었다니. 그는 이리저리 말을 돌려가며 아셰라드의 의중을 캐내려 노력하였으나, 만족스러운 대답을 얻어내지는 못했다.

"끝까지 데리고 있을 줄 알았는데. 놀랐어."

"이런, 페러. 당신이 아무리 놀랐다 한들, 나만큼 놀랐을까요?"

"그도 그렇군."

시원하게 동의한 린든이 눈을 반으로 접어가며 웃었다. 기껏 왕자비가 되어 악마 같은 계모에게서 탈출한 여자에게 사실 네 남편은 왕의 핏줄이 아니라고 밝힌 꼴이니 얼마나 놀랐을까. 비명을 지르지 않은 것만으로도 장하다 칭찬해 줘야 할 것이다.

바람이 불었다. 조금 따갑게 느껴지는 햇살 아래 화사하게 피어난 꽃들이 저마다 가진 향기를 뿜내며 흔들거렸다. 눈이 어지러울 정도로 현란한 색채로 가득 찬 화원에 앉은 여자는 조금 전의 동요가 다 거짓이었다는 양 다시 한가로워져 있었다. 꽃에도 죽지 않고 햇빛에도 지지 않는 존재감. 린든은 아름답고 영리한 제 아내를 흐뭇하게 바라보다가 문득 혀를 찼다.

'형님께 들키면 맞아 죽을지도 모르겠어.'

불갑이 화를 낼 게 틀림없었다. 굳이 알릴 필요도 없는 비밀을 제 입으로 남에게 발설했다는 것이 첫째 이유요, 형을 도울 생각도 않고 도망갈 궁리부터 했다는 게 둘째 이유일 것이다.

외관만으로는 왕의 젊은 시절을 꼭 빼닮은 두 왕자는 이제껏 어디에서도 출생에 대한 의심을 받아본 일이 없었다. 설령 아셰라드가 떠들고 다닌다 하더라도 비웃음만 살 것이니, 형님이 린든에게 화내는 이유의 대부분은 둘째 이유가 되겠지만, 그래도. 린든은 장난스럽게 눈을 찡긋거렸다.

"형님께는 비밀이야. 아, 물론 다른 사람들에게도."

"제가 그렇게 바보로 보이시나요?"

"하하, 그럴 리가. 그냥 해본 말이야. 참, 소렐 백작부인께서는 고양이를 좋아하신다는군. 외곽에 있는 부인의 저택은 고양이 소굴이나 다름없다던데."

발끈하여 고개를 치켜들었던 아셰라드가 고양이라는 말에 미간을 찌푸렸다. 고양이는 불길한 짐승이었다. 날카롭게 세로로 벼려진 동공, 아기를 닮은 묘한 울음소리, 발톱을 숨기고 밤길을 걷는 음험함, 살아 있는 사냥감을 가지고 노는 잔인함. 고양이는 마녀의 애완동물이라는 통설이 아니더라도 어디 하나 그녀의 마음에 드는 곳이 없었다.

"취향이 독특한 분이시군요. 다른 예쁜 동물들도 얼마든지 있는데."

"그렇긴 해. 나는 새를 좋아하는데, 블루벨 당신은?"

"나는 개를 좋아한답니다. 새는 쓸데없이 연약하고 시끄러워서 질색이에요. 페러, 그러니 제발 새장 선물은 그만해요. 내 방 전부가 새장으로 가득 찰 것만 같다고요."

왜 자꾸 빈 새장을 보내는 거예요? 난 거기다 새 키울 일 없을 거라고 몇 번이나 얘기했는데 들은 척 좀 해요. 아셰라드의 투덜거림을 귓등으로 흘리면서, 린든은 그저 하하 웃기만 했다.

부부의 티타임은 이후로도 꽤나 오랜 시간이 흐른 뒤에야 끝이 났다. 별것 아닌 잡담과 우스운 농담, 소소한 신변잡기만으로도 둘은 화기애애한 대화를 이어나갔고, 두 사람의 웃음소리는 몇 번이나 정원을 가로질렀다. 멀리 떨어져 주인의 시간을 훔쳐보던 시중인들은 퍽 다정해 보이는 부부의 모습에 몹시 기뻐했다.

그날의 티타임이 지나고 얼마 뒤, 아셰라드는 시녀를 통해 고양이 한 마리를 구했다. 온몸의 털이 눈처럼 희고, 둥그런 눈은 호박색으로 반짝이는 예쁜 새끼고양이였다. 새끼고양이는 낯선 손이 제 몸에 닿는데도 무서운 줄을 모르고 머리를 비벼댔다. 털은 보드랍고 체온은 따뜻했다.

사랑스러운 모습에 아셰라드의 입매가 조금 풀어졌다. 고양이를 싫어하는 그녀마저 홀릴 정도로 애교가 많은 고양이이니, 고양이를 좋아한다는 수아나의 마음 정도는 송두리째 훔치고도 남을 터였다.

"그래, 잘 구해왔다. 생각했던 것보다는 봐줄 만하구나. 가자."

창밖은 이미 해가 져 온통 어두컴컴했다. 왕자비가 귀부인을 만나러 가기에는 적절하지 않은 시간이었다. 하지만 왕자비가 왕의 정부를 몰래 찾아가기에는 이만큼 적절한 시간도 드물었다.

소렐 백작부인이 된 수아나는 수도의 외곽에 있는 작은 저택에 머무르고 있었다. 예전에는 궁에서 살다시피 하더니, 요즘의 그녀는 제게 내려진 저택에서 두문불출하며 나오지를 않았다. 마냥 숨어 있는다고 그녀에 대한 세간의 입방정이 멈추는 것도 아닌데,

덤불에 머리를 처박은 꿩이라도 된 듯 귀를 막고 있는 것이다.

"부인께서는 주무시고 계십니다."

"약속을 하고 왔으니, 확인해 보거라."

"……네."

어떻게든 버티려던 저택의 시녀는 기세에 밀려 발을 뺐다. 하지만 조금 뒤 시녀가 다시 와서 전한 말은 어서 오시라는 게 아니라 준비를 해야 하니 기다려 달라는 말이었다. 비록 밤을 틈타 방문하였다지만 명색이 왕자비인데, 이게 무슨 일인지. 미리 연락을 하지 않은 것도 아니고, 약속 없이 방문한 것도 아니었는데 대단히 무례한 태도였다.

다행히도, 기다리느라 아셰라드의 인내심이 다 닳아빠지기 전에 수아나의 방문이 열렸다. 응접실이 아닌 방으로 안내되는 것이 마음에 들지 않아 혀를 차던 아셰라드는 곧 그런 생각을 접었다. 그녀를 맞이하는 수아나는 응접실에 나올 만한 몰골이 아니었다.

햇살 아래에서 금실처럼 살랑거리던 갈색 머리카락은 윤기를 잃었다. 복숭앗빛으로 빛나던 뺨은 움푹 패여 그림자가 졌고 기껏 가꾼 손은 손가락 마디가 다 드러나도록 말랐다. 파르스름한 핏줄이 미치는 목은 금방이라도 꺾일 듯 위태로웠고 눈 주변은 새카맣게 색이 죽어 어두웠다. 빼빼 마른 몸에 살짝 부풀어 오른 배가 오히려 기이해 보였다.

'임신을 했다더니, 대체 왜……'

기가 막혀 말을 잃은 아셰라드의 앞에서, 수아나가 치마를 살짝 들어 올려 인사를 했다. 수십 수백 번은 더 연습했을 귀족식 인사는 제법 그럴듯한 모양새를 만들어냈으나, 숲 속의 윌리(*죽은 처녀의 혼령)처럼 스산한 분위기를 풍겼다.

아셰라드는 수아나가 왜 저택에 처박혀 나오지 않는지를 알 것 같았다. 아무리 분칠을 하고 좋은 옷을 입는대도 저 위태로움을 감출 수는 없었을 테니, 차라리 나오지 않는 게 좋은 선택이었을 것이다.

늦은 시간에 다과를 가져온 시녀의 얼굴엔 피곤함이 가득했다. 왕자비를 눈앞에 두고 있음에도 흘끔흘끔 수아나를 신경 쓰며 몸을 사리는 꼴이, 수아나가 시녀들에게 얼마나 못되게 굴었는지를 알 만했다.

'안 좋은데.'

아셰라드는 아랫것이 악심을 품으면 무슨 일이 일어나는지, 곁에서 본 경험이 있었다. 한발 물러선 채로 시중인들을 부추기는 연두에게 점잖게 몇 마디 했다가 언변에서 밀려 입을 다물었던 치욕이 아직도 생생했다. 누군가의 시중을 받는 사람은 자신이 땅이 아닌 사람의 머리를 밟고 서 있다는 걸 알아야 한다고 했던가.

쨍!

긴장으로 떨던 시녀가 기어코 실수를 했다. 찻잔이 와르르 바닥으로 쏟아지며 요란한 소리를 냈다. 날카로운 파편들이 사방으로 흩어졌다. 팽팽하게 당겨진 현처럼 아슬아슬하던 수아나의 눈빛이 사납게 변했다. 실수를 한 시녀는 얼른 수습할 생각도 하지 못하고 바들바들 손을 떨었다.

"손님이 계신데 이게 무슨,"

"괜찮습니다. 부인, 임신 중에 그렇게 화를 내시면 아이에게 좋지 않아요. 너희는 빨리 나가보렴."

"비전하……."

"나가래도."

수아나가 질책하기 전에 아셰라드가 먼저 나서서 시녀를 물렸다. 바삐 찻잔을 치운 시녀들은 물론이요 함께 왔던 왕궁 시녀들까지 모조리 내보내자 널따란 방 안은 온통 침묵 속에 잠겼다.

"인사가 늦었네요, 부인."

"……"

"임신 축하드려요."

수아나는 멍하니 입술을 벌렸다. 설마하니 아셰라드에게 축하 인사를 받을 줄은 몰랐던 탓이다. 아셰라드가 어서 열어보라는 듯 뚜껑 달린 바구니를 내밀었지만, 그녀는 바구니보다 아셰라드의 존댓말에 더 관심이 많았다.

수아나가 소렐 백작부인이 되고, 그녀를 뒤에서 돕던 마고가 아셰라드에게 끌려가 죽고 난 뒤로 아셰라드는 수아나에게 말을 붙인 일이 없었다.

만만해 뵈는 어린 정부에게 들러붙어 단물을 빼먹으려는 사람 수십이 달라붙었을 때도, 가을걷이 직후의 낟알이라도 되는 양 그녀를 혓바닥 위에서 찧고 까부는 사람들의 입놀림이 극에 달했을 때도, 모든 걸 견디지 못한 수아나가 아셰라드를 찾아가 조언을 구했을 때도 그녀는 아무런 대응이 없었다. 가끔 금실을 만들어내라 재촉을 해대기는 했어도 살뜰히 그녀를 챙기며 왕궁 생활에 적응하도록 돕던 사람은 송두리째 사라지고 없는 것만 같았다.

그랬던 사람이, 이렇게 한밤중에 찾아와 선물을 내밀다니─ 권력이란 이 얼마나 대단한 것인지. 성은커녕 이름이나 받을 수 있을까 의심스러운 사생아인데도 왕의 핏줄은 핏줄이로구나 싶어 수아나의 어깨가 우쭐 솟아올랐다.

니양−

이따위 선물은 필요 없다, 바구니를 던져 버리려던 수아나의 손이 흠칫 멎었다. 냉담한 기색을 보이며 인사에 답도 하지 않았던 조금 전을 생각하면 약간 민망하지만, 고양이 소리가 나니 관심이 갔다. 슬그머니 뚜껑을 열자 뽀얗고 귀여운 새끼 고양이가 냉큼 고개를 내밀고는 그녀를 빤히 쳐다보았다. 잡색 없는 흰 털이라니, 보기 드문 색이었다.

"고양이…… 로군요."

"네. 제법 예쁘지 않나요? 애교도 많답니다."

아셰라드의 말 그대로였다. 새끼 고양이는 조심스레 내민 손을 두려워하지도 않고 냉큼 발을 올렸다. 수아나의 손에 올라앉은 고양이는 잠이라도 자려는지 동그랗게 몸을 말고는 꾸벅꾸벅 고개를 흔들었다.

"어머, 하품했어!"

고양이에게서 눈을 떼지 못하는 수아나는 예전의 그녀만큼은 못해도 꽤나 생기가 있었다. 윌리처럼 스산하고 을씨년스럽던 분위기가 한순간이나마 밝아지는 걸 본 아셰라드는 조금 안심했다. 아주 못 쓸 정도까지 망가진 건 아닌 것 같다고 말이다.

"수아나."

너무나 오랜만에 들어본 제 이름이었다. 수아나는 다정한 울림으로 불린 이름이 몹시 낯설었다. 소렐 백작부인이라는 작위를 얻은 이후, 누구도 그녀를 그 이름으로 부르지 않았다. 어쩌다 한 번 찾아오는 국왕조차 부르지 않는 이름이었다.

아랫사람 보듯 보지 말고, 허락하지도 않은 이름으로 부르지 말라. 소렐 백작부인이라고 제대로 경칭을 쓰라. 대거리를 해야 하건만 그리하기에는 수아나가 아랫사람으로 살아온 시간이 너무 길었다. 그럴 만한 깜냥도 없었다. 그녀는 큰 눈을 데구루루 굴리며 아셰라드의 눈치를 보았다.

수아나가 어버버하는 사이 아셰라드는 더욱 상냥하게 말을 이었다.

"아이를 가지면 신경이 예민해지는 건 당연하고 몸도 많이 힘들어진다고 들었어."

"그런 얘긴 어디서……."

"내 시녀들은 말하기를 좋아하고 난 듣기를 좋아하거든. 임신을 하면 어머니가 몹시 보고 싶어진다고들 하던데 수아나는 어머니가 안 계시고 그렇다고 고향에 갈 만한 형편도 안 되니, 아버지의 편지를 가져왔어. 하슨은 글을 쓸 줄 몰라서 내 시녀가 대필을 했지. 읽어줄까?"

"아뇨, 아뇨. 저 이제 글 읽을 줄 알아요. 아가씨, 그 편지 저 주세요."

수아나는 제가 파르만 영지에 있던 시절에 쓰던 말을 다시 쓴 것도 모를 정도로 다급했다. 허겁지겁 편지를 펼친 그녀는 한 줄 한 줄 읽어나가며 눈물을 참지 못했다. 하슨은 외동딸의 임신에 대해서는 아직 몰랐던 모양인지 거기에 대해선 한 마디 말도 없었으나, 딸의 건강과 생활에 대한 걱정만은 구구절절 넘치도록 담겨 있었다.

읽는 속도가 느렸기에 다 읽었을 때에는 긴 초의 절반이 녹아 있었다. 수아나는 편지를 소중하게 챙겨 넣으며 연신 감사 인사

를 했다. 뼈 빠지게 익혔을 귀족식 동작마저 모두 잊은, 소박한
감사 인사였다.

"아버지까지 보살펴 주시고, 이렇게 편지도 전해주시고. 정말,
정말 감사해요. 수도에 모시고 오고 싶었지만 어쩌면 그냥 거기
계시는 게 더 좋을 것만 같아 그렇게 하질 못했거든요. 이렇게 아
가씨께서 챙겨주신다는 걸 알았으니 정말로 안심이 돼요."

"걱정할 것 없어, 수아나. 하슨도 내 영지의 소중한 백성이니 그
를 돌보는 건 내 의무이기도 해. 사실…… 수아나는 좋은 일로 내
게서 독립했으니 다행이다 싶어 일부러 모른 척했었던 건데…….
이렇게 마를 정도로 힘들어한 줄은 몰랐어. 미안해. 무사히 아이
를 낳을 수 있도록, 내가 할 수 있는 건 뭐든 도와줄게."

상냥한 위로가 수아나의 마음을 어루만졌다. 한 통의 편지와
다정한 사과의 말 한마디만으로도 얼어붙었던 마음은 순식간에
녹아내렸다.

찬바람 부는 황야에 기댈 곳 없이 서 있던 수아나는 제게 내밀
어진 손을 도저히 거부할 수 없었다. 어차피 그녀가 서 있는 곳은
지옥이었다. 그 지옥에서 꺼내줄 사람이 있다면, 누구에게라도
매달리고 싶었다.

형식적으로라도 등을 곧게 펴고 앉아 있던 수아나가 귀족적인
자세를 모두 팽개치고 아셰라드의 앞에 무릎을 꿇었다. 놀라 손
을 빼는 아셰라드의 치맛자락을 꼭 움켜쥔 채, 수아나는 간절한
바람을 담아 청했다.

"아가씨. 피에로를 찾아주세요."

"……임신 중엔 그런 이상한 광대놀음 같은 거 보는 거 아니야.
정 심심하면, 내가 책이라도 보내줄게."

"그런 게 아니에요! 아가씨, 저는 그냥 광대를 찾는 게 아니라 피에로를 찾는 거예요. 집시 피에로, 그린의 연인 말이에요!"

왜 불길한 예감은 빗나가는 일이 없을까. 아셰라드의 눈앞이 아득해지고 등에서 땀이 나기 시작했지만, 수아나가 그런 아셰라드의 상태를 알 리 없다. 그녀는 창백하던 얼굴을 벌겋게 물들인 채 연신 말을 이었다.

"제 뱃속의 아이는 요정이 준 아이예요. 제가 아이를 갖고 싶다고 하니, 요정이 갖게 해주겠다고 약속하자마자 생긴 아이라고요."

"요정? 세상에, 수아나. 차라리 황새가 아이를 가져다준다고 하지 그러니."

"그럼 제 머리카락이 지푸라기를 황금으로 바꾸었던 건 대체 어떻게 되었던 걸까요? 그것도 요정이 해준 일이에요. 제가 지하실에 갇혀 울고 있을 때 요정이 제게 나타나 말했어요. '내가 널 도와줄게'라고."

"그것 참, 마음씨 착하고 상냥한 요정이로구나. 그런데 그 요정과 피에로가 무슨 관련이 있어서 찾는 거니?"

수아나의 손에서 힘이 쭉 빠져나갔다. 그녀는 드레스 자락을 잡는 대신 얼굴을 가렸다. 초라하게 마른 어깨가 부들부들 떨리기 시작했다.

저는 지푸라기에 파묻힌 채 엉엉 울고 있었어요. 눈에 보이는 건 온통 지푸라기뿐인데, 그걸 금화로 바꾸라니 말이나 되는 소리냐고요. 어쩌다 한 거짓말일 뿐인데, 그게 소문이 된 것도 우습고 그 헛소문이 어쩌다가 수도에까지 퍼졌는지도 모르겠고. 대체 왜 높으신 분께서 그런 말도 안 되는 소문을 증명하라고 하시는 건지는 더더욱 모르겠고. 나오는 건 눈물밖에 더 있겠어요?

그렇게 제가 한참을 울고 있는데, 지푸라기에 닿던 달빛에 그림자가 지지 뭐예요. 누군가가 창문에 머리를 들이민 거예요. 전 무심결에 고개를 들었다가 비명을 지를 뻔했어요. 쭈글쭈글하고, 까맣고, 못생긴 요정이 창살 너머에서 저를 보면서 웃고 있었거든요.

'안녕.'

'아…… 안녕…….'

'왜 그렇게 울고 있어?'

'이 지푸라기들을 모두 금화로 바꾸래. 말도 안 되는 얘기잖아. 어떻게 지푸라기가 금화가 돼? 내일 아침이 되어도 지푸라기가 그대로인 걸 보면, 왕자님은 내 목에 밧줄을 감아서 나무에 매달아 버릴 게 틀림없어. 흐흑…….'

지금 생각해 보면, 그 요정에게 그렇게 쉽게 사정을 설명했던 게 너무너무 이상해요. 생긴 것만으로는 요정이 아니라 지옥의 주민 같았는데 말이에요. 아무튼, 제가 우느라 말을 못하자 요정은 방 안으로 들어와서 제 앞에 주저앉았죠. 그 커다란 머리로 어떻게 쇠창살을 통과했는지는 지금도 신기해요.

'내가 널 도와줄게.'

'뭐? 네가? 어떻게?'

'난 땅요정이야. 내 능력이라면 지푸라기를 금화로 바꾸는 것쯤이야 아무것도 아니지. 하지만…….'

'하지만 뭐? 왜? 뭐가 필요한데? 내가 줄 수 있는 건 다 줄게. 온통 보잘것없는 것들뿐이지만, 그래도! 제발 도와줘! 난 이렇게

죽기 싫어!'

오, 아가씨. 그때 그 요정의 웃는 얼굴은 제가 평생이 가도 잊을 수 없을 거예요. 그럼요. 잊을 수 있을 리가 없죠. 그 마른 나뭇가지 같은 손가락, 번들거리는 징그러운 눈, 커다란 매부리코 하며…… 그 끔찍한 꼴을 어떻게 잊겠어요. 아, 죄송해요. 징그러운 얘기를 너무 많이 했네요. 그 요정은 제게 말했어요.

'네가 입은 옷을 줘.'

'……좋아. 하지만 지금 당장은 안 돼. 옷을 갈아입고 나면 줄 테니, 네가 먼저 지푸라기를 바꿔줘.'

그때 입은 옷은 아가씨께서 제게 주신 옷이었죠. 제가 가진 것 중에는 가장 좋은 옷이었지만, 교수대의 밧줄에서 벗어나는 게 더 중요했어요. 하지만 요정은 제가 건 조건이 마음에 들지 않나 봐요.

'흥. 인간의 약속은 믿을 수가 없는데 첫 계약부터 조건이라니, 마음에 안 들어.'

'그럼 어떡해? 이 자리에서 옷을 벗어주기라도 해야 한다는 거야? 그럴 바엔 차라리 목매달려 죽는 게 나아!'

'아니, 됐어. 벌거벗은 처녀의 몸을 훔쳐보는 취미 같은 건 없거든. 너, 약속 지킬 거지?'

'당연하지. 내가 약속을 안 지키면, 그땐 네가 내 목을 매달아도 돼. 진짜야. 너야말로 약속 어기면 안 돼!'

'요정을 인간과 똑같이 보면 안 되지. 요정은 언제나 약속을 지키거든! 아무튼 좋아. 자, 이 빗으로 머리를 빗어봐.'

요정은 저에게 빗을 주었어요. 멋진 보석이 박힌 상아빗이었죠. 전 정말 기뻤어요. 하지만 요정의 말에 따라 빗질을 했을 때, 머리카락에 닿은 지푸라기는 금화가 아닌 금실이 됐지 뭐예요.

전 요정에게 따졌어요. 이게 대체 어떻게 된 일이냐고, 말은 지킨다더니 다르지 않느냐고 말이에요. 그런데 요정은 오히려 저를 향해 코웃음을 쳤어요.

'후불도 받아줬는데 이만하면 잘 지킨 거지, 안 그래? 너도 방앗간 일 도우면서 많이 경험했을 거 아냐. 본래 선불과 후불은 대접이 다른 법이라고.'

너무나 맞는 말이라 전 알았다고 할 수밖에 없었어요. 그 뒤로는 아가씨께서 아시는 그대로예요. 저는 아가씨 손에 이끌려 왕궁에 왔고, 상상도 해보지 않았던 왕궁 시녀가 되었어요.

"그럼, 내가 종종 부탁했던 금실은 모두 요정이 만들어준 거였니?"

"네, 네. 그때마다 요정이 요구하는 건 조금씩 달랐지만요."

어느 날은 화병에 꽂은 꽃을 달라고 하기도 했고, 어느 날은 아가씨께 받은 금화를 달라고 하기도 했어요. 그런 건 정말 별것 아니라고 생각했기 때문에 저도 신경 쓰지 않았어요. 시녀 생활에 적응하는 것도 힘들었거든요.

그즈음, 그린이 저를 붙들고 결혼 생각은 없냐고 물었어요. 왜 생각이 없겠어요? 안 그래도 결혼하기에 딱 좋은 나이인데요. 하지만 전 시녀고…… 아버지는 멀리 계시니, 분명 처녀로 늙어 죽을 거라고 생각했지요.

그래도 결혼 이야기를 들으니 아쉬워졌어요. 그래서 그린이 소개시켜 주는 남자들을 열심히 만났지요. 연애결혼이라두 해야지 어쩌겠어요? 한데 자꾸 일이 어그러지는 거예요. 분명 마음이 통했다고 생각했는데 차이거나, 연락이 끊기거나…….

결국 저는 요정에게 부탁했어요.

'나도 남편이 있었으면 좋겠어. 이왕이면 신분도 높고, 부자이면서, 날 아주 사랑해 줬으면 좋겠어.'

'좋아. 하지만 그건 대가가 커. 네가 왕자비에게 받은 금화가 아직 남아 있지? 그것들 전부를 내놔야 해. 그럼 내가 네게 남편을 주지.'

신분이 높고 부자인 남편을 만나면 금화가 별 대수겠어, 싶었죠. 그래서 남아 있던 금화를 전부 주었어요. 그리고 얼마 뒤, 마고가 저를 찾아왔어요. 절 도와주겠다면서, 잘되면 자길 모른 척하지 말라고 했어요. 저는 당연히 알았다고 했어요.

'방을 옮겨줄게. 혼자 쓰는 방을 줄 테니, 깨끗하게 단장하고 기다려.'

마고의 위세가 대단하다지만 시녀장이 된 것도 아닌데 설마 그게 될까 싶었어요. 그런데 정말로 방이 바뀌었지 뭐예요. 그때까지는 구경만 해야 했던 고급 비누도, 좋은 화장품도 챙겨줬어요. 전 이게 요정의 도움 때문이라고 생각했어요.

그렇게 며칠이나 지났을까요? 제 피부가 반질반질 광이 나고 좋은 향기가 폴폴 나기 시작할 무렵, 국왕전하께서 절 찾아오셨지 뭐예요. 이전부터 절 눈여겨봤다고 하시면서, 며칠이나 계속해서 찾으셨어요. 정말로 행복했죠! 분명 신분 상승을 할 수 있을 거라고 생각했어요.

하지만 아무리 졸라도 잠자리만 함께하고 그냥 나가시지 뭐예요. 너무 이상하잖아요. 그래서 요정을 불렀어요.

'난 남편이 필요하다고 했지, 잠자리만 하는 남자가 필요하다고는 안 했어! 계약 위반이야!'

'아, 그거? 네 조건이 너무 까다로워서 그래. 다 충족시켜 주긴 힘들 것 같아서 신분에 초점을 맞춰봤는데, 역시 좀 불만이 있네. 왜, 정말 그 사람을 남편으로 삼고 싶어?'

'당연하잖아. 내 꼴을 봐, 어젯밤엔 국왕전하 품에서 잠이 들었는데 오늘 낮엔 다리가 퉁퉁 붓도록 궁을 돌아다녔다고. 그분께서 날 아내로 삼아주시면 내 처지가 이랬겠어?'

'흠. 하지만 국왕에겐 이미 부인이 있는데.'

'정부라도 좋아. 국왕전하의 정부는 귀족들의 정부랑은 좀 다르다며? 작위도 받고 재산도 받는다고 들었어. 그 정도는 해줄 수 있잖아.'

'그야 그렇지. 하지만 그러려면 대가가 더 필요해.'

요정은 욕심쟁이였어요. 그놈의 대가, 대가, 대가! 전 제가 가진 금화 전부를 주었는데도 바라는 게 계속 됐죠. 계약 위반이라는 제 말은 씨알도 먹히지 않았어요. 그 금화로는 엄두도 안 나도록 모자라다나 어쨌다나. 다시 한 번 후불을 얘기했지만, 그것도 싫다고 했어요. 방법이 없었어요. 너무나 절망적이었죠.

그때 요정이 말했어요.

'그 왕은 제 피를 이은 아이를 갖고 싶어 해. 그 아이를 네가 품어보는 건 어때? 네가 품은 아이가 제 자식이라는 것만 확실해지면 세상의 전부를 다 주려고 할 텐데.'

"뭐? 아이?"

어처구니가 없어진 아셰라드가 되물었다. 수아나는 다분히 방

어적인 동작으로 제 배를 감싸 안았다. 보물이라도 품고 있는 듯한 태도였다. 하긴 수아나는 아기를 가졌다는 걸 알리고 나서야 정부가 될 수 있었다.

아셰라드는 지끈거리는 이마를 누르며 감정을 삭였다.

"그래, 그 말도 안 되는 얘기를 내가 믿는다고 치자. 그럼, 아기를 품는 대가는 대체 뭐였니? 그건 후불이 된다고 했니?"

"태어난 아기를 달라고 했어요."

수아나의 어조가 너무나 평이했기에, 아셰라드가 그 말의 의미를 제대로 이해하기까지엔 시간이 걸렸다. 그녀는 긴 침묵 끝에서야 간신히 마음을 진정시키고 다시 물었으나, 수아나는 대체 왜 그런 걸 묻는지 모르겠다는 듯 고개를 갸웃거렸다.

"일단 품기만 하면 정부가 되는 건데, 그 뒤까지 생각할 이유가 뭐가 있겠어요? 하지만…… 국왕전하께서 그러셨단 말이에요. 무사히 낳지 못하면, 그땐 무사하지 못할 줄 알라고요."

수아나의 낯빛이 흐려졌다. 그녀는 국왕이 사생아 따위에게 그 정도로 관심을 쏟을 거라곤 생각하지 못했다. 요정이 아이 운운한 것도 결국엔 핑계가 필요해서 한 말일 거라고만 여겼다. 하지만 아기를 잘 지켜야 할 거라고 말하던 국왕의 표정은 수아나가 일찍이 본 적 없을 정도로 진지했다. 그 말이 그의 진심이라는 건 굳이 떠보지 않아도 알 수 있었다.

수아나는 그런 국왕에게 요정이 아기를 가져갔다고 말할 자신이 없었다. 그날이 바로 자신이 죽는 날이 될 거란 확신이 들었다. 겨우 멋진 드레스와 저택을 가졌는데, 소렐 백작부인이라는 작위까지도 손에 넣었는데 이렇게 젊은 나이에 죽고 싶지는 않았다.

"아가씨, 낳았다가 요정에게 뺏겨도 마찬가지겠죠? 요정에게 부탁해서 아기를 가진 걸 들켜도 안 되는 거겠죠?"

"……당연한 말을…… 하는구나. 그런데 피에로는 왜 찾는 거니? 정부가 되었으니 요정에게 금화를 주고 아기를 데려가지 말라고 하면 되잖니?"

"에이, 요정은 약속을 지켜요. 이제 와서 금화를 준다고 하면 싫다고 할 게 뻔한걸요. 그리고 피에로를 왜 찾냐니요? 그야 당연하잖아요. 피에로는 마법사인걸요. 분명 못된 요정은 멀리 쫓아버리고 아기를 지켜줄 거예요."

아세라드의 심장이 덜컥 내려앉았다. 수아나가 차마 입도 떼지 못하고 가만히 있는 그녀를 향해 웃었다.

"아가씨의 구두도 피에로가 만들어준 거죠? 주인 말고는 아무도 신을 수 없는 구두라니, 말도 안 돼요. 아가씨, 저는 아가씨의 구두가 마법 구두라는 걸 알고도 아무 말도 하지 않았어요. 제 머리카락을 빗질해서 금실을 만들 수 있다는 것도, 그걸 아가씨께서 알고 계신다는 것도 말하지 않았어요. 돌아가신 백작부인의 묘에 시체 대신 금화가 있었다는 것도 말하지 않았고요."

"……"

"아가씨, 아가씨는 피에로가 어디에 있는지 알고 계시죠? 그렇죠? 도와주신다고 하셨잖아요. 찾아주세요. 네?"

천진하게 조르는 수아나를 도저히 마주 볼 수 없어, 아세라드는 질끈 눈을 감았다. 차마 뱉지 못한 탄식이 그녀의 가슴을 짓눌렀다. 뭔가 일을 시키려고 할 때마다 추가 수당을 요구하던 밉살맞은 시녀가 저를 향해 조잘거리던 말이 새삼 다시 떠올랐다.

"아가씨, 잊고 계신 모양인데 이 세상에 공짜 점심은 없어요."

정말로, 그런 모양이었다.

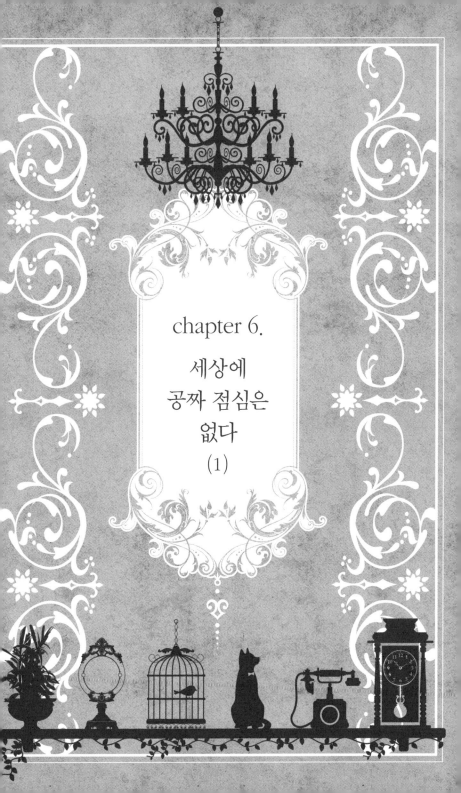

chapter 6.

세상에
공짜 점심은
없다
(1)

　연두는 준규의 다리가 무척이나 편한 기색이었다. 운동으로 단련된 다리이니 그 높이가 제법 높아 불편할 법도 한데, 팔짱을 끼고 잠이 든 자세 그대로 꿈쩍을 않았다. 틈을 봐서 연두를 떼어 놓고 마저 인형의 집 탐색에 나서려던 준규에게는 몹시 곤란한 일이었다.

　"어이, 강연두."

　졸지에 베개 신세가 된 준규가 슬쩍 불러보아도 반응이 없다. 항상 발그스름하게 물들어 있는 뺨을 콕콕 찔러도, 이마 위에 흐트러진 머리카락을 건드려 보아도, 연두는 고른 숨만 내쉬고 있을 뿐이었다.

　슬그머니 어깨를 안아 들어 내려놓으려고도 해봤지만, 그런 건 또 어쩜 그렇게 귀신같이 알아채고 인상을 찌푸리는지. 준규는 결국 탐색을 포기하고 벌렁 드러누웠다.

멍하니 올려다보는 천장엔 화려한 샹들리에가 달려 있었다. 천장이 유독 높은 편이라 묵직한 샹들리에를 달고도 부담스럽지가 않다. 그는 괜히 샹들리에에 달린 전구 숫자를 하나하나 세다가 그만 눈을 감아버렸다.

니니스는 준규가 바라보고 있던 그 샹들리에 바로 위에 있었다. 그녀는 샹들리에 꼭지가 만들어낸 틈새로 두 사람을 관찰하며 연신 고개를 갸웃거리는 중이었다.

'이상하네, 이상해. 왜 저렇게 사람 같지?'

정말 이상한 일이었다. 자신은 분명 잠깐 쓰고 말 더미를 만들었을 뿐인데, 움직이는 것도 모자라 표정이 너무 풍부하고 말도 너무 잘했다. 정말 사람 같았다. 심지어 입을 삐죽대는 표정이나, 발끝으로 바닥을 통통 두드리는 등의 버릇이 진짜 연두와 한 치의 다름없이 닮아 있었다.

에라, 모르겠다.

지붕 위에서 엎드려 구경만 하고 있어봐야 해결책이 뿅 튀어나올 리 없다. 니니스는 자신이 들어왔던 창문을 향해 슬금슬금 돌아가기 시작했다. 바깥에서 방법을 찾아볼 요량이었다.

"어머?"

그런데 이게 웬일일까. 니니스는 저가 들어왔던 창문이 감쪽같이 사라진 걸 보고 황당함을 감추지 못했다. 몇 번이나 벽을 더듬어보았지만 없는 건 없는 거였다.

"이거 왜 이래? 어머, 어머. 왜 이래……."

니니스가 황당해하며 창문이 있던 자리를 두드려 보는 사이, 그녀의 발아래에선 심상치 않은 일이 벌어지고 있었다. 아래쪽의 빛이 새어 들어올 정도로 부실하던 바닥이 쩍쩍 갈라졌다.

"뭐 이런…… 꺅!"

니니스는 그것도 모른 채 벽만 들여다보다가 그대로 아래로 추락하고 말았다.

"아이고……. 이게 뭐람."

뭔가를 해볼 사이도 없이 순식간에 일어난 일이었다. 니니스는 제 몸 이곳저곳을 점검하며 어디 다친 곳은 없는지 확인해 보다가 울상을 지었다. 몸은 털끝 하나 다치지 않았지만 대신 인형 하나가 박살났다.

아직 어린 소녀의 인형이었다. 발그레한 뺨이 사랑스럽고 양 갈래로 땋아 묶은 머리카락이 발랄했다. 입가에 매단 미소가 귀여웠다. 하지만 니니스의 무게를 감당하느라 팔다리가 사방으로 꺾인 꼴이, 지나치게 사람과 닮은 외형과 맞물리니 기괴하기 짝이 없다.

"미안하다. 지금 당장은 내가 수리를 못하겠어. 하지만 조만간 꼭 고쳐 줄게."

니니스의 속삭임을 알아듣기라도 한 것처럼 소녀 인형이 눈을 깜빡거렸다. 니니스는 소녀 인형의 팔다리를 적당히 맞추고 벽에 기대 앉혔다. 그리고 엉망으로 구겨진 빨간 망토를 탁탁 털어 소녀 인형의 몸 위에 덮어주었다. 마지막으로 소녀 인형이 들고 있던 바구니를 주워든 니니스의 미간이 와락 일그러졌다.

"이게 왜 비어 있어?"

빵과 치즈, 와인이 들어 있어야 할 바구니는 텅 비어 있었다. 실은 인형의 집에 갇혀 굶고 있던 연두와 준규가 찾아내 꺼내 먹어 비어 있는 것이지만, 그따위 사정을 알 리 없는 니니스는 홀로 심각해졌다.

페르세포네를 저승에 머물게 한 것은 단 세 알의 석류였다.

❀

연두는 몹시 훌륭한 학생이었다. 벨은 연두가 빠른 속도로 약초의 이름과 효능 등을 외워나가는 것을 보며 놀라움을 금치 못했다.

"세상에, 요리 레시피를 그렇게 좀 외워보지."

"벨의 레시피에는 온통 적당히 투성이라서 그래요. 그에 비하면 이름, 생김새, 효능 삼박자 맞춰서 외우는 거야 쉽죠. 일단 확실하잖아요."

"적당히 넣어야 하는 걸 적당히라고 하지 뭐라고 해야 하는지 모르겠네요. 아무튼 각오해요. 오늘부터는 조금 더 어려워질 거니까."

벨은 썩 좋은 선생이 아니었다. 한참 설명을 하고서도 연두에게 질문을 받고 나서야 뭔가를 빼먹었다는 사실을 깨닫는 일이 부지기수였다. 체계적이고 빠른 지식 전수를 요구하는 연두에게 맞춰주는 게 힘들어 쩔쩔매는 일이 거의 매일 반복되었다.

벨은 그럴수록 연두가 높은 신분으로서 좋은 교육을 받은 사람이며, 코쉬가 말했던 대로 왕실조사관이 틀림없다고 확신했다. 금쪽같은 지식을 공짜로 가르쳐 주는 건 좀 아깝긴 해도 미래에 대한 투자라고 생각하면 못할 것도 없었다. 어차피 세상은 인맥이었고 높은 신분은 한 명이라도 더 알아둬야 좋았다.

'그놈이 요새도 얼쩡거리는 거 같은데……. 괜찮을까 몰라.'

문득 꽃을 두고 가던 남자를 떠올린 벨의 낯이 어두워졌다. 걱정하는 연두 앞에서는 괜찮다고, 별거 아니라고 호기롭게 말했었지만 정말로 그럴 리가 있나. 요즘에야 덜하다지만 가게 주변에서 느껴지는 기척에 토끼처럼 깜짝깜짝 놀라곤 하던 벨이었다. 지나치리만치 가까이 접근하는 남자가 껄끄러웠다.

한편, 연두는 벨이 딴생각을 하는 사이에도 약초에 대한 사항들을 외우느라 여념이 없었다. 필기를 하며 외우면 훨씬 편할 텐데, 이 세계에서 종이와 펜은 상당히 고가에 속하는 사치품이었다.

'카멜르의 시장에서는 분명 팔 텐데……. 그걸 어떻게 구한담.'

코쉬가 말하기를, 카멜르의 성 내에 글을 아는 평민이 몇 있는데, 그들이 편지 대필을 해준답시고 돈을 받으며 거들먹거린다고 했었다. 그런 걸 보면 카멜르 성은 평민이어도 어떻게든 종이와 펜을 구할 수 있을 정도의 환경인 것이 틀림없었다. 문제는 광대가 그걸 사다주느냐 하는 거였다.

"내가 동물원 원숭이라도 된 줄 알았어. 으, 끔찍해."

벨의 요청에 따라 그녀와 함께 카멜르의 시장에 다녀왔던 광대의 감상이었다. 제 얼굴 잘난 것은 생각도 않고 진절머리만 내던 광대가 굳이 심부름을 해줄 확률은 매우 희박했다. 연두는 슬금슬금 벨의 눈치를 보다 그녀의 옆구리를 콕 찔렀다.

"벨, 다음 주에도 교회에 가죠?"

"당연히 가죠. 왜요? 뭐 사다 줘요?"

"역시 벨은 눈치가 빨라서 좋다니까요. 종이와 펜 좀 구해줘요. 좀 비싸겠지만 그만한 값은 치를 수 있으니까 걱정 말고요."

"종이와 펜? 그림이라도 그리려고요? 그림은 그냥 흙바닥에 그리면 되는데 왜 비싸게 그런 걸 사다 써요?"

의아해하는 벨의 반응에 연두는 아차, 싶었지만 이미 엎질러진 물이었다. 약학 지식이라는 고급 지식을 알고 있는 벨조차도 문맹일 줄은 몰랐던 것이 실책이라면 실책이었다. 과연, 연두가 글을 쓸 줄 안다는 걸 안 벨의 반응은 폭발적이었다.

"역시! 역시 데비는 글을 알 줄 알았어요. 내 생각이 맞았어. 잠깐만 기다려요."

대체 그 생각이 뭐였냐고 물어보기도 전에 벨은 바람처럼 사라졌다. 그리고 한참의 시간이 흐른 뒤에 웬 커다란 나무판을 끙끙대며 들고 돌아왔다. 불편한 다리를 끌며 오는 모습에 놀란 연두가 달려가 대신 받아보니, 간판으로 쓰기 딱 좋은 나무판이지 않겠나. 연두의 게슴츠레한 시선을 받은 벨이 하하 웃는 얼굴로 검댕을 모은 통을 내밀었다.

"이 가게를 열 때 써주겠다고 약속한 사람이 있었는데, 어쩌다 보니 못 받게 되어버렸지 뭐예요. 데비가 좀 써줘요."

"간판 한 줄 써 주는 게 뭐가 어렵다고 안 써줬대요?"

"못 써준 거죠. 약속하고 얼마 지나지 않아 내가 마녀로 고발당해서 재판장에 섰거든요. 난 잘 버텼는데 그 사람은 못 버텼어요. 사람들 앞에서 날 변호하다가 돌에 맞아 죽었지 뭐예요. ……조금만 참고 조용히 있지, 명청하게."

웃으며 말하는 벨의 눈가가 붉었다. 벨의 일가친척은 오래전에 돌림병으로 죽었다 했으니, 그 사람은 벨의 연인이었으리라. 결국 연두는 한숨과 함께 검댕 담긴 통을 받아들었다.

"뭐라고 쓸까요? 벨의 제과점? 벨의 맛있는 세상?"

"아뇨. 이사벨라의 과자집이라고 써주세요."

"이사벨라의 과자집?"

"내 본래 이름은 이사벨라거든요. 그러니 이사벨라의 과자집인 거죠."

『이사벨라의 과자집』

어려운 주문은 아니었다. 연두는 쉬이 간판을 써주고 구석에는 그림도 그렸다. 과자집이라는 이름에 맞게 막대사탕을 기둥삼아 초콜릿으로 벽을 세우고 비스킷으로 지붕을 올린, 작은 집이었다. 그림을 확인한 벨이 깔깔 웃음을 터뜨렸다.

"아주 마음에 들어요. 쥐와 벌레가 꼬일까 겁이 나는 집이긴 하지만 말이에요."

"뭐, 맘에 든다면 다행이고요. 그런데 말이에요. 이사벨라는 왜 애칭을 이름으로 써요? 그러니까 코쉬 같은 이상한 놈이 착각하고 설치잖아요."

이 세계에서는 연인들끼리 서로 독특한 이름을 정해 부르는 풍습이 있었다. 본래 상위계급의 사람들이 연인, 부부 사이에서 중간 이름을 부르던 풍습이 하위계급들에게까지 퍼진 것이다. 연두의 지적은 일견 합당한 것이었으나, 벨은 웃으며 고개를 저었다.

"이런, 이런, 이런……. 데비, 그런 사소한 것에서 이민족 티를 내면 어떡해요? 이사벨라를 줄여 부를 땐 보통 벨라를 쓰지 벨을 쓰진 않아요. 그리고 내게도 밝히기 싫은 과거쯤은 있는 거라고요. 그러니까 이름에 대한 얘기는 여기까지."

아무리 이상해도 본인이 말하기 싫다는데 뭐 어쩌겠는가. 연두는 쉬이 고개를 끄덕였다. 친인의 과거지사는 연두의 호기심이 미치지 않는 영역이었다.

"벨, 여기서부터 여기까지가 당신 이름이에요. 이,사,벨,라. 어어, 만지지 말아요. 검댕으로 쓴 거라 번진다고요."

"걱정 마요. 인두로 지져서 안 지워지게 할 거니까."

"그런 것도 할 줄 알아요?"

"난 그런 것도 모르는 데비가 더 신기하네요. 대체 어떤 집에서 어떻게 자란 거예요?"

연두는 그만 합죽이가 되었다. 그날의 수업은 소중하게 간판을 챙겨둔 벨이 연두에게 대량의 숙제를 내줌과 동시에 끝났다. 간판도 써줬는데 너무한 거 아니냐는 항의가 있었지만, 종이와 펜을 사다 주겠다는 말에 연두는 다시 꿀 먹은 벙어리가 되어야 했다.

"기한은 내일모레까지예요."

"너무 짧아요!"

"하나도 안 짧아요. 자, 빨리 가요. 난 지금 당장 인두를 달궈야겠으니까."

결국 연두는 쫓겨나다시피 제과점에서 나와야 했다. 그녀는 벨이 싸준 과자 한 보따리를 옆구리에 낀 채 숲길을 걸었다. 따뜻하다 못해 이제 슬슬 뜨거워지기 시작한 햇살이 정수리를 데웠다. 약학 공부가 시작되고 난 뒤로 이렇게 해가 높을 때 돌아가는 건 정말 오랜만의 일이었다.

콧노래를 흥얼거리며 숲길을 걷고 있자니 슬슬 배가 고팠다. 그러고 보니 마음 급한 벨이 보따리만 잔뜩 싸줬지 먹여서 보내질 않았다. 꼬르륵 소리가 나는 와중에 옆구리에서 솔솔 올라오는 과자 냄새가 코끝을 간질였다.

'하나만 먹으면…… 아니, 분명 하나로는 안 끝날 건데. 그래도 배고픈데. 으음. 하지만 꺼냈을 때 뭐 하나 비어 있으면 좀 그런데. 근데 배고픈데. ……아씨. 딱 하나만 먹을까? 광대는 단 거 좋아하지도 않잖아. 그래, 그러니까 딱 한 개만.'

결국 허기가 체면을 이겼다. 연두는 길가에 쪼그리고 앉아 보따리를 폈다. 보기만 해도 흐뭇해지는 온갖 과자가 마음까지 배불러질 만큼 잔뜩 담겨 있었다. 어쩐지 무겁더라니, 평소의 두 배는 될 법한 양이었다.

연두가 특히 좋아하는 건 꿀에 절인 과일로 속을 채운 작은 과자였다. 고작해야 손가락 두 마디만 한 작은 과자였지만, 포슬포슬한 겉면을 깨물면 잔뜩 꿀을 머금은 쫀득한 과육이 혀가 얼얼해지도록 달콤한 세상을 선물하곤 했다. 워낙에 비싼 과자라 벨도 주문을 받아야만 만드는 과자였는데, 오늘은 간판 때문에 기분이 좋았는지 세상에 다섯 개씩이나 넣어줬지 뭔가.

"이게 웬 횡재래!"

연두는 벨의 통 큰 씀씀이에 감탄하며 냉큼 과자를 집어 입에 넣었다. 농밀한 꿀 향기와 상큼한 과일 향이 입안을 가득 채웠다. 아, 맛있어. 연두의 표정이 흐물흐물 녹아내렸다.

그때였다.

낯선 사내들이 연두의 뒤에서 튀어나와 그녀의 입을 틀어막고 팔다리를 구속했다. 깜짝 놀란 연두가 팔다리를 휘두르며 저항했지만 힘의 차이는 압도적이었다. 연두는 명치에 주먹을 얻어맞고 그대로 기절했다.

사내들은 미리 준비해 둔 자루에 축 늘어진 연두를 집어넣고 입구를 단단히 봉했다. 그리곤 주변 정리를 시작했다. 연두가 걸어온 발자국을 깨끗하게 지우고, 펼쳐 놓았던 과자 보따리를 수습했다. 그들이 몇 번 손을 대고 나자 숲속의 오솔길은 아무도 다녀간 적 없던 것처럼 깨끗해졌다.

나이팅게일은 그 소란에 한낮에 깨어나고 말았다. 푸드득 날갯짓을 하며 기지개를 켰다. 나이팅게일이 앉은 나무 아래에서 연두가 든 자루를 어깨에 짊어진 사내들이 걸음을 재촉하고 있었다.

나이팅게일이 그들을 따라갈까 말까 망설이는 사이, 하늘이 어두워지고 공기가 습해졌다. 먼 곳에서 우르릉 소리가 들린다 싶더니 굵은 빗줄기가 와르르 쏟아졌다. 목말랐던 땅이 게걸스럽게 물을 삼켰다. 그 덕에 그나마 남아 있던 흔적 대부분이 송두리째 사라지고 말았다.

광대는 연두가 납치되고도 반나절 이상이 지난 뒤에야 연두의 실종을 알아챘다. 밤 사냥을 나가느라 한낮에 실컷 잠을 잤던 광대가 일어났을 때, 오두막은 온통 쓸쓸한 침묵에 잠겨 있었다. 광대가 일어날 때쯤이면 테이블 위에 벨이 싸준 음식들을 펼쳐 놓고 기다리던 연두가 없었다. 흘끗 내다본 바깥은 해가 완전히 져서 깜깜하기 이를 데 없었다.

'오늘은 좀 늦는데. 자고 오려고 그러나?'

연두가 벨의 가게에서 자고 오던 일이 이미 여러 번이었다. 하지만 이상하게도 심장이 두근거렸다. 괜한 식은땀이 나는 것도 모자라 막연한 불안감이 자꾸만 발을 잡아당겼다. 그는 셜숲 숲으로 향하던 걸음을 그만두고 벨의 가게로 달려갔다. 오후 내내 비가 내린 길은 온통 진흙탕이었다.

"벨! 벨!"

"무슨 일이에요?"

"데비 있죠?"

"데비는 아까 한참 전에 갔는데요. 점심때 갔는데 왜 여기서 찾으……. 안 갔어요? 없어요? 클라운? 클라운!"

벨이 말을 채 끝맺기도 전에, 광대는 다시 숲으로 뛰어들었다. 흰 달빛에 까맣게 흔들리는 나뭇잎, 진흙탕을 밟고 지나간 짐승의 발자국, 포식자의 등장에 분분히 달아나는 기척들. 이 모두가 의미 없는 풍경이 되어 마구 뒤섞였다.

광대는 저가 무얼 찾는지도 모르고 숲을 뒤졌다. 달빛에 비친 발자국이란 발자국은 죄다 확인하고 코끝에 닿는 피 냄새의 정체를 찾아 돌아다녔다. 새로운 흔적을 확인할 때마다 심장이 쿵 내려앉았다가 다시 올라오기를 반복했다.

그렇게 미친 것처럼 숲을 뒤지던 그는 반딧불이가 날아다니던 개울가에 와서야 마침내 정신을 차렸다. 초록빛 반딧불이에 둘러싸여 발을 흔들던 연두가 눈에 선했다.

'짐승의 짓은 아니야.'

뒤늦은 깨달음이었다. 짐승의 짓이었다면 이렇게까지 흔적이 깨끗할 리가 없었다. 그렇다면 자연히 인간의 소행이라는 뜻이 되는데, 대체 누가 이런 숲까지 들어와서 사람을 데려갔다는 걸까. 광대는 있는 힘껏 숨을 들이쉬었다. 축축하게 젖은 숲의 냄새 중에서 인간의 냄새는 거의 느껴지지 않았다.

'아무리 비가 내렸다지만 이렇게까지 흔적이 없을 수가 있나?'

광대의 이목을 속일 정도로 깔끔하게 뒤처리를 해낸 걸 보면 어중이떠중이의 솜씨는 아니었다. 대체 누구의 짓일까. 마지막까지 지저분하게 굴었던 아셰라드가 금세 떠올랐다. 어쩐지, 카멜르 성에 찾아왔었다는 추적자가 그렇게나 마음 쓰이더라니. 확인해 볼 요량으로 시장에까지 나갔을 때 완전히 떠난 것처럼 보여 안심했던 게 이렇게 돌아왔다. 뼈아픈 방심이었다.

광대는 그제야 하늘을 보며 시간을 확인했다. 하지만 기대했던 별자리는 간데없고 동녘 하늘이 뿌옇게 밝아오고 있었다. 먹구름도 함께 오는 걸 보니 또 비가 내릴 모양이었다.

"카멜르에서 말을 사려면 어디로 가야 하죠?"

벨은 연두가 써준 간판을 품에 안은 채 뜬눈으로 밤을 샜다. 긴긴밤 내내 초조함에 미칠 것 같은 시간을 보냈는데 날이 밝고 나서야 찾아와선 이게 무슨 말이람. 사정설명 하나 없는 광대가 밉기도 하였지만 짚이는 게 아주 없는 건 아니었다.

"그 추적자들의 짓인가요? 나 때문이죠? 내가 클라운더러 같이 카멜르 안에 들어가자고 졸라서…… 그래서 들킨 거죠?"

"아직 몰라요. 괜한 소리 말고 말을 어디서 구할 수 있는지나 말해줘요."

"코쉬에게 가세요. 코쉬의 집안은 삼 대째 마부를 해요. 다른 마부들은 성에서 마차와 말을 빌려서 영업하지만 코쉬는 아니죠. 돈만 준다면 말도 마차도 얼마든지 빌려줄 거예요."

광대는 피가 싸늘하게 식는 느낌에 입술을 깨물었다. 오래지도 않은 예전에, 코쉬는 마차도 말도 성에서 빌리는 거라고 한 적이 있었다. 훈련된 것도 아닌 인간의 거짓말에 이렇게나 쉽게 속아 넘어가다니. 대체 언제부터 감이 떨어진 건지, 얼마나 떨어진 건지 가늠이 되질 않았다.

빗방울이 떨어지기 시작했다. 안 그래도 밤이슬에 푹 젖어 있던 광대의 어깨가 다시 젖어 들었다. 비를 싫어하는 광대를 잘 알고 있던 벨이 수건을 들고 뛰어나와 건네며 몇 가지 조언을 더 보탰다.

"비가 오는 날이면 광부들과 마부들이 모여드는 골목이 있어요. 술집이 잔뜩 모인 골목인데, 코쉬가 단골인 곳은 따로 있죠. 아마 점심때는 지나야 나타날 거예요."

"집을 알아요. 그리고 말은 빌리는 게 아니라 살 겁니다."

"안 돼요. 집에는 코쉬의 어머니가 계실 텐데, 그분은 꼬장꼬장한 성격이라 말을 팔라고 하면 당장 빗자루를 들고 쫓아낼 거예요. 내 말 들어요. 점심때가 지나 술집에 코쉬가 나타나면, 말과 마차를 빌리겠다고 해요. 그리고 후한 값을 치러요. 밤을 기다려 말을 훔칠 생각이 아니라면 그렇게 하는 게 더 빠를 거예요."

반나절이나 지나서야 연두가 사라진 걸 알았는데, 데리러 가는 것조차 반나절은 더 기다려야 한단다. 합하면 꼬박 하루였다. 피해 다니는 동안 잔뜩 약이 올랐을 아셰라드가 무슨 짓을 할지 가늠이 안 되는데, 흐릿해진 흔적을 되짚어 쫓아가는 데 얼마만 한 시간이 걸릴지도 모르는데.

다리에 힘이 풀렸다. 휘청, 넘어지려는 광대를 받아낸 벨이 당혹스러운 표정을 지었다. 흠뻑 젖은 몸이 불덩이처럼 뜨거웠다. 어떡하지, 하고 고민하던 것도 잠시. 벨은 광대를 부축해 가게 안에 던져 두고 주방으로 뛰어들었다. 그녀가 식어 빠진 스튜를 다시 데우고 기운을 북돋을 음식들을 챙겨 돌아왔을 때, 광대는 멀쩡히 서서 쏟아지는 빗줄기를 노려보고 있었다.

"이, 일어났어요? 열이 엄청났는데. 괜찮아요?"

"난 본래 열이 많아요. 잠깐 어지러웠던 것뿐이에요."

그렇게 대답하는 광대의 눈동자는 짙은 호박색. 까만 동공은 숲속의 짐승처럼 세로로 뾰족했다. 그 눈의 빛이 어찌나 강렬한지, 어두컴컴한 실내에서 홀로 빛을 뿜고 있는 깃만 같았다. 벨은 벌벌 떨리기 시작한 손으로 광대에게 먹을거리를 내밀었다.

"그래요? 잘됐네요. 일단 뭐라도 먹고 기운을 차려요."

"잘 먹을게요."

맨바닥에 주저앉아 스튜를 퍼먹기 시작한 광대는 지극히 보통 사람 같았다. 목줄 풀린 맹수 같던 조금 전과는 완전히 딴판이었다. 하지만 등줄기를 퍼렇게 적신 한기는 가라앉을 기미가 없으니, 벨은 입술을 깨물며 빗줄기를 노려보았다. 목줄 쥔 주인을 잃어버린 짐승이 지나치게 무서우니 망할 놈의 비가 빨리 그치기를 바랄 뿐이었다.

카멜르는 소금으로 번영하는 곳이었다. 반시 왕국의 소금그릇이라는 별명이 있을 만큼 풍족한 소금 산지이니만큼 도시의 경제적 기반은 오로지 소금. 땅속에서 캐내는 귀한 암염이 카멜르의 부를 지탱했다.

광부와 상인들이 사방에서 몰려들었고 그들을 노린 식음료업과 숙박업이 번성했다. 매춘업소를 비롯한 향락업소 역시 번영했다. 더불어 중앙의 손길이 미치지 않는 어두운 뒷골목도 호황을 누렸다. 카멜르에서 먹고 사는 놈 중에 배곯는 놈 없다는 속담은 그래서 나왔다.

하지만 최근 들어 암염의 채굴량이 줄어들고 있었다. 가장 먼저 그 사실을 알아챈 건 광부들이었다. 그다음엔 그들을 상대로 하던 식음료업계가, 숙박업소가…….

그래도 아직까지는 괜찮았다. 하나 눈과 귀가 밝은 몇몇 사람들은 벌써부터 영지를 떠날 준비를 서두르고 있었고 떠날 수 없는 사람들은 막연한 불안감에 시달렸다. 이런 상황을 알아채지 못하는 사람은 코쉬처럼 매우 둔한 소수의 사람들뿐이었다. 벨의 가게에 재고가 쌓였던 것도 그래서였다.

굵직한 암염광맥이 하나 터져 주면 좋으련만 그런 소식은 없고, 어제부터 짜증나는 빗줄기만 주룩주룩 쏟아진다. 비가 오면 암염 광산의 일은 전부 스톱이었다. 거리를 오가는 사람들의 얼굴에 하늘보다 더 짙은 먹구름이 끼어 있었다.

비 때문에 일을 못 나간 광부들이 모이는 술집은 더했다. 점심 나절부터 거나하게 술을 걸치고 불콰하게 술기운 오른 사람들은 아주 작은 시빗거리에도 온 힘을 다해 응할 준비가 되어 있었다.

"뭐라고? 다시 말해봐, 이 개새끼야!"

"헹! 또 말하라면 못할 줄 알고? 이 소심한 고자 새끼는 벨 근처에 얼쩡거리지 말라고 했다 왜!"

"뚫려 있다고 다 입인 줄 아나!"

"그럼 뚫린 게 입이지 똥구녕이냐 이 병신아!"

술이 머리끝까지 취한 사내 둘이 서로 멱살을 잡고 우당탕탕 굴렀다. 술집에 있던 사람들이 간만의 구경거리에 오오오- 환호성을 질러대며 둘을 부추겼다. 모름지기 싸움구경만큼 재미있는 게 또 있을까.

"잘한다! 그렇지! 멱살을 놓음 안 되지!"

"아오, 저 병신새끼가! 야! 머리로 들이받으라고!"

"자자, 돈들 걸어요! 덩치 큰 형씨는 여기! 다리 저는 형씨한테는 여기!"

누군가 내기판을 열었다. 눈 깜짝할 사이 동전이 수북이 쌓였나. 쌓인 동전만큼 목소리들이 커졌다. 맥주를 채운 잔들이 허공을 날고 의자가 넘어졌다. 어느새 돈을 걸던 사람들이 나서서 저

들끼리 주먹질을 해댔다.

"아, 진짜! 또 이 난리야! 오빠! 헨젤 오빠!"

난장판이 된 술집을 비집고 들어온 처녀가 제 오라비인 헨젤을 찾았다. 하지만 헨젤은 지금 가게 한복판에서 주먹질을 하느라 바빠 누이동생이 저를 찾으러 온 것도 몰랐다.

"아, 비켜봐요! 좀! 비키라니까!"

"계집년이 재수 없게! 알아서 갈 것이지 왜 자꾸 귀찮게 굴어?"

"아저씨 덩치가 새끼 밴 어미 돼지보다 더 푸짐하니까 이러잖아요! 비켜요, 비켜!"

제 몸집보다 두 배는 더 큰 남자 앞에서도 따박따박 대거리를 해대는 게, 성격이 제법 드세다. 처녀는 기가 막혀 말을 잃은 남자를 밀어 치우고 가까스로 술집 가운데까지 도달했다. 조금 전까지는 그나마 주먹질 좀 하는 것 같던 헨젤은 다른 사내의 밑에 깔린 채 한참 두드려 맞고 있었다. 대체 누군가 흘끗 살펴보니 아는 사람이다.

"내가 못살아, 진짜. 아저씨! 코쉬 아저씨!"

"방해하지 마!"

"하여간 남자들이란!"

처녀는 바닥을 나뒹구는 의자를 십어 냅다 코쉬의 등에 내려쳤다. 생각지도 못한 공격을 받은 코쉬가 나 죽는다, 바닥을 나뒹굴었다. 처녀는 눈가엔 멍이 들고 코피를 질질 흘리는 헨젤의 멱살을 잡아 일으켰다. 그리곤 어느새 조용해진 주변을 사납게 훑어보았다.

"뭐예요! 구경났어요?"

"그, 그레텔……"

"변명은 됐어! 이제 겨우 장사가 될 것 같은데 이런 데서 맞고 있으면 어떡해! 일이 없으면 가게 청소라도 좀 하고 그러란 말이 야!"

제 오라비에게도 버럭 화를 낸 그레텔이 헨젤을 질질 끌고 걷기 시작했다. 술집 안에 꽉꽉 들어차 있던 사람들이 바닷물 갈라지듯 갈라지며 길을 내주었다. 그레텔이 문을 힘차게 걷어차고 나가자마자 술집 안은 다시 소란스러워졌다.

"저 계집애 기 센 건 여전하네."

"뭘. 저 집 생계는 저 녀석이 책임지고 있는 거나 다름없으니 저럴 수도 있지. 그 맛없는 파이를 누가 사 먹는다고 가게를 계속 하나 몰라. 그 가게 가는 사람들은 대체 왜 가는 거야?"

"싸잖아."

누군가의 말이 정답이었던 듯, 여기저기서 요란한 웃음이 터졌다. 그레텔의 가게는 카멜르 성에서 제일 맛없는 파이를 팔았다. 가격이 싸기라도 하니 망정이지, 조금이라도 비쌌으면 아무도 거들떠보지 않았을 것이다. 벨의 가게와는 정반대라고 할 수 있겠다.

그레텔의 파이를 헐뜯는 사내들 사이에 코쉬가 끼어들었다. 욱신거리는 등을 연신 문질러대느라 몹시 바빠 보였다.

"그레텔의 가게에서 파이 열 개를 먹느니, 벨의 파이 하나를 사먹겠어."

"아, 그건 그래. 벨이 솜씨가 끝내주긴 하지."

"솜씨만 끝내주나? 몸매도 끝내주지. 그리고 다리는 제대로 못 써도 손은 끝내주게 쓰잖아? 아무렴 밀가루 반죽 만지는 솜씨가 어디로 가겠어?"

사내 하나가 제 아랫도리를 훑는 시늉을 하자 주변의 다른 사내들이 와하하하하 웃고 저마다 한마디씩 말을 보탰다.

본격적인 음담패설을 시작한 사내들 사이에서 코쉬 혼자만 영 불편한 표정을 짓고 있었다. 벨이 남들 입에서 안주거리로 전락해 오르내리는 게 보기 싫은 게다. 코쉬의 마음을 익히 알고 있던 미노가 그의 앞에 자리를 잡고 앉았다. 그는 카멜르 성에서 잔뼈가 굵은 광부로, 코쉬와는 아랫도리를 내놓고 돌아다닐 때부터 알고 지낸 친구였다.

"이봐, 코쉬. 벨이 그렇게 좋아? 그 여자는 하늘이 두 쪽이 나도 남자랑 뒹굴 일이 없을 여잔데?"

"누가 그걸 모른대? 그래도 말야, 나 정도면 꽤 가능성 있는 거 아냐? 가게 주문도 대신 받아다 주지, 주일마다 교회에 태워다 주지. 저번에 내가 강도에 당했을 땐 벨이 놀라서 찾아다닌 적도 있…… 아파! 왜 치고 지랄인데!"

소금기에 찌든 두꺼운 손이 코쉬의 등을 후려쳤다. 정신 차리라는 것이다.

"으이구, 이 병신 새끼. 여자는 생각도 없는데 혼자 몸이 달아서 이런 거 저런 거 다 해다 바치는 그런 새끼를 두고 호구병신이라고 하는 거야. 이 새끼가 왜 이 나이 먹도록 결혼을 못 했나 했더니 이래서 그런 거구만? 잘 들으라고. 본래부터 연애는 불공평한 거야. 불공평하지 않으면 연애가 아니지."

"뭐야, 그 개소리는. 넌 그렇게 잘 알아서 마누라가 도망갔냐?"

"쓰읍. 가만히 듣기만 하라니까. 적어도 난 한 번 해보기라도 했잖아. 연애란 건 말이야, 내 사람과 내 사람이 아닌 다른 사람들을 구분하는 데부터 시작하는 거거든? 똑같은 짓을 해도 그 사람이 하면 좀 이뻐 보이고, 덜 얄밉고, 더 걱정되고, 뭐 그런 거라고. 근데 말이야, 벨은 그게 없어. 그 여자 눈에 사내새끼들은 다 똑같거든. 순진한 애새끼가 사랑 고백을 하든, 뺀질뺀질하던 바람둥이가 마음 고쳐먹고 순정을 바치든, 다 똑같이 취급한다고."

듣자하니 이제껏 자신이 벨에게 들인 공을 다 병신 취급하는 말이다.

"이 새끼가 못하는 소리가 없네?"

코쉬의 이마에 핏줄이 섰다. 코쉬의 으름장에도 미노는 꿈쩍도 하지 않았다.

"다른 사람이 벨라라고 부르는 게 싫다고 이름까지 바꾼 여자야. 애칭이라고 할 것도 없는 이름을 사방팔방에서 부르게 했는데 특별한 사람을 만들 마음이 있겠어? 똑같이 좋다는 말은 똑같이 관심 없다는 말과 다를 게 없다는 거 몰라? 이제 그만 포기하라고."

세상에서 제일 아픈 게 진실이라고 했다. 코쉬는 타는 속에 맥주를 부어넣었다. 알지만 모른 척하던 사실을 남의 입으로 들으니 미칠 것 같았다.

"그리고 멀쩡한 어린놈한테 시비 좀 그만 걸어. 헨젤 그놈이 다리를 좀 절긴 해도 고자 새끼는 아닌데 왜 시비야?"

"벨 근처에서 자꾸 얼쩡거리니까 짜증나서 그러지. 벨은 숨어서 지켜보는 걸 제일 싫어한단 말이야. 좋으면 얼굴 까고 나설 것이지 뒤에서 더러운 소리나 지껄이고."

"아이고. 그러셨어요? 젊은 새끼 머릿속에 그 짓 생각밖에 없는 게 뭐 이상한 일이라고 그렇게 예민하게 구실까?"

연신 낄낄대는 미노를 향해 맥주잔을 던지려던 코쉬의 얼굴이 얼어붙었다. 숲 바깥에서 만날 거라곤 한 번도 생각해 본 적 없는 사람이 그를 바라보고 있었다. 밤을 걷는 짐승처럼 노란 눈동자가 형형하게 빛났다.

광대는 소란스러운 술집 안을 유유히 가로질렀다. 어딜 가나 눈에 띌 얼굴인데 술집을 가득 메운 사람들 중 누구도 그에게 시선을 주지 않았다. 코쉬, 자신 말고는. 연두의 어깨를 쿡쿡 찔렀던 일이 뒤늦게 떠올라 등에서 땀이 다 났다. 그날 이후로는 절대 마주치지 않게 조심했는데.

'설마 그 여자가 고자질을 했나? 쌍, 나도 거하게 얻어맞았는데.'

억울한 마음은 광대와 눈을 마주치자마자 날아갔다. 한손에 목덜미를 잡혀 끌려가던 밤이 생생하게 되살아났다. 두근대는 심장이 귓가에서 북을 치고 맥주잔을 쥔 손은 형편없이 떨리기 시작했다. 마침내 가까이 다가온 광대가 코쉬의 맞은편에 앉았다. 그제야 뒤늦게 광대의 존재를 알아챈 미노가 휙— 휘파람을 불었다.

"이야. 이 형씨 잘생겼는데? 여자들이 아주 좋아할 얼굴이야."

"마차를 빌리고 싶은데."

무시당한 미노가 미간을 찡그렸지만 광대의 시선은 코쉬에게 박혀 있었다. 코쉬는 달달 떨리는 손으로 맥주잔을 기울였지만 마시는 것보다 흘리는 게 더 많았다. 때 묻은 셔츠가 축축하게 젖었다. 옆에 있던 미노가 이상하게 여기고 그의 옆구리를 툭툭 건드렸다.

"어이, 코쉬. 왜 그래? 여기 손님이 마차를 빌린다잖아."

"좀 오래 쓸 거야. 값은 넉넉하게 쳐 주지."

은화 몇 개가 테이블 위로 떨어졌다. 거금이었다. 새 말과 새 마차를 구하고도 남을 금액이었다. 하나 코쉬는 감히 돈에 손을 델 엄두도 내지 못했다. 반짝이는 은화가 독 묻은 뱀 같았다. 답답해진 미노가 냉큼 은화를 챙겼다. 은화를 꼼꼼하게 살펴 진짜라는 걸 확인하고는 싱글벙글 웃으며 맥주를 권한다.

"이야. 거 잘생긴 형씨가 통도 크시네. 잘 찾아오셨소. 이 카멜르 성에 마부는 여럿 있지만 자기 마차가 있는 놈은 여기 이놈, 코쉬밖에 없거든."

"그렇다고 해서 찾아왔지. 말까지 갖춘 마차를 빌릴 수 있는 기회는 많지 않거든."

"오오, 그렇지! 그거지! 세상에 말없이 갈 수 있는 마차가 있는 것도 아닌데 사람들은 자꾸 말을 까먹는단 말씀이야. 코쉬 이놈이 기르는 말을 말할 것 같으면, 저어기 삼 대째 할아버지께서……."

눈치 없는 미노가 떠벌떠벌 혓바닥을 놀리는 동안, 광대는 적당히 맞장구를 쳐 주며 코쉬를 노려보았다. 이제 코쉬는 숫제 죽은 사람처럼 보일 정도로 안색이 창백해져 있었다.

'거짓말쟁이 같으니.'

광대는 크게 숨을 들이쉬었다. 지금 당장 빌어먹을 놈의 멱살을 잡고 말을 내놓으라고 소리 지르지 않기 위해서는 많은 인내심이 필요했다. 코쉬도 눈치는 있었다. 광대의 심기가 매우 불편하다는 걸 안 그의 어깨가 사정없이 쭈그러들었다.

"오늘 당장 필요한데."

"예. 당장 준비하겠습니다요."

"좋아. 두 시간을 주겠어. 그때까지 준비를 다 끝내고 북쪽 성문 앞에서 기다리고 있도록 해."

정신없이 고개를 끄덕이는 코쉬를 남겨둔 채 광대는 술집을 나왔다. 사내들의 땀 냄새와 지린내, 술 냄새가 뒤섞여 있던 공간을 벗어나 맑은 공기를 마시니 좀 살 것 같았다. 코쉬를 만나느라 쓴 시간은 정말로 잠깐이었는데, 그새 비가 그쳤다.

하늘을 보며 날씨를 가늠하는데, 강렬한 시선이 뺨에 와 닿았다. 있는 대로 존재감을 죽여 놨는데 이렇게까지 노골적인 눈길을 받다니 거 참 이상한 일이었다. 광대는 시선의 주인을 찾아 슬쩍 고개를 돌렸다가 그때까지 술집 앞에 서 있던 그레텔과 눈이 마주쳤다.

"처음 보는 얼굴인데. 외지인이에요?"

"……."

"그냥 물어본 거예요. 요즘엔 외지인이라도 새 얼굴 보기가 힘든데 신기해서. 에이씨, 헨젤 이 자식은 왜 안 나와? 똥 싸다 뒤졌나?"

괜히 민망해진 그레텔이 바닥을 걷어차며 헨젤을 욕했다. 만약 광대가 그레텔의 말을 받아주며 조금만 더 그 자리에 머물렀더라면, 그레텔의 오빠인 헨젤이 벨의 가게를 훔쳐보던 그 남자라는 걸 알았을 터다. 하지만 광대는 사라진 연두 생각에 마음이 급했고, 그레텔은 멀어져 가는 광대의 뒷모습을 보며 아쉬운 한숨만을 흘렸을 뿐이었다.

❂

준규는 퍼뜩 깨어 주위를 살폈다. 낯선 소리가 들렸기 때문이었다. 물 같은 정적으로 가득 찬 인형의 집에서 소리라니. 그는 다리를 베고 누운 연두를 떼어놓고 일어섰다. 연두가 칭얼거렸지만 지금의 그에게는 들리지 않았다.

엎드린 사자를 넘어, 사과를 잃은 백설공주를 밀치고, 아름답게 형상화된 작은 정원 덤불을 지나자– 벽에 기대앉은 소녀 인형이 나타났다. 빨간 망토를 이불처럼 덮고 빈 바구니를 끌어안고 있는 인형이었다.

준규는 그 인형을 알고 있었다. 바구니 안에 들어 있던 빵과 치즈, 와인을 먹어치운 게 연두와 본인인데 모를 리가 있나. 그가 빵을 거둘 때 이 소녀 인형은 이런 포즈가 아니었다. 허리에 손을 얹고 자신만만한 미소를 짓고 있던 기억이 생생했다.

"이것 참……."

팔다리의 모양이 조금 이상한 것 같아 살짝 만져 보니, 팔이 부러져 있었다. 다행히 거죽은 찢어진 곳이 없으나 안의 뼈대가 심하게 상한 것 같았다. 준규는 팔과 다리를 모두 살폈고, 곧 사지 전부가 그 꼴이라는 걸 알았다. 연두가 저질렀다고 보기에는 파괴 행각의 정도가 몹시 심각했다.

도로 망토를 덮어주려는데, 또 소리가 났다. 긴 옷자락이 바닥에 끌리는 것만 같은 소리. 휙 고개를 돌렸지만 보이는 건 가만히 서 있는 인형들뿐이다. 준규는 제 발소리를 죽이고 천천히 걷기 시작했다. 인형들의 길고 풍성한 옷자락이 그를 숨겨주었다.

소리는 끊길 듯 이어지면서 준규를 잡아끌었다. 그는 소리를 따라 걸으며 인형의 집 한 바퀴를 거의 다 돌았다. 결국 그가 내가 예민했던 탓이다, 하고 돌아서려는 때– 누군가의 혼잣말이 들렸다.

"아, 맞는 신발이 없잖아."

젊은 여자의 목소리였다. 연두는 아니었다. 준규는 다시 몸을 바짝 낮추고 소리가 난 쪽을 향해 걸음을 옮겼다. 어찌나 긴장을 했는지 손이 땀으로 축축했다.

웨이브 진 검은 머리카락을 허리까지 늘어뜨린 여자였다. 하늘거리고 알록달록한 블라우스에 딱 달라붙는 검은 미니스커트를 입었다. 그녀는 인형들의 치맛자락을 들치면서 신발을 살폈다가 고개를 흔들고, 다시 옆에 있는 인형의 치마를 들춰보는 짓을 반복하고 있었다. 준규는 그녀의 발을 확인했다. 그녀는 아무것도 신지 않은 맨발이었다.

'신발 귀신 같은 꼬락서니인데.'

준규가 자신을 두고 신발 귀신 취급을 하는 것도 모른 채, 니니스는 자신의 발에 맞는 신발을 찾지 못해 애를 먹고 있었다.

얼음장처럼 찬 바닥에 맨발로 서 있으려니 뼛속까지 몸이 떨리는데 이놈의 인형들은 신발을 내놓기 싫다고 다들 투정이었다. 기껏 맞아 보여 벗기려고 하면 발을 감추고 안 뺏기려고 기를 쓴다. 이 인형도 그랬다. 좀 빌려 신자니까 어찌나 버티는지.

"딴 애들 건 안 맞는단 말야. 좀 신자. 응? 어차피 빨간 구두는 내 취향도 아니거든? 잠깐만 신고 돌려줄게!"

반쯤은 협박하고 어르고 달랜 끝에 결국 신발을 얻어냈다. 니니스는 빨간 메리제인 구두를 신고 뿌듯하게 허리를 폈다. 스타일은 영 아니어도 맨발보다는 훨씬 나았다. 그녀는 마음에 여유가 생기자마자 휙 돌아섰다. 그리곤 준규가 숨은 곳을 향해 여유롭게 말을 건넸다.

"야, 나와봐."

"……"

"그냥 하는 말 아니니까 나와."

결국 준규가 모습을 드러냈다. 언제 챙겼는지 인형이 쥐고 있

던 검까지 챙긴 채다. 준규를 아래위로 천천히 훑어보던 니니스
가 빙긋 웃었다.

"어떻게 인형의 집에까지 들어왔나 했더니……. 그런 거였구
나?"

"당신은 어디서 온 누구지? 관리인이야?"

"여기 관리인은 잠깐 자리를 비웠지. 난 드림랜드의 설계자야.
그나저나 너는 거울도 안 보고 사니?"

니니스가 가볍게 손짓을 했다. 그러자 거울 앞에 서 있던 마녀
인형이 자신의 거울을 냉큼 니니스에게 내밀지 뭔가. 인형이 움직
이는 걸 처음 본 준규가 놀람과 황당함에 몸을 굳히고 있는 동
안, 마녀 인형은 준규에게 찡긋 윙크까지 하고 다시 본연의 모습
으로 돌아갔다.

"잘 봐."

준규는 거울에 비친 자신의 모습을 들여다보았다. 거울 속의
그는 노타이셔츠에 양복바지 차림을 한 채 어울리지 않는 고풍스
러운 검을 쥐고 있었다.

"그렇네. 옷이랑은 좀 안 어울려. 근데, 그래서? 그게 뭐 어떻
단 거지? ……음?"

엉망으로 흐트러진 앞머리를 무심결에 쓸어 넘기던 준규가 깜
짝 놀라 뒷걸음질을 했다. 얼굴 반쪽에 뭐가 묻었는지 현란하게
반짝반짝 빛을 내고 있었다.

"그래, 그거 보라고. 그거. 손에도 묻어서 반짝거리는데 어떻게
아직까지 모를 수가 있니?"

니니스가 킥킥 웃었다. 준규는 제 손을 내려다보았다. 왼손 손
바닥 가득히 반짝이는 가루가 묻어 있었다. 대체 어디서 묻었는

지 모를 가루였다. 하지만 그게 뭐 어떻단 말인가. 정체 모를 가루 좀 묻었다고 죽는 것도 아닌데. 좀 놀랐을 뿐이었다.

준규는 단 몇 걸음만으로 니니스의 코앞까지 다다라 그녀의 멱살을 잡으려 시도했다. 하나 니니스의 몸놀림은 그보다 더 재빨라서, 앗 하는 순간 이미 놓쳐 버린 뒤였다. 준규는 지체하지 않고 검을 뽑아 겨눴다. 흔들림 없는 검을 확인한 니니스가 휙- 휘파람을 불었다.

"요즘 세상에 검이라니, 특이하기도 하지."

"총은 아무래도 뒤처리가 귀찮아서 말이야. 당신은 누구지?"

"드림랜드의 설계자래도."

"당신이 정말로 이 빌어먹을 놀이공원의 설계자라면, 당장 우릴 내보내 줘."

"인형이 움직이는 거에는 관심 없어?"

"아주 자연스럽게 잘 만들었어. 상품화에 관심 있으면 연락처를 줘. 나가게 되면 따로 연락을 주지."

보지 말아야 할 걸 보여주는 요정의 가루를 손과 얼굴에 묻혀 놓고 이렇게나 태연한 남자는 보기 드물었다. 니니스는 그의 태연함이 가장인지 진심인지 제법 궁금해졌다.

"그 조건에는 당신이 더 어울리는걸. 당신을 먼저 만나는 것도 나쁘지 않았을 것 같아."

"그건 또 무슨 개소리……."

"선배!"

뒤늦게 달려온 연두가 준규를 불렀다. 어찌나 급하게 뛰었는지 흰 얼굴이 온통 새빨갰다. 연두는 준규가 검을 뽑아 들고 있는 걸 보고 의아한 표정을 지었다가, 니니스를 보고는 숫제 기절이라도 할 것처럼 기겁했다.

"강연두! 가만히 잠이나 자지 뭘 또 뛰어왔어!"

"혼자는 무섭단 말이에요!"

다다다 달려온 연두가 냉큼 준규의 등 뒤에 숨어 고개만 빼꼼 내밀었다. 저 여자는 누구예요? 설계자래. 나갈 수 있을지도 모르겠어. 속닥속닥 대화하는 두 사람을 보던 니니스가 크게 고개를 끄덕였다.

"그래. 요정의 가루를 묻힌 입술로 이름을 부르고 가루가 묻은 손으로 만졌어. 깨어나지 않는 게 더 이상하지. 그런데……."

니니스의 시선을 받은 연두가 겁을 내며 몸을 움츠렸다. '진짜' 연두를 알고 있는 니니스가 보기에 참으로 이상한 모습이었다. 그녀가 알기로, 연두는 혼자 있는 걸 무서워하는 사람이 아니었다. 다른 사람의 등 뒤에 숨어 보호를 바라는 사람도 아니었다. 하지만 지금 니니스의 앞에 있는 연두는 마치 연약한 소녀처럼 굴고 있었다.

✱

'아파. 너무 아파. 빌어먹을 개새끼들. 엿 같은 새끼들.'

연두는 정신을 차리자마자 도로 눈을 감고 싶은 통증에 시달리고 있었다. 얻어맞은 명치가 지독하게 아팠다. 영화 속의 주인공들은 명치를 맞고 기절했다가도 벌떡벌떡 잘 일어나서 돌아다니던데, 다 뻥이었다. 이렇게 아픈데 어떻게 그게 된다는 건지.

'개새끼들, 죽여 버릴 거야. 나가기만 해봐. 나가기만 하면……!'

연두는 정신을 차린 뒤에도 한참을 앓았다. 머릿속에서 욕과,

짜증과, 신경질과, 누굴 향하는지 모를 원망이 제멋대로 뒤섞였다.

상황 파악은 아픔이 좀 가신 다음의 일이었다. 배를 쓰다듬으려다가 손이 뒤로 묶여 있단 걸 깨달았다. 입에는 재갈이 물려 신음소리도 낼 수 없고 눈에도 안대가 둘러져 있었다. 묘하게 압박감이 느껴진다 했더니 자루 같은 거에 들어 있는 거였다. 코를 킁킁대자 젖은 천 냄새와 곰팡이 냄새가 났다.

'납치? 왜? 누가?'

이 세계에서 납치는 흔했다. 마을 밖에서 혼자 돌아다니다가 흔적도 없이 사라진 아이의 이야기는 어느 마을에나 있는 레퍼토리였다. 하지만 그건 어디까지나 아이에게나 해당하는 얘기. 다 큰 성인을 납치하는 건 위험부담이 커서 거의 일어나지 않는 일이었다.

떠돌아다니는 동안 이민족이면서 미인인 연두의 얼굴을 탐내는 사람들이 있긴 했다. 곁에 두고 잠자리 시중을 들게 하고 싶어하던 사람들이 여럿이었다. 하나 이번에는 카멜르 성에는 물론이고 근처 마을에도 얼굴을 내민 적 없으니 그건 아닐 터다.

'어떤 새끼가 저질렀든 충동적으로 저지른 일은 아니야. 적어도 두 명 이상이고.'

납치당하던 상황을 곱씹어보면 그랬다. 수풀이 무성한 숲에서 기척도 없이 나타났다. 자신이 자주 오가던 길에 숨어서 자신이 오기를 기다린 것이 분명했다. 제법 격렬하게 반항했는데 순식간에 제압당했다. 전문가의 냄새가 났다.

끽.

문 열리는 소리가 났다. 연두는 숨을 죽이고 아직 기절해 있는 척하기 시작했다. 저벅거리는 발소리가 점점 가까워졌다. 곧 자루의 입구가 열렸다.

"야, 이년 깼는데?"

"나도 알아. 아까부터 꿈틀거렸거든. 문 열리자마자 안 깬 척하는 거 엄청 웃겼다."

"일어나, 이년아."

말로는 끝나지 않았다. 연두는 머리를 몇 대나 얻어맞았다. 사내들은 연두를 억지로 일으켜 세우더니 의자에 앉혔다. 그리곤 재갈을 풀어주었다. 연두는 자기도 모르게 크게 숨을 몰아쉬었다.

"배고프지?"

배가 고픈가? 모르겠다. 하지만 먹을 수 있을 때 뭐든 먹어야 한다는 건 확실했다. 연두는 고개를 끄덕였다. 곧 연두의 앞에 스프 그릇이 놓였다. 냄새를 맡은 연두가 코를 킁킁대자 사내들이 낄낄대기 시작했다.

"야, 냄새만 맡지 말고 먹어. 배고프다며?"

"숟가락이라도 줘?"

연두는 다시 고개를 끄덕였다. 사내 중 하나가 연두에게 숟가락을 주었다. 뒤로 묶인 손을 풀어주지도 않은 채였다. 그리곤 연두가 당혹스러워하자 낄낄 소리 내어 웃었다. 개새끼들. 연두는 다시 한 번 욕을 삼켰다.

"……눈을…… 풀어주세요."

최대한 가련한 목소리를 냈다. 이세계의 여자들에 비해 훌쩍 큰 키가 보이지 않게 등을 굽히고 어깨를 움츠렸다.

"제발요……."

저들끼리 뭔가 상의를 하던 사내들이 다가와 연두의 눈을 가린!

천을 풀어주었다. 눈을 압박하던 천이 사라지자 눈앞의 광경이 드러났다.

방은 전체적으로 아주 어두웠다. 자신의 등 쪽에 창문이 있는 듯, 달빛이 작은 네모를 그리고 있을 뿐이었다. 낡고 더러운 테이블에는 멀건 스프가 담긴 스프 그릇과 희미한 빛을 내는 등잔이 있었다. 사내들은 테이블 너머에서 연두를 구경 중이었다.

'복면을 썼네. 하긴, 맨 얼굴을 보여줄 리가 있나.'

손을 풀어달라고 호소했다가 뺨을 맞았다. 연두는 포기하고 스프를 개처럼 핥아먹어야 했다. 수치심을 주기 위해 하는 짓이라면 아주 효과가 좋았다.

스프를 다 먹고 나면 다시 자루 속에 들어가는 거 아닌가 했는데, 다행히 그건 아닌 모양이었다. 사내들은 연두를 방구석에 처박아두고 없는 사람 취급했다. 연두는 차가운 벽에 등을 댄 채 창문 너머를 노려보았다. 희게 빛나는 달 위로 가끔 나뭇잎이 흩날렸다. 적어도 2층이었다.

'짐작이 안 가. 대체 누구지?'

연두는 카멜르 성에까지 찾아왔던 추적자들을 떠올렸다가 곧 고개를 저었다. 아셰라드가 사람을 보냈던 건 사실이지만, 이런 식으로 자신을 건드릴 리 없었다. 그녀는 약속을 지키는 사람이었다. 하지만 아셰라드가 아니라면 사람까지 보내서 자신을 찾을 사람이 또 있을 리가 없지 않은가 말이다. 고민할수록 오리무중이었다. 연두는 혼란스러움에 입술을 깨물었다.

삐리리리릭.

낯익은 새 울음소리가 들렸다. 퍼뜩 고개를 들자 작은 창문에 앉아 고개를 갸웃대는 새가 눈에 들어왔다. 나이팅게일이었다.

"뭐야, 뭔 새가 이렇게 가까이 왔어?"

"어허. 새끼야, 새로 관심 끌지 말고 패 뒤집어. 어딜 모른 척이야?"

"쳇."

밤이면 워낙 흔하게 보이는 새라, 사내들의 관심은 곧 사라졌다. 그들은 마주 앉아 카드를 치던 중이었고, 흔해빠진 새를 쫓아내기보다는 패를 뒤집는 게 더 중요했다.

나이팅게일은 카드에 열중한 사내들의 뒤통수를 빤히 내려다보다가, 연두를 향해 고개를 돌렸다. 둘의 시선이 정확하게 맞아떨어졌다. 나이팅게일이 작은 부리를 놀렸다.

「잘 버티고 있어야 해.」

새가 말을 했어! 찬물 같은 소름이 등허리를 타고 올랐다. 놀라 눈을 부릅뜬 연두를 비웃기라도 하듯, 나이팅게일은 삐리리릭 소리 높여 울고 그 자리를 벗어났다.

나이팅게일은 몇 번의 날갯짓만으로 훌쩍 높이 날아올랐다. 인간들이 사는 작은 마을이 순식간에 작아졌다.

남쪽으로 가자. 빨간 지붕을 지나, 높다란 교회 첨탑을 지나. 널따란 경작지를 지나고 숲을 지나고 강을 지나서. 그 남자한테로.

광대는 숲을 달리는 중이었다. 숙련된 마부가 오랜 시간 정성 들여 키운 말은 고삐의 주인이 바뀌었어도 성실하게 명령에 응했다. 비에 젖어 질퍽대는 길도 불만 없이 내달린다.

'마법 가루가 있다면 좋았을걸.'

이제와 후회해 봤자 무슨 소용이 있으랴만, 바짝바짝 타들어가는 광대의 속은 쓰리기만 했다. 많이도 필요 없었다. 겨우 한 줌의 가루만 있다면 이 말들의 발을 전설 속의 페가수스처럼 바꿔놓을 수도 있었을 터다.

젖은 흙이 눈가루처럼 흩날리고 아우성치는 바람이 귓가를 스치는데도 광대는 만족을 몰랐다. 그는 끊임없이 말을 채찍질했다. 성질 사나운 신데렐라가 연두에게 못된 짓을 저지르기 전에 빼내려면 지금 이 속도로는 부족했다.

삐이이이이이익―

나이팅게일이 광대를 발견했다. 소리쳐 광대를 불렀지만 그 가냘픈 소리는 말발굽 소리와 바람 소리에 파묻힌 광대에게까지 가 닿지 않아, 광대는 더욱 채찍질을 할 뿐이었다. 나이팅게일이 광대의 머리 위를 날며 삑삑대보기도 했지만 영 소용이 없다.

이를 어쩐담.

손바닥보다 작은 새는 큰 결심을 했다. 유례없이 빠르게 달리는 마부의 어깨 위에 직접 내려앉기로 한 것이다. 하지만 그게 마음처럼 쉽겠나. 자꾸 튀어 오르는 진흙덩이와 자갈들을 피하느라 세 번쯤 실패했고 속도가 안 맞아 두 번쯤 실패했다.

작은 날개를 파닥대며 광대가 멈추기를 기다려야 하나 고민하는데, 갑자기 뒤를 돌아본 광대가 긴 팔을 뻗어 나이팅게일을 움켜쥐었다. 깜짝 놀란 새의 가슴이 쿵쿵쿵쿵 요란하게 뛰기 시작했다. 사람의 손에 잡히고도 별 반항이 없는 나이팅게일을 보는 광대의 눈이 가느다랗게 줄어들었다.

"너 뭔데 자꾸 따라와. 보통 새 아니지?"

「깜짝이야.」

"역시 말 할 줄 아네. 어쩐지 이상하다 싶더라니……"

그럴 줄 알았다는 식의 말투가 나이팅게일의 성질머리에 불을 붙였다. 손아귀에 잡혀 있는 날개는 어쩔 수 없지만 대신 작은 부리가 빽빽댄다.

「알면 말 좀 걸어주지 그랬어. 내가 주변을 얼마나 맴돌았는데! 새가 말 걸면 놀랄까 봐 엄청나게 조심했다고! 그런데 너희들은 내 속도 모르고 퍼질러 놀기나 하고!」

"그 고생을 하고 겨우 두 달 쉬었어. 이제 겨우 얼굴도 펴고 웃기도 하는데 한 달쯤 더 쉬는 게 어때서. 너네들은 급한 거 없잖아."

「왜 급한 게 없어? 이 못돼먹은 광대야, 알면서 모른 척할래? 여기서 아가씨에게 도움 받을 수 있는 녀석이 몇 명이나 될 거 같아? 행복은 선착순이라고!」

"뭔 개소리야? 그리고 정말 행복이 선착순이면 그걸 잘 아는 놈이 왜 이제까지 말 한마디 안 걸고 참았는데? 이제와 이렇게 나한테 말이나 걸면서 쫑알대는 게 얼마나 수상한지 알아?"

　　광대의 말은 지극히 타당했다. 하지만 그 말을 들은 나이팅게일이 한숨을 푹푹 내쉬며 광대를 향해 힐난의 눈길을 보내지 뭔가. 그 눈빛이 광대의 신경줄을 툭툭 건드렸다. 그가 이대로 손에 힘을 꽉 쥐면 어떻게 될까, 고민하는 참에 나이팅게일이 부리를 놀렸다.

「어느 날 갑자기 새가 말 걸면 오오, 그렇구나 할 사람이 몇이나 되겠냐. 말은 안 걸어도 도와주긴 많이 도와줬다 뭐. 그물에 걸린 거 보면 놓아주겠다고 한 적도 있었어.」

"그래, 그렇다 치자. 그럼 혹시 연두가 지금 어디에 있는지도 알아?"

「알지 그럼. 네놈이 쿨쿨 잘 때 난 아가씨를 따라 인간들의 도시 한복판에까지 다녀왔다고. 방향은 잘 잡았어. 가자.」

뻑뻑대는 나이팅게일을 어깨 위에 올려놓고 광대는 다시 한 번 채찍을 들었다. 어쩌면, 시간 내에 도착할 수 있을지도 몰랐다. 어설프게 핀 희망이 그를 향해 손짓했다. 빨리, 어서 빨리 오라고.

결론적으로 말하자면, 분투에도 불구하고 광대는 늦었다. 나이팅게일의 안내에 따라 연두가 있던 여관방을 찾아내는 것까진 성공했지만 정작 그곳엔 아무도 없었다. 새벽안개에 숨어 여관 벽을 기어오르는 수고까지 했건만 참 맥 빠지는 일이었다. 광대는 아예 창문에 고개를 집어넣었다.

좁은 여관방은 여관이라기보다는 창고에 가까운 형태를 띠고 있었다. 싸구려 여관방에도 빠지지 않고 있는 침대도, 서랍장도 없이 낡아빠진 테이블과 의자만 덩그러니 놓여 있다. 먼저 들어왔던 나이팅게일이 당황스럽게 날개를 퍼덕거렸다.

「여기 있었는데!」

"옮겼나 보지. 으이…… 씨, 왜 이렇게 좁아?"

광대는 누가 새 아니랄까 봐 멍청한 소리를 하는 나이팅게일에게 톡 쏘아붙여 주고는 작은 창문에 억지로 몸을 밀어 넣었다. 길쭉한 몸을 어떻게든 구겨 넣어 간신히 방에 들어왔더니, 이상한 점이 눈에 더욱 잘 들어왔다.

"가구가 터무니없이 적은 건 둘째 지고…… 냄새가 너무 옅어. 너무 깨끗해."

「그게 왜? 깨끗하면 좋지.」

"여긴 도시 외곽에 있는 싸구려 여관이야. 손님이 떠난 지 얼마나 됐다고 이렇게까지 치워? 여긴 수도에 있는 고급 호텔이 아니라고."

광대는 뚜벅뚜벅 걸어 어느 한 자리에 섰다. 그는 몰랐겠지만 연두가 웅크리고 앉아 있던 자리였다. 바닥을 만져보자 축축한 물기가 묻어났다. 물청소를 한 지 얼마 안 된 것이다.

「광대야! 이거 봐!」

나이팅게일이 호들갑을 떨었다. 광대가 돌아보는 그 짧은 새를 못 참고 바닥에서 폴짝댄다. 광대는 그제야 방문의 문고리에 걸린 주머니를 알아보았다. 방 안의 풍경이 워낙에 이상한 나머지 거기에 정신이 팔려 보는 게 늦었다.

「빨리 열어봐, 빨리!」

뭐가 들었을 줄 알고 저리 재촉이람. 촐싹대는 나이팅게일을 내던지고 싶은 마음을 꾹 눌러 참고 주머니를 열어본 광대의 안색이 퍼렇게 질렸다. 그 안에는 짙은 갈색 머리카락이 한 움큼 잘린 채 들어 있었다. 부정하고 싶지만 연두의 머리카락이 틀림없었다. 광대의 심장이 쿵 소리를 내며 떨어졌다.

"나였어."

「뭐?」

"나였다고. 처음부터 날 노렸어."

엉켜 있던 머릿속이 실타래 풀리듯 풀리며 명쾌해졌다. 광대가 거절할 게 틀림없는 요구를 하고 싶은 누군가가 연두를 미끼이자 협상 카드로 삼기 위해 데려간 것이다. 흔적은 깨끗하게 지워놓고도 머리카락을 보란 듯이 걸어놓은 짓에서 겸사겸사 광대의 재주도 시험해 보겠다는 의도가 엿보였다. 어이가 없어서 웃음이 다 났다.

'신데렐라가 아니야.'

광대가 아셰라드의 밑에서 일한 게 벌써 몇 년이었다. 그녀라면 이제와 연두를 걸고서 광대를 시험할 이유가 없었다. 아마도 아셰라드가 연두와 광대를 숨겨두고 부리는 모습을 눈여겨 본 누군가의 짓일 터였다.

광대는 가만히 서서 귀를 기울였다. 아침식사를 만들고 1층 펍의 장사 준비를 하기 위해 시끄러워야 할 주방이 그저 조용하기만 했다. 하여간 정말 이상한 여관이다. 어쨌건 시끄럽지 않다는 것은 좋은 일이었다.

창문 너머로 마을의 정경을 확인했다. 며칠 동안 내린 비로 자욱하게 피어오른 새벽안개는 아직 걷힐 기미가 보이지 않았다. 마을은 달콤한 새벽잠에 빠져 있었다.

"불을 구해올 수 있겠어?"

「나 사람 아니고 새인데.」

"됐다. 어차피 기대 안 했어."

낡은 테이블 위에 손톱을 세워 동그라미를 그렸다. 연두의 머리카락을 그 위에 올리고 손가락을 튕겨 불을 붙였다. 머리카락은 고약한 냄새와 함께 순식간에 타들어가 거뭇한 재를 남겼다. 광대가 그 재에 훅, 바람을 불었다. 허공으로 날아올랐던 재가 다시 내려앉으며 독특한 자국을 남겼다.

"역시 수도 쪽이야. 그다지 멀지 않은 것 같고…… 아직까진 건강하네. 다행이야."

광대의 어깨에 앉아 그가 하는 양을 진지하게 보고 있던 나이팅게일이 눈을 휘둥그렇게 떴다. 연두가 이 세계에 넘어온 이후 떨어지는 법 없이 찰싹 붙어 다녔지만 광대가 이런 재주를 부리는 것은 처음 보는 일이었다. 하긴, 연두와 광대가 항상 같이 있었던 건 아니었으니 모를 법도 했다.

그래도 신기한 건 신기한 것이다. 궁금해진 나이팅게일이 바로 질문을 하려는데, 광대가 갑자기 테이블을 때려 부수기 시작했다. 어디 테이블뿐인가. 낡아 삐걱대던 의자도 곧 테이블과 같은 꼴을 당했다.

「뭘 하려고 그래?」

광대는 여관의 벽을 톡톡 두드려 소리를 들었다. 여관의 외벽은 돌로 쌓은 것이었는데 내벽은 전부 나무인 모양인지 나무 특유의 울림소리가 났다. 아주 잘되었다. 그는 나뭇조각을 작은 방 곳곳에 뿌리고 다시금 불꽃을 피워 올렸다.

그제야 광대가 하려는 짓을 알아챈 나이팅게일이 기겁하며 여관방에서 도망쳐 나갔다. 미쳤어! 돌았어! 빽빽 소리를 지르는 게 제법 시끄럽지만 광대는 전혀 개의치 않았다. 그의 주변에서 맴돌던 불꽃이 나뭇조각을 삼키고 춤을 추기 시작했다. 곰팡이 핀 나무 바닥과 습기 찬 나무벽도 마법이 만들어낸 불꽃에겐 그저 먹잇감. 싸구려 여관방은 금세 불길에 휩싸였다.

뒤늦게 화재를 알아챈 주민들이 비명을 지르며 뛰어나왔다. 다닥다닥 붙은 골목길은 금세 사람들로 가득 찼고 집집마다 꺼내온 양동이가 쉴 새 없이 물을 퍼 날랐다. 그들의 필사적인 노력에도 불구하고 마법의 불길은 쉬이 꺼지지 않아, 옆으로 또 옆으로 끊임없이 발을 뻗으며 마을을 불태웠다.

광대는 그 혼란을 틈타 손쉽게 마을을 빠져나왔다. 들어갈 땐 새벽안개에 숨어서 들어갔다면 나올 때는 혼란에 숨어서 나온 셈이었다. 불이 싫어 멀찍이서 맴돌고 있던 나이팅게일이 마부석에 앉은 광대의 어깨를 차지하고 앉아 날 선 비난을 퍼부었다.

「멀쩡한 보금자리를 잃을 죄 없는 사람들은 어떡하라고 마을에 불을 질러? 미친 거 아니야? 하루 벌어 하루 사는 사람들인데 어떻게 그럴 수가 있어?」

"시끄러워. 이건 경고야. 내 재주를 시험할 거면 그만한 손해도 각오해야지."

「미친놈.」

질려 버린 나이팅게일이 입을 꾹 다물었다. 광대는 이번에야말로 늦지 않겠다는 각오로 마차를 몰았는데, 이후로도 어째 번번이 한 발짝씩 늦는 상황이 반복되었다.

그들은 그때마다 보란 듯이 연두의 흔적을 남겨두었다. 처음에는 머리카락, 그 다음엔 손톱, 그 다음엔 발톱. 그때마다 마을은 화를 입었고 그러다 연두의 옷이 발견됐을 즈음엔 나이팅게일조차 광대와 비슷한 심정이 되고 말았다.

아닌 말로, 연두가 죽거나 심하게 다치기라도 해서 나이팅게일의 소원을 이뤄주지 못하면 선착순이 다 무슨 소용이냔 말이다. 마을에 불을 질렀다고 광대를 비난하던 나이팅게일이 까만 눈을 순하게 깜빡이며 물었다.

「불씨 날라다 줄까?」

"아니."

「이상하게 이번엔 좀 담담하네? 내가 이렇게 화가 나는데.」

광대는 연두의 옷자락 안에서 노란 나비 모양의 머리장식을 찾아 꺼냈다. 연두가 광대에게 선물 받은 이후, 머리에 꽂을 수 없을 땐 언제나 품에 넣고 다니던 머리장식이었다. 섬세한 날개를 활짝 펼치고 있는 나비는 몸통의 절반이 뚝 부러져 몹시 초라한 몰골이었다.

"이번엔 좀 다른 것 같아서 말이야."

반시의 수도로 향하는 길이라면 반드시 들러야 하는 도시, 가르피나. 왕국 전역에서 몰려드는 상인들로 북적이는 가르피나의 어두운 뒷골목 입구. 낡은 옷과 망가진 장신구일망정 어떻게든 팔아보려던 노파는 몇 개 남지 않은 이를 딱딱 부딪치며 떨고 있었다.

"사…… 살려줘요……."

삑삑. 삐익─ 나이팅게일이 파닥파닥 날갯짓을 해서 노파의 머리 위에 올라앉았다. 겁먹은 노파는 머리 위에 올라간 새를 쫓아낼 엄두도 내지 못했다. 그런 노파를 바라보며 부드럽게 미소 짓는 광대의 얼굴은 오래 전 드림랜드의 입구에서 연두를 겁주던 때와 꼭 닮아 있었다.

"누가 죽인다고 그랬나요? 할머니, 그래서 이 옷과 머리장식을 누가 주었다고요?"

"긴 갈색 머리카락을 이렇게…… 묶은 처자가 주었지. 이민족이었는데 신기하게 말을 잘 했어. 딸처럼 살갑게 굴며 부탁하기에 내 옷을 줬더니 이걸 줬어. 팔아도 돈이 되고 잘 가지고 있으면 사례를…… 사례를 받을 수 있을 거라고 했지."

"그래서 팔려고 하셨군요. 으흠."

광대의 눈이 가느다랗게 접혔다. 와락 겁을 먹은 노파가 슬슬 뒷걸음질을 치려는데, 광대가 노파의 손을 잡아끌었다. 그리곤 억지로 손을 펴게 하더니 주름진 손바닥에 반짝이는 은화를 하나 올려놓는 게 아닌가. 광대가 노파에게 다정하게 속삭였다.

"저에게 파신 겁니다, 할머니."

노파는 조금 전 비틀대던 모습이 거짓말인 양 순식간에 골목 안쪽으로 사라졌다. 은화를 쥐었더니 기운이 펄펄 나는 모양이었다. 광대의 주머니 사정을 뻔히 아는 나이팅게일이 가슴 털을 빵빵하게 부풀리며 불만을 표시했다.

「웬 은화야?」

"본래 큰돈은 큰 재앙의 씨앗이 되거든."

이런 뒷골목에서 힘없는 노파가 은화를 얼마 동안이나 지킬 수 있겠나. 오늘 해가 지기 전에 빼앗길 것이 분명했다. 잠깐 맛본 희망은 더한 절망이 되어 노파의 굽은 등을 누를 것이다.

광대는 감히 자신의 앞에서 거짓말을 한 노파에게 은화를 쥐어주는 것으로 기분전환을 마치고 빙긋 미소를 지었다. 이제까지 여관방이나 방앗간, 빈 창고 등 폐쇄된 공간에서만 나오던 연두의 흔적이 이런 개방적인 공간에서 발견되었다. 이게 의미하는 바는 명백했다.

연두가 그들에게서 도망쳤다. 그리고 광대가 쫓아올 것을 확신하고 부러 장신구를 망가뜨려 흔적을 남겼다. 망가졌어도 어느 정도 가치가 보전되는 물품은 쉽사리 폐기되지 않는 법이니까.

"이 도시 안에 있어."

「그래? 그거 다행이네. 그런데 말이야, 가르피나는 반시에서 수도 다음가는 큰 도시라고. 어떻게 찾을 셈이야?」

"대자보를 붙일 거야."

황당해하는 나이팅게일을 어깨 위에 올린 채, 광대가 시원한 미소를 지었다. 대자보라는 게 별거 있나. 꼭 봐야 할 사람이 알아볼 수만 있으면 대자보지. 연두와 광대에게는 한글과 한국어라는 훌륭한 암호가 있었다.

『가르피나 도착』

『어디 있는지 알려줘』

『광장의 게시판 매일 확인 중』

가르피나 곳곳에 남겨진 한글 문구들은 도시의 주민들에게는 괴상한 도형 모음처럼 보였다. 누군가는 그걸 두고 어린애들의 낙서라고 했고, 누군가는 교회에 불만이 있는 자들이 써놓은 암호라고들 했다. 물론, 신경 쓰지 않는 사람이 훨씬 많았다.

『암사슴의 숲』

광대가 가르피나 곳곳에 글귀를 남기고 다닌 지 근 사흘 만에 돌아온 답변이었다. 암사슴의 숲은 가르피나에서도 한손에 꼽히는 숙박업소 중 한 곳이었다. 대체 어떻게 된 일인지는 모르겠지만, 연두가 그곳에 있다는 것쯤은 알겠다.

문득 자신의 차림을 살펴본 광대가 미간을 찌푸렸다. 안 그래도 낡았는데 흙과 검댕이 묻어 더 너저분한 옷을 입고 암사슴의 숲에 가면 대번에 쫓겨날 게 분명했다.

"옷부터 사야겠어."

「옷? 왜?」

"이런 꼴로는 안 들여보내 줄 테니까. 그리고 너 제발 주변에 사람 있으면 입 좀 닥치고 있어. 목소리도 큰 게 말도 많아."

「치이……. 내가 그동안 말을 얼마나 참고 살았는데…….」

광대의 어깨를 전용 횃대 삼아 앉아 있던 나이팅게일이 투덜거렸지만, 광대는 전혀 신경 쓰지 않았다. 아무리 새대가리라지만 설마 그 정도도 못 가릴까. 결국 나이팅게일은 광대가 상대해 주지 않자 다른 곳에 가 있겠다며 자리를 비웠다.

광대는 남아 있는 여유자금을 죄다 긁어모아 시상으로 직행했다. 다행히 가르피나는 큰 도시였고, 자급자족이 일상인 작은 마을과 달리 양복점이 있었다.

딸랑…….

가르피나에서 작은 양복점을 운영하는 재봉사 테이엔에게, 문에 매달린 종이 울리는 소리는 천사들의 나팔 소리처럼 영롱했다. 마지막 마무리로 다림질하던 옷마저 던져 두고 뛰쳐나가 손님을 맞는다.

"어서 오세…… 요……."

말끝이 흐려진 건 어쩔 수 없는 일이었다. 기세도 당당하게 거침없이 문을 열고 들어온 손님의 차림은 도저히 옷을 맞춰 입을 정도로 넉넉해 보이지는 않았으니까 말이다. 그는 흙투성이 거지 꼴인 손님을 내쫓아야 하나 말아야 하나 고민을 시작했다.

광대는 고민하는 재봉사를 보고 쓴웃음을 지었다. 거지는 당장 나가라고 짜증부터 낼 줄 알았는데 고민씩이나 하다니, 퍽이나 마음 여린 재봉사다. 광대가 반짝이는 은화를 한 장 꺼내들자마자 재봉사의 표정이 햇살처럼 환해졌다.

"이거 하나면 위 아래로 전부 새 옷을 맞출 수도 있을 것 같은데 말이죠."

"물론이죠! 당장 치수부터 재겠습니다."

테이엔은 꽤 말이 많았다. 그는 광대의 어깨와 팔 등의 치수를 재는 동안 내내 쉬지 않고 입을 놀렸다. 가르피나의 경기, 요즘 유행하는 색, 거리에 떠도는 소문 등등. 그중 하나가 광대의 관심을 끌었다.

"소렐인지 머렐인지, 아무튼 그 정부가 정말로 임신을 했다는 겁니까?"

"그렇다니까요. 세상에, 어린년이 재주도 좋아요. 나이 드신 국왕전하를 홀려서 정부랍시고 백작부인 작위까지 얻더니 이젠 임신까지 하고. 그것 때문에 다들 뒤숭숭하다니까요."

"흐음……. 뭐, 장성하신 왕자님이 두 분이나 계신데 별일이야 있겠습니까."

"그렇게 생각하고 싶은데, 국왕전하께서 그 어린년을 그렇게 아끼신다고 하더라고요. 수도에 저택도 따로 주고, 하녀도 딸려주고. 그동안은 정부가 있어도 임신을 한 적은 없었는데 이번엔 좀 다른 것 같지 뭡니까."

수도 저택이야 백작부인 작위를 얻었으니 당연히 받는 것이고, 공식적으로 인정받은 정부니 하녀를 받는 것도 이상하지 않다. 실제로 이전의 정부들 중에서도 작위와 하녀는 물론이고 한 재산 챙기는 것도 마다하지 않은 이가 얼마든지 있었다. 그런데 이렇게까지 여론이 나쁜 건 참 이상한 일이었다.

'임신이 문제인가……. 그저 임신을 한 것 정도로 여론이 이렇게 나빠질 만큼 왕자들 인기가 좋았나? 아님 왕이 티 나게 편애를 했나? 아, 혹시 데릴사위로 왕이 된 주제에 다른 여자에게서 자손을 봤다고 이러는 건가?'

광대가 고민하는 동안에도 테이엔은 바지런히 움직였다. 쉴 새 없이 놀리는 입만큼이나 손이 빨라, 순식간에 재단을 끝내고 바느질을 시작한다. 옷 짓는 속도로는 이 집이 제일이라더니, 과연 시장 상인들의 평가가 정확했다. 이 정도 속도라면 그리 오래 기다리지 않아도 될 것만 같다. 미리 만들어 파는 기성품이랄 게 없는 세계라는 게 아쉬울 뿐이었다.

"내일 오면 됩니까?"

"예, 예. 내일 이 시간에 오시면 틀림없이 입을 수 있게 해놓겠습니다. 저, 손님. 성함이?"

"음…… 클라운입니다."

그냥 던져 본 말인데 테이엔은 흔쾌히 고개를 끄덕였다. 광대는 재봉틀도 없는데 과연 제대로 옷을 지을 수 있을까 걱정을 했지만, 그건 기우에 불과했다. 다음 날 찾아간 양복점에는 그가 놀랄 정도로 멀끔한 옷이 걸려 있었다. 센스 좋은 수다쟁이 재봉사는 살뜰하게도 모자와 구두까지 준비한 채였다.

"솔직히 놀랐습니다. 이렇게 단시간에 해낼 줄은 몰랐는데."

"어휴, 잘해야죠. 아무렴 누가 주문한 건데요."

말 속에 뼈가 있다. 테이엔은 광대가 의아해하거나 말거나 그에게 새 옷을 입혀주며 즐거워했다. 균형이 잘 잡힌 아름다운 몸이라 옷 짓는 맛이 있었다나 어쨌다나. 그렇게 말하는 그의 눈 밑이 시커멓게 죽어 있었다.

어쨌거나 새 옷도 차려 입었겠다, 광대는 보무도 당당히 암사슴의 숲으로 향했다. 숙소의 문을 지키던 경비원은 광대의 위아래를 쓱 훑어보더니 별 제지 없이 그를 통과시켜 주었다. 광대의 어깨에 앉아 있던 나이팅게일이 날개를 퍼덕거렸다.

「올. 돈 쓴 보람이 있는데? 이래서 옷을 맞춘 거였구나?」

"닥쳐. 조용히 안 할 거면 그냥 꺼지든가."

암사슴의 숲은 광대가 생각했던 것보다 더 호화로운 숙소였다. 다들 신발을 신고 돌아다닐 텐데 먼지 하나 보이지 않을 정도로 바닥이 반짝반짝했고, 곳곳에 배치된 가구들 역시 그냥 보아도 퍽 고급품으로 채워져 있었다. 문득 고개를 들자 일반적인 건물들보다 훌쩍 높은 천장에 화려한 샹들리에가 달려 있다.

"무엇을 도와드릴까요?"

"아…… 그게……."

갈 곳을 잃고 방황하고 있는 광대를 보았는지, 친절한 점원이 다가와 물었다. 광대는 몹시 곤란해졌다. 뭐라 대답해야 하나.

"혹시 일행이 있으신가요?"

"음. 아마도……? 여기에 있을 거라고 해서 왔는데 어떻게 불러내야 할지 모르겠군요."

"아하. 따라오시죠."

점원이 고개를 주억거리더니, 뭔가를 알겠다는 듯 의미심장한 미소를 지었다. 그리곤 광대를 데리고 숙소 안쪽을 향해 걷기 시작한 게 아닌가. 뭔가 믿는 구석이라도 있는 듯 자신감 넘치는 발걸음이 당당하기까지 했다.

광대는 이게 대체 무슨 일인지 어이없어 하면서도 착실히 점원의 뒤를 따랐다. 고급스럽게 치장된 복도를 지나, 깔끔하게 정돈된 정원을 지나, 긴 계단을 한참이나 오르고 나서야 멈춰선 점원이 호화로운 문을 두드렸다.

"기다리셨던 분이 오셨습니다."

"들어오라고 해."

낯익은 목소리가 들렸다. 연두의 목소리였다. 광대는 뭐라 말을 할 새도 없이 문 안으로 밀어 넣어졌다. 쿵— 문이 닫혔다.

「우와. 이 방 좋다.」

나이팅게일이 방 안을 포르르 날아다니다가 벽에 장식된 사슴머리에 올라앉아 날개를 접었다. 어디 사슴머리뿐인가. 아무리 고급 숙소라지만 일개 여관방에 있기엔 지나치게 고급스러운 물건들이 사방에 널려 있었다. 가구는 물론이고 벽난로에 놓인 장시품 하나도 허투루 놓인 게 없다. 이게 대체 무슨 일인지. 광대는 상황을 이해하지 못하고 머리를 싸쥐었다. 그런 그의 등을, 어느새 다가온 연두가 가볍게 두드렸다.

"뭘 그렇게 멍하니 서 있어? 앉아."

"강연두! 당신⋯⋯!"

"사정설명은 할 거니까."

연두가 쓰게 웃었다. 그녀는 미리 준비해 뒀던 다과를 꺼내고 차도 한 잔 우려내 간단한 찻상을 차려냈다. 좋은 향기가 금세 넓은 방을 가득 채웠다.

광대는 도저히 차를 마실 기분이 아니었지만, 일단 그녀가 권하는 대로 자리에 앉기는 했다. 연두는 모락모락 김이 오르는 따뜻한 차만큼이나 평화로운 모습이었다. 걸치고 있는 옷도 고급이었고, 혈색도 좋았다. 어디 다친 것처럼 보이지도 않았다.

우스운 일이었다. 조금 전까지만 해도 그렇게 화가 나고 어이가 없고 그렇더니, 무사한 걸 확인하자 싸늘하게 굳었던 마음이 봄을 맞은 눈처럼 녹아내렸다. 자신도 모르는 사이에 머리 한쪽을 내내 차지하고 있던 온갖 나쁜 생각들이 흔적도 없이 사라지고 오로지 다행이다, 정말 다행이다─ 따위의 생각만이 그 자리를 차지했다.

"⋯⋯멀쩡하네."

"보다시피."

"난 또, 무슨 큰일이라도 난 줄 알았지. 볼 일이 있어서 자리를 비울 거면 미리 말을 해줬어야 하는 거 아냐?"

하지만 입 밖으로 나오는 말은 온통 가시 돋친 말들뿐이었다. 걱정했다, 괜찮느냐, 다친 곳은 없느냐. 혀끝에서 맴돌던 말들은 좋아하지도 않는 과자와 함께 꿀떡꿀떡 목구멍을 넘어갔다.

"그런 게 아냐. 알면서 그렇게 말하면 좀 서운한데."

"글쎄? 난 하나도 모르겠는데. 난 네가 납치라도 당한 줄 알았어. 흔적도 거의 남아 있지 않아서 프로의 소행이라고 생각했지. 따라잡느라 죽을 고생을 했다고."

"납치당한 거 맞아. 머리카락이랑 손톱, 발톱 이런 거 너도 봤을 거 아냐. 질질 끌려 다니다가 가르피나에까지 와서 간신히 벗어난 거야."

머리카락을 잘릴 때까지만 해도 괜찮았는데……. 하고 말을 잇는 연두의 안색이 창백했다. 광대는 찻잔을 움켜쥔 연두의 손이 바르르 떨리는 걸 보았다. 고운 손끝에 흰 붕대가 둘둘 감겨 있다. 그는 깊게 숨을 들이마셨다. 아주 옅은 피 냄새와 고약한 약초 냄새가 함께 났다. 그제야…… 그제야 그 냄새를 맡았다.

"이상하지 않아? 내가 이런 고급 여관에 묵고 있는 것도, 점원이 널 그냥 데리고 온 것도."

"이상한 걸로 치자면 그 양복점 주인만큼 이상할까. 먼저 들어온 다른 주문을 죄다 밀어내고 내 옷부터 지은 것도 모자라서, 목이 잘리는 것도 무섭지 않은지 왕실의 험담을 줄줄 해댔어. 정부에 대한 험담이야 못할 것도 없지만 임신을 했다면 얘기가 다른데 분명 아이 아버지는 왕이 아닐 거라느니 하는 소리를 태연히 했지."

"아이고……. 테이엔은 그놈의 입방정이 문제야."

"그 재봉사 이름이 테이엔이었어?"

"응. 내 정보원 중 한 명이야. 일은 잘 하는데, 입이 좀 싸."

"내 이름을 전한 것도 그 재봉사인 건가?"

"이름도, 생김새도, 옷도, 전부. 이렇게 말하긴 좀 뭣하지만, 가르피나는 내 안마당이나 다름없는 곳이야. 마고의 영역이 왕궁이었다면 내 영역은 가르피나였어. 정확히 말하자면, 가르피나의 장인길드와 상인길드. 여기서 영업하는 사람들 중 내 얼굴을 모르는 사람은 없어."

광대는 처음 듣는 말이었다. 아셰라드가 시키는 일을 하며 자주 만나지 못했던 건 있었지만, 안마당이라는 표현을 쓸 수 있을 정도로 영향력을 행사하는 곳이 있다고는 상상도 해보지 못했다. 아셰라드의 앞에 납작 엎드려 있는 줄로만 알았더니.

"처음엔 노예 상인에게라도 팔려가는 줄 알았는데, 좀 지나니까 그게 목적이 아니라는 걸 알겠더라고. 머리카락이며 손발톱을 잘라가는 게, 딱 널 유인하려는 속셈이잖아."

"……."

"아셰라드는 아니었어. 그럼 누굴까. 나와 너의 존재를 알고, 쓰임새를 알고. 그런데 능력은 확신하지 못하는 사람. 한참을 고민했는데 답이 안 나오더라. 그래도 확실한 건 있었지."

목이 탔다. 광대는 손에 쥐고 있던 차를 홀링 마셨다가 혀를 데이고 인상을 썼다. 연두가 그의 찻잔에 냉수를 부었다.

"어쨌거나 수도로 간다는 거야. 그래서 기다렸지. 수노를 갈 거면 가르피나를 지나칠 테고, 거기서도 잠은 잘 테고, 업소에서 방을 빌리려면 얼굴을 확인해야 하니 그때 도움받으면 된다고. 가르피나 숙박업 길드의 규정을 바꿔놓길 정말 잘했다고 생각했지 뭐야."

"옷은 어떻게 된 거야? 반으로 쪼갠 장신구는?"

"내 머리카락 짧아진 거 안 보여? 그놈들 날 놓치고도 그다지 신경 안 썼어. 좀 찾는 시늉을 하더니 이전에 그랬던 것처럼 머리카락을 깔아놓고 떠나지 뭐야. 재수 없으면 네가 날 못 찾아오고 그놈들을 따라가겠구나 싶더라고."

연두의 얼굴을 확인한 여관 주인은 곧바로 연두의 손발 노릇을 해주었다. 사양하는 사내들에게 자꾸만 술을 들이밀어 진탕 취하게 만들고, 예비 열쇠로 방에 갇혀 있던 연두를 꺼내주었다. 그리고 그녀를 빈 오크통에 숨겨 사람을 찾는다며 날뛰는 사내들에게서 감춰주었다.

거품을 물고 여관 주인의 멱살을 잡은 걸로도 모자라 여관을 샅샅이 뒤지던 사내들은, 냄새 고약한 누룩을 머리에 이고 통 속에서 숨을 죽이고 있는 연두를 발견하지 못했다. 난리를 부리고도 연두를 찾지 못한 그들에게 사방에서 야유와 비난이 쏟아지자 그들은 쫓기듯 여관을 떠났다.

연두가 신경질적인 웃음을 터뜨렸다. 그 용감한 여관 주인을 위해 그녀는 상당한 금액을 지불해야 했다. 납치당한 신세였던 그녀가 가진 돈이 있을 리 없으니, 방법은 하나뿐이었다.

연두는 불쑥 옷 안으로 손을 넣었다. 그리고 속옷 안에 감춰두었던 목걸이를 꺼내 던졌다. 목걸이 펜던트에 왕실의 문장인 사자의 옆얼굴이 새겨져 있었다. 이쯤 되면 광대도 상황이 짐작이 갔다. 이런 번화한 도시에서 가장 안전한 피난처에 숨어 있기 위해 왕실 심부름꾼의 목걸이를 쓴 것이다.

"간도 커. 가짜를 턱턱 내놓고 방을 빌리고."

"진짜야. 여기 상인들 눈썰미가 얼마나 좋은데 가짜를 내나? 어차피 이 펜던트 앞으로 청구되는 돈은 아셰라드가 예비비로 처리해 주기로 되어 있다고."

"하……. 점입가경이다……."

"노란 눈의 외국인이 사자성어 쓰는 거 보니까 내가 다 신기하네. 그때 카멜르에 찾아왔던 놈들은 아셰라드가 보낸 것들이 맞을 거야. 아셰라드한테서 널 빼내는 걸 두고 내기를 했거든. 내가 그녀의 수하에게 잡히지도, 이 목걸이를 쓰지도 않고 일 년 기한을 버틸지, 아님 버티지 못할지. 근데 내가 졌네? 도로 그 밑에 기어들어 가야 하잖아."

생각만 해도 화가 치민 연두가 이미 식은 차를 벌컥벌컥 들이켰다. 광대도 짜증이 나긴 마찬가지였다. 어쩐지, 그렇게 조여대던 것 치고는 탈출이 쉽다 했다. 연두가 따라주었던 냉수를 단숨에 마셔 버리곤 울컥 성질을 낸다.

"내가 언제부터 신데렐라의 수하였다고 빼내고 말고 하는 걸로 내기를 해?"

"나 때문에 멱살 잡혀서 뱅뱅이 돌려지는 거 도저히 못 보겠는 걸 어쩌라고. 그때 네가 얼마나 피골이 상접했는지 본인만 모르지."

정말이었다. 아셰라드는 광대의 재주를 아주 알뜰하게도 써먹었다. 그는 엉덩이 붙일 새도 없이 점을 치고 돌아다니며 소문을 수집했고 때로는 퍼뜨렸다. 수도에 흐르는 소문의 팔 할이 그를 거쳐 나왔다고 해도 과언은 아니었다.

아셰라드는 연두의 사표는 받아주었어도 광대는 놓아줄 수 없다고 했고, 그 말 그대로 실천했다. 권력의 힘은 대단했다. 연두가 아무리 발버둥 쳐도 광대에게 이제 그만 떠나자는 말을 전하는 건 불가능했으니, 결국 내기에 응할 수밖에 없었다.

하나 이미 지나 버린 이야기를 해서 뭣하겠나. 알아달라고 한 짓도 아닌데. 그녀는 느긋하게 찻잔을 채웠다.

"어차피 숨어다니는 거 하나는 자신 있었으니까 까짓 일 년쯤이야 괜찮겠다 싶었어. 이 동네에 CCTV가 있어, 통신사 추적이 있어? 사람 눈만 좀 잘 피하면 되지. 게다가 일 년 사이에 돌아갈 수 있으면 더 좋은 일이고, 나름 돈도 많이 모았고. 그나저나, 좀 물어보자."

연두의 시선이 사슴 머리 위에서 똘망똘망 눈을 뜨고 있는 나이팅게일에게 향했다. 나이팅게일은 그녀가 자신을 바라봐 준 것이 몹시 좋은지 신이 나서 날개를 파닥거렸다.

"저 새 새끼 왜 말해? 저거 뭐야?"

연두의 어조는 몹시 찼다. 아차, 이걸 어떻게 설명해야 하나. 광대는 다시 한 번 머리를 싸쥐고 싶어졌다. 그가 잠시 할 말을 찾는 사이 몹시 들뜬 나이팅게일이 파닥파닥 날아 연두의 앞까지 날아들었다. 연두가 내밀어준 손가락 위에 냉큼 올라앉아 꼬리 깃을 까닥대는 게, 연두와 면대면으로 말할 수 있는 기회가 생긴 게 굉장히 기쁜 모양이었다.

「있잖아, 아가씨. 아가씨는 날 처음 보는 게 아니거든? 그러니까.」

"대충 알 거 같아. 파르만 백작저에서 백작부인 꼬드긴 게 너지?"

「어? 어어…….」

"내가 우울하게 있을 때 정신 차리게 해준 것도 너고, 벨 따라다니는 남자와 마주칠 거 같으니까 막아선 것도 너고, 납치돼서 구석에 박혀 있을 때 잘 버티고 있으라고 격려해 준 것도 너잖아."

광대는 모르는 이야기들이다. 놀란 그가 눈을 크게 뜨거나 말 거나, 연두는 나이팅게일에 집중했다. 나이팅게일은 연두가 알아 줄 거라고 기대하지도 않았던 일들이 줄줄 흘러나오자 몹시 부끄 러워진 것 같았다. 새 주제에 자꾸 날개깃에 얼굴을 파묻고 웅얼 거린다.

「자, 잘 아네…….」

"보나마나 너도 나한테 바라는 게 있겠지만, 지금은 안 돼. 다 른 게 더 급하니까 참아."

「왜! 내가 이제까지 얼마나 기다렸는데!」

"목 비틀어 버리기 전에 닥쳐."

이미 죽은 짐승의 배를 가르는 것도 제대로 못했던 연두였지 만, 지금 나이팅게일을 움켜쥐는 손의 압력은 진짜였다.

자기 사정 먼저 봐달라고 조르다가 죽으면 그런 손해가 또 어 디 있겠나. 나이팅게일은 나불나불 떠들려던 부리를 꾹 다물고 슬그머니 눈치를 살폈다. 평소와 똑같다고 생각했던 처음이 멍청 하게 느껴질 정도로, 지금의 연두는 어딘가 날이 서 있었다.

"안 해주겠다는 것도 아니잖아. 신경 안 쓰이게 구석에 처박혀 있어."

「치이…….」

나이팅게일은 차마 말대꾸도 하지 못하고 비실비실 구석에 숨 어들었다. 그 잠깐 사이에 여린 깃털 사이사이에 배어든 약 냄새 가 아주 고약했다.

연두는 빈손을 꼼지락대며 통증을 털어냈다. 펜을 쥐거나 찻잔 을 드는 등의 일상동작은 괜찮았는데, 화 좀 난다고 힘을 주었더 니 또 지독한 통증이 밀려왔다. 그 개자식들, 반항 좀 했다고 손가락에 망치질을 했다. 손톱이 떨어져 나가지 않은 걸 감사하라고 히죽대던 얼굴이 좀체 잊히지 않아 요즘엔 잠을 다 설치고 있는 중이었다.

뒤늦게 상처를 알아챈 광대가 조심스럽게 그녀의 눈치를 본다.

"많이 아파?"

"멀쩡하진 않지. 낫게 해주겠다느니 하는 소린 하지 마. 불러놓은 의사에게 할 말이 없어지니까."

"……알았어. 그래서 이젠 어쩔 거야? 바로 아셰라드에게 갈 건가?"

"어. 어떻게 된 일인지 확인해 봐야지. 권력에는 권력으로 대응해야 돼."

이곳은 철저한 신분제가 기반이 되어 움직이는 사회였다. 돈도 권력도 신분에 따라 흘러갔다. 양껏 사람을 부리며 광대를 수도로 유인하는 자라면 당연히 그만한 신분이 있을 터였다. 그러니 미천한 이방인과 광대는 왕자비인 아셰라드에게 기대는 수밖에는 방법이 없었다. 연두는 머리를 쑤시는 통증 속에서 입술을 잘근 잘근 깨물었다.

"설령 왕이나 왕자가 주범이라고 해도, 권력자들 사이에서도 질서는 있으니까……. 어쩌면 약속을 해놨던 게 오히려 전화위복이 될지도 몰라."

"알겠으니까 입술 좀 그만 깨물어. 왜 자꾸 상처를 늘려?"

광대가 연두를 향해 손을 뻗었다. 입술에 난 상처가 커지는 것도 모르고 날카로운 이로 자꾸 같은 곳을 파헤치는 꼴이 보기 싫어 그랬던 것인데, 기겁을 한 연두가 훅 뒤로 고개를 젖히는 게 아닌가. 어설프고 낯선 침묵이 흘렀다.

"……미안."

연두가 먼저 사과했다. 그러면서도 차마 젖힌 몸을 도로 당기지는 못하는 게, 가까이 다가오는 손이 두려운 모양이다. 그걸 훤히 알았으면서도, 광대는 손을 치우지 않았다. 오히려 더 가까이 다가가 기어이 입술에 묻은 핏물을 닦아냈다.

"……미안할 것까지야."

물컹하게 손에 닿은 입술은 몹시 뜨거웠다. 광대는 제 체온이 남들보다 조금 높은 편인 걸 알고 있었다. 그에게 연두의 체온은 언제나 조금 시원한 편에 속했었다. 이건 이상했다.

"가만있어."

광대는 연두가 또 딱딱하게 몸을 굳히거나 말거나 그녀의 이마에 손을 대고 체온을 쟀다. 역시 뜨거웠다. 의사를 불러놓았다더니, 손가락 때문만은 아니었던 건지도 모른다.

"뭔 일이 있었던 거야?"

"별거 있나. 손발톱 깎는데 반항 좀 하고, 머리 잘리는 데 신경질 좀 부렸지."

"겨우 그 정도로 미끼의 몸 상태를 이 꼴로 만들어놓았다고? 말 같은 소릴 해야 믿어주지."

"내가 좀 뻣뻣하잖아. 나긋나긋한 미끼들만 보다가 날 보니까 눈꼴 시렸나 보지. 그래도 얼굴에는 멍 자국 하나 없는 거 보여? 아주 프로들이라니까. 아무튼 체온 다 쟀으면 이만 비켜. 네 방은 저쪽이야."

연두는 좀 쉬어야겠다며 광대의 손을 쳐 내고 돌아섰다. 고급옷, 고급 향수, 발그레하게 좋은 혈색─ 그 아래로 감춰둔 고통이 그녀의 등을 통해 고스란히 드러났다. 잘 감춰두었던 게 이상할 정도의 아픔이 바닥을 타고 번져 갔다.

광대는 연두가 시키는 대로 방으로 가는 대신 그녀를 향해 한 발짝 더 다가갔다. 한 발짝, 두 발짝. 그리고 온통 긴장으로 빳빳하게 굳은 어깨를 끌어안았다.

부러 발소리를 내며 다가갔으니 광대가 다가오는 걸 모를 리 없었을 텐데도, 연두는 바짝 얼어 가느다랗게 떨고 있었다. 차라리 피하지, 도망가지. 어설픈 허세가 그녀를 그 자리에 붙들어놓았다.

"……미안해."

"뭐가? 이거 놔. 무거워."

"좀 더 빨리 찾으러 왔어야 하는데……."

광대의 팔을 벗겨내려 낑낑대던 연두의 몸짓이 뚝 멎었다. 그녀를 끌어안은 팔도, 그가 안고 있는 어깨만큼이나 떨리고 있었다. 광대가 느꼈던 초조함, 상실에 대한 공포, 상처에 대한 미안함, 그럼에도 어쩔 수 없이 느끼고만 안도. 이 모든 것들이 그 짧은 사과 안에 들어 있었다.

목덜미에 닿은 머리카락이 간지럽다. 연두는 되도 않는 저항을 그만두고 몸에서 힘을 뺐다. 늘 뜨거웠지만 지금은 조금 차갑게 느껴지는 체온이 조심스럽게 그녀의 등을 받쳤다.

"바보야. 찾으러 왔으면 됐어. 찾으러 왔으니까, 다 괜찮아."

"……."

"정말이야. 손발톱 잘리는 동안에 내가 뭔 생각을 했는지 알아? 이 유괴범 새끼들, 무진장 초초해 보인다. 흔적은 남겨야겠고, 오래 머물기엔 불안하고. 아아, 광대 새끼가 엄청 요란하게 쫓아오나 보다. 조금만 더 버티면 되겠다."

"뭐야, 그게."

"그렇다고. 드림랜드도 걸려 있는데 설마 안 오기야 하겠어, 생각은 했는데……. 역시, 조금은 불안했었거든."

"드림랜드 아니어도 찾으러 갔을 거야."

"오, 정말?"

"당연하지."

연두가 어깨를 들썩이며 웃었다. 그리고 슬쩍 뒤돌아서더니 와락 광대의 허리를 끌어안았다. 그 친밀한 접촉에 놀란 광대가 어어, 하고 당황해서 다급히 물러서려는데, 오히려 연두가 팔에 힘을 주고 버렸다. 떼어내려면 못 떼어낼 것도 없건만, 붕대 감긴 손가락을 떠올리자마자 광대의 손에서 힘이 빠졌다.

"왜, 왜 이래?"

"아직 인사를 안 했잖아. 찾으러 와줘서 고마워."

"고맙긴 무슨……."

조금 전까지 아무렇지도 않게 연두의 어깨를 안고 있었던 주제에, 광대의 손은 갈 곳을 잃고 허공에 붕 떠서 어정쩡했다. 연두가 그런 손을 붙들어 잡고는 그의 손등에 입술을 눌렀다. 따뜻한 온기가 손등에서 시작해 순식간에 전신을 내달렸다.

"정말 고마워."

"……난 이만 들어가서 쉬어야겠어."

연두가 광대의 몫으로 준비해 둔 방은 고급 객실다운 고급스러움을 모두 갖추고 있었다. 하긴 응접실까지 있는 객실인데 딸린 방이라고 그 수준이 떨어질 리가 없다. 광대는 널찍한 침대에 털썩 드러누웠다.

'이게 무슨 꼴이야…….'

얼굴과 뒷목은 물론이고 팔이 감겼던 허리까지 전신이 다 화끈거렸다. 뒤늦게 따라 들어온 나이팅게일이 뭐라 뻑뻑댔지만 귀에 들어오는 게 없다. 벌겋게 열 오른 얼굴을 붙들고 침대에서 끙끙대던 그는 갑자기 벌떡 일어나 앉았다.

'말이야 쉽게 나왔다지만, 상처가……. 상처가 너무 심한데.'

바로 알아채지 못했던 게 이상할 정도로 지독한 약 냄새, 열 손가락 끄트머리 전부에 감아놓은 붕대, 확연히 높은 체온.

적의 없이 내민 손에도 기겁했던 걸 보면 폭력행위가 있었을 게 틀림없었다. 얼굴에야 아무 자국 없다지만 옷에 가려지는 다른 부분들은 꼴이 말이 아닐 터다. 아주 멀쩡할 것을 기대하지는 않았지만, 그렇게 단단하고 강하던 사람이 부들부들 떠는 걸 보니 기분이 이상했다.

속이 갑갑했다. 가슴에 묵직한 돌이라도 얹힌 것만 같다. 이리저리 뒹굴며 자세를 바꾸고 나중엔 꼴사납게 엎드려 베개에 머리를 처박았는데도 갑갑함은 가시지를 않았다. 연두가 당한 납치는 그의 탓이 아니며, 연두 역시 그를 알아 광대를 원망하지 않건만– 까닭 없는 죄책감이 자꾸만 어깨를 내리눌렀다.

광대는 무심결에 왼쪽 손목을 쓰다듬었다. 오래전, 연두에게서 인형의 집 입장료를 대신해 받았던 머리끈이 거기에 걸려 있었다. 깨끗하게 관리해서 색도 모양도 거의 그대로였다.

'역시…… 손님으로 받지 말았어야 했어.'

드림랜드. 오래전 광대가 마녀 니니스에게 선물 받았던 인형을 기초로 설계된 그곳은, 손님의 욕망을 거울처럼 비춰내고 그걸 충족시켜 주는 곳이었다.

광대는 특별히 고르고 고른 사람들에게만 초대장을 보내 손님을 받았고, 그들의 욕망 일부를 얻어내 제 몫의 삶을 꾸렸다. 그래서 연두가 나타나 초대장을 내밀었을 때 한눈에 알았다. 이 여자는 손님이 아니라는 걸. 그의 손님이 되기에는 지나치게 담백한 사람이었다.

"밤 샐 거예요? 거기서? 그 가방 끌어안고? 미쳤어요? 장사 방해하지 말고 좀 가요!"
"초대장이 있어야 들여보내 주는 곳이라며 뭔 장사 방해예요? 손님 오면 알아서 비킬게요."

겁을 주어 쫓아내려고 부러 못된 소리도 하고 음산한 분위기도 조성했었는데 하나도 먹히지 않았었다. 아예 매표소 앞에서 밤을 샐 것처럼 버텼다. 하여간 간이 배 밖으로 나온 여자였다.

"이 사람이 진짜……. 어휴, 앓느니 죽지. 초대장은 그냥 입장권이고요, 이용 요금은 후불입니다. 싫으면 가세요."
"어, 어, 누가 싫대요? 들어갈 거예요!"

포기하면 편하다고, 대충 한 바퀴 돌게만 하고 얼른 돌려보낼 생각이었다. 분명 그랬는데……. 연두는 드림랜드의 주인인 광대조차 거의 보지 못했던 드림랜드의 맨얼굴을 보며 아름답다 감탄했다. 드림랜드의 풍경이란 손님의 심상에 따라 달라지는 것이었으니, 귀찮게만 생각했던 여자는 광대가 생각했던 것보다 괜찮은 사람이었다.

"광대 씨, 여기 대단하네요. 이 인형들, 설마 전부 수제품인 건가요?"

후불 요금이 무서워 놀이기구를 보면서도 침만 꼴딱꼴딱 삼키더니 인형 앞에서는 햇볕 아래 아이스크림처럼 녹아내렸더란다. 이번 달 생활비, 다음 달 생활비, 빠듯하게 셈하는 게 조금 안쓰러워 자신답지 않은 친절을 베풀었다.

"이 인형의 집에 들어가 보고 싶다고 하신 건 손님이 처음이세요. 마수걸이하는 셈치고 조금 싸게 받도록 하죠. 흠…… 뭘 받을까……. 그래요, 손님께서 지금 머리에 하고 있는 머리끈이 꽤 마음에 드네요. 그걸로 하죠."

분명 친절이었다. 저렇게 좋아하는데 구경시켜 주는 것쯤이야, 싶은 마음에 베푼 친절. 그러나 그 친절 때문에 연두는 이런 세계에 빠져 목숨을 위협받고 자신은 드림랜드의 제어권을 빼앗겼다. 친절의 대가가 너무 가혹하다고 생각했다.

모처럼 마음에 드는 손님이었던 연두가 겪는 일이 안타깝고 안쓰럽긴 했다. 최대한 그녀를 지킬 것을 다짐하긴 했어도 어디까지나 자신이 우선이었다. 그녀가 죽으면 드림랜드를 되찾을 수 없었으니까. 물에 빠진 연두를 구할 때조차 물에 들어가기 싫어 바위에서 손을 내밀었었으니, 그의 친절과 상냥함은 언제나 자기 자신을 위한 것이었다. 분명 그랬는데.

그런데.

지금은.

지금은 그저 그녀를 손님으로 받은 걸 후회한다.

그녀를 손님으로 받아 겪지 않아도 좋았을 고통을 겪게 한 것을 후회한다.

아무렇지 않은 척, 괜찮은 척 허세를 부리며 돌아서던 뒷모습이 날카로운 창처럼 그를 꿰뚫고 상처 입혔다. 내 것 아닌 상처가 내 것보다 더한 고통으로 다가와 숨이 막혔다. 조심스레 끌어안은 팔 안에서 가늘게 떨리던 어깨가, 열 손가락에 감겨 있던 붕대가, 열이 올라 발그레하던 뺨이, 핏물로 붉게 물든 입술이 자꾸만 머릿속을 어지럽혔다.

"……빌어먹을."

속을 막고 있는 것들을 죄다 토해내고 나면 좀 나을까, 구역질을 해도 나오는 건 시큼한 위액뿐. 갑갑한 것은 조금도 가시지 않았다.

"뭔 꼴이야, 이게……."

광대는 침대에 드러누워 마른세수를 했다. 어느 순간부터 드림랜드 따위는 까맣게 잊고 오로지 연두의 안위에만 전전긍긍했던 자신이 믿어지지 않았다. 그리고 그걸 깨닫고도 드림랜드 생각보다 연두 생각으로 가득 차 있는 제 머릿속 역시.

〈2권에서 계속〉